검은 해바라기

검은 해바라기

오윤희 장편소설

북레시피

1. 침묵

2. 진실

3. 폭로

1. 침묵

아이의 눈엔 아무런 감정이 실려 있지 않았다.

뜨고 있다기보다 벌어져 있는 것 같은, 깊이를 알 수 없는

어두운 우물을 닮은 아이의 눈에 담긴 건 그저 공허와 허무뿐이었다.

의뢰인

전 국민을 충격에 빠뜨렸던 '밀양 집단 성폭행' 사건 발생 20년 만에 또다시 여고생을 대상으로 한 집단 성폭행 사건이 벌어졌습니다. 중학생 3명이 고등학생 박모 양을 주범의 집으로 유인해 번갈아가며 성폭행하고, 그 모습을 촬영해 지인들에게 공유하기까지 한 것입니다.

아침잠을 깨기 위해 커피를 내리려다가 습관적으로 켜놓은 텔레비전에서 들려오는 앵커의 목소리에 정신이 번쩍 들었다. 고개를 돌려보니 벽면을 가득 채운 TV 화면에 어딘지 모를 경찰서의 전경이 큼지막하게 잡혀 있었다.

예상했던 대로 가해자인 소년들 모습은 모자이크한 상태로조차 비치지 않았다. 정확한 나이는 알 수 없지만, 중학생이라고 했으니 아마도 형사재판 대상에서 제외되는 촉법소년은 아닐 것이다. 성인 범법자들조차 인권 보호 차원에서 얼굴 사진을 공개하지 않는 마당에 미성년자인 그들의 모습이 미디어에 노출되지 않는 건 어쩌면 너무도 당연할지 모른다. 죄를 저질렀다고는 하나, 아직 제도권에서 보호받아야 할 대상이니까. 하지만 피해 여고생이 지적 장애를 갖고 있다거나, 피해자의 부모가 자녀 양육에 무관심했다거나 하는 정보들은 뉴스를 통해 샅샅이 공개되는 반면, 정작 가해자에 대한 부분은 법의 보호 아래 철저하게 감춰져 있는 현실이 어쩐지 불공평하게 느껴졌다.

게다가 고작 열 살 남짓한 나이에 지적 장애인을 제집으로 불러 번갈아 성폭행하고 그 장면을 촬영한 동영상을 공유하다니, 이건 성인이 저지른 범죄라 해도 죄질이 너무 안 좋다. 요즘 청소년들이 저지르는 범죄의 잔혹성을 고려하면 현재 14세인 촉법소년 상한 연령을 더 낮추자는 주장에 백번 공감한다. 게다가 저 정도 심각성이라면 소년부 송치가 아니라 당연히 형사 사건으로 넘겨서….

삐비비빅.

커피가 다 끓었음을 알리는 타이머의 경쾌한 소리가 주방에 울려 퍼지자, 그와 함께 꼬리에 꼬리를 물던 생각이 한순간에 툭 끊겼다. 문득 쓴웃음이 나왔다. 저런 뉴스를 볼 때마다 저절로 담당 검사가 돼 사건을 바라보는 버릇을 아직도 완전히 떨쳐버리지 못한 나 자신이 신기하게 느껴지기도 했다. 이젠 검찰을 떠나 로펌으로 옮긴 지도 1년이 다 돼가는데.

"뭐야? 또야?"

등 뒤에서 어느 틈엔가 등교 준비를 마치고 주방으로 온 재희가 뉴스를 보며 심드렁하게 중얼거리는 소리가 들렸다. 새벽잠이 많아 아침마다 등교 시간이 전쟁 같았는데 최근엔 무슨 바람이 불었는지 깨우지 않아도 알아서 곧잘 일어난다. 이제 고1이라서 정신이 든 걸까.

"저런 애들은 햇빛도 안 드는 감옥에서 평생 썩어야 하는데. 몬테크리스토 백작처럼."

몇 달 전 중간고사 끝난 기념으로 친구들과 뮤지컬 공연을 보고 온 이후로 재희는 말끝마다 몬테크리스토 백작 타령이다. 극 주인공으로 나온 아이돌 가수 출신 남자 배우가 어지간히 마음에 들었던 모양이다. 원래 성격은 냉소적인데 이럴 때 보면 영락없는 10대 소녀가 맞다.

"그렇게 단정할 순 없어. 잘못을 저지른 사람도 뭔가 이유가 있었을지 모르잖니. 게다가 몬테크리스토 백작도 평생 감옥에 있었던 건 아니고."

매사에 주관이 뚜렷한 게 딸아이의 타고난 성격이긴 하지만, 이따금 너무 극단적으로 치닫는 경향은 경계해야 할 것 같아 한마디 했다. 아니면 "평생 햇빛도 안 드는 감옥에서 썩어야 한다"는 재희 말에 나도 모르게 변호인으로서의 직업의식이 발동했거나.

"저런 짓을 하는데 대체 무슨 이유가 있을 수 있는데?"

재희가 날카로운 눈빛으로 나를 쏘아봤다.

"그건…."

갑작스러운 질문에 말문이 막혔다.

"사실은 엄마도 속으론 나랑 똑같은 생각 하고 있잖아. 돈 벌어야 하니까 아닌 척할 뿐이지. 안 그래?"

재희는 그렇게 덧붙이며 냉장고에서 우유를 꺼내 콘플레이크에 부었다. 애써 차려놓은 토스트는 싹 무시한 채.

"토스트는 왜 안 먹어?"

아이랑 법적인 문제를 토론하는 것보다는 훨씬 낫겠다 싶어 식사 메뉴로 화제를 돌렸다.

"입맛이 없어."

깨작거리며 숟가락을 놀리는 모양새가 한눈에도 식욕은 없어 보였다.

"예전엔 저걸로도 부족했잖아. 혹시 다이어트하니? 지금은 그런 거 생각하지 말고 잘 먹어야 해. 체력이 있어야 공부를 하지."

"안 해, 그런 거."

잔소리가 시작될 거라 예상했는지 재희가 노골적으로 상을 찌푸렸다.

하긴 다이어트를 한다고 보기엔 전혀 체형 변화가 없다. 오히려 살이 좀 붙은 것 같기도 하고. 아니면 뭔가 고민이라도 있는 건가? 문득 잠을 설친 것처럼 부석부석한 재희의 눈가가 신경 쓰였다.

"어제 잠 못 잤어?"

"으응, 조금."

"왜?"

"왜라니. 학원 숙제 해야지."

무슨 그런 바보 같은 질문을 하느냐는 듯 재희의 목소리에 살짝 짜증이 어렸다. 딸의 목소리에 날이 서기 시작했다는 건 곧 시한폭탄이 터질지도 모른다는 위험신호다. 그렇지 않아도 감정 기복이 심한 편인 재희는 사춘기와 부모의 이혼을 동시에 겪으며 예민하기 짝이 없는 10대가 됐다. 평소엔 얌전하다가도 갑자기 발끈해 소리를 지르지 않나, 또 그럴 때면 제 방문을 쾅 닫고 방 안에 처박히기 일쑤였다. 요즘 애들이 흔히 쓰는 표현을 빌리자면, 수시로 '발작 버튼'이 눌린 것처럼 굴었다. 게다가 더 큰 문제는 재희의 발작 버튼이 뭔지 도무지 종잡을 수 없다는 거였다. 그래도 제 할 일은 알아서 하는 데다 공부 머리는 제법 있어서 학교 성적 때문에 골머리 앓는 일은 없다는 게 그나마 유일한 위안이었다.

"수학이 숙제를 많이 내줘."

아침부터 짜증을 낸 게 살짝 켕겼는지 재희가 내 눈치를 보며 덧붙였다. '수학'은 재희가 학원 수학 강사를 부르는 말이다. '스승의 은혜'라는 말 따위가 이 나라에서 사라진 지 오래됐다는 사실은 잘 알고 있지만, 요즘 아이들이 선생님을 마치 식당 메뉴 대하듯 가볍게 부르는 걸 들을 때마다 격세지감을 느끼곤 한다.

"해준이도 학원 잘 다니지?"

해준이는 내 친구 서영의 아들이다. 고등학교, 대학교를 함께 나온 서영은 졸업 후 광고회사에서 활발하게 일하다 해준이를 낳으면서 직장을 그만뒀다. 서영과는 원래도 마음이 잘 통했었는데, 둘 다 같은 해에 아이를 낳으면서 초보 엄마들끼

13

리 육아 고민 상담을 하느라 더 가까워졌다. 사는 동네까지 같아서 아이들도 어린 시절부터 지금까지 친 오누이처럼 지내고 있다. 이젠 '전'이라는 말이 붙게 된 남편은 해준이가 집에 놀러 올 때마다 "쟤, 재희랑 사귀는 거야, 뭐야."라면서 싫은 내색을 했지만, 나는 한 번도 그런 걱정을 한 적이 없었다. 오히려 기저귀를 찰 때부터 봐온 해준이 내가 가져보지 못한 아들처럼 느껴졌다.

"몰라. 걔 안 본 지 좀 됐어."

어쩐 일인지 재희가 부루퉁한 표정으로 대답했다.

"왜? 싸웠어?"

어린 시절 재희는 툭하면 해준이랑 싸웠다며 울면서 집에 돌아오곤 했다. 하지만 다음 날이면 아무 일 없었다는 듯 사이좋게 노는 아이들을 보면서 나는 어른들의 인간관계도 저렇게 단순하고 솔직하면 좋을 텐데, 생각하곤 했었다. 그런데 이젠 저 둘에게서도 그런 해맑은 시기가 지나가버린 걸까. 문득 해준이가 집에 놀러 오지 않은 지 꽤 됐다는 생각이 들었다.

"그게 아니라, 걔가 그 학원 더는 안 다녀."

"왜? 거기가 대치동 수학 베스트 3 중 하나라며."

워킹맘이라 아이 교육에 전념하기 어려운 나와 달리 서영은 온갖 학원 정보에 훤했다. 그 덕에 내가 편히 묻어가는 측면도 있었다. 서영이 '어느 학원 누구 강사가 좋다더라'는 정보를 물어와 해준을 그곳으로 보낼 때 나도 재희를 딸려 보내면 됐으니까. 해준을 학원으로 데리고 갔다 왔다 하는 김에 서영이 바쁜 나 대신 재희의 운전기사 노릇을 해주기도 했다. 그런데 해준이가 더는 그 학원엘 안 다닌다고? 걔 엄마가 더 좋은 곳을 찾아낸 건가? 나한테 귀띔도 안 해주고?

"그럼 해준이는 이제 어딜 다니는데?"

재희가 자신은 전혀 아는 바 없고, 안대도 자기랑 전혀 상관없는 문제라는 표정으로 어깨를 으쓱했다. 오히려 초조해진 건 내 쪽이었다. 재희랑 해준은 대체로 성적이 비슷하지만 수학 하나만큼은 해준이 훨씬 강하다. 그래서 재희가 해준한테서 도움과 자극을 받곤 했었는데.

"학원 어디로 옮겼는지 서영이한테 한번 물어봐야겠네."

혼잣말로 중얼거렸는데 그게 들렸는지 재희의 표정이 싸늘해졌다.

"그러지 마, 엄마."

"왜?"

험악해진 재희의 눈빛에 놀란 내가 물었다.

"그냥."

다급하게 느껴지는 말투에 걸맞지 않게 이유는 너무 빈약했다.

"너네 정말 싸운 거 아니지?"

아무래도 미심쩍어 다시 한번 물어보았다.

"아니라니깐!"

재희가 신경질적으로 대꾸하더니 몇 숟갈 뜨는 둥 마는 둥 하던 콘플레이크를 그대로 놔둔 채 자리에서 벌떡 일어났다. 더는 이야기하기 싫다는 표시였다. 쿵쿵 발소리를 내며 제 방으로 들어간 아이는 그길로 가방을 둘러메고 문을 나섰다. 다녀오겠다는 인사도 없이.

나는 한숨을 쉬며 콘플레이크가 담긴 그릇을 싱크대로 옮겼다. 어디로 튈지 모르는 10대 딸을 다루기란 어렵다. 나도 저랬던 때가 있었을까. 도저히 상상이 가질 않는다. 서영도 매일 이런 일을 겪을까. 사춘기 아들을 키우는 게 그래도 사춘기 딸을 키우는 것보단 낫다고 하던데. 서영이 여기에 대해 어떤 견해를 갖고 있을지 궁금해하다가 문득 현실적인 문제에 생각이 미쳤다.

'그래도 학원이 근처인 게 어디야.'

만약 둘이 함께 다니던 수학 학원이 집에서 거리가 멀어 재희가 서영의 차를 타고 이동해야 했다면 나로선 해준이 학원을 그만둔 게 무척이나 난감한 일이 될 수밖에 없다. 재희와 해준 사이에 무슨 일이 있었는지는 알 수 없지만 적어도 픽업 문제로 골치를 앓지 않아도 되니 그거 하나는 다행이라는 생각이 들었다.

간단한 아침 식사 뒷정리를 한 뒤 서초동 사무실로 차를 몰았다. 고만고만하게 골치 아픈 의뢰인들을 상대하고 다시 집에 돌아와 자잘한 집안일을 하고 나면 이 학원 저 학원 돌아다니다 녹초가 되어 돌아온 딸아이 시중을 들고 밤늦게 잠자리에 들겠지. 이제껏 늘 그렇게 하루하루가 숨 가쁘게 흘러갔으니까. 딱히 기억에 남을 것도, 다른 날들과 별반 차이도 없는 평범하고 단조로운 나날들.

나는 그날도 그런 날 중 하나가 되리라고 생각했다. 내 예상을 깬 상황이 벌어지기 전까지. 내가 그 애를 만나기 전까지.

"지금 이 시간 이후에 별일 없지?"

하루 업무가 어느 정도 정리됐지만 퇴근하기엔 조금 이른 오후 시각, 대표가 사무실 문을 열고 들어왔다. 내가 속한 한빛 로펌의 대표 김종우는 대학 한 학번 선배로, 알고 지낸 지 20년쯤 되는 사이다. 한결같이 검사 지망생이었던 나와 달리 시장 자본주의의 중요성을 일찌감치 깨달은 종우 선배, 아니 대표는 대형 로펌에서 경력을 쌓다가 몇 년 전 소규모이긴 하지만 자기 회사인 이곳 한빛 로펌을 차렸다. 이후 본격적으로 사업을 확장하기 시작했고, 나를 스카웃했다. 법원이나 동문회에서 간간이 얼굴을 보긴 했지만 그리 가까운 사이였다고는 할 수 없던 터라 그가 내게 일자리를 권한 것은 뜻밖이었다.

"이젠 전 검사도 나라 녹 그만 먹을 때 되지 않았어? 보수적인 공무원보다 사기업이 훨씬 자유로울걸."

몇 년 전이었다면 그냥 흘려들었을 말이 그가 그렇게 제안했을 당시엔 꽤 솔깃하게 들렸다. 마침 그때는 나도 커리어 문제로 고민이 많던 때였다. 일상화된 고된 업무, 그에 따라주지 못하는 봉급, 삐걱거리는 결혼 생활 등이 누적돼 돌파구가 필요했다. 아마도 대표가 내게 그런 제안을 한 건 당시 내 상황을 공통의 지인들을 통해 들어서 알고 있었기 때문일 것이다.

하지만 제안을 받고서도 바로 마음을 굳힐 순 없었다. 법대 재학 시절부터 꿈꿨던 검사직에 아직 미련이 남았던 것도 있지만, 돈에 신념을 굽히고 싶지 않다는 게 더 큰 이유였다. 모두가 그런 건 아니겠지만, 업무적으로 알게 된 변호사들 상당수가 내 눈엔 죄지은 의뢰인들을 법망에서 빼내기 위해 양심을 팔고 있는 사람들로 보였다.

이러지도 저러지도 못하고 갈팡질팡하던 마음을 접고 결국 결단을 내리게 만든 건 지방 발령과 재희 문제였다. 이전엔 내가 지방 발령을 받을 때마다 재희는 학교 때문에 제 아빠와 함께 서울에 남았다. 당시엔 시어머니가 살아 계셔서 재희를 돌봐주셨기에 가능한 일이기도 했다. 하지만 이젠 곁에서 보살펴줄 사람도 없는 처지인데 곧 대학입시를 치러야 할 딸을 남편과 함께 서울에 덜렁 내버려둘 수 없었다. 진학 문제를 고려하자니 아이를 데리고 교육 여건이 상대적으로 열악한 지방에 내려가기도 어려웠다. 무엇보다 부모의 이혼 때문에 힘들어하는 아이를 어린 시절부터 죽 살아서 익숙해질 대로 익숙한 동네와 학교 친구들로부터 떼내는 건 너무 잔인한 일 같았다. 게다가 이혼한 남편이 아이 부양비를 대주긴 하겠지만, 싱글맘이 되면 경제적으로도 타격을 입을 수밖에 없다. 여러 가지 사정을 고려했을 때 내가 로펌으로 옮기는 게 가장 합리적인 선택이었다.

이런 이유로 인해 이직하긴 했지만 그게 옳은 선택이었다고는 아직도 자신 있게 말하기 어렵다. 이따금 의뢰인을 변호하면서 과연 저 사람들을 변호할 가치가 있는지, 이게 내가 생각했던 정의에 부합하는 일인지 갈등하는 상황이 종종 벌어졌기 때문이다.

"괜찮지?"

대표가 다시 나를 바라보며 대답을 채근했다.

"무슨 일이신데요?"

나는 손목시계를 쳐다봤다. 평상시라면 퇴근할 시간이 다가오고 있었다.

"급하게 맡아줘야 할 사건이 있거든."

"이렇게 갑자기요?"

로펌 대표가 소속 변호사들에게 사건을 할당해주는 건 전혀 이상한 일이 아니지만, 그래도 시간적 여유를 두고 대략적인 사건 개요 정도는 미리 담당 변호사에게 알려주는 게 일반적이다. 그런데 이렇게 뜬금없이? 내가 의아한 눈빛으로 바라보자 대표는 겸연쩍은 표정을 지었다.

"미성년자인데 여자 화장실에서 몰래카메라를 찍다가 현장에서 걸렸거든. 경찰엔 묵비권 행사하면서 딱 버티는 바람에 일단은 풀려났는데 걔 부모가 정식으로 조사받기 전에 빨리 변호사를 선임해야 한다고 하도 우는소리를 해서."

"애 부모랑 잘 아는 사이세요?"

"잘 안다기보다는 그냥 개인적으로 친분이 있는 정도?"

개인적으로 친분이 있는 사람이라면 아마도 골프 친구일 것이다. 혹은 그 부모가 개인 사업체를 가진 알부자거나. 한마디로 대표의 돈벌이에 도움이 되는 인물.

"상황이 상황인지라 일단 떠맡긴 했는데, 갑자기 일 폭탄 떨어진 전 변호사한테는 미안하게 됐네."

사실은 하나도 미안하지 않은 표정으로 대표가 말했다.

나는 잠자코 고개를 끄덕였다. 이미 결정된 일에 내가 뭐라고 왈가왈부할 상황도 아니거니와 인맥을 끔찍하게 중시하는 대표한테 불평을 늘어놔봤자 좋을 게 없다 싶었다.

"일단 만나서 얘길 들어볼게요."

내가 순순히 수긍하자 대표의 입꼬리가 기분 좋게 슬며시 올라갔다.

"벌써 도착해 밖에서 기다리고 있어."

"벌써요?"

저절로 눈이 동그랗게 떠졌다.

"지인한테 맡기겠다고 하자마자 그 와이프가 애를 데리고 달려왔더라고. 어지간히 몸이 달았나 봐. 그러니 전 변호사가 준비되는 대로 사무실로 불러서 얘길 들어봐. 알았지?"

대표는 그렇게 말한 뒤 내 방을 나갔다.

'정말 어지간히도 몸이 달았나 보네.'

너무 갑작스럽게 들이닥쳐 당혹스럽긴 했지만 어쩔 수 없는 상황이라 재빨리 옷매무시를 가다듬은 뒤 비서를 불러 대기 중인 고객을 내 방으로 맞이하라고 일렀다.

잠시 후 모자가 들어왔다. 여자 쪽은 내 또래 40대 후반으로 보였다. 체구가 작고 호리호리한 몸매에 가늘고 선이 고운 얼굴이었다. 젊었을 때는 미인이라는 소리를 제법 들었을 법한 외모다. 하지만 어딘지 모르게 불안정하고 신경질적인 모습이 자칫 잘못하면 깨질 것 같은 섬세한 유리 세공품을 연상케 했다. 하긴 이런 생각이 무리도 아닌 게, 여길 찾아온다는 것 자체가 뭔가 문제가 있다는 이야기니까. 수시로 소송이나 범죄에 연루되는 부류가 아닌 평범한 사람이라면 오히려 느긋함을 유지하기가 더 힘들지도 모른다.

왜소한 체구의 엄마와 달리 아들은 제법 덩치가 컸다. 몇 살쯤 됐을까. 요즘 청소년들은 하도 발육이 좋아 체격만 보고선 연령대를 짐작하기 어려울 때가 종종 있는데, 지금 의뢰인과 같이 온 아들이 바로 그런 경우였다. 멀리서 보면 성인으로 착각해도 전혀 이상하지 않을 만큼 키도 크고 어깨도 떡 벌어졌다. 반면 얼굴은 아직 앳된 티가 그대로 남아 있다. 자칫하면 부서질 것 같은 예민함을 내뿜는 엄마와 딴판으로 아들은 오히려 둔감하고 무뎌 보인다. 경찰서로 연행됐다가 엄마를 따라 여기까지 왔으니 기가 죽을 법도 한데. 이런 상황에서도 저렇게 태연하다니, 좋게 해석하면 배포가 크다고 할 수도 있을 것 같았다. 커다란 덩치에 순박해 보이는 외양이 재희가 어린 시절 키우고 싶다 했던 대형견 골든 리트리버를 닮았다고 생각했다.

내가 명함을 건네자 여자는 마치 한 자 한 자 확인이라도 하듯 "전태연 변호사님"이라고 또박또박 이름을 읽었다.

"한여정이라고 해요. 이쪽은 제 아들이고, 박수완."

여정은 그렇게 말하며 힐끗 수완 쪽으로 고개를 돌렸다. 인사하라고 신호를 준 게 분명한데, 수완은 그걸 아는지 모르는지 그저 멀뚱멀뚱 나를 쳐다보기만 했다. 딱 봐도 평소에 싹싹하다거나 예의 바르다는 얘기를 들을 법한 아이는 아닐 것 같았다.

"대략적인 얘기는 전해 들었지만, 다시 자세히 설명해주시겠어요? 어떻게 된 건지."

비서가 테이블에 마실 것을 두고 나간 뒤 내가 물었다.

"그게…."

여정은 쉽사리 입을 열지 못했다. 좀처럼 말을 꺼내기 힘든 모양이었다. 자녀 문제로 변호사 사무실을 찾아온 부모들은 대개 두 부류다. 하나는 자리에 앉기도 전에 기다렸다는 듯 속 사포처럼 사정을 쏟아내며 매달리는 사람들, 다른 하나는 여기까지 와놓고서도 입 열기를 머뭇거리는 사람들. 후자가 말 꺼내길 힘들어하는 이유는 둘 중 하나다. 본인 스스로가 이 상황을 아직 받아들이지 못하고 있거나, 자존심이 강한 경우. 과연 여정은 어느 쪽일까.

"수완이가…."

잠시 말을 잇지 못하던 여정은 큰 한숨을 내쉰 뒤 마치 더러운 걸 토해내기라도 하듯 말했다.

"수완이가, 여자 화장실을 몰래 촬영했어요."

여정이 내가 이미 알고 있는 사실을 되뇌었다.

"그렇군요."

나는 아무런 감정이 섞이지 않은, 최대한 건조한 목소리로 대꾸했다.

"그게 언제인가요?"

"어제요."

여정이 대답하며 수완 쪽을 힐끗 바라봤다. 여정의 시선에 비난인지 당혹감인지 모를 감정이 어렸다. 하지만 수완은 그러거나 말거나 표정 변화 없이 팔짱을 낀 채 고객 접대용 소파에 몸을 깊이 파묻고 있을 뿐이었다. 그런 모습을 보며 여정이 다시 낮게 한숨을 쉬었다.

"장소는요?"

내 물음에 여정이 답한 곳은 홍대 주상 복합 건물에 위치한 어느 카페였다.

"댁이 그 근처인가요?"

"아뇨. 저희는 반포동에 살아요."

"집에서 꽤 거리가 먼 곳 같은데 거긴 왜 간 거야? 친구라도 만난 거니?"

이번엔 수완을 향해 물었다. 하지만 수완은 그저 어깨만 한 번 으쓱했을 뿐 여전히 대꾸하지 않았다. 재희가 자주 그래서 익숙한 제스처이긴 했지만, 내심 살짝 짜증이 솟구쳤다. 저 아이는 지금 자기가 왜 여기 와 있는지 제대로 인지하고 있기는 한 걸까.

"그러다가…."

아들이 제대로 말을 안 할 거라 예상했는지 여정이 대신 나서 아까 하던 말을 이어나갔다.

"그, 화장실에 있던 피해자가 눈치를 챘나 봐요. 그래서 비명을 지르고 뛰쳐나왔는데."

"그럼 수완 군은 그때 어디 있었던 거죠?"

"그게… 피해자가 있던 옆 칸에 있었대요."

여정이 고개를 푹 숙였다. 귓불이 발갛게 달아올라 있었다. 이런 식으로 자식의 치부이자 제 치부이기도 한 이야기를 털어놓는 것이 창피한 듯. 자식 일이라면 부끄러움이고 뭐고 모조리 잊어버리는 부모들도 종종 있는데, 여정은 그런 부류는 아닌 모양이었다.

"그래서요?"

"…현장에서 목격자가 경찰에 신고해 붙잡혔어요."

두 칸짜리인 여자 화장실 안엔 각각 피해자와 수완이 있었고, 밖에선 다른 사람이 차례를 기다리고 있었다고 했다. 화장실 밖에 서 있던 여자는 갑자기 뛰쳐나온 수완을 보고선 기겁해 비명을 질러댔고, 그 바람에 카페에 있던 사람들까지 몰려들었다. 수완이 자신을 저지하려는 사람들과 실랑이하다가 나중에는 몸싸움까지 벌이며 현장에서 달아나려던 찰나, 그사이 누군가의 신고로 출동한 경찰에게 붙잡혔다고 했다.

"몸싸움을 벌였다고요?"

덩치가 크다곤 하지만, 그렇게 여럿을 상대로 실랑이를 벌일 수 있을까? 그때 여정이 내 속마음을 읽은 듯 대답했다.

"운동을 했거든요."

"운동요?"

"유도요. 지금은 그만뒀지만."

아, 어쩐지. 나는 새삼스럽게 수완의 체구를 돌아봤다. 저 몸집에 유도까지 했다면 어지간한 성인 몇 명 상대하는 것 정도는 그리 어려운 일도 아닐 터, 공공장소에서 그렇게 대담하고 뻔뻔스러운 짓을 저질렀던 건 만에 하나 들키더라도 힘으로 제압할 자신이 있어서였을까.

'의뢰인을 비난하는 건 그만둬.'

꿈틀꿈틀 치밀어오르는 혐오감을 애써 가라앉히며 나는 여정 쪽으로 시선을 돌렸다.

"그래서 경찰서로 갔다고 들었는데…."

"…네."

여정이 기어들어가는 목소리로 대답했다.

"그런데 쟤가 조개처럼 입을 꾹 다물고 한마디도 안 했다더라고요."

안도처럼도, 한숨처럼도 들리는 말투였다. 현장에서 몰래카메라로 촬영하다 발각됐다 하더라도 묵비권을 행사하면 경찰이라고 사실상 별다른 방법이 없다. 피의자가 변호사를 선임한 후 조사하는 수밖에. 입을 꾹 다물고 있었던 게 그걸 고려한 행동이었다면 결과적으론 잘한 일이라고 할 수 있겠지만, 여기 온 이후로도 입 한번 뻥긋하지 않는 수완을 보니 그게 의도적인 행위였는지 아닌지 판단하기가 어려웠다.

"저… 상황이 많이 심각한가요?"

여정이 걱정스러운 표정으로 물었다.

"그리 좋진 않네요."

내가 솔직하게 대답했다.

"카메라 등으로 수치심을 유발할 수 있는 타인의 신체를 불법으로 촬영한 자는 성폭력범죄 처벌 등에 대한 특례법 14조 1항에 따라 7년 이하 징역, 오천만 원 이하 벌금형에 처할 수 있어요. 물론 이건 최고 형량이긴 하지만, 범행을 부인하기도 어렵고 현장에서 몸싸움까지 벌였으니 심각하지 않다고 하긴 어렵네요."

여정의 낯빛이 하얗게 질렸다. 금방이라도 울음을 터뜨릴 것 같은 표정이었다. 이곳에 온 뒤 내내 침착함을 유지하려 애쓰고 있었는데, 막상 아들에게 닥칠지 모를 암담한 현실을 마주하고 보니 자제심이 일시에 풀려버린 것 같았다.

"하지만 수완이는 아직 미성년자인데요."

지푸라기라도 잡으려는 사람처럼 대꾸하는 여정을 보자 나도 모르게 속으로 한숨이 나왔다. 나 역시 자식 키우는 사람으로서 지금 여정이 얼마나 속이 타들어갈지 이해 못 하는 바는 아니지만, 아들이 저지른 잘못은 생각하지 않고 법망의 허점을 피해 어떻게든 처벌받지 않으려는 모습을 보니 안타까우면서도 한심하게 느껴졌다.

"수완이가 지금 몇 살이죠?"

"고1이에요. 만 열여섯 살."

"그러면 충분히 형사 처벌 대상이 될 수 있습니다. 법적으로 형사 책임 무능력자인 범법소년은 만 10세 미만이에요. 10~14세인 촉법소년 역시 형사 책임 무능력자라 형사 처벌은 불가능하지만, 소년법에 따라 소년 사건으로 보호 처분 가능하고요. 하지만 수완이는 14~19세인 범죄소년에 해당해 소년부 송치는 물론 형사재판까지도 가능한 나이입니다."

여정이 갑자기 왈칵 울음을 터뜨렸다. 한 손으로 곁에 둔 핸드백 안을 뒤적여 손수건을 꺼내려 했지만 손에 잡히지 않는 모양이었다. 내가 말없이 티슈 박스를 건네자 여정은 휴지를 뽑아 눈가를 닦았다. 그 와중에도 눈화장이 번지지 않을까 조심하면서 눈 밑을 누르는 모습이 평상시 굉장히 남의 시선을 의식하며 살겠구나 싶었다.

그런 한편 수완은 목석처럼 별다른 감정을 드러내지 않고 묵묵히 앉아 있었다. 딱히 지능이 떨어져 보이진 않는데 저렇게도 상황 판단이 안 되는 건가, 아니면 아무런 죄의식이 없는 건가. 백번 양보해서 무분별한 10대이니 죄의식까지는 못 느끼 치더라도 이런 얘기를 들으면 겁이 날 법도 한데. 어쨌거나 상당히 둔감하거나 배포가 큰 모양이라고 생각했다.

"그럼 앞으로 어떻게 해야 하나요?"

"제일 중요한 건 피해자와 합의를 하는 건데 몰카 합의금은 대략 오백만 원에서 오천만 원까지 수준이에요. 1억 원을 지급하는 경우도 있고요. 얼마나 많이 찍었는지, 찍은 부위가 어디인지, 제3자에게 유포했는지 아닌지 여부에 따라 합의금은 달라질 수 있습니다."

"돈이라면 얼마든지 낼게요!"

여정이 매달리듯 말했다. 합의금 얘기에 대개는 절망적인 표정을 짓기 마련이건만, 오히려 얼굴에 한 줄기 희망의 빛이 어리는 걸 보니 예상했던 대로 경제적으로는 아무 어려움이 없는 모양이었다.

"사실 애들 아빠가 병원 원장이거든요. 돈이 쪼들리는 형편은 아니에요. 그러니 그저 아이 장래에 빨간 줄 그어지지만 않게, 일이 커져서 주변에 소문나지만 않게 해주세요."

"병원이라면, 어디죠?"

여정이 대답한 곳은 대표가 오랫동안 다니고 있는 제법 규모가 큰 병원이었다. 그러고 보니 그 병원 원장이 대표가 친하게 지내는 고등학교 선배의 대학 동기라 다 같이 골프를 치러 다니며 꽤 가까워졌다고 하는 얘기를 어느 회식 자리에선가 들은 기억이 있다.

'그래서 그 병원장 자식 뒤치다꺼리가 나한테 넘어온 거로군.'

나는 속으로 혀를 차며 기대에 찬 눈빛으로 나를 바라보는 여정을 똑바로 마주 봤다.

"그런데 이런 경우엔 대개 피해자들이 합의를 꺼려요."

"왜요? 막말로 성폭행당했다거나 뭐 그런 것도 아니잖아요. 그저 사진 좀 찍힌 게 뭐가 그렇게 큰 피해라고. 물론 기분이야 안 좋겠지만, 그 정도 일로 몇천만 원씩이나 하는 돈을 받으면 별반 나쁠 것도 없지 않나요?"

"하지만 피해자들에게도 합의를 거부할 권리가 있습니다. 유감스럽게도요."

'유감스럽게'라는 표현을 쓰는 게 맞는 건지 속으로 자문하면서도 여정이 너무 흥분하는 듯해 그렇게 덧붙였다. 여정 편에서 보자면 피해자가 합의해주지 않는 게 당연히 유감스러운 일이다. 그를 의뢰인으로 둔 나 역시 마찬가지다. 하지만 피해자 쪽에서 본다면 어떨까. 합의를 거부할 수 있는 권리야말로 이처럼 돈으로 모든 걸 쉽게 해결하려 하고, 죄를 범하고도 아무런 잘못도 없는 것처럼 구는 사람들에게 가할 수 있는 최소한의 응징 아닐까.

"어쨌든 조용히 합의할 수 있도록 변호사님께서 도와주세요. 그게 변호사님 일이잖아요."

여정이 '일'이라는 단어에 묘하게 강세를 두고 말했다.

직감적으로 이들 모자가 꽤 다루기 힘든 의뢰인이 될 것 같다는 느낌이 들었다. 돈만 있으면 문제 될 게 없다고 생각하는 신경질적인 엄마와 아무런 죄의식도 없어 보이는 아들. 개인적으로 가장 혐오감을 느끼는 조합이다.

"노력해보죠. 초범이고 촬영물을 폐기했는데 피해자와 합의까지 된 경우, 운이 좋다면 검사가 기소 유예 처분을 해줄 수도 있으니까요."

갑자기 여정의 태도가 확연히 불안해졌다. 그 모습을 보자나 역시 불안함이 스멀스멀 밀려왔다.

"혹시… 초범이 아닌가요?"

"그, 그게."

"저한텐 모든 걸 사실대로 말씀해주셔야 해요."

여정은 우물쭈물하다가 어쩔 수 없다는 듯 모든 것을 털어놓았다.

"사실은… 예전에 사귀는 여자친구를 찍은 적이 있어요."

"그건 어떻게 아세요? 수완이가 얘기하던가요?"

"그 애 엄마가… 집에 찾아왔거든요."

조금 전까지 당당하던 여정의 목소리가 주눅이 든 듯 조금씩 작아졌다.

"요즘 애들이 좀… 조숙하잖아요. 그래서 둘이… 관계를 하려던 중에… 수완이가 여자친구 벗은 몸을 찍었다나 봐요. 그 애는 처음엔 싫다고 하다가 나중엔 무슨 생각에서였는지 그냥 수완이 좋을 대로 하게 놔둔 모양인데 지나고 보니 찜찜했던지 제 엄마한테 다 털어놨고, 그래서 그 집 엄마가…."

"그때는 어떻게 하셨어요?"

끝없이 늘어질 것 같은 여정의 말을 중간에서 잘랐다.

"미안하다 사과하고 위로금을 줬어요. 코로나로 남편이 명예 퇴직당한 상황이라 그랬는지 그쪽에서도 돈을 받고 나서는 더는 문제 삼지 않았고요. 아, 물론 그 여자애랑은 앞으로 만나지 말라고 했어요. 그렇게 뒤통수치는 애랑 엮였다가 나중에 또 무슨 일을 벌일지 모르잖아요."

실소가 터질 만큼 지독히도 자기중심적인 논리였다.

"정리하자면, 여자들 몸을 찍은 게 처음은 아니지만 걸린 건 이번이 처음이라는 얘기네요?"

"네."

내가 상황을 간략히 요약하자 여정이 고개를 끄덕였다.

"그렇다면 큰 문제 될 건 없어요. 기록에 남은 게 아니니까요. 말씀하신 대로 그 피해자가 다시 지난 일을 문제 삼거나 하지만 않으면요."

"그럴 일은 없을 거예요."

여정이 자신 있게 대답했다. 아마도 여자애 부모에게 건넨 돈봉투가 제법 묵직했던 모양이다.

"그렇다면 됐어요. 그리고…."

다소 민감한 부분이라 나는 여정의 눈치를 보며 조심스럽게 입을 열었다.

"들어보니 어쩌면 수완이는 성적 충동을 자제하는 데 어려움을 겪고 있는 걸 수도 있겠네요. 치료는 고려해보셨을까요?"

"치료요?"

예상했던 대로 여정이 눈을 사납게 치켜떴다.

"수완이한테 정신적 문제가 있다는 얘긴가요?"

"꼭 그렇다는 건 아니지만 한 번도 아니고 여러 차례 사회적 일탈 행위를 저질렀으니까요. 그러니 다시 이런 일이 없도록 상담을 받아보는 것도 고려해보시길 권합니다."

잠시 침묵하던 여정은 내 말에 질문으로 대답을 대신했다.

"변호사님도 애가 있으시죠?"

"네. 고등학생 딸이 하나 있어요."

"아들은요?"

"없어요."

내 대답에 여정이 그럴 줄 알았다는 표정을 지었다.

"그래서 뭘 잘 모르시나 보네요. 딸이랑 아들은 달라요. 한창 성에 호기심이 많을 나이라고요. 남자애가 짓궂은 장난을 친 게 과했을 뿐인데 정신병자로 몰아가는 건 좀 아니잖아요?"

"공공장소에서 다른 사람 신체를 촬영하는 게 짓궂은 애들 장난은 아니죠. 그건 엄연한 범죄예요."

생각했던 것보다 말투가 험악하게 나와 나 스스로도 조금 놀랐다. 그래도 딱히 자제하고 싶진 않았다. 어쩌면 상황 판단 이 제대로 안 되는 건 수완이만은 아닐지도 모르겠다. 엄마라 는 사람조차 제 아들이 무슨 짓을 저질렀는지 인지하지 못하 고 있으니. 아들이 저렇게 된 데는 여정의 양육 방식에 문제가 있는 게 틀림없다는 생각이 들었다.

"하지만…."

"소년 사건으로 송치되면 반성문과 성교육 및 심리 치료를 제대로 받고 있다는 증빙 자료를 내는 게 도움이 많이 돼요. 그러니 진지하게 고려해보세요."

여정은 여전히 불만스러운 듯 표정이 샐쭉해졌지만, 상황이 어쩔 수 없는지라 내 말에 더는 토를 달지 않았다.

"그리고 수완이 학교생활은 어떤가요? 평상시에 아무런 문제가 없었나요?"

"그건 왜 물으세요?"

여정은 여전히 불만스러운 얼굴이었다.

"평소에 행동이 얌전하고 착한 아이였다는 진술서가 있으면 양형에 유리하게 작용하기도 하거든요. 혹시 그런 얘기를 해줄 선생님은 없어요?"

그러자 여정의 얼굴에 어린 불안이 난감함으로 바뀌었다.

"예전에 유도 코치님을 많이 믿고 따르긴 했는데… 운동을 그만둔 뒤에는 딱히 교류할 일이 없어서."

"그러면 친구는요?"

"친구요?"

여정은 얼빠진 얼굴로 나를 멍하니 바라보기만 했다. 보아하니 아들의 교우 관계에 대해선 별로 아는 바가 없는 모양이었다.

"가정환경엔 별문제 없나요? 아이가 스트레스를 심하게 받을 만한 상황이라거나."

나는 질문을 바꿨다.

"그런 건 딱히. 저랑 애 아빠랑 사이가 특별히 안 좋은 것도 아니고, 말씀드렸다시피 경제적으로 쪼들리는 형편도 아니고요."

"수완이 말고도 자녀분이 있으세요?"

"네. 큰애가 있어요. 수완이랑 다섯 살 차이예요. 지금 의대 다녀요."

군이 의대 이야기까지 꺼낼 필요는 없었는데, 여정에겐 공부 잘하는 첫째가 자랑거리였던 모양이다. 첫째가 의대 다닌다는 말이 내 귀엔 '비록 수완이는 저 모양이지만 적어도 다른 자식 하나는 잘 키웠다고요'라고 주장하는 것처럼 들렸다.

그리고 이 역시 기분 탓인지 모르겠지만, 여정의 입에서 형 얘기가 나올 때 수완의 몸이 순간적으로 움찔하는 것 같았다. 열등감 때문일까. 하긴 대한민국 모든 부모가 안달하는 의대에 떡하니 합격한 형과 여자 화장실을 몰래 촬영하다 처벌받을 위기에 놓인 수완의 차이는 너무나 컸다. 혹시 수완이 자라는 내내 형과 비교당하며 살았던 건 아닐까. 그래서 비뚤어진 심정으로 저런 잘못을 저질렀을까.

"앞으로 절차가 어떻게 되죠?"

여정이 불안한 표정으로 물었다.

"수완이가 현장에서 잡혔을 때 경찰에서 부모님 불러 신원 확인하고 돌려보냈죠? 나중에 경찰 출석 일정 잡겠다고 했을 거고요."

"네."

여정은 고개를 끄덕였다.

"제가 변호사 선임계 제출하고 일정 잡아 수완이랑 같이 경찰 조사를 받을 거예요. 검사가 소년 사건으로 송치할 것 같은데, 비교적 가벼운 처분을 받기 위해 피해자 합의랑 감경을 위한 측근 진술서, 치료 내역 제출에 집중해야죠."

여정은 또다시 멍한 표정으로 나를 바라보고만 있었다. 내 말을 어디까지 이해하고 있는지조차 가늠하기 어려웠다. 아마도 당황해서 지금 머릿속이 뒤죽박죽이겠지.

"어머님과는 어느 정도 이야기가 된 것 같으니 일단 수완이랑 얘길 해봐야 할 것 같아요. 자리를 좀 비켜주시겠어요?"

"…자리를요?"

내 요청에 여정은 당혹감과 불안함이 반반씩 뒤섞인 표정으로 되물었다.

"아무래도 부모님이 계시면 편하게 얘기하기 어려운 부분도 있을 테니까요."

"하지만 이미 할 얘기는 다 했는데…."

"당사자 입으로 직접 듣는 거랑은 또 다르니까요."

여전히 내키지 않는 기색이었지만, 여정은 마지못해 자리에서 일어섰다.

"엄마가 대기실에서 기다리고 있을게. 변호사님이랑 천천히 얘기하고 나와, 알겠지?"

아까부터 미동도 없이 고개를 숙이고 가만히 앉아 있던 수완이 느릿느릿 얼굴을 들었다. 여정을 올려다보는 수완과 그제야 나는 처음으로 눈이 마주쳤다. 처음엔 그저 아이답지 않은 눈빛이라고 생각했다. 아이답지 않게 담담하고 차분한 눈빛이라고.

하지만 다음 순간 깨달았다. 아이의 눈엔 아무런 감정이 실려 있지 않았다. 뜨고 있다기보다 벌어져 있는 것 같은, 깊이를 알 수 없는 어두운 우물을 닮은 아이의 눈에 담긴 건 그저 공허와 허무뿐이었다.

소년

수완과 둘만 남자 방 안 공기가 어쩐지 조금 전보다 더 무거워진 것 같았다. 수완은 딱히 할 말도, 궁금한 것도 없다는 표정으로 멀뚱멀뚱 발밑을 내려다보고 있었다. 아래로 눈을 내리깔고 있어 볼 순 없지만, 아마도 아까처럼 마음이 없는 사람만이 가질 법한 공허한 시선을 하고 있을 것이다.

"왜 그런 거니?"

내가 먼저 어색한 침묵을 깼다. 수완이 힐끗 나를 바라봤다.

"뭘요?"

"화장실에서 몰래카메라 촬영한 거. 왜 그랬어?"

뭘 묻는지 알고 있을 게 분명한데 마치 남의 얘기 하듯 심드렁한 수완을 보니 짜증이 치밀어 '화장실'과 '몰래카메라'에 힘을 실어 또박또박 말했다.

"그냥요."

툭 내뱉는 어투만큼 성의 없는 대답이었다.

"'그냥'이라니, 그게 무슨 뜻이야?"

"말 그대로 그냥이라고요."

수완은 여전히 심드렁했다.

"그냥 하고 싶어서 했다? 하고 싶다고 뭐든 다 해도 된다고 생각한 거니? 유치원생들도 그래선 안 된다는 걸 알아."

이래서는 대화가 안 될 것 같아 나도 강하게 나갔다. 생각지 못한 반응이었는지 수완은 살짝 움찔했다.

"…딱히 하고 싶어서 그런 건 아니에요."

"하고 싶지도 않았다면서 왜 그런 짓을 한 건데?"

수완이 다시 조개처럼 입을 다물었다. 한숨이 절로 나왔다. 경찰 조사에서 아무 말도 안 했다기에 배짱은 좋구나 싶었는데 이런 식이라면 나라도 몇 시간을 함께 앉아 있어봤자 진술을 받을 수 없을 것 같았다.

"궁금했니?"

"뭐가요?"

이번엔 수완이 되물었다.

"여자 몸이 어떤지 궁금해서 그랬냐고. 네 나이대는 한창 호기심이 생길 때니까."

"별로요."

딱히 쑥스럽거나 겸연쩍어하는 기색도 없는 대답이었다.

"궁금해서 한 것도 아니다?"

"온라인에도 그런 건 많으니까요."

"온라인에서 그런 걸 많이 보나 보지?"

"그런 게 뭔데요?"

수완이 퉁명스럽게 물었다.

"네가 더 잘 알 거 아냐. 네가 화장실에서 찍은 그런 영상 같은 것들 말이야."

수완은 알 수 없는 눈빛으로 잠시 나를 쳐다보다 고개를 돌렸다.

"예전에 네 여자친구 사진 찍은 것도 궁금해서 그랬니?"

"경찰도 아니면서 왜 자꾸 물어요?"

수완의 목소리엔 짜증이 배어 있었다.

"너, 지금 네 상황이 어떤지 알고나 있어? 넌 범죄를 저지르다 현장에서 붙잡혔어. 경찰 조사를 받아야 하고, 운이 나쁘면 어쩌면 소년원에 가게 될지도 몰라. 그걸 막으려고 네 엄마가 널 여기 데려왔고, 나도 널 도와야 하니까 계속 이런 질문을 하는 거야. 그런데 정작 네가 '그냥요' 같은 성의 없는 대답만 하고 있으면 어쩌자는 거니?"

내 말에 수완은 팔짱을 끼고서 소파에 등을 누였다. 만사 다 귀찮다는 듯한, 어쩌면 체념한 듯도 보이는 몸짓이었다.

"뭐, 궁금했다고 쳐요."

"궁금했다고 '쳐요'?"

"…궁금했어요."

수완이 한숨 섞인 목소리로 대답했다.

"그래. 그럼 경찰이 물으면 순간적으로 호기심이 생겨 촬영했고, 잘못했다, 나쁜 짓을 저질렀으니 반성하고 있다고 얘기하는 거야. 알았지?"

그 말에 수완은 피식 웃었다.

"웃어? 너 지금 이게 웃기니?"

"조금요."

하나도 우습지 않은 표정으로 수완이 대답했다.

"다들 거짓말만 하니까."

"거짓말이라고?"

그러자 수완이 나를 똑바로 쳐다봤다.

"순간적으로 호기심이 생겨 촬영했다, 잘못했다, 나쁜 짓을 저질렀으니 반성한다, 전부 아줌마가 지어낸 말이잖아요?"

"그럼 이게 사실이 아니야? 넌 잘못한 것도 없고, 반성하지도 않는다는 말이니?"

"…딱히요."

이번에도 심드렁한 대답이 돌아왔다.

나는 인내심이 점점 바닥나고 있음을 느꼈다. 저 아이는 정말 자신이 한 짓에 아무런 죄책감도, 반성도 느끼지 않는 걸까. 아침에 봤던 소년범 뉴스가 떠올랐다. 비록 그들이 저지른 잘못에 비해선 훨씬 죄가 가볍다 할지라도 내 눈앞에 있는 저 아이 역시 지적 장애가 있는 소녀를 번갈아 성폭행한 그들 같은 괴물은 아닐까. 그렇다면 저 아이의 변호인이 되는 게 과연 옳은 일일까.

"넌 네가 한 일이 나쁜 짓이었다는 생각이 아예 안 드니?"

"글쎄요."

수완이 고개를 갸웃했다.

"누구한테 피해를 준 건 아니잖아요."

"피해를 안 줬다고? 네가 그런 일을 당했으면 어떨 것 같아?"

"별로… 아무렇지도 않을 것 같아요."

"아무렇지도 않다고?"

"그냥 사진 좀 찍힌 게 다잖아요."

"넌 동의도 없이 남들이 드러내고 싶지 않은 곳을 촬영한 거야. 그런데 그게 잘못이 아니야? 그리고 여자친구도 찍었다면서? 그건 걔한테 상처 준 거 아니니?"

"걘 오히려 좋아했을걸요? 엄마가 돈도 줬으니까."

갑자기 깊은 회의감이 들었다. 차라리 이 사건을 맡지 않겠다고 할걸 그랬나 하는 생각까지 들었다. 하지만 이미 맡겠다고 한 사건을 물릴 순 없다. 게다가 대표는 수완의 아버지와 친분이 있으니 내가 안 한다고 하면 노골적으로 싫어할 게 틀림없다. 조직의 일원으로서 월급 주는 사람의 눈치를 아예 안볼 수는 없는 일이다.

"어쨌든 그런 말은 경찰 조사 때는 절대 하지 마."

치밀어오르는 짜증을 억누르며 내가 말했다. 수완은 내게 '거짓말쟁이'라고 말하고 싶은 표정을 짓고 있었다.

"왜요?"

"그편이 너한테 유리하니까."

"저한테 유리하다고요?"

"그래. 네 인생에 유리해. 넌 네 인생이 어떻게 되든 상관없니? 그런 건 아닐 거 아냐."

수완이 피식 코웃음을 쳤다.

"뭐, 딱히요."

"네가 앞으로 어떻게 살지 상관이 없다고?"

"어차피 제 인생은 꽝인데요, 뭐."

불쑥 내뱉는 수완의 말에 갑자기 말문이 막혔다. 수완은 누가 봐도 혜택받은 환경에서 자란 아이다. 유복한 가정에서 태어났고, 성장 배경도 딱히 불우하지 않은 것 같다. 별다른 어려움 없이 자랐을 게 분명한 소년이 지금껏 몇 년이나 살아봤다고 벌써부터 제 인생이 꽝이니 뭐니 하는 걸까. 경찰 조사나 형사재판을 대비한 형식적인 조사 차원에서가 아니라, 수완의 '진짜' 속마음이 궁금해졌다.

"왜 네 인생이 꽝이라고 생각하는데?"

"그냥. 꽝이니까요."

수완은 마치 남의 얘기 하듯 말했다.

"다른 사람들보다 네가 복 받았다곤 생각해본 적 없어?"

"전혀요."

"어째서? 널 아껴주는 부모님도 계시고."

"엄마, 아빠는 형만 생각해요."

부러움이나 질투가 섞이지 않은 담담한 어조였다. 너무 자연스러워 해가 동쪽에서 떠 서쪽으로 진다고 말하듯, 지극히 당연한 사실을 얘기하고 있는 것 같았다. 문득 의대 다니는 큰 아들을 언급할 때 자랑스러워하던 여정의 모습이 떠올랐다. 역시나 수완이 이렇게 된 건 형에 대한 콤플렉스 때문일까.

"넌 어때? 형이랑 사이가 좋아?"

"네."

수완은 순순히 대답했다. 의외였다. 형에게 열등감이랄까, 경쟁심 같은 걸 가지고 있을 줄 알았는데.

"유도를 할 수 있었던 것도 형 덕분이에요."

웬일로 수완 편에서 먼저 자발적으로 말을 꺼냈다. 형과 사이가 나쁘지 않다는 게 거짓말은 아닌 모양이었다.

"형 덕분이라고?"

"처음엔 다들 반대했거든요. 그런데 형이 설득했어요, 엄마, 아빠를. 엄마, 아빠는 형 말이라면 다 믿으니까."

"유도는 좋았니?"

잠깐 동안이지만 처음으로 수완의 표정이 밝아졌다.

"네."

"어떤 점이?"

"모르겠어요. 그냥, 후련했어요."

"후련했다고?"

"경기에서 이기면요."

"늘 이기진 않았을 텐데?"

"지면 그냥 졌나 보다, 하면 돼요. 복잡하지 않으니까."

"그런데 왜 그만뒀어? 좋아했다면서."

"…부상 때문에요."

잠시나마 밝아졌던 수완의 얼굴이 다시금 깊이 그늘졌다. 입을 굳게 다문 모양새가 별로 이야기를 하고 싶지 않은 표정이었다.

"좋아하는 운동도 했고, 지원해준 부모님과 형도 있고. 그런데 왜 네 인생이 꽝이라고 하는 거야?"

어렵게 말문을 연 수완이 다시 입을 닫아버릴까 봐 계속 대화를 시도했다.

"이젠 안 하잖아요."

"다른 운동을 할 수도 있는 거고."

"글쎄요."

수완은 다시 심드렁하게 대꾸했다.

"달리 잘하는 것도 없고."

"그거야 차츰 찾아보면 되지. 아직 어리고, 시간도 많은데."

수완이 다시 나를 힐끔 쳐다봤다. 눈빛이 마치 '거짓말쟁이'라고 말하는 것 같았다.

"유도 말고 좋아하는 건 없니?"

"없어요."

명쾌하다 싶을 만큼 즉각적으로 답이 돌아왔다.

"친한 친구는 없고?"

"그게 왜 궁금한데요? 아줌마가 선생이에요?"

심드렁한 말투로 되묻는 수완은 다시 아까 상태로 돌아와 있었다. 무심하고, 방어적이고, 감정이나 죄의식이 결여된 것처럼 보이는 소년으로.

"너에 대해 좀 더 알려고 그러는 거야."

"왜요? 알아서 뭘 하려고요?"

"그게 내 일이니까. 널 변호하는 거. 너에 대해 좀 더 알아야 널 방어해주기가 더 쉽거든. 그래야 내가 돈도 더 벌 수 있고."

수완이 무슨 대답을 기대했을지, 아니 내게 뭔가 기대 자체라도 했을지 어떨지 모르겠지만, 나는 솔직하게 대답했다.

"아."

수완은 납득을 한 건지 아닌 건지 알 수 없는 짤막한 말을 내뱉더니 "친한 친구 같은 거 없어요."라고 대답했다.

"그럼 힘들 때나 고민 있을 때 이야기하는 사람은 없어? 형 말고?"

"예전엔… 코치님요."

"유도 코치님?"

수완이 고개를 끄덕였다.

형량 완화를 위해 수완의 선처를 바라는 진술서는 거기다 부탁해야겠군. 나는 수첩에 '코치'라고 적고 밑줄을 그었다.

"이젠 가도 돼요?"

수완이 물었다. 이런 따분한 놀이는 이쯤에서 그만둬도 되지 않느냐는 투로. 나 역시 이런 상태로라면 시간을 질질 끌어봤자 별로 건질 게 없어 보였다.

"경찰 조사엔 내가 함께 따라갈 텐데 넌 무조건 잘못했다, 반성한다고 해. 나중에 말을 맞춰보겠지만, 묻는 말 외에 쓸데없는 말은 하지 말고. 나머지는 내가 알아서 할 테니까."

지금까지 본 바로는 말수 자체가 적어서 쓸데없는 말을 할 가능성 역시 낮아 보였지만, 일단은 그렇게 못 박아두었다.

수완이 보일락말락 고개를 끄덕였다.

"너무 걱정할 필요는 없어."

문을 나서는 수완의 뒷모습에 문득 동갑내기 딸아이가 겹쳐져 조금 부드럽게 덧붙였다.

"걱정 안 해요."

수완이 문을 나서면서 말했다. 너무도 단정적인 어투에 나는 고개를 들어 수완을 마주 봤다.

"말했잖아요. 이러나저러나 어차피 내 인생은 꽝이라고요."

말을 마친 수완은 문을 닫고 내 시야에서 사라졌다.

옛 스승

태어나 처음 와본 유도 체육관은 신선한 충격을 안겨주었다. 여기저기서 서로를 후려치고 메치는 소리가 울려 퍼졌고, 건장한 청년들이 뿜어내는 강렬한 에너지에 땀 냄새가 희미하게 섞여 공기 중을 떠돌고 있었다. 한때는 수완이도 저 청년들처럼 여기서 승부욕을 불태웠겠지. 심드렁한 태도에 공허한 눈빛을 한 그 아이가 예전엔 저렇게 적극적으로 누군가와 몸싸움을 벌였었다고 생각하니 뭔가 느낌이 묘했다.

"번거롭게 해서 죄송합니다. 이쪽으로 오시죠."

체육관 입구에서 기다리던 최석준 코치가 안쪽 사무실로 나를 안내했다. 그리 크지도 작지도 않은 보통 키의 코치는 한눈에도 체격이 탄탄해 보였다. 보디빌딩 선수처럼 온몸에 근육이 울퉁불퉁 튀어나오진 않았지만 소매를 접어 올린 팔뚝이라든지, 겉으로 드러난 부분엔 잔근육이 다부지게 붙어 있었다.

짧게 깎은 스포츠머리 역시 운동하는 사람처럼 보였다.

"수완이가, 뭔가 사고를 쳤다면서요?"

밖에서 들리는 시끄러운 소리를 차단하기 위해 사무실 문을 닫은 뒤 석준이 물었다. 마치 내가 거짓말을 하고 있다는 듯 미심쩍은 표정이었다.

나는 고개를 끄덕이며 전화로 간략하게 설명한 내용을 다시 한번 되풀이했다. 수완이가 저지른 범죄, 앞으로 진행될 법적 절차, 그리고 그걸 위해선 석준의 도움이 필요하다는 사실까지.

수완 모자와 첫 만남 이후 약 3주가 흐른 시점이었다. 그사이 경찰에 변호사 선임계를 제출하고 날짜를 잡은 뒤 수완과 함께 피의자 조사에 출석했다. 조사는 비교적 무난하게 진행됐다. 준비했던 대로 수완은 기본적인 인적 사항 등에 대해서만 대답했고, 드러난 범행 사실에 대해선 인정은 하되 최대한 말을 아꼈다.

하지만 조사를 마친 뒤 수완이 무심하게 내뱉은 "죄송합니다"라는 말은 누구의 귀에도 반성하는 사람의 것으론 들리지 않았다. 그저 해야 하니 어쩔 수 없이 한 말이라는 게 너무나 빤히 드러났는지 조서를 작성한 여성청소년과 김미진 경위가 살짝 눈살을 찌푸렸다. 안 좋은 신호였다.

피해자와의 합의도 원만하게 진행되지 않았다. 합의 시도를 하기 위해 피해자 연락처를 묻자 김미진 경위는 "피해자가 합의 보기 싫대요."라고 대답했다.

"피해 당시 상황이 트라우마로 남아 밖에선 화장실도 좀처럼 못 간다 하더라고요. 그러면서 피의자가 엄벌을 받아야 한다고 화를 내던데, 이런 말 하긴 좀 뭐하지만 솔직히 틀린 말은 아니죠. 어린애도 아니고 잘잘못 정도는 가릴 줄 알 나인데."

비난의 뜻이 담긴 말처럼 목소리 역시 뾰족했다.

수완이 사건의 경우, 피해자와 합의를 보는 게 가장 중요하다. 죄를 인정할 수밖에 없는 상황이라 형을 줄이는 데 집중해야 하는데, 피해자와의 합의가 중요한 양형 사유 혹은 기소 유예 사유가 될 수 있기 때문이다. 합의를 볼 경우, 운이 좋으면 검사가 기소 유예를 해줄 수도 있겠다고 조금은 기대하고 있었는데 피해자가 강경하게 거부하니 이제 그건 물 건너간 일이 돼버렸다.

얼마 후 사건은 검찰로 넘어갔고, 예상했던 대로 검사는 소년 보호 사건으로 송치했다. 가정법원에서 소년 심판을 받아야 한다는 뜻이다. 이로써 이제 재판은 피할 수 없게 됐다.

이번처럼 피해자가 접촉을 거부하면 변호인이 재판을 앞두고 할 수 있는 일은 그리 많지 않다. 차선책으로 합의금 상당액을 형사 공탁해 피해자에게 성의를 표시하고, 수완이 주변 사람들로부터 선처를 바라는 진술서를 받아 법원에 제출하는 것 외엔 딱히 손쓸 방법이 없다.

하지만 진술서를 받는 과정 역시 예상보다 난항이었다. '피의자가 평상시 학교 성적이 좋고 교우 관계도 원만하니 이번 한 번만은 너그럽게 용서해주시길 바랍니다'라는 내용을 골자로 하는 진술서는 대개 교사 등에게서 직접 받아오라고 지시하는데, 어찌 된 일인지 이번 경우엔 의뢰인 측이 그리 협조적으로 나오지 않았다.

"수완이를 잘 아는 선생님요? 글쎄요. 공립이라 전근이 잦아서 예전에 가르쳤던 분은 이미 다 바뀌고, 지금 담임 선생님은 과연 잘 써주실지…."

여정은 그렇게 난색을 표했다. 들어보니 수완은 학교에서도 잦은 결석 등 자잘한 문제를 일으켜 현재 담임의 눈 밖에 난 모양이었다.

"그렇다면 혹시 수완이를 비교적 잘 아는 사람은 없을까요? 어머님 지인이라든지. 아버님 지인도 좋고요."

"그런 부탁을 했다간 금방 소문이 다 날걸요. 좁은 동네고 엄마들끼리 얼마나 말을 잘 퍼뜨리는데."

여정은 말만 듣고도 질색을 했다. 지금이 평판에 신경 쓸 상황이냐고 쏘아붙이고 싶었지만, 그래봤자 별 도움이 안 될 것 같아 목구멍까지 치솟은 말을 꾹 눌러 삼켰다.

이런저런 이유로 주위 사람들을 하나씩 거르고 나니 결국 남은 건 지난번 진술서를 받아야겠다고 점찍어놓았던 수완의 과거 유도 코치밖에 없었다. 하지만 코치에게서 진술서를 받아달라고 하자 이번에도 여정은 몸을 사렸다.

"그게요… 변호사님이 직접 얘기해주시면 안 될까요? 그분을 만나는 게 좀 껄끄러워서요."

슬며시 짜증이 치솟았지만, 어쩔 수 없었다. 말로만 아들 걱정하는 소극적인 엄마나, 말주변도 없고 상황을 타개할 의지도 그리 강해 보이지 않는 아들에게 이 중요한 일을 맡겨두느니 차라리 내가 직접 코치에게 연락하고 설득하는 편이 나을 것 같았다.

그런데 이번에도 역시 장애물이 등장했다.

"글을 써야 한다고요?"

여정에게서 받은 연락처로 전화를 걸어 상황을 설명했을 때 석준은 그렇게 되물었다.

"제가 그런 쪽으론 완전 젬병이라."

이 시도도 물 건너가는 건가 싶어 실망하려던 찰나, 곧장 석준이 덧붙이는 말소리가 들렸다.

"죄송한데 진술서 작성은 변호사님께서 해주실 수 있을까요? 대신 수완이에 대한 거라면 기억나는 대로 다 얘기해드리겠습니다."

변호인이 진술서를 써줄 사람을 만나 이야기를 듣고 대리 집필을 하는 경우가 아주 드문 일은 아닌지라 알겠다고 했다. 이렇게라도 진술서를 써줄 사람을 찾았으니 오히려 그나마 다행이라고 생각했다.

석준은 낮시간에 자리를 비우기 어렵다며 체육관으로 찾아와달라고 부탁했다. 그런 연유로 나는 태어나 처음으로 유도 체육관이라는 낯선 장소에 발을 들여놓게 됐다.

"수완이가 여기에 오래 다녔나요?"

내 질문에 석준은 눈을 가늘게 떴다. 마치 기억을 더듬는 것 같았다.

"한 5년 됐네요. 작년에 관뒀으니까."

"어떤 아이였나요?"

"평범한 사내애였어요. 혹시 아들 있으신가요?"

나는 고개를 저었다.

"열 살 남짓한 사내애들이 으레 그렇듯이 산만하고, 통제하기 어려운 구석은 있었죠. 또래랑 부딪치거나, 사소한 일에 발끈하기도 하고."

석준은 잠시 말을 멈췄다가 덧붙였다.

"하지만 절대로 그런 비겁한 범죄를 저지를 애로는 안 보였습니다."

"전혀 예상도 못 했던 일이란 말씀이시군요?"

"사실은 지금도 못 믿겠어요."

혼란스러운 표정을 감추지 않은 채 석준이 말했다.

"운동을 가르치면 사람 성격이 어느 정도는 보이거든요? 수완이는 뒤에서 그런 음침한 짓을 꾸밀 애는 아니에요. 오히려 단순 무식하다고 해야 하나? 감추는 데 능하지 않아서 속마음이 고스란히 드러나는 스타일이죠. 그래서 시합할 때 상대방에게 속마음이 읽히곤 하는 때도 종종 있었어요."

고개를 끄덕이며 듣고는 있었지만, 석준이 열거한 수완의 성격적 특징이 그 아이가 저지른 범죄와 그리 모순된다는 생각은 들지 않았다. 어쩌면 단순 무식한 성향 때문에 충동을 억누르거나 찬찬히 사리 분별을 하지 못하고 공공장소에서 그런 짓을 하다 붙잡힌 게 아닐까.

"그렇다면 별로 훌륭한 선수는 아니었겠네요?"

"아, 그런 뜻은 아니에요. 선수들 저마다 장단점이 있기 마련이니까."

석준이 단호하게 말했다.

"사실 수완이는 꽤 재능이 있었어요. 힘도 좋고, 테크닉도 받쳐주고. 아마 그대로 운동을 계속했으면 제법 괜찮은 선수가 될 수 있지 않았을까 생각해요. 뭐 국가대표가 된다거나 할 정도는 아니지만 그래도 대학입시 때 체육 특기자 같은 건 충분히 노려볼 만했죠. 어릴 때부터 이런저런 대회 나가서 상도 많이 타고 했으니까."

처음 듣는 말이었다.

"그랬는데도 어쩔 수 없이 운동을 관둔 걸 보면 부상이 꽤 심했나 보죠?"

"그게…."

석준은 뭔가 떫은 걸 씹은 듯한 표정을 지었다.

"부상이 없을 순 없죠. 보시다시피 유도는 과격한 운동이에요. 허리를 삔다거나 십자인대가 나간다거나. 운동으로 진로를 정할 거면 재활과 훈련을 꾸준히 병행해야 하는데 수완이경우엔 그런 의지가 부족했던 것 같아요. 부상 자체가 결정적이었다기보다는."

"아, 그래요?"

뜻밖이었다.

"포기할 수밖에 없는 상황이었다고 생각했어요. 수완이는유도 이야기가 나올 때만 얼굴이 밝아졌거든요."

"맞아요. 수완이는 운동을 좋아했죠."

석준이 맞장구를 쳤다.

"의지가 부족했다는 건 수완이 아니라, 수완이 보호자 얘기예요."

"보호자요?"

문득 여정의 여리고 선이 고운 얼굴이 머리를 스치고 지나갔다.

"혹시 변호사님은 수완이 가정환경을 잘 아세요?"

갑작스러운 질문에 놀라 석준을 돌아보았다.

"예전부터 궁금했었거든요. 그 애 가족들은 어떤 사람일까."

"그게 궁금하셨던 이유가 있을까요?"

석준이 팔짱을 낀 채 어딘가 먼 곳을 노려보았다. 머릿속으로 말을 고르고 있는 것처럼 보였다.

"글쎄요. 애가 겉돈달까, 방치된 것처럼 보였어요. 다른 곳보다 수강료도 월등히 비싼 여기에 몇 년씩 보낸 걸 보면 자식 장래 문제에 관심이 없는 것 같진 않은데, 또 어떻게 보면 영 무관심한 것 같고 말이죠."

"무슨 일이 있었나요?"

"특별한 일은 없었어요. 다만…."

석준이 팔짱을 풀고 턱을 만지작거렸다.

"중학교 1학년 때였나, 수완이가 서울시 대회에 나가서 소년부 우승을 했었거든요. 참가자 가족들이 와서 응원하고, 어떤 애들은 엄마뿐 아니라, 주말도 아닌데 아빠까지 와서 온 가족이 사진 찍느라 바쁜 와중에 수완이만 혼자 시상대에서 내려와 대회장 한구석에 우두커니 서 있더라고요. 그래서 '넌 왜 부모님이 안 오셨니?' 하고 물어봤죠. 그랬더니…."

"그랬더니요?"

"형이 고3이라 엄마가 다른 데 신경 쓸 겨를이 아예 없다고 하더라고요. 뭐 저도 고3 엄마들을 많이 봐서 다들 입시에 얼마나 목매다는지는 잘 알아요. 하지만 그래도 그날은 수완이한테 특별한 행사 아닙니까. 잠깐 와서 얼굴 정도는 내비칠 수 있는 건데요. 그런데 곰곰이 생각해보니 그전에도 수완이 보호자가 대회나 행사에 참석했던 기억이 없더라고요."

메달을 목에 걸고서도 축하해줄 가족이 없어 혼자 우두커니 서 있는 소년의 모습이 떠올랐다. 그러자 만난 적도 없는 그 시절의 수완이 어쩐지 안쓰럽게 느껴졌다.

"그 뒤에는요?"

"마찬가지였어요. 수완이가 상을 탈 때 곁에 가족이 있었던 적은 한 번도 못 봤어요."

석준이 대답했다.

"왜 그랬을까요?"

"글쎄요."

석준은 한숨을 쉬었다.

"물어보니 그때마다 항상 형한테 뭔가 일이 있더라고요. 형이 아프다거나, 형 졸업식이라거나. 수완이네 집은 모든 게 형 중심으로 돌아가는 것 같았어요. 몇 번 물어보다 질려서 나중엔 저도 그냥 그러려니 하고 말았죠."

의대에 다닌다는 수완이의 형. 큰아들 얘기를 꺼낼 때 순간적으로 환하게 빛났던 여정의 얼굴이 머리를 스치고 지나갔다.

"그런데 수완이는 형과 사이가 좋은 것 같던데요? 그 정도로 부모가 형만 편애하면 심술이 나서 형제 사이가 틀어질 법도 한데."

"나이 터울이 좀 져서 그런 거 아닐까요."

별로 놀라운 일도 아니라는 듯 석준이 대답했다.

"사실 저도 아버지가 형을 대놓고 편애했었어요. 시골이고, 저희 아버지 세대에선 장남 우선주의, 뭐 그런 게 있었잖아요? 그런데 저도 형한테 딱히 불편한 감정은 없어요. 여덟 살이나 차이 나고 아버지가 일찍 돌아가신 뒤에 형이 아버지 역할을 대신해서 그런 것도 있겠지만."

"그런가요?"

연년생 동생 하연과 어릴 때부터 사사건건 싸우며 자라온 나로선 좀처럼 이해하기 힘든 일이었다. 지금은 모든 걸 터놓고 얘기할 수 있는 친구 같은 자매간이지만, 10대 때 수완 같은 차별을 받았더라면 아마 하연이랑 나는 원수처럼 서로 으르렁거렸을 텐데.

"수완이는 시합이 있을 때면 형이 줬다는 마스코트 인형도 내내 들고 다녔어요. 펭귄 모양이었는데, 어릴 때부터 갖고 다니던 거라고 했어요. 나름 행운의 상징이라 여겼는지 꼭 챙겨서 다니곤 했는데 언젠가부터는 못 보게 된 것 같네요. 하긴 머리가 커지면서 그런 걸 갖고 다니는 게 창피하게 느껴졌을 수도 있고."

"혹시 그 무렵부터 형과 사이가 틀어진 건 아닐까요?"

상상력이 과하다 생각하면서도 한번 찔러봤다. 그러자 석준은 고개를 갸웃했다.

"글쎄요. 한 번도 그런 생각을 해본 적은 없는데."

역시 억측이었나 싶었는데 석준이 문득 생각난다는 듯 "아!" 하고 말했다.

"언젠가 학부모 중 한 명이 수완이한테 '너, 박지완 동생이라며? 네 형이 이번에 서울대 의대 들어갔다던데. 부모님 너무 좋으시겠다.' 하고 호들갑을 떤 적이 있어요. 그랬더니 애 안색이 확 어둡게 바뀌더라고요. 원래는 형 얘기만 나오면 눈이 반짝반짝하던 애였는데, 그걸 보면서 '아, 크면서 형이랑 비교돼 스트레스를 좀 받았겠구나.' 하는 생각은 들었어요."

"친한 친구는 없었나요?"

석준은 고개를 흔들었다.

"여길 막 다니기 시작했을 때만 해도 수완이는 꽤 활발한 애였어요. 또래들이랑 장난도 잘 치고. 그런데 언젠가부터 성격이 조금씩 바뀌더라고요. 입도 무거워지고. 처음엔 사춘기인가 싶었는데 어쩌면 가정에 문제가 있을지도 모르겠다는 생각이 들었어요."

"아까 말씀하신 편애요?"

"그것도 있고."

석준이 머뭇머뭇하더니 마침내 말을 꺼냈다.

"가정 폭력이 있는 게 아닌가 의심한 적도 있어요."

"가정 폭력요?"

"아, 이건 제 일방적인 추측이니 너무 심각하게 받아들이진 마세요."

내가 무거운 표정을 짓자 석준이 허둥지둥 덧붙였다.

"왜 그렇게 짐작하셨는데요?"

"언젠가 수완이가 손가락이 탈구돼 깁스를 한 바람에 한동안 운동을 쉬었던 적이 있어요. 그래서 무슨 일이냐고 했더니 문틈에 끼었다고 하더라고요."

"그게 사실일 수도 있지 않나요?"

"그렇죠."

석준이 순순히 수긍했다.

"아니면 시합하다 다쳤을 수도 있고요. 사실 상대방 도복을 움켜쥐려고 몸싸움하다 간혹 그러기도 하거든요. 비록 연습 때 다친 걸 본 기억은 없지만요. 어쨌든 본인은 사고라고 하는데 어쩐지 감이 영 찝찝하더라고요. 안 그래도 애가 집에서 겉도는 분위기인데 혹시 학대당하는 게 아닐까 싶고."

"엄마한테서요?"

"에이."

석준이 피식 웃었다.

"그땐 수완이가 나이도 어리고 지금처럼 덩치도 크지 않았지만 그래도 운동하는 사내애잖아요. 당연히 아빠를 의심했죠. 복싱이나 호신술 계통 하는 애들 가운데는 폭력 가정에서 스스로를 보호하려는 애들도 더러 있거든요."

가정 폭력이라. 미성년 피의자의 불우한 가정환경은 양형에 참작이 되기도 한다. 하지만 만에 하나 그게 사실이라 하더라도 어떻게 증명한다? 애 아버지는 당연히 부정할 테고 수완이나 그 엄마가 사실을 인정하려 들까? 문득 의뢰인이 겪었을지 모를 불우한 가정환경을 안타까워하기보다 그걸 협상 카드로 사용하려는 나 자신을 돌아보며 조금 혐오감이 들었다.

"수완이 어머니도 혹시 가정 폭력 희생자가 아닐까 생각한 적도 있어요. 어지간해선 수완이 일에 코빼기도 안 비치니까.

혹시나 얼굴에 멍이 들어 밖에 나올 상황이 아닌 건 아닌가, 그래서 계속 이런저런 변명을 둘러대고 시합을 보러 오지 않은 건가, 그런 생각도 잠깐 해봤어요."

내가 진지한 시선으로 바라보자 석준은 겸연쩍은 얼굴로 "혼자 망상의 나래를 펴고 있었던 거죠."라며 머리를 긁적였다.

"그런데 막상 만나보니 완전히 핀트가 엇나갔었다는 걸 알겠더라고요."

"수완이 어머니를 만나셨어요?"

"네."

석준은 고개를 끄덕였다.

"수완이가 갑자기 운동을 그만두겠다기에 제가 말렸거든요. 처음엔 본인이 지쳐서 그만두겠다고 하는 줄 알았어요. 그래서 이제까지 그렇게 노력했는데 아깝지 않으냐, 조금만 더 참고 해보자, 그랬어요. 그랬더니 자기는 계속하고 싶은데 집에서 반대한다고 털어놓더라고요. 그래서 부모님 면담을 요청했죠."

"그때 수완이 어머니를 처음 만나신 건가요?"

"그건 아니고요."

피식 웃으며 석준이 대답했다.

"여기 처음 등록했을 땐 어머니가 수완이를 데리고 함께 왔죠. 그런데 그게 꽤 오래전이라. 게다가 수완이도 처음엔 가벼운 마음으로 시작한 거라 당시 저 역시 수완이 어머니랑 딱히 얘기도 길게 안 나눴어요. 그래서 그런지 막상 수완이 어머니랑 다시 대면했을 때 누구인지 기억도 가물가물하더라고요."

"어머니한테 운동을 계속 시키라고 설득하셨어요?"

석준이 다시 고개를 끄덕였다.

"네. 수완이는 재능이 제법 있는 아이다, 본격적으로 밀어주면 훌륭한 선수가 될 수 있다고 했죠. 그리고 솔직히 공부 쪽으로는 적성이 잘 안 맞는 것 같은데, 지금 운동 관두고 공부시킨다고 해서 애가 학업을 잘 따라나 가겠냐, 아주 허심탄회하게 얘기했어요."

"그랬더니요?"

이번엔 석준이 '휴' 하고 깊은 한숨을 몰아쉬었다.

"내 자식 일이고 내가 알아서 할 테니 이래라저래라 간섭하지 말라고 하더라고요. 당신은 아무것도 모르는 생판 남이니까 관심 끄라는 투로요. 그 소릴 듣고 있자니 저도 좀 화가 나더라고요. 그래서 한마디 했죠. 그렇게 자식을 끔찍하게 생각해서 애 시합엔 한 번도 안 왔냐고, 공부 잘하는 자식만 자식이고, 수완이는 자식도 아니냐고."

"조금 세게 나가긴 하셨네요."

화가 나서 파랗게 질렸을 여정의 얼굴이 생각나 나도 모르게 피식 웃음이 나왔다.

"그날은 저도 선을 좀 넘긴 했죠."

석준이 겸연쩍게 웃으며 순순히 잘못을 시인했다.

"하지만 그때는 속이 많이 상했어요. 엄마라는 사람이 수완이가 시합에서 여러 번 상을 탔다는 것도 모르더라고요. 관심이 없거나, 수완이가 얘길 안 했겠죠. 엄마가 관심이 없어 보이니까 애도 얘길 아예 안 꺼냈거나. 어쨌거나 부모가 아이 재능이나 적성도 모르는 주제에 애가 하고 싶다는 걸 할 수 있도록 응원하지는 못할망정 제 욕심과 자기가 만들어놓은 틀 안에 자식을 끼워 맞추려고 하는 걸 보니 어이가 없었어요."

"수완이 어머니 반응은요?"

"화가 나서 어쩔 줄 모르던데요. 세상 풍파 안 맞아보고 곱게 크셨나, 누구한테 싫은 소리를 들은 게 처음인 것처럼 굴었어요. 그길로 아이를 데리고 나갔고, 수완이는 그 뒤로 운동이랑 인연을 끊었죠."

그래서였군. 여정이 나더러 석준에게 직접 연락하라고 한 게. 여정이 그런 반응을 보였던 게 이제야 이해가 갔다.

"수완이가 코치님을 많이 의지하는 것 같았는데."

"저도 아꼈죠. 우직하고 선한 아이니까."

내가 빤히 바라보자 석준은 수완이가 저지른 범법 행위 때문에 지금 우리가 얼굴을 마주하고 있다는 사실을 새삼스럽게 의식한 듯 "적어도 여기 다녔을 때까지는요."라고 덧붙였다.

"그 뒤론 수완이를 본 적이 없으세요?"

"아니에요. 그 뒤로도 가끔 수완이가 여길 찾아왔거든요."

"여길요?"

뜻밖의 말이었다.

"무슨 일로요?"

"특별히 용건이 있어서 온 건 아니었던 것 같아요. 그냥 이 장소가 그리웠나 봐요. 멍하니 다른 사람들 훈련하는 모습 지켜보다 가곤 했어요."

"코치님한테 고민거리가 있다고는 안 하던가요?"

석준은 고개를 저었다.

"그런 얘기는 안 했어요. 수완이가 남들한테 제 속내를 드러내는 타입도 아니고. 어떻게 지내느냐고 물어보면 그저 묻는 말에 대답하는 정도가 다였어요. 그래서 막연히 '저 아이가 많이 외롭구나' 했죠."

말을 마친 석준이 나를 돌아봤다.

"제가 글도 못 쓰고 말주변이 없어서 설명은 잘 못하겠지만, 제가 알고 있는 박수완은 근성이 근본적으로 비뚤어진 놈은 아니에요. 아마도 뭔가, 제 생각엔 수완이를 둘러싼 환경이 걔를 망쳐버렸을 수도 있어요."

거기에 대해선 나도 뭐라 답해야 할지 알 수 없어 한동안 침묵을 지켰다.

"아, 맞다. 내 정신 좀 봐라."

석준이 문득 생각난 듯 말했다.

"변호사님 전화 받고 갑자기 수완이 안부가 궁금해져서 연락해 한번 놀러 오라고 했거든요. 그랬더니 오늘 온다고 했는데. 아, 벌써 올 시간이 다 됐네요?"

말이 끝나기가 무섭게 노크 소리가 들리더니 사무실 문이 열렸다. 문 앞엔 수완과 처음 보는 청년 하나가 나란히 서 있었다.

"오랜만이네. 얼굴 좋아 보인다."

석준이 수완을 향해 반가운 얼굴로 인사를 건넸다.

"놀라신 건 아니죠? 수완이한테는 오늘 변호사님이 찾아오신다고 얘기를 했던 것 같은데, 요새 정신이 없어서 변호사님께는 말씀드리는 걸 깜빡했네요."

서글서글한 미소를 띠며 석준이 내게 양해를 구했다.

예상치 못한 상황에 조금 어리둥절하긴 했지만, 사실 크게 문제 삼을 일도 아니라서 나는 가만히 고개를 끄덕였다. 그사이 수완의 곁에 서 있던 청년이 한 걸음 앞으로 나와 석준과 내게 고개를 숙였다.

"안녕하세요. 처음 뵙겠습니다."

맑고 또랑또랑한 목소리였다.

"…누구?"

석준이 말을 마치기도 전에 청년이 먼저 대답했다.

"박지완이라고 합니다. 수완이 형이에요."

소년의 형

형제는 닮은 구석이 없었다.

체구가 큰 수완과 달리 지완은 오히려 왜소하다고 해도 좋을 만한 체구였다. 또래 평균보다 조금 작은 키에 마른 몸집. 하얗고 작은 얼굴에 유난히 반짝거리는 눈빛. 청년이라기보다는 미소년이라는 수식어에 더 가까운 얼굴이다. 체구가 작은 데다 나이보다 꽤 어려 보여서 수완과 나란히 서 있으니 나이 터울이 조금 지는 형과 동생이 아니라 친구 사이로 보였다.

다른 건 생김새만이 아니었다. 무표정하고 뚱한 수완과 달리 지완은 딱히 낯을 가리는 성격이 아닌지 처음 만난 사람들 앞에서도 편안해 보였다. 어딘지 모르게 요정을 연상시키는 외모와 해사한 미소까지 '상큼함'이라는 형용사를 인간으로 빚어놓으면 저런 모습이 될 것 같았다.

"아… 수완이 형이라고."

석준이 떨떠름한 목소리로 말했다. 말로만 듣던 수완의 형을 이렇게 보게 되니 기분이 묘한 모양이었다.

지완은 석준을 향해 "수완이한테서 말씀 많이 들었습니다." 라고 말하며 가볍게 고개를 숙였다. 여리여리한 체구와 달리 목소리는 의외로 힘 있고 카랑카랑했다. 지완이 이어서 이번엔 내 쪽을 향해 몸을 돌렸다.

"수완이가 변호사님도 여기 와 계신다기에 따라왔어요. 한번 뵙고 싶었거든요."

"…나를요?"

지완이 말없이 씩 웃었다. 문득 재희 또래 여자애들이라면 이 미소를 보고 혹했을 것 같다는 생각이 들었다.

지완이 내게 무슨 할 말이 있는지는 몰라도 얘기를 한번 나눠보는 것도 나쁘지는 않을 듯하다는 생각이 들었다. 자라온 성장 배경은 미성년 범죄자의 양형에 꽤 중요한 판단 요소가 되니까. 게다가 석준의 얘기를 들으며 수완의 가정환경과 가족 관계가 내심 궁금해지던 차였다.

"수완이가 코치님 만나는 동안 우린 어디 가서 차라도 한잔 할까요?"

"좋습니다."

내 제안에 지완이 흔쾌히 답했다.

체육관 근처 한적한 카페에 자리를 잡고 음료를 주문한 뒤 나는 마주 앉은 지완을 바라봤다.

"의대 다닌다고 들었는데. 바쁜데 시간을 냈네요."

"얼마 전에 시험 마쳐서 지금은 괜찮아요."

"왜 날 만나려고 했어요?"

"그러는 게 좋을 것 같아서요."

지완은 그렇게 대답하며 "편하게 말씀 놓으세요."라고 덧붙였다.

"수완이 일을 엄마한테만 맡겨놓자니…."

지완이 거기까지 말하다 머뭇거렸다. 쉽사리 말을 잇지 못하는 지완을 대신해 내가 말을 이었다.

"엄마가 못 미덥다는 뜻?"

"음…. 엄마에겐 이 상황이 너무 버거울 것 같아서요."

지완이 조심스럽게 말을 골라 대답했다.

"왜 그렇게 생각해?"

"엄마 자신이 정서가 불안정하니까요."

뜻밖의 말에 나는 지완을 빤히 쳐다봤다.

"엄마는 우울증이 있어요. 약을 먹었다 끊었다 반복하는데 그때마다 감정이 들쭉날쭉 날뛰고요. 지금도 그리 좋은 상태는 아니에요."

선이 곱고 섬세한 여정의 얼굴이 떠올랐다. 외양에서 풍기던, 금방이라도 부서질 것 같은 위험한 가녀림, 외줄을 타는 사람에게서 느껴질 법한 아슬아슬한 분위기도. 그건 내면의 불안정함이 겉으로 드러난 결과물이었을까.

"언제부터 그러셨니?"

내 물음에 지완이 낮은 한숨을 내쉬었다.

"글쎄요. 제가 기억하는 한에선 항상 그랬어요. 어쩌면 그보다 훨씬 전부터, 결혼 전부터 그랬을지도 모르고요. 아마 앞으로도 완전히 좋아지진 못할 것 같아요. 좋아졌다 나빠졌다 할 뿐이지."

"힘들었겠네."

지완은 그저 묵묵히 고개를 숙인 채 조금 전 종업원이 테이블에 내려두고 간 커피잔에 손을 뻗어 한 모금 마셨다.

"그래도 전 운이 좋은 편이에요. 제가 어릴 땐 엄마 상태가 별로 심하진 않았거든요. 그런데 수완이가 학교에 들어갈 무렵부터 부쩍 심해졌죠."

문득 조금 전 석준이 했던 말이 머리를 스치고 지나갔다.

수완이가 가정 폭력을 당하고 있는 게 아닌가 의심한 적이 있어요.

비록 석준은 가정 폭력을 행한 사람이 수완의 아버지라고 생각했지만, 지완의 얘기를 들어보니 만약 그런 일이 벌어졌다면 여정 역시 의심 대상에서 배제할 순 없을 것 같았다. 정서가 불안정한 엄마가 활발하고 손이 많이 가는 아들을 키우는 과정에서 아이에게 육체적 학대를 한 건 아닐까.

"혹시 엄마가… 어릴 때 수완이한테 손을 대거나 한 적도 있니?"

민감한 주제라 조심스럽게 물어보았다.

지완은 영문을 알 수 없다는 표정으로 잠시 나를 빤히 쳐다보더니 '풋' 웃음을 터뜨렸다.

"혹시 엄마가 수완이를 학대했다고 생각하세요?"

나는 대답 대신 지완의 얼굴을 바라보며 그가 답해주기를 기다렸다.

"엄마는 수완이를 학대한 적 없어요. 적어도 육체적으로는."

묘한 발언이라고 생각했다. 육체적 학대는 없었다면, 그렇다면 다른 식의 학대가 있었다는 뜻일까.

"무슨 뜻인지 설명해줄래?"

지완은 난감한 표정으로 잠자코 테이블에 내려놓은 커피잔을 매만졌다. 남에게 드러내기 껄끄러운 가족 얘기를 꺼내면서 어떻게 해야 좀 덜 추하게 보일 수 있을지 표현을 고르고 있는 것 같았다.

"엄마는… 저를 편애해요."

한참 동안 침묵을 지키던 지완이 입을 열었다.

엄마, 아빠는 형만 생각해요.

첫 만남에서 수완이 했던 말이 귓가에 되살아났다. 같은 이야기를 이번엔 형인 지완의 입으로 듣게 되니 기분이 묘했다.

"어째서일까?"

최대한 감정을 싣지 않도록 주의하며 물어보았다.

"글쎄요. 제가 손이 별로 안 가는 아이라서 그랬을까요?"

지완이 입가에 자조적인 미소를 띠며 말했다.

"성격이 내성적이라 혼자 노는 걸 좋아해서인지 어릴 때부터 딱히 문제를 일으킨 적은 없거든요."

"게다가 성적도 탁월하고?"

내 말에 지완은 쑥스러운 표정을 지으면서도 순순히 수긍했다.

"그냥 그쪽으로 좀 재능이 있었던 것 같아요. 주변에서 잘한다고 칭찬하니까 기분이 좋아 더 열심히 하기도 했고요."

그러다 보니 주위에서 '엄친아'로 불리게 됐다는 거로군. 눈앞에 앉아 있는 지완이 수완과 얼마나 다른지 새삼스럽게 깨달았다. 예의 바르고, 사근사근하고, 대한민국 최고 학부 의대생이라는 타이틀에 창창한 미래가 보장된 데 더해 외모까지 준수한 청년. 아마도 아들 가진 엄마라면 누구나 여정을 부러워할 터였다.

"반면에 동생은 그렇지 않았다?"

내 말에 지완은 씁쓸한 표정을 지었다.

"엄마한테 수완이는 실패작이었어요."

실패작. 아직 열여섯밖에 안 된 아이한테 붙이기엔 너무 가혹한 꼬리표라고 생각했다. 하지만 그게 수완의 숙명인지도 모른다. 태어날 때부터 제 앞엔 경쟁하기 너무 버거운 상대가 버티고 있었다는 사실이.

"왜 그렇게 느꼈니? 엄마가 그런 말을 입 밖으로 낸 적 있니?"

"그걸 꼭 말로 해야 아나요?"

처음으로 지완이 냉소적인 어투로 말했다.

"그냥, 엄마는 동생이랑 절 대할 때 많이 달랐어요. 눈빛이나 말투 같은 게 전부 달랐어요. 제가 그랬다면 그냥 넘어갔을 사소한 실수도 동생이 당사자가 되면 짜증을 내거나 말투가 험악해지고."

"수완이도 그걸 느꼈을까?"

느꼈을 게 틀림없다. 그러니 그런 말을 했겠지. 엄마, 아빠는 형만 생각한다고.

"바보가 아니라면 모를 수 없을걸요. 그리고 수완인 바보가
아니에요."

그렇게 말하며 지완은 다시 커피잔을 입가로 가져갔다.

"수완이가 학교에 들어간 뒤로는 편애가 더 심해졌어요. 수
완이가… 우등생은 아니었거든요."

지완은 부연 설명을 하지 않았지만, 그걸로도 충분했다. 그
렇지 않아도 눈에 안 차는 둘째와 완벽한 첫째의 차이가 더 커
보였을 것이다. 갑자기 나도 자식이 하나가 아니었더라면 어
땠을까, 하는 생각이 들었다. 재희와 또 다른 아이를 은연중에
비교했을까. 똑같이 내 배 아파 낳은 자식이라도 정이 더 가는
아이가 있었을까. 하지만 만약 그랬다 하더라도 나라면 그걸
내색하진 않았을 텐데. 그러나 알 수 없는 일이다. 경험해보지
않은 일은 장담할 수 없으니까. 나 역시 아이를 낳기 전까진
자식이 이토록 소중하고 그저 생각만 해도 가슴 벅차거나 마
음이 짠해질 수 있는 존재라는 걸 미처 몰랐으니까.

"편애의 대상이 되는 입장은… 어땠어?"

내 질문에 지완은 한동안 침묵을 지키다 잠시 뒤 대답했다.

"수완이한테 미안했어요."

"미안했다고?"

"네. 하지만 그건 제가 어떻게 할 수 있는 문제가 아니잖아
요?"

지완이 그렇게 말하며 내 얼굴을 똑바로 쳐다봤다. 이번엔
내가 말문이 막혔다. 잠깐의 침묵이 두 사람 사이를 갈라놓았
다. 어색한 침묵의 순간을 메우기 위해 나는 식어가는 커피잔

으로 손을 뻗었다.

"아버지 반응은 어떠셨어?"

내가 화제를 돌렸다.

"아빠도 저를 편애해요. 엄마랑은 조금 다른 방식으로."

내가 좀 더 설명해보라는 듯 바라보자 지완이 머뭇거리다 말을 이었다.

"꽤 오래전에 부모님이 다툴 때 우연히 들었는데 수완이가 태어나기 전에 두 분이 이혼하려 했대요. 당시에 아빠한테는… 여자가 있었다더라고요."

나는 잠자코 지완이 말을 계속하길 기다렸다.

"그러다 수완이가 생기는 바람에 이혼은 없었던 일이 됐죠. 아빠는 책임감 때문에 가정을 지키기로 했나 봐요. 사실은 애가 하나든 둘이든 큰 차이는 없을 텐데."

속으로 그건 알 수 없는 일이라고 생각했다. 지완은 아직 어려서 모르겠지만, 자식은 커다란 축복인 동시에 커다란 짐이다. 하나일 때와 둘일 때 내 어깨를 짓누르는 무게감은 분명히 다를 것이다. 나 역시 경험해보지 못한 세계인지라 장담할 수는 없지만.

"그래서인지 아빠는 아마도 내내 무의식적으로 '수완이만 없었더라면' 하는 생각을 했던 것 같아요. 실제로 술에 취해서 그 비슷한 얘기를 하기도 했고."

만약 그 소릴 수완이가 들었더라면 기분이 어땠을까. 온 가족이 자신을 거부한다고 생각하지 않았을까.

이러나저러나 내 인생은 꽝이거든요.

수완이가 했던 말이 무슨 의미인지 이제야 조금 이해가 갈 것 같았다.

"게다가…."

지완은 아직 할 말이 남은 것 같았다. 하지만 좀처럼 말을 꺼내지 못하는 걸 보니 꽤 껄끄러운 주제인 모양이었다.

"아빠는 수완이가 자기 자식이 아닐지도 모른다고 생각해요."

나도 모르게 눈을 크게 떴다.

"그게 무슨 말이야?"

"수완이가 태어난 직후에 부모님 사이가 최악이었대요. 어릴 때라 전 기억이 잘 안 나지만 한동안 친가에서 컸던 때가 있었는데, 아마 그때 부모님이 저를 거기 맡겼나 봐요. 어쨌든 아빠는 아빠대로 바람을 피웠고, 엄마는… 잠깐이지만 그때 다니던 정신과 의사랑, 뭐랄까, 불장난 같은 관계였다고 해야 하나?"

다소 의외였다. 진지한 관계든 아니든 아내가 다른 남자에게 한눈을 팔았다는 사실을 알면서도 수완의 아버지가 내연녀와의 관계를 정리하고 가정을 지키려 했다는 사실이. 경험으로 보건대, 아내들은 남편의 외도를 참아도 남편들은 아내의 외도를 참지 못한다.

"남들 시선 때문 아니었을까요?"

마치 내 속마음을 읽은 것처럼 지완이 말했다.

"아빠도, 아빠 쪽 집안 어른들도 남들 눈을 엄청 의식하거든요. 큰 병원을 운영하니까 어쩔 수 없이 이미지에 신경 쓰는 부분도 있을 거고…. 지금은 별거 아니지만 그때는 이혼이 꽤 큰 흠이었다고 들었어요."

"수완이가 자기 아이가 아닐지도 모른다고 의심했다면서 아버지는 어떻게 하셨니?"

"아무것도 안 했어요."

지완의 말투가 다시 냉소적으로 변했다.

"정말 궁금했으면 유전자 검사라도 했을 텐데 제가 알기론 그런 건 안 한 것 같아요. 아마 본인도 무서웠겠죠. 사실을 알게 되는 게."

그래서 그냥 뚜껑을 덮어두고 모른 척하기로 했다? 하지만 그걸로 모든 게 해결된 건 아니었을 테지. 수완을 볼 때마다 배신감과 의구심이 솟아올랐을지 모른다. 그래서 자연적으로 수완을 멀리하게 됐고 제 자식이 분명한 지완에게만 애정을 쏟았겠지. 굳이 설명하지 않아도 수완과 아비지의 관계를 예상할 수 있을 것 같았다.

"그 뒤로 부모님이 자주 싸우시진 않았니?"

여정은 남편과의 사이가 원만하다고 했다. 체면 때문에 한 말일 수도 있지만, 거짓말이라는 느낌은 들지 않았다. 하지만 지완의 말에 따르면, 부부 사이에 결코 문제가 없을 리가 없다.

"쇼윈도 부부?"

지완이 가벼운 어투로 말했다. 별 감정이 묻어나지 않는 경쾌한 말투가 그런 상황에 어지간히 익숙해진 것 같았다.

"이혼하는 게 번거로워서 그냥 같이 사는 것 같아요. 남들한테 흠 잡힐 일도 없고, 자식 키우는 데도 그편이 좋을 테고요."

중산층 이상 가정에서 흔히 볼 수 있는 유형이긴 했다. 모르긴 몰라도 수완의 아버지는 아마 일에 파묻혀 살면서 주변 여자들과 그때그때 적당히 가벼운 관계를 맺는 걸로 애정 없는 결혼 생활의 스트레스를 풀었을 테고, 여정은 자녀 양육에 헌신하는 것으로 허울뿐인 결혼의 의미를 찾으려 했을 게 틀림없다.

부모로부터 애정을 얻지 못한 수완이 집안에서 마음을 둘 수 있는 대상은 형밖에 없었겠지. 자신의 장애물이기도 한 형. 끊임없이 비교당하는 위치에 있으면서도 수완이 형을 따르는 이유를 이해할 수 있을 것 같았다.

"수완이가 형을 많이 따르는 것 같던데?"

내 말에 지완은 쑥스러운 미소를 지었다.

"저밖에 없잖아요. 집에서 걔를 챙겨줄 사람이."

너무도 당연하다는 투였다.

"게다가 수완이한테 미안한 마음도 있어요. 제 잘못은 아니라고 생각하지만."

그래, 네 잘못이 아니지. 잘못을 저지른 건 부모님이고 넌 부모님이 네 동생을 상처 입힐 때 사용한 칼이 됐을 뿐이지. 네가 원치는 않았지만.

"그래서 수완이가 유도를 할 수 있게 해달라고 부모님을 설득했니?"

"설득이라고 하면 너무 거창하고요."

지완이 쑥스러워하며 웃었다. 그 바람에 우울한 얘기를 하느라 어두워졌던 지완의 표정이 돌연 환해졌다.

"텔레비전에서 유도 장면을 보고 수완이가 자기도 하고 싶다고 부모님을 졸랐어요. 예상했던 대로 두 분 다 제대로 들어보지도 않고 안 된다고만 하시더라고요. 그래서 제가 말했어요. 뭐 어떠냐고, 해서 나쁠 건 없지 않겠냐고."

지완은 거기까지 말한 뒤 아쉬운 듯 덧붙였다. "멋있잖아요. 저도 할 수만 있으면 해보고 싶어요. 그런데 운동도 잘 못하고 보시다시피 체격이 이 모양이라."

"그런데 왜 그만둔 거야? 듣자 하니 유도를 그만둔 게 수완이 의지는 아니었던 것 같은데."

"그건 저도 잘 모르겠어요."

지완이 고개를 저었다.

"수완이도 얘기하길 싫어하고요. 아마도 엄마, 아빠가 그냥 공부시키는 게 낫다고 생각한 게 아닌가 싶어요. 집안이 보수적이라 주변에서 예체능 쪽으로 나간 사람이 없거든요."

듣고 보니 그럴 수도 있겠다 싶었다. 부모란 자녀의 진로를 정할 때 대개 안정에 무게를 두는 사람들이니까. 재능이 절대적으로 필요한 예체능 계열에 비해, 노력하면 어느 정도는 결실을 얻을 수 있는 공부 쪽이 더 안정적인 선택지이긴 하다.

"혹시 수완이가 음란물 쪽에 관심이 많은 건 알고 있었니?"

이런 건 엄마보다 비슷한 또래의 남자 형제에게 물어보는 쪽이 더 정확할 수 있겠다 싶어 내친김에 떠보았다. 지완의 표정이 다시 어두워졌다.

"몰랐어요. 보통 그런 걸 다른 사람들한테 시시콜콜 얘기하진 않잖아요?"

수완이 저지른 행동이 생각났는지 지완은 고개를 절레절레 저으며 "깜짝 놀랐어요."라고 중얼거렸다.

"그래도 형제간엔 이런저런 얘기를 할 수 있잖아. 여자친구 라든지."

"여자친구요?"

지완이 의아한 표정으로 물었다.

"수완이한테 여자친구가 있어요? 몰랐는데. 아마 제가 공부 때문에 바빠서 눈치 못 챈 걸 수도 있겠네요. 걔가 어릴 적보다 말수가 많이 줄어든 탓도 있고."

"어쨌든 이번 사건과 관련해선 아무런 징후도 못 느꼈단 말이지?"

"그게…."

지완이 뭔가 말을 하려고 입을 열었다가 잠시 망설였다. 그대로 입을 다물려는 것 같기에 내가 다그쳤다.

"괜찮아. 다 말해봐. 뭔데?"

"언젠가 한밤중에 볼일이 있어서 수완이 방에 들어갔더니 수완이가 노트북으로 뭔가를 보다가 후닥닥 덮더라고요. 그때 영상이 잠깐 보였는데 하드코어 포르노 같았어요."

여기까지 말한 뒤 지완이 내 눈치를 보며 재빨리 덧붙였다.

"수위가 높아서 좀 놀라긴 했지만 비정상이란 생각은 안 들었어요. 솔직히 남자애들 사이에선 꽤 흔한 일이라서요."

뭐라고 답해야 할지 몰라 나는 잠시 침묵을 지켰다.

"그것 말곤 딱히 잘 모르겠어요."

다시 대화가 끊겼다. 우리는 잠자코 커피를 마셨다. 먼저 입을 연 쪽은 지완이었다.

"어쨌든 변호사님 만나 뵙고 얘기할 수 있어서 좋았어요. 저도 이런 얘기 하긴 껄끄럽지만, 우리 집 사정에 대해 아무것도 모르시면… 수완이를 진짜 이상하게 생각하실 수도 있을 것 같아서요."

지완이 진심을 전하고 싶다는 듯 카랑카랑한 목소리로 또박또박 말했다. 구김살 없는 태도에 솔직담백한 말투가 볼수록 호감이 가는 청년이라고 생각했다. 첫째 아들 이야기를 할 때 여정의 얼굴에 흡족한 미소가 번졌던 게 이해가 안 가는 바도 아니었다.

"고마워. 나도 도움이 많이 됐어."

내 말에 지완은 다시 한번 해사한 미소를 보였다.

그리고 나니 둘 다 더는 할 말이 없었다. 카페를 나와 준석의 체육관으로 다시 걸어갔다. 지완의 연락을 받았는지 체육관 앞에선 수완이 미리 나와 기다리고 있었다.

"더 있다가 나와도 되는데. 코치님 오랜만에 뵙잖아."

지완의 말에 수완은 긍정의 의미인지 부정의 의미인지 도통 알 수 없는 태도로 "응." 하고 간략하게 대꾸했다. 덩치 크고 뚱한 수완과 스마트한 외모에 사근사근한 지완의 모습이 새삼 대조적으로 느껴졌다.

"그럼 안녕히 가세요."

지완이 내게 인사하고 수완과 함께 발걸음을 옮겼다. 반대 방향으로 걸어가던 나는 무슨 생각에선지 문득 걸음을 멈추고 뒤돌아서서 형제의 뒷모습을 바라보았다.

둘은 저만치 앞에서 나란히 걸어가고 있었다. 지완이 뭐라고 중얼거리며 수완의 어깨에 손을 올렸다. 생긴 건 달라도 제법 훈훈한 형제라고 생각하며 고개를 돌리려는 순간, 수완이 조금 머뭇거리며 어깨에서 형의 손을 떼어내는 모습이 보였다.

딸의 비밀

한밤중 잠이 깨 화장실을 다녀오다가 부엌에 불이 켜진 걸 발견했다. 간밤에 불 끄는 걸 잊어먹었나 해서 다가가 보니 뜻밖에도 재희가 식탁에 홀로 앉아 라면을 먹고 있었다. 나를 보고 재희는 조금 놀란 듯했지만 이내 다시 라면을 먹는 데 집중했다.

"어쩐 일이야? 언제는 밤에 라면 먹으면 얼굴 붓는다고 질색하더니."

"그냥 갑자기 허기가 져서."

재희가 뜨거운 면발을 후후 불면서 대답했다.

"저녁이 부족했니?"

아침에 싸서 들려 보낸 저녁 도시락은 깨끗이 비운 것 같은데, 라고 생각하며 물었다. 하지만 재희는 말없이 그냥 면발을 입으로 가져갈 뿐이었다.

10대 여자애들 변덕은 참으로 알 수 없다. 다이어트니 뭐니 하면서 난리 칠 때는 언제고, 지금은 또 저렇게 천연덕스러운 얼굴로 한밤중에 열량이 높은 야식을 먹고 있다니.

"내일 아침에 몸무게 늘었다고 난리 쳐도 난 모른다."

최근 들어 아이의 얼굴과 몸에 살이 오른 것 같아 조심스럽게 말했다. 하지만 재희는 내 말에 그다지 개의치 않는 것처럼 보였다. 하긴 한창 공부해야 할 때 몸무게에 신경 쓴다고 아무 것도 안 먹는 것보다 몸이 좀 불더라도 잘 먹는 게 차라리 나을지도 모른다.

"배고프면 뭐라도 만들어달라고 하지 그랬어. 라면은 건강에도 안 좋은데."

"됐어. 엄마도 일 때문에 힘들었을 텐데, 뭘."

어쩐 일로 기특한 소리를 하며 재희는 그릇을 들어 벌컥벌컥 국물을 들이켜기 시작했다.

"요새 별일 없지? 학교 공부는 어때?"

아침 일찍 나가 저녁 늦게야 돌아오는 재희와는 한집에 살면서도 대화할 시간이 그리 많지 않다. 잠깐이지만 이렇게라도 얼굴을 마주할 수 있을 때 모처럼 이야기 나눠보자 싶어 말을 걸었다.

"그냥 그래."

늘 그렇듯 무심한 대꾸가 돌아왔다.

"지난번에 아빠랑 만났을 땐 같이 식사하고 영화 봤댔나?"

전남편은 한 달에 한 번꼴로 재희를 만나러 온다. 그때마다 아파트 주차장에 차를 대고 재희에게 연락하면 재희가 주차장으로 내려가는 식이라 그와 내가 직접 얼굴을 마주할 일은 없다. 특별한 용건이 없으면 아예 연락도 하지 않는다. 그래서 요즘 이들 부녀 사이가 어떤지는 재희의 입을 통하지 않고선 도통 알 수가 없다. 재희가 다른 여자와 바람을 피운 아빠를 원망하는지, 그렇지 않으면 남편의 외도를 참지 못하고 이혼을 강행한 나를 원망하는지. 혹은 제 친구들 같은 평범한 가정환경과는 사뭇 다른 자신의 처지를 비관하는지.

"응."

재희는 무심하게 대답했다. 별로 얘기하고 싶어하지 않는 기색이 역력했다. 재희는 어린 시절부터 아빠를 무척 따랐다. 그랬기에 부모가 이혼한다는 얘기를 들으면 펄펄 뛰며 반대하리라 예상했지만, 의외로 아이는 별다른 반응을 보이지 않았다. 차라리 표나게 난리라도 치면 좋겠다 싶을 정도로 입을 꾹 다물고 마음의 문을 닫아버렸다. 제 껍질 속에 들어가 깊이 몸을 웅크린 달팽이처럼.

거기다 사춘기 소녀 특유의 반항기까지 겹쳐 언젠가부터 재희와 제대로 된 대화를 하기가 어려워졌다. 묻는 말에 단답형으로 대답하거나, 그렇지 않으면 짜증을 내기 일쑤였다.

"아빠는 잘 지내는 것 같아?"

"그게 왜 궁금해? 이혼했으면서."

아니나 다를까 이내 재희의 말투가 뾰족해졌다. 더 자극하면 안되겠다 싶어 나는 황급히 다른 주제를 꺼냈다.

"해준이랑은 화해했어?"

"엄마는 요새 무슨 사건 맡아?"

재희가 대답 대신 물었다. 평상시엔 딱히 관심도 없던 내 일 애기로 화제를 돌리는 걸 보니 해준이 애기 역시 입에 올리고 싶지 않은 모양이었다.

"너랑 나이가 같은 남자애 변호를 맡고 있어."

"걔가 무슨 짓을 했는데?"

나는 순간 주춤했다. 아무리 가족이라고 해도 의뢰인에 대한 정보를 흘리는 건 안 될 일이라는 자각 때문이었다.

"전에 뉴스에서 봤던 그런 짓을 저지른 거야?"

"그 정도로 심각한 건 아니야."

이번엔 내가 대답을 얼버무렸다.

"어쨌거나 왜 잘못을 저질렀는데?"

"글쎄."

나 역시 그 답을 알았으면 좋겠다고 생각하며 대답했다.

"흐음."

재희는 묘한 감탄사를 흘리더니 라면 그릇을 주섬주섬 챙겨 싱크대에 올려놓고 물을 틀었다.

"어서 들어가 마저 자. 나머지는 내가 정리할게."

내가 그렇게 말하자 재희는 두말 않고 설거짓거리를 넘겨준 뒤 제 방으로 향했다. 몇 걸음 옮기던 재희가 문득 고개를 돌렸다.

"그런데, 엄마. 생각해보니 어쩌면 아빠 말이 맞는 것 같아."

뜻밖의 말에 고개를 들어 재희를 마주 봤다.

"아빠가 뭐랬는데?"

"엄마는 의외로 눈앞에 뻔히 보이는 걸 못 본다고. 그건 무능력해서가 아니라 무관심 때문이라고."

말을 마친 재희는 더는 내게 볼일이 없다는 듯 제 방으로 들어가버렸다.

다음 날 아침 출근을 해서도 간밤에 재희가 한 말이 머리를 떠나지 않았다. 아니, 정확히 말하면 전남편이 재희에게 했다는 말이.

당신이 나를 비난할 자격이나 있어? 나나 재희한테 관심이라곤 손톱만큼도 없었잖아.

남편이 오랫동안 사귄 내연녀가 있다는 사실을 뒤늦게 알아챘을 때, 그는 내게 그렇게 말했다. 치졸한 변명이라고 생각했다. 그래, 내가 가정에서 내조만 하는 아내들만큼 남편과 아이를 살뜰히 보살피지는 못했을지 모른다. 하지만 그렇다고 그게 외도를 정당화할 수 있을까?

사실은 언제쯤 당신이 눈치챌지 궁금하기도 했어. 생각보다 꽤 오래 걸리더라. 하긴 관심이 없으면 다른 사람들한텐 뻔히 보이는 것도 제 눈엔 안 보이는 법이니까.

변명은커녕 너무나 순순히 사실을 인정하는 남편을 나는 도저히 이해할 수 없었고, 이해하고 싶지도 않았다. 용서는 더더욱 불가능했다. 남편 역시 잘못을 빌고 새출발을 시도할 정도로 내게 애정이 남아 있지 않았다. 자연스러운 수순인 것처럼 우리는 이혼을 결정했고, 남편은 내연녀와 새살림을 차렸다. 마치 기다렸다는 듯이.

그래놓고선 모든 게 내 잘못이라는 양 재희에게 그런 말까지 했다고? 배신감에 온몸이 부들부들 떨렸다. 당장 전화해 따질지 말지 몇 번이고 망설이는 와중에 오전 시간이 쏜살같이 흘러갔다. 사실 그와 말싸움을 벌이는 건 두렵지 않다. 정량화된 수치밖에 모르는 금융계 종사자인 그는 십수 년간 법정 다툼으로 밥벌이를 해온 내게 애초 말싸움 상대가 되지 못했으니까. 하지만 재희가 제 아빠 말을 옮긴 게 발단이 돼 그와 내가 옥신각신하게 되면 부녀 관계, 혹은 모녀 관계가 또다시 어긋나버릴까 봐 망설여졌다.

심란한 마음을 애써 가라앉히며 서류 작업을 하는데 노크 소리가 들려 고개를 들어보니 문 앞에 비서인 가영이 서 있었다.

"변호사님, 한여정 씨께서 찾아오셨는데요."

"일정에 면담이 없었던 걸로 아는데?"

내 말에 가영은 난감한 표정을 지었다.

"무작정 찾아오셔서 지금 만날 수 있냐고 하시네요."

나는 한숨을 쉬었다. 가끔 이렇게 동사무소 들르듯 불쑥불쑥 변호사 사무실을 찾아오는 의뢰인들이 있다. 그래도 그냥 돌려보내느니 잠깐이라도 만나보는 편이 좋겠다 싶었다. 어차피 지금 하는 서류 작업은 조금 뒤로 미뤄도 무방하니까.

"들어오시라고 해."

조금 뒤 여정이 사무실 안으로 들어왔다. 전에 봤을 때보다 낯빛이 조금 안 좋아진 것 같았다. 잠을 제대로 못 잤는지 눈밑에 검은 그림자가 드리워져 있었다. 지완에게서 들은 말 때문인지 정신 상태가 조금 불안정해 보이기도 했다.

"다음부터는 미리 약속을 잡고 방문해주세요."

내 말은 아랑곳하지 않고 여정이 불쑥 물었다.

"코치님은 만나셨어요?"

아무래도 그게 궁금했나 보군. 여정에겐 석준과 만나서 이야기를 해보겠다고 이미 전해둔 상태였다.

"지완이를 좋게 평가해주시던데요. 말씀 잘해주셨으니 제가 들은 대로 진술서를 작성하면 될 것 같아요."

"그렇군요."

여정은 작은 목소리로 중얼거렸다. 분명 원하는 대답이었을 텐데도 별로 기뻐하는 반응이 아니었다. 어딘지 모르게 정신이 딴 데 팔린 사람 같았다.

"아, 그리고 지완 군을 만났어요."

내가 먼저 말을 꺼냈다. 여정은 딱히 놀라는 기색이 없었다. 이미 다 알고 있는 눈치였다.

"알고 계셨나요?"

여정의 표정을 살피며 물었다.

"네, 뭐…."

그렇게 말하면서 초조한 듯 두 손을 쥐어짜던 여정이 나를 쳐다봤다.

"지완이가 뭐라던가요?"

어디까지 말해야 할지 살짝 난감했다. 여정이 지완을 편애한다는 것, 친자식이 아닐지도 모른다는 이유로 여정의 남편역시 수완을 차별한다는 것, 여정 부부가 형식적인 부부 사이라는 것, 이 모든 걸 지완이 다 털어놓았다고 하면 여정은 과연 어떤 반응을 보일까.

"수완이가 집에서 소속감을 못 느낀다고 하더군요."

내가 짤막하게 대답했다. 여정이 무슨 소리냐는 듯 나를 빤히 쳐다보았다.

"부모님께서 자신을 편애한다고요. 이런저런 이유로요."

민감한 부분을 건드릴까 봐 되도록 두루뭉술하게 표현했다.

"그것뿐인가요?"

묘한 눈빛으로 여정이 나를 쳐다보았다. 무언가를 염탐하려는 것 같기도, 무언가를 두려워하는 것 같기도 했다. 뭐가 두려운 걸까. 감추고 싶었던 비밀스러운 가정사를 지완이 내게 전부 털어놓았을까 봐 걱정하는 걸까.

"어머니께서 우울증을 앓고 계신다는 것도요."

여정이 상처 입은 것 같은 표정을 지었다. 하지만 그것도 잠시였다.

"그게 다예요?"

"네."

내가 고개를 끄덕이자, 여정은 어딘지 모르게 안도하는 모양새였다. 어쩌면 내 기분 탓인지도 모르겠지만.

"사실인가요? 수완이가 소외감을 느낄지도 모른다는 게?"

이번엔 내가 여정에게 물었다.

"그럴지도 몰라요. 아니, 지완이 말이 맞아요."

여정이 조금 머뭇거리며 대답했다.

"그렇다면 혹시… 수완이가 엇나간 행동을 한 데는 그 점도 작용했다고 생각하지 않으시나요?"

여정이 날카로운 눈초리로 나를 쏘아보았다. 의심의 여지 없이 비난하는 기색이 어려 있었다.

"저 때문에 수완이가 그렇게 됐다는 건가요?"

"그런 말은 한 적이 없는데요."

"제가 걔 형을 편애한 게 수완이 행동에 영향을 미쳤다면서 요!"

"그럴 가능성이 있지 않을까 말씀드린 것뿐이에요. 그리고 그게 사실이라고 하더라도 여러 가지 요인 중 하나에 지나지 않고요. 분명히 짚고 넘어가자면, 잘못을 저지른 건 수완이에 요. 수완이는 어린애도 아니고, 제 행동에 책임을 져야 할 나이 고요."

여정은 앙다문 입술로 한동안 말없이 내 얼굴을 바라보았 다. 나 역시 시선을 피하지 않았다. 상대방의 시선이 다소 부담 스럽게 느껴질 무렵, 여정이 한숨을 내쉬더니 불쑥 물었다.

"열 손가락 깨물어 안 아픈 손가락 없다는 말 들어보셨죠?"

딱히 대답을 바라고 물어본 것 같지는 않아 나는 잠자코 여 정이 말을 잇길 기다렸다.

"맞아요. 열 손가락 깨물어 안 아픈 손가락은 없어요."

여정이 자신이 한 질문에 스스로 대답했다.

"하지만 더 아픈 손가락은 있더라고요. 왜 그런 줄 아세요? 부모도 인간이니까. 같은 자식이라도 자신과 더 잘 맞는 아이 와 그렇지 못한 아이가 있어요."

"그렇더라도 아이한테 그런 표시를 내면 상처가 될 수 있잖 아요."

내 말에 여정은 씁쓸한 미소를 지었다.

"저라고 그런 생각을 안 해봤겠어요? 하지만 하루에 몇 시간만 일하면 퇴근하는 직장도 아니고 가정에서 하루 24시간, 1년 365일 속마음을 감출 순 없어요."

나는 여정의 말에 뭐라고 반박하려다 그만 입을 다물었다. 나 역시 재희가 보기엔 좋은 엄마가 아닐지도 모른다. 허점투성이에 바쁘다는 핑계로 자신을 잘 돌봐주지 않는다고 생각할지도 모른다. 그런 내가 무슨 자격으로 여정을 탓할 수 있나.

"자식들 키우다 보니 부모한테 자긍심을 북돋워주는 아이가 있는가 하면, 반대로 좌절감을 안겨주는 아이도 있더라고요."

여정은 말을 이었다. 전자와 후자가 누구인지는 굳이 묻지 않아도 너무나 명백했다.

"좌절감을 안겨주는 아이는, 자식이지만 저도 대하기가 버거워요. 아이를 볼 때면 내가 실패했구나, 내 인생은 실패작이구나 하는 생각이 들어서요."

한숨 섞인 목소리로 여정이 말했다.

"저도 수완이에게 미안한 마음이 없는 건 아니에요. 제가 수완이한테 진 마음의 빚은 아마도 변호사님이 생각하는 것보다 훨씬 더 클 거예요."

잠시 침묵이 흘렀다. 먼저 침묵을 깬 건 여정 쪽이었다.

"이렇게 불쑥 찾아와서 죄송해요. 바쁘실 텐데 시간을 너무 뺏은 거 아닌가 모르겠네요. 그 시간만큼 비용은 지불할게요."

그렇게 말하며 여정은 가방을 챙겨 자리에서 일어섰다. 여정 앞에 가져다놓은 커피가 아직 식지도 않았을 텐데.

"용건이 있어서 오신 게 아니었나요?"

나는 어리둥절했다. 예상치 않은 방문도 그렇지만, 불쑥 찾아온 여정이 이렇게 빨리 자리를 뜨려 하는 것이 오히려 더 당황스러웠다.

"네, 그랬죠."

여정은 고개를 끄덕였다.

"그런데 궁금했던 부분에 대해선 이미 대답을 얻은 것 같네요."

그렇게 말한 여정은 내게 가볍게 고개를 숙이고 방문을 나섰다.

퇴근 후 집에 돌아왔을 때 무언가 이상한 조짐을 느꼈다. 재희가 아침에 신고 나갔던 신발이 현관에 아무렇게나 벗겨져 있었다. 벌써 돌아온 건가? 지금쯤 학원에 가 있어야 할 시간인데.

아이의 방에 갔더니 재희가 이불을 머리 위까지 뒤집어쓰고 침대에 누워 있었다.

"몸이 안 좋니?"

이불을 들어 올렸다가 깜짝 놀랐다. 이불 속에서 눈물범벅이 된 재희가 겁먹은 눈으로 나를 올려보았다.

"재희야! 왜 그래? 무슨 일이야?"

"엄마…."

재희가 울먹거리는 목소리로 말했다.

"어디 아프니?"

아이 이마에 손을 대봤다. 조금 열감이 느껴지긴 했지만 불덩이처럼 뜨거운 건 아니었다.

"어디가 어떻게 아픈지 얘길 해봐. 안 좋으면 이러고 있지 말고 빨리 병원엘 가야지."

그렇게 말하며 아이 몸을 일으키는데 문득 침대 시트가 빨갛게 젖어 있는 걸 발견했다. 집에서 입는 트레이닝복 바지도 같은 색깔로 물들어 있었다.

"생리통이야?"

하지만 재희는 대답이 없었다. 나를 바라보는 눈빛이 잔뜩 위축돼 있었다. 꾸지람을 들을까 봐 두려워하는 어린아이처럼. 그래서인지 재희가 더없이 연약해 보였다. 겁에 질린 재희의 얼굴을 들여다보고 있자니 그 눈 속에 지금보다 훨씬 어릴 적, 엄마만 믿고 따랐던 어린 시절 재희의 모습이 겹쳐졌다.

갑자기 어떤 생각이 머릿속을 스치고 지나갔다. 절대로 현실이라 받아들이고 싶지 않은 생각이.

"너, 혹시…?"

미심쩍은 시선으로 돌아보자 재희는 왈칵 울음을 터뜨렸다. 순간 불길한 예상이 맞았음을 직감했다. 무언가 무거운 둔기로 머리를 얻어맞은 것 같았다. 잠시 사고 회로가 정지돼버린 듯 머리가 멍해졌다.

어떻게 이럴 수 있지. 어쩌면 이렇게 아무것도 몰랐을 수가 있지. 한집에서 같이 살며 매일 얼굴을 보는 딸아이한테 이런 끔찍한 일이 생겼다는 걸.

"엄마, 나 무서워…."

재희가 흑흑 흐느끼며 말했다. 아까부터 계속 울고 있었는지 두 눈이 이미 퉁퉁 부을 대로 부어 있었다. 울면서도 내 안색을 살피는 모습이 내가 화를 내거나 야단치지 않을까 두려워하는 눈치였다. 하지만 두려우면서도 지금처럼 혼자 감당하기 힘든 상황에서 아이가 매달릴 데라곤 엄마밖에 없었다. 위태롭고도 절박한 재희의 심정을 생각하니 아이가 안쓰러워 견딜 수가 없었다.

"몸은 일으킬 수 있지? 이러고 있을 게 아니라 빨리 병원 가자."

재희는 젖은 눈으로 나를 바라봤다. '병원'이라는 말에 자신이 이제부터 맞닥뜨려야 할 현실을 새삼 깨닫게 된 모양이었다.

"엄마….."

불안으로 가득한 재희의 눈이 나를 믿어도 될지 망설이는 것 같았다.

"지금은 이러고 있을 때가 아니야. 다른 건 나중에 생각하고 일단 일어나서 병원부터 가자."

나는 일부러 단호한 목소리로 말했다. 재희는 잠시 나를 물끄러미 바라보더니 마지못한 표정으로 고개를 끄덕였다.

택시를 불러 즉시 가까운 병원으로 향했다. 분만까지 담당하는, 24시간 운영하는 제법 큰 여성 전문 병원이었다. 아이가 진료실에 들어가고 난 뒤 홀로 남은 나는 마치 꿈을 꾸는 것 같았다. 불과 30여 분 남짓한 지난 시간이 마치 전생을 보는 것처럼 비현실적으로 느껴졌다. 마취에서 막 깨어난 듯 정신이 몽롱해 합리적인 사고를 하기 어려웠다.

"김재희 양 보호자 분 되시죠? 선생님께서 잠깐 보자고 하시는데요."

얼마나 시간이 흘렀을까. 간호사가 호명하는 소리에 안내하는 곳으로 따라 들어가니 내 나이 또래 여의사가 나를 기다리고 있었다.

"임신 10주 차 계류 유산입니다."

의사가 담담한 목소리로 말했다.

예상하지 않은 건 아니었지만 심장이 쿵 내려앉는 것 같았다. 사형이 내려질 것을 어느 정도 예상한 사형수가 법정에서 사형 선고를 맞닥뜨렸을 때 이런 느낌이지 않을까 하는 생각이 들었다. 머리로는 현실을 이해했지만, 좀처럼 받아들이기 어려웠다.

"혹시 모르고 계셨어요?"

망연자실한 내 표정을 보고 의사가 물었다. 다행스럽게도 딱히 비난하는 투는 아니었다.

"…임신 10주 차라고요?"

나도 모르게 목소리가 떨려 나왔다. 문득 한밤중에 라면을 끓여 허겁지겁 먹던 재희 모습이 떠올랐다. 그때는 단순히 한창 자랄 10대 아이의 왕성한 식욕이라고만 생각했는데. 돌이켜보니 그것 역시 임신 때문이었는지도 몰랐다.

어쩌면 아빠 말이 맞는 것 같아. 엄마는 의외로 눈앞에 뻔히 보이는 걸 못 본다고. 그건 무능력해서가 아니라 무관심 때문이라고.

재희가 했던 말이 귓전을 맴돌았다. 그때 아이는 속으로 나를 비난하고 있었던 걸까. 빤한 사실을 눈치채지 못하는 무능력한, 아니 무관심한 엄마를.

하지만 나는 결코 재희에게 무관심하지 않다. 어떻게 엄마가 자식한테 그럴 수 있겠나. 재희는 나한테 전부나 마찬가지인데. 다만 그간 일이 많아 바빴고, 이혼이라는 개인적 아픔을 겪는 동안 아이한테 문제가 생겼다는 사실을 그만 깜빡 놓쳐버리고 말았다.

그러나 이 역시 그저 변명에 지나지 않는 건지도 모른다. 어떤 상황에서도 아이에게 고민이 있다는 걸 눈치챘어야 했는데. 그게 엄마니까. 바쁘다는 핑계로, 또 내 상황이 힘들다는 이유로 아이를 소홀히 했다는 것 자체가 내가 엄마로서 실격이라는 걸 증명하는 게 아닐까.

"일단 돌아가셨다가 되도록 빨리 날짜를 잡아서 다시 병원에 들르세요. 우선은 약물로 자궁에 남은 부분을 배출시킬 텐데, 만약 더 필요하다 싶으면 추가로 소파술을 시도할 겁니다. 일단 약물을 주입한 뒤 경과 살펴보고 괜찮다 싶으면 휴식 취하다가 몇 시간 뒤에 퇴원할 수 있을 거예요."

의사는 그렇게 말했다.

진료실을 나와 시술 일정을 잡고 간호사로부터 방문 전 금식 등 주의 사항 이야기를 들으면서도 머릿속은 마치 희뿌연 안개가 낀 것처럼 아무 생각도 떠오르지 않았다. 힘이 빠진 다리가 용케도 몸을 지탱해 걷고 있다는 게 놀라울 지경이었다. 머리는 멍한데 가슴속에선 온갖 감정들이 소용돌이치고 있었다. 그럼에도 불구하고 애써 겉으론 침착한 척했던 건 나를 올려다보는 재희의 창백한 얼굴 때문이었다. 여기서 나마저 허둥지둥하면 아이가 완전히 무너져 내릴 것 같다는 공포 때문이었다.

집까지 어떻게 도착했는지 모를 만큼 멍한 상태로 돌아왔다. 재희는 힘없는 목소리로 잠시 제 방에 누워 있겠다고 했고, 한동안 부엌에서 넋을 놓고 있던 나는 억지로 몸을 일으켜 저녁 준비를 했다. 마침 지난달 재희 생일상을 차렸을 때 사다 놓은 미역이 아직 남아 있어 미역국을 끓이고 냉동실에서 소고기를 꺼내 구웠다. 앞으로의 일은 차차 생각하기로 하고, 당장 아이 몸에 무리가 많이 갔을 테니 영양을 보충해야겠다 싶었다.

놀랄 일도 아니지만, 재희는 입맛이 없어 보였다. 힘없이 미역국을 떠서 몇 차례 입으로 가져가는 게 고작이었다.

"먹어야 해. 안 그러면 몸이 못 배겨."

내 말에 재희가 숟가락을 놓고 물끄러미 나를 바라보았다. 아이의 눈에 다시 눈물이 괴는가 싶더니 이내 어깨를 들썩이며 흑흑 울기 시작했다.

"엄마, 나 이제 어떡해. 어떻게 하면 좋아."

나는 얼른 재희를 끌어안았다. 속으론 함께 울고 싶었지만 불안에 떨고 있을 아이를 위해서라도 그래선 안 된다고 애써 마음을 다잡았다.

"이제 내 인생은 완전히 망한 거지? 그런 거지?"

흑흑 울음 사이로 밭은 숨을 몰아쉬며 재희가 말했다.

"망하긴 뭘 망해. 잠깐 발을 삐끗했을 뿐이야. 이 정도 일은 아무것도 아니야. 아직 네 인생은 창창하다고."

그렇게 말하면서도 나 역시 내 말을 확신할 수 없었다. 정말 아무 일도 아니었던 것처럼 넘어갈 수 있을까. 세상이 달라졌다곤 하지만 아직 10대 여자아이인데 유산을 했다는 의료 기록이 두고두고 재희의 인생에 걸림돌이 되진 않을까.

가슴속으로 스멀스멀 올라오는 불안감을 달래기 위해 나는 몇 번이고 되뇌었다. 괜찮아, 괜찮아, 괜찮아. 이건 재희에게 하는 말이기 이전에, 나 자신을 향한 말이기도 했다. 정말 말 그대로 이 시련이 지나고 나면 우리 모녀가 괜찮아질 수 있기만을 간절히 바라고, 또 바랐다.

"그런데 엄마는 왜 안 물어? 어떻게 된 일인지."

한참 동안 울던 재희가 내 품에서 떨어져 나와 눈물을 훔쳤다.

"안 그래도 물어볼 참이야. 하지만 그보다 지금은 네가 마음을 추스르는 게 더 중요하니까."

재희는 한참 동안 고개를 떨구고 있다가 더는 피할 수 없겠다 싶었는지 내 얼굴을 똑바로 바라봤다.

"…해준이야, 엄마."

처음엔 재희가 무슨 말을 하는지 알아들을 수 없었다. 그 말 뜻을 이해하기까지 몇 초 정도가 걸렸다. 마침내 어떻게 된 상황인지를 인지하고 나자, 다시 한번 묵직한 무언가로 머리를 얻어맞은 것 같았다.

"해준이랑 그런 거라고?"

재희는 보일락말락 고개를 끄덕였다.

그랬구나. 이제야 최근 상황이 서서히 이해가 되기 시작했다. 재희가 해준이 얘기만 나오면 왜 그렇게 질색했는지, 왜 둘 사이가 틀어졌는지.

"걔도 네가 임신한 걸 아니?"

재희가 다시 고개를 끄덕였다.

"그랬더니?"

"진짜냐고 꼬치꼬치 묻기에 임신 테스트기를 보여주니까 엄청 놀랐는지 입을 딱 벌리고 아무 말도 못 했어. 그 뒤론 연락도 안 받고 학원도 안 나오고."

나도 모르게 이를 악물었다. 비겁한 놈. 아직 어리기는 마찬가지니까 기절초풍한 게 이해가 안 가는 바는 아니지만 그래도 어쩌자고 혼자 줄행랑을 치나.

"걔 엄마는 이 사실을 알고?"

"그것까진 나도 몰라. 그 뒤로 개랑 얘길 못 했으니까."

재희의 목소리가 기어들어갔다.

"넌 언제쯤 안 거야?"

"2주 전에."

짤막한 대답이 돌아왔다. 내가 설명을 요구하는 표정으로 바라보자 재희가 좀처럼 말을 잇기 힘든지 띄엄띄엄 단어 사이 간격을 두며 말했다.

"생리가 안 나오니까… 걱정이 돼서. 나 원래 정확하거든. 그런 일도 있고 해서… 혹시나 싶어서… 검사해봤는데… 두 줄이 뜨니까."

거기까지 말한 재희는 다시 울 것 같은 얼굴이 됐다.

"왜 나한테 얘길 안 했니?"

"어떻게 얘기해. 엄마가 화낼 게 뻔한데."

"그렇다고 아무 말도 안 하고 있었어?"

나도 모르게 목소리가 높아지고 있었다. 하지만 재희 말대로 화가 나서는 아니었다. 상처 입어서였다. 아이가 나를 믿지 않았다는 것이, 도움이 필요한 상황에서 엄마한테 구조 요청을 하지 않았다는 것이 아프고, 쓰렸다.

"엄마가 나한테 실망할까 봐 무서웠어."

재희가 시무룩한 목소리로 중얼거렸다.

"엄마마저 실망시키고 싶진 않았어. 엄마도 나를 버릴 것 같아서. 그럼 내 곁엔… 아무도 없으니까."

별안간 울컥하며 눈물이 나려 했다. 나는 재희 등 뒤 벽지에 묻은 점 하나를 가만히 노려보며 솟구쳐 오르는 눈물을 애써 내리눌렀다. 이 아이가 이렇게 외로웠구나, 이렇게 힘들었구나 생각하니 미안함과 함께 나 자신에 대한 혐오감이 뒤죽박죽돼 가슴속에서 뒤엉켰다.

"그런 바보 같은 소리가 어딨어. 엄마가 왜 널 버려. 자식을 버리는 엄마가 어딨다고."

"아빠도 우릴 버렸잖아."

재희의 말이 이번에도 가슴을 찔렀다.

"아빠는 널 버린 게 아니야. 그냥 날 떠난 거지."

"하지만 그 여자한테 갔잖아. 그러니 날 버린 거나 마찬가지 아냐?"

"그렇지 않아."

나는 재희의 어깨를 다독거렸다.

"아빠는 널 사랑해, 재희야. 비록 엄마랑 아빠 사이는 끝났고, 그래서 우리가 함께 살 순 없지만 네가 아빠 딸이고, 아빠가 널 사랑한다는 사실만큼은 변하지 않아. 아빠는 절대 널 버린 게 아니야. 절대로, 절대로."

재희가 코를 훌쩍이며 나를 쳐다봤다.

"아빠한테는 비밀로 해줘. 부탁이야, 엄마."

눈물로 범벅이 된 아이 얼굴을 보며 나는 잠시 고민에 빠졌다. 그래도 아이 아빠인데 애한테 문제가 생겼다는 걸 알려야 하지 않을까. 하지만 그랬다간 오히려 재희가 더 불편해할 게 틀림없다. 게다가 딸이라면 끔찍하게 여기는 그가 이 사실을 알면 펄펄 뛰며 해준이를 가만두려 하지 않을 게 뻔했다. 어쩌면 재희 말대로 이번 일은 나와 재희 사이 비밀로 묻어두는 게 더 나을지도 몰랐다.

"알았어."

내가 고개를 끄덕였다. 아이는 그제야 조금 안심한 표정으로 딱딱하게 굳었던 어깨를 축 늘어뜨리며 "고마워."라고 속삭였다.

"하지만 대신 처음부터 다 얘기해줘. 해준이랑 어쩌다 그렇게 된 거야?"

재희는 어디서부터 어떻게 말을 꺼내야 하나 잠시 망설이는 듯 머뭇머뭇하다가 마지못해 입을 열었다.

"해준이랑 사귀고 있었거든."

"언제부터?"

"작년부터."

나는 저절로 입이 딱 벌어졌다. 중학생들끼리 사귀다니, 내가 학교 다니던 시절에는 상상조차 하기 힘든 일이었는데. 요즘 애들은 대체 얼마나 조숙한 건가. 하지만 가만히 생각해보면 내가 재희만 할 때도 남녀 학생들이 사귀는 게 드문 일이 아니었을지 몰랐다. 동생한테조차 '범생'이라고 놀림받던 나만 그 사실을 몰랐을 뿐.

해준이와 재희가 이성적인 관계로 발전할 거라곤 한 번도 생각하지 못했던 내 안일함도 반성했다. 아기 때부터 봐온 해준이는 내 머릿속에서 항상 귀엽고 장난기 가득한 어린 소년일 뿐이었다. 지난 몇 년간 키가 크고, 가슴팍이 넓어지고, 변성기가 오기 시작한 걸 보면서도 그 아이가 딸의 남자친구가 될 거라곤 상상해본 적이 없었다.

"그건… 임신은 어쩌다 된 거야?"

아직 어린 딸아이에게 '임신'이라는 단어는 너무나 어울리지 않는 조합 같았다. 하지만 현실은 엄연한 현실이고, 거기서 도망갈 순 없었다.

"…한 번이었어."

빨갛게 달아오른 얼굴을 푹 숙이며 재희가 말했다.

"딱 한 번. 걔네 집에 놀러 갔을 때. 마침 아줌마가 급한 볼일이 있다고 나가서 안 계셨고…."

재희가 우물쭈물하며 말을 이었다. 이런 내밀한 이야기를 엄마 앞에 털어놔야 하는 아이가 지금 얼마나 거북한 심정일

지 이해가 안 가는 바도 아니어서 나는 잠자코 재희가 말을 잇
길 기다렸다.

"그런데 해준이가 키스를 하고 내 몸을 더듬다가…."

나 역시 재희 못지않게 지금 우리가 마주한 이 상황이 너무
거북했다. 당장이라도 귀를 막고 아이에게 그만하라고 말하고
싶었지만, 어쩔 수 없었다. 아무리 듣기 싫은 말이라도 재희에
게 어떤 일이 생겼는지는 확실히 알아야만 했다.

"둘이 옷을 벗고…."

그쯤에서 나는 더는 참지 못하고 재희 말을 잘랐다.

"그건, 그러니까 거기까지 간 건 그게 처음이야? 아니면 예
전에도 그런 적이 있어?"

고개를 숙인 재희의 귓불이 아까보다 더 빨개진 것 같았다.

"…예전에도 몇 번 그랬어."

딸아이의 입에서 무슨 말이 나오길 원했는지 모르겠지만 어
쩐지 정신이 아득해져 나는 눈을 질끈 감았다 떴다.

"하지만 그… 끝까지 간 건 그때가 처음이야."

재희가 서둘러 말한 뒤 "무서웠거든."이라고 덧붙였다.

"그런데 그때는 왜 한 거니?"

고개 숙인 재희가 모기만 한 소리로 뭐라고 웅얼거렸다. 잘
들리지 않아 "뭐라고?" 하고 다그쳤더니 목소리가 조금 더 높
아졌다.

"해준이가, 막무가내였다고."

"막무가내였다니, 그게 무슨 소리야?"

내 목소리 음정이 몇 단계 높아졌다.

"무서워서 그만하자고 했는데 걔가 밀어붙였다고."

순간 머리에 찬물을 뒤집어쓴 것 같았다. 온몸에 소름이 돋았다. 하지만 모순적일 만큼 놀라울 정도로 아무런 감각을 느낄 수 없었다. 방금 재희에게서 들은 말이 온몸의 감각을 마비시켜버린 것처럼.

"그게 무슨 말이니? 네가 한 말이 맞는다면, 해준이가 너를 강간한 거야."

재희의 눈빛이 불안하게 흔들렸다.

"강간? 그건 아냐. 아니, 아닐 거야."

"하지만 네 의사랑 상관없이 밀어붙였다며?"

"그게…."

재희는 제 입술을 잘근잘근 씹다가 고개를 저었다.

"나도 잘 모르겠어."

"잘 모르겠다니? 어떻게 된 건지 자세히 설명 좀 해봐."

재희가 자신을 계속 난감하게 만드는 나를 한동안 원망스러운 얼굴로 쳐다보더니 이내 마음을 정리한 듯 입을 열었다.

"그날따라 해준이가 하고 싶어하는 것 같기에 안 된다고 했어. 싫다고, 무섭다고."

"그런데?"

"걔가 자꾸 조르더라고. 괜찮으니까 한 번만 하자고. 그래서 내가 장난처럼 걜 떠밀었어. 그만하라고."

"그래서 어떻게 됐는데?"

나도 모르게 입안이 바짝바짝 말랐다. 재희의 입에서 뭔가 무서운 말이 나올 것 같았다.

"예전에도 몇 번 그런 일이 있어서 하지 말라고 하면 안 할 줄 알았어. 그런데 그때는 걔가 내 팬티를 벗기더니 갑자기…."

거기까지 말한 재희는 더는 말을 잇지 못했다.

나는 주먹을 불끈 쥐었다. 손톱이 손바닥 안으로 깊게 파고들었다. 이러다 손톱에 긁힌 손에서 피가 날지도 몰랐지만, 그딴 것 따위는 전혀 신경 쓰이지 않았다. 해준이에 대한 분노로 속이 들끓고 있었기 때문에.

해준이가 눈앞에 있다면 당장이라도 멱살을 잡고 따귀를 때려주고 싶었다. 갓난아기 시절부터 봐온 해준이가, 항상 해맑은 얼굴로 내게 밝은 인사를 건네던 해준이가 나를 이런 식으로 배신할 거라고는 꿈에도 생각하지 못했다.

언젠가 재희 아빠가 딸아이와 해준이를 보면서 "쟤네 너무 붙어 다니는 거 아냐? 신경 쓰여."라고 했던 말이 떠올랐다. 거기다 대고 나는 뭐라고 했던가. "둘은 오누이 같은 사이야. 걱정 마. 아무 일 없어."라고 대수롭지 않게 넘겼다. 그러자 남편은 이렇게 말했었다.

당신은 저 나이 또래 사내애들이 어떤지 몰라.

당시엔 그냥 흘러들었던 그 말이 지금 이렇게 가슴에 사무칠 거라고는 미처 상상하지 못했다.

"너, 넌 그래서 어떻게 했어?"

목구멍으로 간신히 쥐어짜낸 목소리는 내 귀에도 부자연스럽게 들렸다.

"너무 순간적으로 일어난 일이라… 놀라고 무서워서 처음엔 아무 말도 못 했어."

재희의 목소리가 다시 울음기를 띠었다.

"근데 너무 아픈 거야. 그래서 해준이한테 그만하라고 했는데, 걔는 내 말이 안 들리는 것 같았어. 그냥 곧 괜찮아질 거라고만…."

"그만하라고 몇 번이나 얘기했어?"

어이없는 질문이라고 생각하면서도 나는 물어보았다. 성폭행 사건 때 피해자에게 흔히 묻는 말이다. 얼마나 강하게 반항했냐고. 한 번이라도 거부 의사를 밝혔으면 상대방이 그걸 수용해야 하는데, 현실에선 그렇지 못한 경우가 많다. 여자들이 말하는 "그만해"라는 말이 사실은 그만하라는 뜻이 아니라고 생각하는 남자들은 아직도 수두룩하다. 심지어 법을 집행하는 사람들 사이에서조차 그런 의식은 제법 만연한 게 현실이다.

"글쎄. 두 번? 세 번?"

재희가 혼란스러운 표정으로 눈을 깜빡거렸다.

"그런 건 안 세어봐서 모르겠어. 나중엔 될 대로 되라는 심정이라 그냥 빨리 끝나기만 기다렸고."

"해준이는 뭐라고 했어? 사과하긴 했니?"

"아니."

재희는 고개를 가로저었다.

"걔는 뭐가 잘못인지 잘 모르는 눈치였어. 다 끝나고 나서 어릴 때 같이 장난치다가 어른들한테 거짓말할 때처럼 씩 웃기까지 하던데. 아마 우리 둘이 함께 나쁜 장난을 친 것 정도로 생각했나 봐."

나는 다시 이를 악물었다. 해준이가 곁에 있다면 당장이라도 재희 앞에 무릎을 꿇리고 사과하라고 윽박지르고 싶은 심정이었다.

"그런 일이 있었는데도 그 뒤로 해준이랑 아무렇지도 않게 지냈던 거니?"

"아니."

재희가 시무룩한 목소리로 말했다.

"그 일이 있고 나서 내가 계속 해준일 피했거든. 걔가 어쩐지 낯설게 느껴지고 곁에 오는 게 싫었어."

"그랬더니?"

"처음엔 내가 왜 화가 났는지도 모르는 것 같더라. 그런데 내가 계속 피하니까 나중엔 '혹시 그것 때문에 그러는 거야?'라고 물어보더라고. 걘 자기가 뭔가를 잘못했다고는 아예 생각 못 하는 눈치였어."

"그런 게 어딨어! 해준이가 한 행동은 분명히 잘못이야!"

나도 모르게 소리를 빽 질렀다. 그 바람에 재희가 놀란 듯 몸을 움찔했다.

"그건 성폭행이나 마찬가지라고!"

"하지만, 엄마…."

어안이 벙벙한 표정으로 재희가 내 말을 가로막았다.

"그건… 성폭행이랑은 좀 다르잖아."

"다르긴 뭐가 달라. 넌 분명히 거부 의사를 밝혔는데, 해준이가 너한테 허락을 맡지 않고 한 거잖아. 그게 바로 성폭행의 정의야."

말을 하는 와중에도 혈압이 머리끝까지 치솟는 것 같았다.

갑작스러운 내 반응을 보며 재희는 눈이 휘둥그레졌다. 놀란 것 같기도 하고, 어떻게 받아들여야 할지 몰라 얼떨떨한 모양이었다.

"나, 난 잘 모르겠어."

"뭘 몰라?"

내 눈치를 살피며 재희가 머뭇머뭇 말했다.

"사실 해준이랑, 몸 만지고 하는 건 싫지 않았거든. 나중엔, 아마 꽤 나중이겠지만 개랑 그걸, 할 수도 있겠다 싶었어. 그런데 그때는 그냥 겁이 나서…."

거기까지 말한 재희가 내 눈을 똑바로 쳐다봤다.

"아마 해준이도 그걸 눈치채고 고집대로 밀어붙였을 거야. 그러니까, 그건 성폭행이라고 할 수 없잖아."

나는 할 말을 잃었다. 고등학생 딸이 임신하고 유산한 것도 모자라, 원치 않는 성관계였다고 털어놓았다. 그런데 그 '원치 않음'이 어느 정도로 강했는지, 그걸 상대방에게 얼마나 강하게 피력했는지는 본인도 확신하지 못하겠다고 한다. 심지어 해준이가 자신이 원치 않는 성행위를 밀어붙였다고 하면서도 제 태도가 해준을 자극한 게 아닌가 의심하고 있다. 만약 여기가 법정이라면 재희의 주장은 별다른 설득력을 얻지 못할 것이다. 하지만 그런 건 중요치 않았다. 여기는 법정이 아니고, 재희는 내 딸이다. 다른 사람들의 의견은 중요하지 않다.

"엄마, 설마 신고할 생각은 아니지?"

겁먹은 눈초리로 내 반응을 살피던 재희가 조심스럽게 물었다. 나는 아무런 대답을 하지 않았다.

"제발 그러지 마. 그럼 다 소문날 거 아냐. 내가 걔랑 그런 짓을 했고, 임신해서 유산까지 했다고."

재희가 다시 울먹이기 시작했다.

"그러면 난 학교 못 다녀. 쪽팔려서 어떻게 다녀."

겁이 더럭 났는지 재희는 다시 두 팔에 얼굴을 파묻고 울기 시작했다.

딸아이를 지켜보는 내 마음은 무거운 추를 달아놓은 것처럼 천근만근 깊이 가라앉았다. 마음 같아선 재희에게 이런 짓을 저지른 해준이를 벌주고 싶었다. 하지만 그 과정에서 상처 입는 건 재희 역시 마찬가지였다. 아니, 자칫 잘못하면 오히려 재희가 더 깊은 상처를 입을 수도 있다. 생판 모르는 사이도 아니고 어린 시절부터 알고 지내던 남자친구와 은밀한 관계를 맺다가 혈기왕성한 10대 남자애 쪽에서 충동적으로 선을 넘은 것인데, 사람들은 재희가 그렇게 될 여지를 줬다고 생각할 수도 있다. 애초에 어린 고등학생들이 그런 일을 벌였으니 되바라진 아이라고 재희를 손가락질할 이들도 많을 것이다. 그런 위험을 감수하면서까지 해준이에게 잘못을 물을 가치가 있을까.

"엄마, 부탁이야."

재희가 애원하듯 말했다.

"어쩔 생각이었어?"

한참 동안 두근거리는 가슴이 조금 가라앉기를 기다렸다 내가 물었다. 재희가 '뭘?' 하는 눈빛으로 나를 바라봤다.

"유산하지 않았다면 계속 배가 불러왔을 거 아니야. 그런데 어떻게 할 셈이었냐고."

"글쎄…."

멍한 얼굴로 재희가 중얼거렸다.

"모르겠어."

"모르겠다고? 어떻게 그럴 수 있어? 뭔가 생각이 있었을 거 아니야? 너 그렇게 대책 없는 애는 아니잖아!"

"아무 생각 없었어. 그냥… 처음엔 꿈을 꾸고 있는 것처럼 얼떨떨했어. 그리고 그 뒤엔 너무 무서워서 아무 생각이 안 났어."

사리 분별을 제대로 못 하는 10대들한테서 흔히 볼 수 있는 전형적인 대책 없음에 나도 모르게 저절로 앓는 소리가 나왔다. 재희는 내 눈치를 보며 안 그래도 움츠린 목을 자라처럼 더 깊게 움츠렸다.

"미안해, 엄마."

조금 전 재희는 자기 때문에 내가 실망할까 봐 두려웠다고 했다. 바보 같은 소리라고 했지만, 재희 말이 아예 틀린 건 아니었다. 재희는 나에게 실망감을 안겨줬다. 그것도 아주 큰 실망감을. 하지만 재희에 대한 실망보다 아이의 앞날에 대한 걱정, 딸아이를 향한 안쓰러움, 아이의 고뇌를 더 빨리 눈치채지 못한 나의 무심함과 재희를 이렇게 만든 해준에 대한 분노가 더 컸다.

이미 쏟아진 물은 다시 주워 담을 수 없다. 재희가 유산한 사실 자체는 시간을 거꾸로 돌리지 않는 이상 없었던 일로 만들 수 없다. 그보다는 어떻게 이 일을 해결해야 할지 방법을 찾는 게 먼저다.

유산으로 인해 받아야 하는 시술은 그렇게 큰일은 아니다. 다행히 조금 있으면 방학이니 학교에 이런저런 이유를 내지 않아도 집에서 충분히 휴식하며 몸을 회복할 수 있을 것이다. 물론 마음의 상처도 적잖이 남겠지만, 그 역시 시간이 차츰 해결해줄 것이다. 그때까지 아이가 받은 충격이 빨리 가라앉도록 내가 곁에서 할 수 있는 한 도와주는 수밖에 없다.

"해준이가 너한테 한 일에 대해서는…."

한참 동안 머릿속으로 앞으로 해야 할 일에 대해 생각한 뒤 입을 열었다.

"넌 어떻게 해결했으면 좋겠어?"

"그냥… 조용히 넘어갔으면 좋겠어."

재희가 작은 목소리로 속삭였다.

"조용히?"

"아무한테도 알리기 싫어."

"해준이는 남이 아니라 당사자야. 적어도 걔는 알고 있어야 할 거 아냐. 자기가 무슨 짓을 했는지."

내 말에 재희는 입술을 깨물고 고개를 숙였다.

"임신은 너희 둘이 한 일 때문에 생긴 결과인데 해준이는 지금 혼자만 나 몰라라 하고 있잖아. 억울하지도 않니? 이렇게 그냥 어물쩍 넘어갈 순 없어."

아이는 아무 말도 하지 않았다. 꽤 오랫동안 그러고 있는가 싶더니 마침내 고개를 들고 나를 바라보았다.

"엄마 말이 맞아. 해준이한테는 알릴래. 그리고…."

재희가 잠시 말을 멈췄다가 덧붙였다.

"걔가 나한테 사과했으면 좋겠어."

마음을 굳혔다는 듯 재희의 눈동자에는 단호한 빛이 어려 있었다.

"그게 네가 정말 원하는 거야?"

나는 재희를 똑바로 쳐다봤다. 재희가 내 눈을 들여다보며 조용히 고개를 끄덕였다. 나 역시 재희를 향해 고개를 끄덕여 보이며 말했다.

"그래, 그럼 내가 걔 엄마한테 연락할게."

뜻밖의 말이었는지 재희가 화들짝 놀란 얼굴이 됐다.

"하지만 그러면 아줌마도 알게 되잖아."

"그건 어쩔 수 없어. 너도 해준이도 미성년자고, 그 보호자는 자식이 저지른 잘못에 대해 알고 있어야 하니까."

"그래도…."

"너네 둘이서만 해결할 수 있는 일은 아니야. 게다가 해준이 는 네 연락도 안 받는다며."

재희는 여전히 망설이는 눈치였다.

"분명히 말하지만, 앞으론 해준이랑 예전처럼 지낼 순 없을 거야. 그러기엔 너무 큰일이거든."

"그건 나도 알아."

시무룩한 목소리로 재희가 중얼거렸다.

"걔 엄마랑도 마찬가지고."

어린 시절부터 자신을 잘 챙겨준 서영을 떠올렸는지 아이의 얼굴이 조금 더 흐려졌지만, 어쩔 수 없다는 듯 재희는 "응." 하 고 대꾸했다.

"다른 사람들이 알게 될까 봐 그러는 거라면, 그건 걱정 안 해도 돼. 해준일 위해서라도 걔 엄마는 이 일을 비밀로 할 테니까. 만일 서영이가 널 불러서 혼내는 게 두려운 거면 그것도 걱정하지 마. 내가 절대로 그런 일은 없도록 할 테니까."

재희는 한참 동안 고개를 숙인 채 바닥만 바라보았다. 무언가를 골똘히 생각할 때 으레 그러하듯 미간에 주름이 잡혀 있었다.

"응, 알았어."

마침내 재희가 입을 열었다. 나지막하지만 또렷한 목소리였다.

"어쩌면 네 말대로 형사 고발까지 가진 않는 게 더 좋을 수도 있어. 하지만, 그래도 만약 생각이 바뀌면 언제라도 얘기해. 엄마가 도와줄 테니까."

"응."

아이가 다시 고개를 끄덕였다.

"당분간 몸과 마음이 많이 힘들 테지만, 차차 해결될 거야. 너무 걱정하지 마. 함께 이겨내보자."

재희는 한동안 말이 없었다. 그러다 침묵을 깨고 비로소 내 얼굴을 똑바로 쳐다보며 말했다.

"고마워, 엄마…. 그리고, 미안해."

문득 아이가 처음으로 등교하던 날이 떠올랐다. 학교라는 낯선 세계가 두려웠는지 내 손을 잡고 걸어가면서도 재희는 이따금 불안하고 자신 없는 모습으로 자꾸만 내 얼굴을 올려다보았다. 그러면서도 안 가겠다고 떼쓰지 않고 열심히 종종

걸음으로 내 보폭에 발을 맞추던 걸 보면 무슨 상황이 벌어질지 몰라도 엄마가 곁에 있으니 믿어보겠다고 다짐했던 게 틀림없다. 지금 재희는 그때와 똑같은 표정을 짓고 있었다.

갑자기 가슴이 뜨거워졌다. 그래, 어쩌면 나는 엄마 역할에 한 번 실패했는지도 몰라. 하지만 또 실패하진 않을 거야. 앞으로 어떤 경우라도 재희에게 더는 나쁜 일이 일어나지 않도록, 이 아이를 지킬 거야.

그렇게 다짐하는데 어쩐 일인지 문득 여정의 얼굴이 머리를 스치고 지나갔다. 여정 역시 이런 심정이었을까. 수완을 데리고 변호사 사무실로 찾아오며 여정도 엄마로서 실패했다는 자괴감과 어떻게든 아이를 지켜야겠다는 절박함이 가슴을 짓눌렀을까. 그러자 전혀 닮은 구석이 없다고 생각했던 여정과 나 사이에 공통점이 생긴 것 같았다.

"국 식기 전에 어서 먹자."

풀 죽어 있는 재희에게 일부러 명랑한 목소리로 말을 걸었다.

"응."

재희가 아까보다는 생기를 되찾은 얼굴로 국을 떴다.

그런 재희를 보며 나도 수저를 들었다.

아들과 딸

한두 번 와본 것도 아닌데 서영의 집으로 가는 발걸음은 예전과 달리 무거웠다. 하지만 발걸음보다 더 무거운 건 마음이었다. 서영과의 오랜 관계에 금이 가게 할지도 모르는 이 이야기를 어디서부터 어떻게 꺼내야 하나.

"전화로는 얘기할 수 없는 급한 용건이란 게 대체 뭐야?"

집에 홀로 있던 서영이 나를 거실 소파로 안내하면서 명랑한 목소리로 물었다. 하지만 얼굴엔 불안한 기색이 어려 있었다. 간밤에 전화를 걸어 만나자고 했을 때 서영은 뭔가 안 좋은 일이 있다는 걸 감지한 모양이었다. 하긴 고등학생 때부터 30년을 알고 지낸 사이이니 그 정도는 쉽게 알아차릴 만했다.

"애들 문제."

"애들 문제, 뭐?"

서영이 커피를 따라 내 앞에 놓고는 맞은편에 앉았다.

"재희가 임신했어."

내가 단도직입적으로 화제를 꺼냈다.

"뭐?"

서영이 입을 딱 벌렸다. 전혀 예상치 못한 말이었을 테니 놀라는 것도 당연했다.

"해준이하고 그랬대."

상대방이 미처 정신을 차릴 겨를도 없이 내가 연달아 폭탄을 터뜨렸다.

"그게 대체, 그게 대체 무슨 소리야?"

"들은 대로야."

한순간에 서영의 낯빛이 해쓱해진 것 같았다. 두근거리는 가슴을 진정시키려는 듯 서영이 물컵에 물을 따랐다. 확연히 눈에 띌 정도는 아니었지만, 물을 따르는 서영의 손이 가늘게 떨리고 있는 게 느껴졌다.

"넌 언제 알았는데?"

"어제. 병원에 다녀왔거든. 유산됐어. 10주 차였대."

서영의 눈이 휘둥그레졌다. 연이어 소화하기 힘든 이야기를 들으니 감당하기 버거웠던 모양이다. 정신없는 와중에도 '유산'이라는 단어를 듣는 순간, 서영의 얼굴에 짧지만 안도한 기색이 스치고 지나가는 걸 나는 놓치지 않았다.

"모두 처음 듣는 얘기인가 보네."

내 말에 서영이 고개를 끄덕이다 문득 생각난 듯 나를 돌아보았다.

"해준이는? 해준이도 이걸 다 알아?"

"임신한 건 재희가 말했대. 하지만 유산한 것까진 몰라."

갑자기 쏟아진 엄청난 소식들을 이렇게 받아들여야 할지 모르겠다는 얼굴로 서영이 고개를 절레절레 흔들었다.

"해준이는 도대체 어쩔 셈이었던 거야. 이런 엄청난 얘기를 나한테 입도 뻥긋 안 하고."

지금 서영이 느낄 당혹감이 어느 정도 클지는 이미 당해본 나로서도 충분히 짐작할 수 있었다.

"유산은 어쩌다 된 거야? 아니, 애초에 둘이 언제부터 그랬대? 다른 사람들도 알아?"

갑자기 봇물이 터진 듯 서영이 질문을 쏟아냈다. 나는 알고 있는 것을 모조리 털어놨다. 이야기를 듣고 있는 동안 서영의 얼굴은 점점 창백해졌다.

"그나마 사람들이 눈치 못 채게 집에서 하혈했으니 다행이네."

이야기를 다 들은 서영이 말했다. 나 역시 같은 생각이었지만 어쩐지 서영의 입에서 나온 말은 다소 냉담하게 들렸다. 느닷없고 혼란스러운 상황이라는 건 충분히 알겠지만, 서영이 지나가는 말로라도 "재희 몸은 괜찮으냐"고 물어보지 않은 게 마음에 걸렸다.

"그런데…."

내가 어렵게 말문을 열었다. 지금부터 제일 껄끄러운 얘기를 해야 하기에 미리 심호흡을 하며 숨을 골랐다.

"해준이가 재희한테, 억지로 삽입했대."

각오는 했지만, 역시 이렇게 노골적인 단어는 입 밖으로 내기가 힘들었다. 친한 친구 앞에서 그 친구의 아들에 대한 불쾌한 얘기를 어쩔 수 없이 해야 하는 현실을 마주하기 힘든 것과 마찬가지로.

"뭐라고?"

서영의 얼굴이 하얗다 못해 파랗게 질렸다.

"너, 지금 무슨 말을 하는 거야?"

나는 재희에게서 들었던 이야기를 간략하게 정리해 전달했다. 듣는 내내 서영은 금방이라도 울음을 터뜨릴 것 같은 얼굴이었다. 마침내 이야기를 다 들은 서영의 표정이 무참하게 구겨졌다.

"넌 대체 재희 교육을 어떻게 한 거야?"

내가 말을 마치자마자 서영은 기다렸다는 듯 소리를 빽 질렀다. 순간적으로 내 귀를 의심했다. 애가 지금 무슨 말을 하는 거지?

"너, 지금 내 말 제대로 들은 거 맞지? 잘못을 저지른 사람은 해준이야. 재희가 원치도 않는데 억지로 밀어붙였다고."

"그건 재희 주장이고."

서영이 차가운 목소리로 말했다.

"애초에 아직 머리에 피도 안 마른 어린애가 아기 가질 짓을 했다는 것 자체가 잘못이잖아!"

"아기를 가진 게 재희 때문이라는 거니? 해준이 때문에 그렇게 된 거 아니야!"

나도 모르게 반박하는 목소리가 올라갔다. 서영이 화나고 마음 상해하는 건 충분히 그럴 수 있다고 생각했다. 하지만 이런 식으로 재희 탓을 할 거라곤 미처 짐작하지 못했다.

"그거야, 해준인 남자애니까. 한창 성적으로 호기심 있을 나이에 유혹이 들어오니까 뿌리치지 못한 거지. 다 큰 성인 남자도 그런데 갠 아직 어린애잖아!"

"지금, 재희가 해준일 유혹했다는 거야?"

어처구니가 없어서 말이 나오지 않았다. 지금 눈앞에 마주한 서영이 내가 30년간이나 알고 지낸 그 친구가 맞는지, 같은 사람이 아닌 것처럼 느껴졌다.

"내가 말이 조금 지나쳤는지 모르지만."

서영이 잠시 내 눈치를 보더니 곧장 말을 이었다.

"그래도 재희가 해준이한테 많이 매달린 건 사실이지. 특히나 네가 이혼했을 때 걔가 툭하면 해준이 불러 울고불고 하소연했다고. 사춘기 애들이 그러다 눈 맞은 거고."

재희가 그랬다고? 처음 듣는 얘기다. 하지만 서영의 말이 옳을 수도 있다고 생각했다. 나나 제 아빠에겐 내색하지 않고 숨겼던 상처를 어릴 적부터 알고 지낸 친구에게 드러내 보였을지도 모른다. 아마 서영이 말대로 그걸 계기로 그저 친한 사이였던 두 아이가 서로를 이성으로 인식하게 됐을지도 모를 일이다. 하지만 거기에 어떻게 '유혹'이라는 말 따위를 갖다 붙일 수 있나.

"애초에 남자애랑 은밀히 그런 짓을 했다는 것 자체가 사고 칠 여지를 준 거 아냐. 그러니 여자가 몸간수를 잘해야 하는 거고."

"지금이 조선 시대니?"

나는 기가 막혔다.

"어떻게 그걸 여자 탓이라고 할 수 있어?"

"아무리 시대가 변했다 해도 이런 경우엔 여자가 조심해야 하는 게 맞아. 이미 흥분할 대로 흥분한 남자 고등학생이 어떻게 스스로 제어해? 그게 가능할 거라고 생각해?"

"지금 네가 하는 말은 그러니까 강간범들은 모두 잘못한 게 없고, 잘못은 여자한테 있다는 논리거든? 어떻게 같은 여자로서 그런 말을 할 수 있니?"

"그딴 건 아무래도 상관없어!"

서영이 신경질적인 목소리로 내 말을 중간에서 잘랐다.

"그리고 강간이라니! 해준이가 한 일이 어떻게 강간이 될 수 있어? 둘이 좋아서 불장난하다가 한쪽이 지레짐작해 분위기 파악을 제대로 못 하고 실수한 건데."

"그래서 지금 해준이는 아무런 잘못도 없단 말이니? 해준이한테서 아무런 얘기도 못 들어놓고 어떻게 이렇게 일방적으로 네 아들만 감싸고돌 수 있어?"

"걔한테서 이야기를 듣고 말고 할 것도 없어."

서영이 딱 잘라 말했다.

"어떤 상황이었는지는 너나 나나 굳이 설명 안 들어도 짐작할 수 있잖아. 해준이는 상대가 거부하는지 몰랐을 뿐이라고. 원래 남녀 관계에서 그런 실랑이는 좀 미묘한 부분이니까. 그런데 아직 여자 사귄 경험도 없는 어린애가 어떻게 알았겠어."

속사포처럼 쏟아내던 서영이 미심쩍은 눈으로 나를 쳐다봤다.

"그리고 재희가 싫다고 딱 잘라 말한 건 맞아? 싫다면서도 해준이한테 애매하게 여지를 준 건 아니고?"

"네가 이렇게 나올 줄은 정말 몰랐다."

마침내 인내심의 한계가 무너졌다.

"아무리 자식 일이라도 어느 정도 상식은 지켜야 할 거 아니니. 이렇게 막무가내로 애를 싸고돌기만 해서 어떡할 건데?"

"애를 싸고돌아? 그건 내가 너한테 할 소리야. 너야말로 지금 네 딸 간수도 제대로 못 하다가 사고 난 뒤에 나한테 따지러 온 거잖아."

"도무지 대화가 안 통한다. 정 이렇게 나오면 나도…."

"뭘 어떻게 할 건데? 형사 고발이라도 하려고?"

서영의 얼굴에 잠깐이지만 두려운 빛이 어렸다. 하지만 이내 두려움을 떨치기라도 하려는 듯 고개를 절레절레 흔들었다.

"내가 너처럼 법을 잘 아는 건 아니지만 그래봤자 별 소용 없을걸? 증거도 없고, 재희 주장밖에 없잖아. 정황상으로 봐도 성폭행이라고 주장하긴 애매하고. 게다가 일을 크게 벌려봤자 피해 보는 건 해준이보다 오히려 재희 쪽이야. 너도 고등학생 딸이 임신했었다는 걸 나서서 남들한테 알리고 싶진 않을 거 아냐?"

마지막 말이 뾰족한 칼끝처럼 가슴을 찔렀다. 사실 서영의 말은 크게 틀리지 않았다. 세간의 시선은 확실히 재희에게 불리하다. 그러니 아들 가진 엄마인 서영은 딸을 둔 엄마인 나보다 유리한 입장이다. 그리고 서영은 그걸 이용해 나를 위협하고 있다.

"소송까지 가길 원한 건 아니야. 다만 사과받고 싶었어."

서영이 나를 빤히 쳐다보았다. 조금 안도한 것처럼 보였지만, 여전히 내 입에서 무슨 말이 더 나올지 몰라 긴장한 것 같았다.

"네 말대로 이 일 때문에 몸도 마음도 타격을 입은 건 재희야. 그러니 적어도 해준이가 그 정도는 해야 할 거 아니니?"

"사과? 어떻게 하면 되는데?"

서영의 목소리는 싸늘했다.

"사과문이라도 써서 줘야 하니? 아니면 찾아가 무릎 꿇고 빌기라도 할까? 그랬다가 그게 증거 자료로 남으면 어떡해. 행여 해준이한테 불리하게 작용할 수도 있는데."

"그게 지금 할 말이니?"

이젠 어이가 없는 수준을 넘어 깊은 실망감이 밀려왔다. 한때 잘 안다고 생각했던 사람에게 이렇게까지 실망할 수 있을 줄은 미처 몰랐다. 적어도 내가 아는 서영은 잘잘못은 가릴 줄 알고, 도덕적 원칙이 확고한 사람이었다. 이렇게 막무가내로 나올 거라곤 상상하지 못했다.

"너도 내 입장이 돼봐."

내 마음을 읽은 것처럼 서영이 말했다.

"이미 오래전에 지나간 일이잖아. 해준이가 강제로 선을 넘었다는 건 재희 주장뿐이고. 그런데 괜히 증거로 남을지도 모르는 일을 할 필요는 없는 거 아냐."

"애는 재희랑 해준이랑 둘이 만들었어. 재희가 싫다고 하는데도 해준이가 밀어붙이는 바람에. 그런데도 해준이는 아무런

117

책임도 안 지겠다고?"

서영이 깊은 한숨을 내쉬었다.

"재희 일은 나도 안타깝게 생각해. 하지만…."

서영은 뒤죽박죽 혼란스러운 생각을 정리하려는지 소파에서 일어나 거실을 여러 차례 서성거렸다. 어찌할 줄 모르겠다는 듯 두 손을 마주 비비면서. 무언가 어려운 문제가 생길 때면 서영이 자주 하는 버릇이었다. 나 역시 멍하니 앉아 그 모습을 보면서 서영이 지금 난생처음 만나는 낯선 사람처럼 굴고 있지만 그래도 내가 아는 사람이 맞긴 하구나, 생각했다.

"위로금 받고 그냥 없었던 일로 하는 건 어때?"

마침내 결론을 내렸는지 서영이 입을 열었다.

"뭐?"

"재희도 몸이 많이 축났을 거 아냐. 그러니 그걸로 보약도 좀 사주고…."

"너 정말 보자 보자 하니까!"

결국엔 참지 못하고 소리를 지르고 말았다. 법조계에서 일하며 돈으로 모든 걸 해결하려는 사람들을 제법 많이 봐왔다. 돈만 있으면 지은 죄가 사라진다고 생각하는 사람들. 돈이 사과가 된다고 생각하는 사람들. 그런 이들에게 나는 본능적으로 생리적 혐오감이 느껴졌다. 그런데 지금 30년 지기 친구가 그들과 똑같은 소리를 하고 있다.

"내가 너한테서 돈 받자고 이러는 것 같아? 돈 줄 테니까 없던 일로 하자? 어떻게 그런 말을 할 수가 있어?"

"그래, 너 잘났어. 넌 고상한 엘리트에 잘나가는 커리어 우먼

118

이지. 난 그저 돈으로 모든 걸 해결하려는 무식한 아줌마일 뿐이고."

서영 역시 지지 않고 소리쳤다. 눌러왔던 감정이 한순간에 폭발한 듯 격앙된 모습이었다.

"지금 여기서 그런 얘기가 왜 나와?"

갑작스러운 반응도 그렇지만, 서영의 입에서 나온 말이 너무나 생뚱맞아 나는 순간 어리둥절했다.

"여기서 그런 얘기가 왜 나오냐고? 사실 넌 나를 은근히 무시했잖아. 일하느라 바쁘다고 재희 우리 집에 맡겨놓고, 재희기사 노릇도 시키고."

"그거야…."

내가 반박하려는데 서영이 중간에서 저지했다.

"그래, 알아. 난 '한가한' 전업주부니까. 너처럼 능력 있지도 않고, 사회적으로 중요한 일을 하는 것도 아니니까 네 뒤치다꺼리 정도는 해줄 수 있지. 하지만 나도 처음부터 그랬던 건 아냐. 예전엔 나도 너 같았다고!"

서영이 내게 이런 말을 한 건 처음이었다. 서영이 일하던 광고회사는 업무 강도가 높기로 유명했다. 야근을 밥 먹듯 했고, 사내 경쟁도 치열했다. 하지만 서영은 그 일을 좋아했고, 업계에서도 능력을 인정받고 있었다. 그런데 해준이 태어난 뒤론 직장과 육아를 병행하기에 무리가 많이 따랐다. 과로와 스트레스로 서영은 몸과 마음이 차차 피폐해져갔다. 그러다 결국 남편 권유로 회사를 그만두고 가사와 육아에 전념하게 됐던 것이다.

그런 제 처지에 대해 서영이 내게 딱히 불만을 표시한 적은 없었다. 물론 남편이 어떻다거나, 애가 말을 안 듣는다거나 하는 사소한 푸념 따위는 했지만, 마음 한구석에 이렇게 깊은 박탈감을 품고 사는 줄은 미처 몰랐다. 눈앞에 있는 서영이 조금 전까지와는 또 다른 이유에서 낯설게 느껴졌다.

"난 아이 때문에 모든 걸 포기했어. 나한테는 해준이가 전부야."

"나한테 재희도 마찬가지야."

"아냐, 그렇지 않아."

서영이 세차게 고개를 가로저었다.

"물론 네 딸은 너한테 소중하겠지. 그래도 재희가 네 세계의 전부는 아니잖아. 네 일, 네 커리어가 있으니까. 하지만 해준이는 내 세상 전부야. 내 존재 이유라고. 그런데 어떻게 그 아이한테 자칫 피해가 갈지도 모르는 일을 하겠어?"

서영의 말에 나는 할 말을 잃었다. 부모라는 존재는 자식을 위해 대체 어느 수준까지 이기적일 수 있을까. 그리고 과연 얼마나 맹목적일 수 있을까. 문득 꽤 오래전에 맡았던 한 사건이 떠올랐다. 계획적으로 잔인한 살인을 저지른 아들과 아들의 범죄 사실을 은닉하려 했던 엄마. 당시는 내가 재희를 낳기 전이라 그 엄마를 꽤 냉정한 시선으로 바라봤다. 그러나 몇 년이 지난 뒤 그때를 돌이켜보니, 아마도 지금이라면 그 엄마를 바라보는 시각이 과거보다는 조금 너그러웠을지도 모르겠다는 생각이 들었다. 엄마란, 자식을 위해서라면 윤리나 도덕 같은 건 저만치 밀쳐버릴 수도 있고, 때로는 한없이 어리석어질 수도 있는 존재니까. 어쩌면 지금 서영도 그 엄마와 마찬가지로 눈에 보이는 게 없는 상태일 수도 있겠다 싶었다.

방 안엔 어색한 침묵이 흘렀다. 팽팽한 긴장감 속에서 대치하듯 마주 선 서영도, 나도 마치 눈싸움을 하는 것처럼 말없이 상대를 바라보고 있었다.

"너한테 법적 책임을 물리려고 여기 온 게 아니야."

마침내 내가 먼저 입을 열었다.

"친구로서 부탁할게. 해준이를 만나 얘기하게 해줘. 그리고 재희 말대로 해준이한테 잘못이 있으면 재희한테 솔직하게 사과하게 하자고."

서영이 속내를 읽을 수 없는 눈빛으로 나를 빤히 쳐다보았다.

"상황이 이렇게 됐지만 나도 아기 때부터 봐온 해준이한테 아직 애정이 남아 있어. 잘잘못을 가리고 사과를 받으려는 것뿐이야. 일을 더 크게 벌리고 싶진 않아."

"그럴 순 없어."

고개를 가로저으면서 서영이 단호한 목소리로 말했다.

"30년 지기 친구로서 부탁한다고 했잖아. 우리가 함께 보낸 시간이, 우리 우정이 이것밖에 안 되는 거였니? 그렇게 내가 못 미더워?"

"나도 이런 상황이 된 게 안타까워. 하지만 난 해준이 엄마야. 너도 알 거 아니야? 자식이랑 친구 중에서 선택하라고 하면 누굴 선택할지. 난 우리 우정 때문에 내 아이를 행여나 위험에 몰아넣는 일 따위는 안 할래."

말할 수 없을 정도로 실망스러웠다. 재희와 해준이 일로 인해 서영과의 관계가 예전 같을 수 없으리란 건 예상했지만, 이렇게까지 가망 없이 틀어져버릴 거라곤 짐작하지 못했다. 내가 서영의 집을 방문하는 것은 아마 이번이 마지막일 것이다. 앞으로는 서영과 만나거나 개인적인 연락을 주고받을 일도 없을 것이다. 더는 있어봤자 이야기가 안 통할 것 같아 자리에서 일어섰다. 서영도 그런 나를 만류하지 않았다.

"미안해. 하지만 이해해줘."

문을 나서는 나를 바라보며 서영이 마지막으로 한마디 했다.

"우리가 입장이 바뀌었더라면, 네가 나였더라면 아마 너도 똑같이 했을 거야."

"아니, 나는 안 그래."

나는 고개를 흔들었다.

"정말? 장담할 수 있어?"

서영이 꿰뚫을 듯 날카로운 눈빛으로 나를 쳐다보며 물었다. 그 시선을 뒤로한 채 나는 대답 없이 문을 열고 서영의 집을 나섰다.

자매

미국에 사는 하연에게서 전화가 걸려온 건 밤이 깊어갈 무렵이었다. 저녁상을 치우고 요 며칠 학원을 쉬고 있는 재희와 오랜만에 함께 텔레비전 예능 프로그램을 보고 있는데 전화벨이 울렸다.

"언니, 자고 있었던 건 아니지?"

전화선을 타고 통통 튀는 하연의 목소리가 들렸다. 한밤중은 아니지만 그래도 제법 늦은 시각인데 전화해서 대뜸 괜찮으냐고 물어보는 게 참 하연답다고 생각했다. 아무래도 타고난 성격은 나이가 든다고 고쳐지는 게 아닌 모양이다.

"별일 없지? 재희도 잘 있고?"

아무 생각 없이 그냥 인사치레로 물어보는 말인데도 선뜻 그렇다는 대답이 나오지 않았다. 사실과는 너무 동떨어진 대답이니까.

서영을 만나고 온 지도 이틀이 지났다. 그 이틀 사이 많은 생각과 감정이 나를 휩쓸고 지나갔다. 앞으로 어떻게 할까. 이젠 되돌릴 수 없는 일이니 서영이 건네는 돈을 받고 앞으로 일절 관계를 끊어버릴까. 아니면 나와 재희에게 불리한 싸움이 되겠지만 잘잘못을 가리기 위해 법적 절차에 들어가야 할까.

재희의 회복 문제도 쉽사리 가라앉지 않는 열병처럼 내내 내 마음을 짓눌렀다. 재희는 예상했던 것보다 빨리 안정을 찾았다. 그건 다행이지만, 그렇다고 해도 안심할 순 없다. 재희에게 벌어진 일은 어떤 식으로든 아이의 몸과 마음에 상처를 남겼을 테니까. 잠깐 앓다가 흔적도 없이 지나가는 감기와는 다르다. 언제 또 상처가 덧날지 모를 일이다.

"나 곧 한국 들어가."

미적지근한 내 반응을 무탈하다는 뜻으로 받아들였는지 하연이 곧장 용건을 꺼냈다.

"전시회가 잡혔거든. 단독으로 하는 건 아니고, 여기서 활동하는 고만고만한 한국 교포 작가들 몇 명 모아서 하는 건데, 그냥 그 핑계 대고 오랜만에 가족들 얼굴이나 보고 오려고."

서양화를 전공한 하연은 대학생 때 미국으로 어학연수를 갔다가 그곳에서 만난 현지인과 오랫동안 장거리 연애 끝에 결혼해 이민 갔다. 남편이 할아버지 대부터 물려받은 꽤 큰 갤러리를 운영해서 먹고사는 데는 별 지장이 없는지라 생계 걱정 없이 마음 편하게 작품 활동을 하고 있다. 딱히 유명한 화가는 아니지만 그래도 소소한 전시회를 열면 제법 반응이 좋은 모양이었다. 어릴 땐 나와 달리 자유분방하고 무계획적인 동생을 보며 '저러다 나중에 어떻게 되려나' 싶었는데 요즘은 오히려 하연의 팔자가 부러울 때도 종종 있다.

입국 날짜와 전시회 일정 등을 확인한 뒤 하연에게 물었다.

"이번에 오면 얼마나 있을 건데?"

"글쎄. 그건 아직 안 정했어."

하연이 묘하게 말꼬리를 흐렸다. 뭔가 켕기는 게 있을 때 말투였다. 어릴 때부터 줄곧 봐와서 아는데, 하연이 저럴 때면 뭔가 꿍꿍이가 있다는 거다.

"너, 혹시 요새 남편이랑 사이 안 좋아? 이혼하니?"

내 말에 하연이 깔깔 웃음을 터뜨렸다.

"언니는 자기가 이혼했다고 세상 사람들 전부 툭하면 이혼하는 줄 아나 봐. 아니야, 그런 거."

"그럼 무슨 일이야?"

하연은 "아무것도 아냐."라고 했다가 그런 말이 내게 안 먹히리라는 걸 짐작했는지 "자세한 이야기는 나중에 만나서 해."라고 덧붙였다.

그때 마침 현관문 인터폰이 울렸다. 전화기 너머로도 그 소리가 들렸는지 하연은 "바쁜가 보네. 그럼 이만." 하더니 내가 뭐랄 사이도 없이 일방적으로 전화를 뚝 끊었다.

시계는 이미 11시를 가리키고 있었다. 남의 집을 방문하기엔 너무 늦은 시각이다. 혹시 재희 아빠가 뭔가 일이 있어서 찾아온 건가 싶어 공용 현관문 앞에 달린 카메라 화면을 보니 해준이가 불안한 얼굴로 우두커니 서 있는 모습이 비쳤다.

"해준인데?"

그 말에 아까까지 소파에 누워 심드렁한 표정으로 나와 하연의 대화를 듣고 있던 재희가 화들짝 놀라 내 옆으로 다가왔다.

"이 시간에 여기 왜 온 거지?"

재희가 당황한 표정으로 내게 물었다. 나 역시 이유를 모르기는 마찬가지였다. 들어오라 해도 괜찮겠냐고 물어보기도 전에 마치 내 마음을 읽은 것처럼 재희가 살짝 고개를 끄덕였다.

오랜만에 본 해준은 그간 또 키가 부쩍 자란 것 같았다. 내 기억 속에 남아 있던 어린아이는 사라지고 눈앞에 훤칠한 청년 하나가 서 있었다. 어지간한 성인 남자들보다 목 하나 정도는 더 클 법한 훌쩍한 키에 제 엄마를 닮아 긴 팔다리, 날렵한 턱선에 살짝 각진 턱까지 어느새 해준의 얼굴에선 남성미가 풍겼다. 재희와 사귀었었다는 얘기를 듣기 전까진 그다지 의식하지 못했지만, 이렇게 막상 얼굴을 마주하고 보니 새삼 해준이가 꽤 멀끔하게 자랐구나 싶었다.

하지만 해준이는 한눈에도 불안한 기색이 역력했다. 어색한 얼굴로 내게 꾸벅 인사를 한 뒤 재희와 눈이 마주치자 잔뜩 긴장한 표정으로 어깨를 움츠렸다. 집 안에 들어서자마자 곧장 다시 도망치고 싶어하는 모양새였다. 그런 아이를 보고 있자니 청년이 다 된 훤칠한 겉모습 안에 숨어 있을, 철부지 소년 시절의 소심한 해준이 떠올랐다.

"무슨 일로 왔니?"

내 귀에도 내 목소리는 싸늘하게 들렸다.

경직돼 있던 해준의 어깨가 더 딱딱하게 굳었다. 이런 상황만 아니었더라면 딱하다 싶은 생각마저 들 정도로 어쩔 줄 몰라 하며 해준이 바닥으로 시선을 내리깔았다.

"네 엄마는 네가 여기 온 걸 아니?"

"아니요, 엄마한텐 얘기 안 했어요."

해준이 간신히 쥐어짜낸 것처럼 대답했다. 내 기억보다 한층 더 낮고 굵어진 목소리로.

"엄마가 절대 재희랑 만나지도 말고 연락하지도 말라고 했거든요."

해준의 말에 곁에 있던 재희의 몸이 순간적으로 움찔하는 게 느껴졌다.

"그런데 넌 여기 왜 온 거니?"

아까 했던 질문을 다시 한번 되풀이했다.

"그게…."

해준은 한참 동안 애꿎은 바닥만 노려보며 할 말을 고르는 눈치였다. 마치 거기에서 해답을 얻을 수 있기라도 한 듯이.

"계속 아무 말 안 하고 멀뚱멀뚱 있을 거면 빨리 집에나 가. 네 엄마가 찾기 전에."

내가 퉁명스럽게 쏘아붙이자, 그제야 해준이 고개를 번쩍 들었다.

"재희한테 사과하러 왔어요!"

"사과?"

날카롭게 쏘아보는 내 눈빛이 부담스러웠는지 해준의 눈이 불안하게 흔들렸다. 하지만 더는 밑으로 눈을 내리깔고 시선을 피하려 하지 않았다.

"엄마한테 들었어요. 재희가 유산…했다는 걸요."

말을 디듬는 걸 보니 아마 태어나 처음 입에 올려봤을 '유산'이라는 단어를 내뱉는 게 거북했던 모양이다. 내가 아무 말하지 않고 잠자코 있자, 해준이 재희를 향해 고개를 돌렸다.

"미안해."

작지만 또렷한 목소리였다.

"미안해? 뭐가 미안한데?"

재희가 기다렸다는 듯 날 선 목소리로 다그쳤다.

"너한테 생긴 일 모두 다. 나 아니었으면 그런 일 안 겪었을 거잖아."

해준이 그렇게 말하곤 다시 고개를 떨궜다.

"그래놓고선 문자는 왜 씹고 전화는 왜 안 받은 거야? 내가 혼자 얼마나 힘들었는지 알아? 무서워서 죽는 줄 알았다고."

그간 꽤 맺힌 게 많았는지 재희가 속에 담아뒀던 말을 속사포처럼 쏟아냈다.

"…미안."

해준의 얼굴이 벌겋게 달아올랐다.

"갑자기 임신했다고 하니까 머리가 하얘졌어. 나도 뭘 어떻게 해야 할지 모르겠는데 네가 자꾸 연락하니까 부담스럽고… 그냥 도망치고 싶었어."

"너만 도망치면 다야? 그럼 난 어떻게 하라고. 내 생각은 하나도 안 했어?"

"…미안해."

해준이 다시 기어들어가는 목소리로 말했다.

"재희한테 얘기 들었는데."

말이 나온 김에 따져야겠다 싶어 내가 둘 사이에 끼어들었다.

"너, 재희가 싫다는데도 억지로 관계를 가진 거라면서?"

순식간에 해준의 귀가 새빨갛게 달아올랐다. 얼굴도 아까보다 한층 더 빨개진 것 같았다. 마른침을 꿀꺽 삼키는지 해준의 목울대가 아래위로 울렁이는 게 보였다.

"그건 범죄야. 알고는 있니?"

아이가 감정적으로 동요하고 있다는 걸 알면서도 나는 아랑곳하지 않고 밀어붙였다.

"…죄송해요."

금방이라도 울음을 터뜨릴 것 같은 얼굴로 해준이 말했다.

"그땐 그냥 별생각 안 했어요. 재희가 싫어하는 것 같았지만 부끄러워서 그러는 거고, 큰일은 아니라고 생각했어요."

"그게 어떻게 큰일이 아니야? 학교에서 성교육도 안 배웠어?"

격앙된 감정 탓인지 해준이 어쩔 줄 몰라 할수록 내 목소리도 덩달아 높아졌다.

"…죄송해요."

해준이 코를 훌쩍였다. 마치 잘못을 저질러 꾸지람 듣고 안절부절못하는 어린아이 같았다. 그 모습을 보니 웃자란 몸과 달리 마음은 아직도 한참 덜 자랐구나 싶었다. 하긴 그건 재희도 마찬가지다. 둘 다 아직 열여섯 살 아이들이란 사실을 새삼스럽게 실감했다.

"그럼 네가 잘못했다는 건 인정하는 거야?"

"네."

여전히 당혹스러운 얼굴로, 하지만 이번엔 주저하지 않고 해준이 대답했다.

"만약 우리 쪽에서 문제 삼으려 든다면 네 발언이 너한테 불리하게 작용할 수도 있어. 그래도 네 잘못은 인정하는 거지?"

"네."

이번에도 해준은 망설임 없이 고개를 끄덕인 뒤 조금 우물쭈물하다가 덧붙였다.

"아줌마랑 엄마랑 만나셨다는 얘기 들었어요. 엄마가 재희한테는 일절 연락하지도 말고, 행여 재희나 아줌마를 만나더라도 절대 제가 재희한테 한 일은 인정하지 말라고 했어요."

해준이 한 말은 뜻밖이었다.

"그런데 넌 왜 엄마가 시킨 거랑 정반대되는 행동을 하는 거니?"

빈정거리려는 게 아니라 순수한 호기심에서 물어봤다.

"그냥, 잘못했다고 말하고 싶어서요."

해준이 조용한 목소리로 답했다.

"엄마한테 얘기를 듣기 전까진 제가 그렇게까지 잘못했는지 몰랐거든요. 그런데 아줌마 말씀 전해 듣고 제가 말도 안 되는 짓을 저질렀다는 걸 알았어요. 그래서…."

거기까지 말한 해준이 재희를 향해 작은 목소리로 다시 한 번 "미안해."라고 중얼거렸다. 재희는 아무 말도 하지 않고 고개를 숙였다. 해준 말에 당장 가슴속 응어리가 전부 사라지진 않았을 테지만, 그래도 아주 조금은 마음이 풀린 것 같았다.

"혼자 여기까지 오느라 힘들었겠구나. 엄마한테는 뭐라고 하고 나왔어?"

해준이 집을 찾아온 이래 계속 뾰족했던 내 말투가 약간 누그러졌다. 재희에게 상처를 남긴 해준이 여전히 밉고 원망스러웠지만, 그래도 조금은 대견하다는 생각이 들었다. 임신시킨 여자친구와 그 부모를 대면하러 오는 건 여러 면에서 쉽게 용기를 내기 힘든 일인데.

"학원 간다고 했어요."

태연하게 대꾸하는 해준의 모습에 나도 모르게 피식 웃음이 나왔다.

"네 엄마가 알면 펄펄 뛰겠다. 학원도 빼먹고 하지 말라는 짓이나 하고."

"하지만 잘못했으면 사과해야 하잖아요."

너무나 당연한 일 아니냐는 투로 해준이 대꾸했다. 생각지도 못한 대답에 놀란 건 오히려 내 쪽이었다. 해준의 말처럼 잘못하면 용서를 구하는 건 당연한 일이지만, 살면서 그런 당연한 일을 목격한 기억이 오히려 드물었기 때문에. 문득 지금 나와 마주한 해준이 비록 몸도 마음도 다 자란 어른은 아닐지라도 내가 생각했던 것만큼 마냥 어린아이에 머물러 있는 건 아닐 수도 있겠다는 생각이 들었다.

부모의 눈에는 제 자식이 언제까지고 어린애로만 비친다. 청소년이 되고, 성인이 되도 늘 지켜주고 감싸야 할 대상이다. 하지만 자식을 향한 부모의 과도한 애정과 비뚤어진 이기심 때문에 이따금 놓치고 있을 뿐 사실은 마냥 어리게만 보이는 자식들이 어른들보다 훨씬 더 잘잘못을 잘 분별하고 있을지도 모른다. 자식을 감싸기 급급해 잠시 제대로 된 판단 능력을 잃어버린 서영과 달리 두려움을 무릅쓰고서라도 사과하러 온 해준을 보면서 나는 잠시 그런 생각을 했다.

"재희한테 상처 주려고 일부러 그런 건 아니에요. 정말이에요."

해준이 재희를 똑바로 쳐다보며 말했다. 그 말에 아까부터 손등으로 눈물을 훔치고 있던 재희가 기어이 왈칵 울음을 터뜨렸다. 당황한 해준이 재희에게 한 걸음 가까이 다가가자 재희가 그대로 제 방으로 뛰어들어가 문을 쾅 닫았다.

"너도 그만 집에 돌아가는 게 좋겠다."

멍한 얼굴로 재희 방문을 쳐다보는 해준에게 내가 말했다.

"하지만…."

"당장 재희 마음이 풀리진 않을 거야. 어쩌면 앞으로도 죽."

내 말에 해준의 표정이 와락 일그러졌다.

"그러니 네 엄마 걱정시키지 말고 어서 돌아가."

여전히 석연찮은 얼굴이었지만 해준은 어쩔 수 없다는 듯 힘없이 고개를 끄덕였다.

"그럼 가볼게요. 밤늦게 죄송해요."

해준이 고개 숙여 인사하고 발걸음을 돌렸다.

"해준아."

돌아서려는 아이를 문득 불러세웠다. 해준이 무슨 일이냐는 듯 돌아봤다.

"사실 재희만 마음이 다 안 풀린 건 아니야. 나도 아직 널 용서 못 하겠어."

해준이 다시 풀 죽은 표정으로 눈을 내리깔았다.

"하지만 고마웠어. 사과하러 와줘서."

뜻밖의 말이었는지 해준이 놀라 고개를 반짝 들었다. 물끄러미 나를 바라보는 해준의 얼굴에 아주 짧은 순간이지만 미소가 스치고 지나갔다. 어릴 적 우리 집에 놀러 온 해준에게 좋아하는 간식을 내줄 때면 으레 나를 향해 지어 보이곤 하던 해맑은 미소였다. 어쩐지 가슴 한구석이 조금 아렸다. 현관을 나서 멀어지는 해준의 뒷모습을 잠시 바라보다가 조용히 문을 걸어 잠갔다.

수완이 나를 만나러 온 건 그로부터 며칠 뒤였다. 정확히 말하자면 나를 만나러 왔다기보다, 어떻게 해야 할지 자기 자신도 마음을 못 정한 채 변호사 사무실 건물 앞에서 서성거리던 수완을 내가 '발견'한 것이었다. 퇴근길에 건물을 나서는데 저 앞 공용 벤치 언저리에 서 있는 청년이 어쩐지 낯이 익다고 생각해 다가가 보니 바로 수완이었다. 내가 곁으로 가까이 가자 어딘가를 멍하니 바라보고 있던 수완이 놀란 얼굴로 고개를 들었다.

"날 기다리고 있었던 거 아니니?"

"맞아요."

수완이 어쩐 일로 순순히 대답했다.

"무슨 일인데? 왜 엄마랑 함께 안 오고?"

'엄마'라는 단어에 수완의 얼굴이 단박에 흐려졌다. 뭔가 말을 꺼내려 하다가 금세 삼키고는 절레절레 고개를 흔들었다.

"왜 그래? 무슨 일인데?"

"아무것도 아니에요. 역시, 괜히 온 것 같아요."

수완이 내게서 멀어지려는 것처럼 슬금슬금 뒷걸음질 쳤다. 무슨 용건인지는 모르겠지만, 그간 묻는 말에 단답형으로 대꾸하는 것 외에는 도통 입을 뗄 생각조차 하지 않던 아이가 제 발로 여기까지 올 생각을 한 걸 보면 중요한 일이 분명했다. 그러니 이대로 수완을 가게 내버려둘 순 없었다. 등을 돌리려는 수완의 팔을 내가 덥석 움켜쥐었다.

"여기까지 와놓고 그냥 갈 거야?"

수완이 고개를 돌려 나를 바라봤다. 수완과 눈이 마주쳤을 때 나도 모르게 움찔했다. 언젠가 예전에도 한번 본 적이 있는 텅 빈 눈이었다. 그 공허한 눈동자만 보면 수완이 어서 갈 길 가도록 자신을 내버려두길 바라는 건지, 아니면 좀 더 붙잡아주길 바라는 건지 속마음을 짐작하기 어려웠다.

"무슨 일인지 모르겠지만, 엄마한테 말하긴 힘든 일이니? 그래서 혼자서 온 거야?"

수완은 아무런 대답을 하지 않았다. 하지만 고개를 돌려 내 시선을 피하는 수완을 바라보며 내 짐작이 크게 어긋나지 않았다고 직감했다.

"저녁은 먹었니?"

무거운 분위기를 바꾸기 위해 가능한 한 가벼운 말투로 물었다.

예상치 못한 질문이었는지 수완이 멍하니 내 얼굴을 들여다보다가 힘없이 고개를 흔들었다.

"피자라도 먹을래? 근처에 잘하는 화덕 피자집이 있는데."

"배 안 고파요."

수완이 대답했다.

"넌 안 고픈지 몰라도 내가 고파. 그러니 같이 가자."

내가 수완의 소매를 잡아끌었다. 처음엔 주저하는 듯했지만 이내 포기하는 게 빠르겠다 싶었는지 수완은 별 불평 없이 잠자코 이끄는 대로 따라왔다.

주문한 피자와 음료가 나올 때까지 수완은 아무 말 없이 냅킨을 만지작거리고 있었다. 거기에 정신이 팔려 마주 앉은 나 따위는 까맣게 잊어버렸다는 듯이.

"따뜻할 때 먹어."

내가 페퍼로니와 감자가 들어간 피자를 한 조각 집어 들며 말했다. 그래도 수완은 별로 관심이 없는지 피자엔 눈길조차 주지 않았다.

"나 혼자 이거 다 못 먹어. 아깝잖아."

그제야 수완은 독촉에 못 이겨 마지못해 피자 한 조각을 제 접시 쪽으로 옮겼다. 별 감흥 없이 우물우물 씹는 모습이 기계적으로 입을 움직이고는 있지만, 딱히 맛을 느끼지 못하는 것 같았다.

수완이 마치 의무 사항을 이행하려는 것처럼 한 조각을 다 먹었을 때 내가 다시 말을 걸었다.

"할 말이 뭔데? 할 말이 있어서 온 거잖아?"

수완이 시선을 바닥으로 내리깔았다. 저러다가 또 입을 닫는가 싶었는데 수완이 불쑥 물었다.

"저, 어떤 벌을 받게 될까요?"

뜻밖의 질문에 조금 놀랐다. 경찰 조사에서도, 재판 준비 과정에서도 수완은 마치 남의 일인 양 무덤덤했다. 위축되지도, 긴장하지도 않는 아이를 보면서 대체 저 머릿속엔 뭐가 들었을까 궁금했던 적이 한두 번이 아니다. 오히려 안절부절못하고 죄지은 사람처럼 굴던 건 여정이었다. 물론 같은 부모 입장이라 이해가 안 가는 바는 아니었지만, 아이가 느껴야 마땅할 죄책감과 불안함까지 엄마가 대신해주는 바람에 수완이 아무런 감정을 느끼지 못하는 건 아닐까 하는 생각마저 든 적이 있다. 그런데 갑자기 이런 질문을 하다니. 게다가 기분 탓인지 수완은 다소 긴장하고 불안한 상태로 보였다. 대체 수완에게 무슨 바람이 불었을까.

"이제야 겁이 난 거니? 재판 날짜가 다가오니까?"

수완은 긍정도 부정도 하지 않고 나를 물끄러미 쳐다만 보고 있었다. 묻는 말에 답이나 하라는 표정으로. 무작정 캐물어봤자 수완은 대답을 안 해줄 게 뻔했다. 나는 한숨을 쉬었다.

"소년보호처분은 열 가지 종류가 있어."

"보호처분요?"

수완이 물었다.

"그래. 가벼운 죄를 지었다면 수강명령이나 사회봉사명령을 듣는 정도로 끝날 수도 있어. 죄질이 나쁘면 소년원으로 보내질 수도 있고."

"거길 가면 얼마나 있어야 해요?"

"제일 엄한 벌인 10단계를 받아도 2년 이내야. 8~9단계는 한 달에서 6개월 사이고. 하지만 네 경우엔 그렇게까진 안 갈 거야."

안도인지 실망인지 모를 표정이 수완의 얼굴을 스치고 지나 갔다. 굳이 한쪽을 택하라면 그 표정은 실망에 더 가까워 보였 다.

"언제는 신경 안 쓴다더니. 네 인생은 이미 꽝이라며."

나는 될 수 있는 한 가벼운 말투로 대화를 유도했다.

"생각했던 것보다 훨씬 더 꽝이라서요."

깜짝 놀랄 만큼 적대적인 말투로 수완이 대꾸했다. 한 단어, 한 단어에 분노가 실려 있는 것 같았다. 수완이 이런 식으로 제 감정을 날것 그대로 드러낸 적은 처음이었다.

생각지도 못했던 반응에 나는 새삼 수완의 얼굴을 찬찬히 바라보았다. 이 아이는 왜 이렇게 뒤틀려 있을까. 수완의 성장 배경을 생각하면 이 아이가 제집에서 행복했을 것이라고 보기 는 어렵다. 하지만 그것만으로는 수완이 방금 드러낸 강렬한 분노를 설명하기에 뭔가 부족할 것 같았다.

문득 수완의 얼굴에 재희의 모습이 겹쳐졌다. 재희는 나랑 제 아빠가 갈라선 후 몇 달간 사소한 일에도 사사건건 짜증을 내거나 갑작스럽게 분노를 터뜨리곤 했다. 한때는 사춘기 반 항기까지 더해져 시시때때로 끓어오르는 화를 제어하지 못하 는 거라고 생각했다. 하지만 돌이켜보니 그건 분노가 아니었 다. 그때 재희는 상처 입고 두려웠던 것이다. 그걸 감추기 위해 분노라는 갑옷으로 자신을 꽁꽁 감싸고 있었다. 어쩌면 수완 역시 화가 난 게 아니라 상처를 입은 게 아닐까.

"그래. 어쩌면 네 말이 맞는지도 몰라."

그 말에 의외라는 표정으로 수완이 나를 힐끗 쳐다보았다. 아마도 내 입에서 "아냐, 그렇지 않아."라는 부정이나 상투적 위로가 나올 거라고 짐작한 모양이었다.

"난 네가 아니고, 네가 이제껏 어떻게 살아왔는지 잘 몰라. 그러니 제3자인 나보다 네가 네 인생을 훨씬 잘 알 거야. 네가 그걸 꽝이라고 생각한다면, 아마도 그렇게 생각할 만한 어떤 이유가 있겠지. 하지만…."

나는 수완의 눈을 똑바로 쳐다보았다.

"그렇다 하더라도 아직 바로잡을 수 있어. 그리고 그걸 할 수 있는 건 너밖에 없어."

수완이 깊은 한숨을 내쉬었다. 팔짱을 끼고서 고개를 숙인 채 뭔가를 골똘히 생각하는 눈치였다. 나는 잠자코 수완이 생각을 정리하기를 기다렸다. 침묵이 불편하다고 느껴질 정도로 시간이 흘렀을 무렵, 수완이 고개를 들었다.

"너무 늦지 않았나요?"

"늦다니 뭐가?"

"사실대로 말하는 거요."

"사실대로 말한다고?"

수완의 입 밖으로 나온 말은 너무나 의외였다. 기껏해야 재판을 앞두고 두렵다거나 이런저런 애로사항이 있다는 말일 거라고 예상했다. 하지만 만약 이제껏 수완이 했던 진술이 사실이 아니라면 그건 이 사건 자체를 뿌리째 흔들어버릴 수도 있었다.

"네가 말한 것 중 사실이 아닌 게 있니? 혹시 네가 한 짓이 아니라는 거야?"

그럴 리는 없다고 생각했다. 수완은 현장에서 붙잡혔고 엄연한 목격자도 있다. 그런 명명백백한 사실을 부정하긴 어려웠다.

"그게 아니라요…. 얘기 안 한 게 있어요."

"얘기 안 한 거? 그게 뭔데?"

수완은 망설이는 눈치였다. 수완의 눈동자가 제 머릿속을 스치는 이런저런 생각들로 불안하게 흔들리는 게 보였다. 아마도 지금 수완의 마음 역시 저렇게 번잡스러울 게 틀림없었다.

"설마… 뭔가 더 나쁜 짓을 해놓고 나한테 얘기 안 하는 건 아니지?"

갑갑해진 내가 수완을 다그쳤다.

"그런 거 아니에요."

수완이 나를 힐난하는 눈초리로 쏘아보며 싸늘하게 내뱉었다. 아이가 기껏 나를 믿어줬는데 거기다 초를 쳤나 싶어 후회스러우면서도 한편으론 다행이라 생각하며 가슴을 쓸어내렸다.

"중요한 거니?"

내가 다시 물었다.

"…어쩌면요?"

수완의 대답은 언제나처럼 애매하기 짝이 없었다.

"그런데 그걸 왜 이제야 얘기하는 거야?"

"그냥, 이것저것 다 싫어져서요."

"싫어졌다고?"

도무지 수완이 하는 말을 종잡을 수가 없었다.

"네. 이젠 그냥, 이러고 사는 게 싫어졌어요. 그리고 아줌마가 아직 바로잡을 수 있다면서요."

거기까지 말한 수완이 진지한 눈빛으로 나를 바라봤다.

"만약 얘기하면 어떻게 돼요?"

뭔지는 몰라도 수완이 지금 큰 결단을 내릴 준비를 하고 있다고 직감했다. 제 마음 깊숙한 곳에 그어놓은 어떤 선을 넘어가도 좋을지 어떨지 몰라 갈팡질팡하고 있는 것 같았다.

"그게 뭔지는 모르겠지만, 너한테 유리한 거면 증거 자료를 취합해서 법원에 제출할 거야."

"만약 불리한 거면요?"

"아마도… 그냥 놔둘 거야."

내가 솔직하게 대답했다.

"왜요? 그건 거짓말이나 마찬가지잖아요. 법이랑 관련된 일을 하는 사람이 그래선 안 되는 거 아니에요?"

"네 변호인으로서 내 우선 과제는 널 보호하는 거니까. 그러니 법을 위반하지 않는 한, 너한테 불리한 행위는 하지 않을 거야."

수완이 어이없다는 표정으로 피식 웃더니 혼자 뭐라고 중얼거렸다. 내가 "뭐라고 했니?"라고 묻자, 수완은 나를 돌아보며 비아냥거리는 투로 대답했다.

"어른들은 다 똑같다고요. 아줌마나 엄마나."

수완이 갑자기 여정을 언급하는 바람에 나는 잠시 어리둥절했다. 이리저리 날뛰는 수완의 사고 회로를 따라가는 데 잠시 시간이 걸렸다.

"혹시 네가 말하려는 게 엄마랑 관계된 거니?"

수완의 안색이 변했다. 정곡을 찔렀다는 사실을 알 수 있었다.

"아줌마한테 얘기하면 아줌마가 엄마한테 말할 건가요?"

잠시 생각하다 내가 대답했다.

"아마 그래야겠지. 네 엄마가 내 의뢰인이니까."

"하지만 아줌마는 날 변호한다면서요."

"그래, 하지만 넌 미성년자이니까 네 엄마가 너 대신 의뢰했고, 그래서 내가 널 변호하는 거야. 거기에 무슨 문제라도 있니?"

수완이 별안간 자리에서 벌떡 일어났다. 그 동작이 너무도 갑작스러워서 나는 어안이 벙벙했다.

"갈게요. 역시 잘못 온 것 같아요."

수완은 내뱉듯이 말했다.

"이렇게 그냥 간다고?"

당황스럽고 허탈했다. 거의 입을 열 뻔했는데. 기껏 다 잡아놓은 사냥감을 눈앞에서 놓아 보내는 기분이었다. 하지만 아까와는 사뭇 다른 단호한 수완의 표정을 보니 말리거나 회유해도 아이가 거의 열려 했던 마음의 문을 이미 닫아버렸다는 사실 정도는 충분히 알 수 있었다. 이제 내가 아무리 구슬려도 수완은 조개처럼 입을 딱 다물어버릴 것이다.

"엄마한테는 제가 찾아왔다는 거, 말하지 말아주세요."

입구를 향해 성큼성큼 걸어가던 수완이 문득 나를 돌아보며 말했다.

"그 정도는 해주실 수 있죠?"

수완이 생각을 읽을 수 없는 공허한 눈빛으로 나를 빤히 쳐다봤다. 내가 대답하지 않자 수완은 하긴 이제 와서 그런 건 아무래도 상관없다는 듯 낮게 한숨을 쉬더니 다시 입구 쪽으로 걸음을 옮겼다.

뒤에 남은 나는 머릿속이 복잡했다. 대체 수완은 왜 나를 찾아왔을까. 아이가 하고 싶었던 말은 과연 뭘까. 왜 제 엄마에겐 자신이 찾아온 걸 얘기하지 말라고 했을까.

몇 번이고 전화기를 들어 여정에게 연락하려다 다시 테이블에 내려놓았다. 수완의 부탁 때문만은 아니었다. 여정에게 물어봐도 내가 원하는 해답은 들을 수 없으리라고 생각했기 때문이다. 뭔지 몰라도 수완에게는 내게 털어놓지 않은 무언가가 있다. 그리고 그건 여정도 마찬가지 같다. 둘 다 자기가 가진 카드를 자발적으로 내게 펼쳐 보이진 않을 것이다. 오히려 섣불리 여정을 찔러봤다간 일이 더 복잡해질 수도 있을 것 같았다.

이럴 줄 알았으면 수완의 개인 연락처라도 알아둘걸, 잘못했다 싶었다. 이제껏 용건이 있을 때마다 보호자인 여정을 통해서 전달했기에 수완의 연락처는 따로 받지 않았다. 그러니 수완과 단둘이 대화하고 싶어도 여정을 거치지 않고선 방법이 없었다.

그런데 문득 석준 코치가 수완과 이따금 연락을 주고받았다는 사실이 떠올랐다. 그에게서 수완의 연락처를 알아낼 수 있을 것이다. 그래서 조만간 수완이랑 다시 얘기를 해봐야겠다고 다짐했다. 시간이 조금 지나서 격한 감정이 가라앉고 나면, 어쩌면 수완은 내게 다시 속얘기를 하려 들지도 모른다.

그렇게 생각을 정리했는데도 어쩐지 알 수 없는 이유로 기분이 석연찮았다. 눈에 미세한 티끌이 들어갔을 때처럼 마음 한구석에 작은 이물질이 박혀 껄끄럽게 하는 것 같았다. 딱히 설명할 수는 없지만 뭔가 좋지 않은 일이 일어날 거라는 기분 나쁜 예감이 들었다. 밀려드는 막연한 불안감을 애써 쫓으며 나는 그만 자리에서 일어섰다.

2년 만에 만난 하연은 조금 나이 들어 보였다. 피부가 예전보다 탄력을 잃었고, 흰머리도 조금 늘어난 것 같다. 당연한 건지도 모른다. 하연도 40대 후반이니까. 나보다 한 살 적지만 언제나 실제보다 훨씬 어려 보였던 하연 역시 이제는 나이 먹은 티가 확연히 드러난다는 사실이 조금은 낯설게 느껴졌다. 어쩌면 나와 생김새가 닮은 혈육이 나이 들어가는 모습을 보며 내가 늙어가는 것을 체감하게 돼서인지도 모르겠다고 생각했다.

"얼굴 좋아 보인다. 재희도 별일 없지?"

하연이 나를 보며 환하게 웃었다. 눈꼬리에 예전엔 못 보던 주름이 몇 개 잡혔다. 하지만 나와 달리 활달하고 붙임성 있어 보이게 만드는 서글서글한 눈웃음만큼은 그대로였다.

"응, 그냥 그렇지 뭐. 한국 고등학생들은 다들 바빠."

재희 얘기를 털어놓을까 하다가 잠자코 입을 다물었다. 나보다 결혼을 빨리 한 하연은 출산도 나보다 빨랐다. 하연의 외동딸 헤일리는 작년에 누구나 이름만 들으면 아는 미국 명문대에 장학금을 받고 입학했다. 머리는 좋아도 공부에 영 취미가 없던 하연을 생각하면 아마 공부 쪽은 아빠를 닮은 모양이었다. 헤일리의 대학 입학 소식을 듣고 조카가 대견스러우면서도 한편으론 조바심이 났다. 재희가 헤일리보다 뒤처질까봐. 쓸데없는 비교라는 걸 알면서도 은근히 하연에게 지고 싶지 않다는 마음이 드는 걸 어찌할 수가 없었다.

그러니 재희가 임신했다가 유산까지 했다는 말은 자매에게조차 도저히 꺼낼 수 없었다. 물론 하연은 재희 일로 가슴 아파하고, 아무에게도 털어놓지 못한 내 얘기에 틀림없이 귀 기울여줄 것이다. 그러나 막상 털어놓자니 알량한 자존심이 나를 가로막았다. 어릴 때 경쟁하던 것으로 모자라 이 나이가 돼서까지 동생을 의식하는 나 자신이 조금 한심했지만, 어쩌면 같은 배에서 태어난 혈육이라는 게 원래 그런 걸지도 모른다는 생각 또한 들었다.

하루 전 한국에 도착한 하연은 여기 머무르는 동안 엄마와함께 지내기로 했다. 3년 전 아버지가 돌아가신 뒤 걸핏하면집안이 허전하다고 불평하던 엄마는 오랜만에 보는 딸을 무척이나 반가워했다. 주말에 엄마도 찾아뵐 겸 친정에 들르려 했는데, 하연이 그 전에 먼저 둘이서 식사나 하자고 제안했다. 그래서 장소를 정한 곳이 직장과 가까운 한정식집이었다.

"그런데 무슨 일이야? 만나서 얘기해준다며."

식사하면서 한참 동안 서로의 근황을 이야기하다가 지난번 통화할 때 하연이 미처 하지 않은 이야기가 생각나 물었다. 갑자기 하연의 표정이 어두워졌다. 생각을 고르느라 잠시 말을 멈췄던 하연이 담담하게 입을 열었다.

"나, 암이래."

"뭐?"

순간 들고 있던 숟가락을 그대로 놓쳐버릴 뻔했다.

"유방암. 2기래."

머릿속이 하얘졌다. 3년 전 아버지가 췌장암이라는 소식을 들었을 때와 똑같았다. 믿을 수 없어 하연의 얼굴을 멀거니 바라보고만 있었다. 하연은 이미 사실을 받아들였는지 혼란스러워하는 나와 달리 의연한 모습이었다.

"왜 진작 얘길 안 했어!"

"지금 하고 있잖아."

하연이 대답했다.

"어때? 심각한 거야?"

이 나이가 되고 보니 사실 주변에 유방암 걸린 지인이나 친구가 드물지 않다. 요샌 의술이 좋아져서 수술만 잘 받으면 경과가 그렇게 나쁜 것도 아니라고 들었다. 하지만 다른 사람도 아닌 내 동생이 그 병에 걸렸다는 건 역시나 충격이었다.

"아주 초기에 발견한 것도 아니지만, 그렇다고 늦은 것도 아니래. 수술해봐야 알지 않을까."

하연이 그렇게 말하며 내 얼굴을 쳐다봤다.

"그래서 왔어. 언니도 들어봤지? 한국이 의료 시스템이 좋으니까 교포들이 수술하러 많이 온대잖아."

"하지만 남편이랑 헤일리는 어쩌고?"

"마크는 바빠서 곁에 있어봤자 별로 도움 못 될 거야. 헤일리는 대학 들어간 이후론 다른 주에 사니까 명절 때나 가끔 얼굴 보는데, 뭐."

막힘없이 술술 말하는 걸 보니 이미 마음을 굳힌 모양이었다.

"근데 그거 알아?"

무거운 주제에 어울리지 않게 갑자기 하연이 생긋 웃었다.

"암에 걸렸단 얘길 들으니까 갑자기 언니가 생각나더라? 누군가한테 도와달라고 막 손을 내밀고 싶은데 그게 남편이 아니라 언니더라고. 요새 마크랑 사이가 별로라서 그런가."

"남편이랑은 왜? 무슨 문제 있어?"

"딱히 문제가 있다기보다는 오래 산 부부들 다 그런 거 아냐? 그냥 데면데면해. 때로는 곁에만 와도 짜증 나고. 그런 거 보면 자매가 참 좋아, 그치? 나이 먹은 뒤에도 급할 땐 의지할 수 있고."

갑자기 눈물이 왈칵 솟아 서둘러 가방에서 손수건을 꺼내 눈물을 닦았다.

"엄마는 아셔?"

아마 알고 있다면 엄마가 이렇게 잠잠하진 않으리라 생각하면서도 혹시나 해서 물어보았다. 예상대로 하연은 고개를 저었다.

"아직 얘긴 안 했어. 충격받을 게 뻔하니까 고해성사 때 언니가 곁에 있어줬으면 해."

오랜만에 듣는 '고해성사'라는 말에 나도 모르게 피식 웃음이 나왔다. 어린 시절 하연과 나는 걸핏하면 아웅다웅 다투다 부모님께 꾸중을 많이 들었다. 그럴 때면 엄마한테 불려가 각자 뭘 잘못했는지 일일이 열거하고 서로에게 사과해야 했다. 우리끼리는 그걸 '고해성사'라고 불렀었다.

"옛날 생각난다. 어릴 때 우리 진짜 많이 싸웠지. 옷 때문에도 싸우고, 먹을 것 가지고도 싸우고."

침울하게 가라앉은 분위기를 의식해 내가 일부러 밝은 목소리로 말했다.

"안 싸우는 날이 드물었지. 그런데 언니 그거 알아? 나 언니 되게 질투한 거."

하연도 명랑한 목소리로 말을 받았다.

"그랬어?"

"그럼. 엄마랑 아버지가 언니만 예뻐했잖아."

순간 다시 머리가 멍해졌다. 그런 생각을 해본 적도 없거니와, 하연이 그런 말을 꺼낸 것도 처음이었다.

"몰랐어?"

얼빠진 내 표정을 눈치챘는지 하연이 물었다.

"하여간 둔감하긴. 하긴 뭐 그런 건 원래 이쁨받는 쪽에선 별로 의식 못 하는지도 모르겠지만."

"사실이 아닌데 너만 그냥 그렇게 느낀 거 아니야?"

별로 감정 기복이 없는 나와 달리 하연은 어릴 때부터 예민하고 감수성이 강했다. 그래서 작은 일을 유난히 과장되게 받아들이곤 했다. 어느 순간부터 부모님의 잔소리와 꾸중이 성적 좋고 모범생이었던 내가 아니라, 공부와는 담을 쌓고 소소하게 부모님 속을 썩인 하연에게로 집중됐던 건 사실이지만. 때로는 부모님이 나와 하연을 대놓고 비교한 적도 있었다. 하지만 그건 어느 가정에서나 흔히 있을 수 있는 자연스러운 일이라고만 생각했지 부모님이 나와 동생을 차별한다고 느낀 적은 없었다.

"나만 그렇게 느끼긴, 무슨. 우리 집에 자주 놀러 왔던 친구들도 다 똑같은 얘길 했는데. 왜 너희 부모님은 언니만 예뻐하느냐고."

그래도 내가 쉽게 동의하지 않자 하연이 답답하다는 표정으로 말을 이었다.

"그거 기억 안 나? 중학생 때던가, 언니가 실수로 엄마가 아끼는 찻잔 깨부순 거. 엄마가 엄청 화나서 누가 그랬냐고 다그치니까 언니가 겁이 났는지 내가 깼다고 했어."

"내가 그랬어?"

신기할 정도로 전혀 기억이 나질 않았다.

"그랬다니까. 본인이 생각해도 좀 심했다 싶지? 그런데 엄마가 그 말을 그대로 믿더라? 내가 아무리 아니라고 했는데도. 잘못해놓고 언니 핑계 댄다고 아빠한테도 혼났잖아. 나 그때 엄청 억울했어."

별로 인정하고 싶진 않지만, 어쩌면 하연 말이 맞을 수도 있겠다는 생각이 들었다. 자라는 동안 하연과 내 역할은 고정돼

148

있었다. 나는 착한 딸, 하연은 말썽꾸러기 딸. 그렇게 따지고 보니 하연과 내가 어릴 적 그토록 싸웠던 이유가 적은 나이 차 때문만은 아닐지도 모르겠다는 생각이 들었다. 하연은 편애의 대상이었던 내게 줄곧 질투심을 품고 있었을지도.

"질투 정도가 아니라 날 미워한 적은 없어?"

내 물음에 하연이 깔깔 웃음을 터뜨렸다.

"없긴 왜 없어. 엄청 미워했지. 그때 생각하면 내가 지금 언니한테 이러는 게 신기할 정도라니까. 그런데 그것도 다 어릴 때 얘기잖아. 외국 가서 살다 보니 피붙이만 한 게 없더라. 언니 생각 많이 났어."

곰곰이 생각해보니 우리 자매 사이가 원만해지기 시작한 건둘 다 머리가 커져 부모보다 또래가 더 중요해진 단계로 접어들 무렵부터였다. 서서히 순조로워진 관계는 각자 가정을 꾸린 이후 한층 돈독해졌다. 바꿔 말하자면 어떤 의미에서 우리는 부모님의 영향으로부터 어느 정도 벗어난 후에야 비로소 진정한 '자매'가 된 셈이다.

문득 수완과 지완 형제가 떠올랐다. 부모로부터 늘 비교 대상이 되는 형과 동생. 하지만 수완에게 지완은 적대적인 존재가 아니다. 오히려 문제 많은 가정에서 유일하게 수완에게 힘이 돼주는 아군이라 할 수 있다. 그런 형을 수완은 전적으로 믿고 따른다. 적어도 남들이 보기에는. 그런데 한 지붕 아래 살면서 부모로부터 매일 다른 애정의 자양분을 받으며 생활하는 형제 사이에서 과연 그런 관계가 성립할 수 있을까.

"너, 어릴 적에 날 미워했다고 했잖아. 그런데 네 말대로 부모님이 날 편애했다고 치고, 그때 내가 너한테 너무너무 잘해 줬다면, 안 미워했을까?"

내 말에 하연이 피식 웃었다.

"글쎄. 그런 언니는 안 돼봐서 모르겠는데."

"하긴."

"하지만 어쩌면 언니가 안 그랬던 게 오히려 다행일 수도 있다고 생각해."

뜻밖의 말에 하연을 물끄러미 쳐다보았다.

"언니를 더 좋아한다는 걸 알면서도 엄마, 아빠를 미워할 순 없겠더라. 원망한 적은 많지만. 돌이켜보면 어릴 때 자잘하게 사고 친 것도 어쩌면, 그러면 부모님이 언니 대신 날 좀 봐주지 않을까 하는 생각에서였던 것 같아. 그땐 그렇게 비굴할 정도로 엄마, 아빠 애정이 고팠나 보지."

하연이 잠깐 말을 멈췄다가 이었다.

"편애하는 사람을 미워할 순 없으니 대신 언니를 미워했어. 미안하지만, 언니가 없어졌으면 좋겠다는 생각도 했고. 매일 언니한테 화내고 아웅다웅하면서 나름대로 분노를 풀었던 것 같아. 그런데 만약 언니가 나한테 너무 잘해줬어봐. 언니를 미워할 수도 없잖아. 그럼 난 어떻게 해? 마음에 앙금은 계속 쌓이는데 그걸 해소할 대상이 없잖아."

어릴 적 동생이 나를 미워했었다는 고백보다 오히려 그렇게라도 해서 부모님에 대한 서운함과 원망을 다소나마 해소할수 있었다는 말이 더 충격적이었다. 하연의 논리대로라면, 부모로부터 사랑받지 못하고 그렇다고 형을 미워할 수도 없었던 수완은 제 마음속에 해소되지 못한 분노가 켜켜이 쌓이도록 그냥 내버려둘 수밖에 없었던 걸까. 해소되지 못한 감정의 묵은 찌꺼기들이 쌓이고 쌓이다가 결국 밖으로 터져서 그런 비행을 저지른 것일까.

"혹시 기분 상했어?"

하연이 내 표정을 살피며 물었다. 수완 생각을 하느라 잠깐 표정이 어두워져서 그런 것 같았다.

"그럴 리가. 이미 한참 전 일인데."

문득 동생과 이런 얘기를 한 게 처음이라는 생각이 들었다. 그 덕에 내가 미처 몰랐던 어린 시절 하연의 새로운 모습을 발견하게 됐다. 같은 부모 밑에서 태어나 똑같은 환경에서 자랐는데도 어쩌면 이렇게 서로에 대해 모르는 게 많을 수 있을까.

하지만 그로 인해 하연에게 감정적인 거리감을 느꼈다거나, 내 인생에서 하연이라는 존재의 중요성이 작아졌다는 뜻은 아니다. 어찌 됐건 간에 우리는 자매니까. 아마 앞으로도 우리는 때로는 서로를 오해하고 보이지 않는 경쟁을 거듭하겠지만, 한편으로는 서로 의지하고 도와주며 늙어가게 될 것이다. 되도록 오랫동안 우리가 그런 시간을 함께 보낼 수 있으면 좋겠다고 생각했다.

"유방암 따위, 너무 걱정하지 마. 다 잘될 거야. 내가 좋은 병원 알아보고, 힘닿는 데까지 간호도 도와줄게."

화제가 다시 원점으로 돌아오자 하연은 잠깐 표정이 흐려졌지만 이내 "응." 하곤 고개를 끄덕였다.

"고마워."

나는 조용히 손을 뻗어 하연의 손을 잡았다. 하연의 온기가 느껴졌다. 하연 역시 잠자코 내 손을 가만히 움켜쥐었다. 우리는 잠시 그렇게 손을 맞잡은 채 서로에게 말로는 표현하지 못한 감정을 주고받았다.

고백

한동안 눈코 뜰 새 없이 바쁜 날이 계속됐다.

하연 소식을 듣고 엄마는 크게 충격을 받았지만 예상보다 빨리 상황을 받아들였다. 이왕 이렇게 된 거 하루빨리 치료에 전념해야 한다는 데 모두의 생각이 일치했고, 나는 정보력과 온갖 인맥을 동원해 유방암 분야 권위자와 진료 및 수술 일정을 잡았다. 남은 건 그때까지 하연이 몸과 마음을 추스르면서 상태가 더 나빠지지 않도록 하는 것뿐이었다.

재희 일도 수월하게 마무리되어가고 있었다. 유산 후 얼마 지나지 않아 다행히 곧바로 방학이 시작돼 아무도 재희의 비밀을 눈치채지 못했고, 재희는 한번 큰일을 치른 뒤 정신이 번쩍 들었는지 빨리 몸과 마음을 추스르곤 방황하느라 뒤처진 공부에 매진하는 분위기였다. 해준과는 그 이후로 일절 연락을 끊었다고 했다.

해준이 한밤중에 우리 집을 찾아온 지 며칠 지나 서영이 내게 연락을 해왔다. 아들한테서 우리 집에 들렀다는 얘기를 들은 모양이었다. 해준과 재희 사이에 벌어진 일이나 해준이 우리 집에 와서 사과하고 간 건 없었던 일로 해달라며 서영은 내게 꽤 두툼한 돈봉투를 건넸다. 나는 어이가 없어 말문이 막혔다. 돈으로 모든 문제를 해결하려는 태도가 못마땅했을 뿐 아니라, 무엇보다 서영의 이런 행동이 재희에 대한 모욕으로 느껴졌다. 서영은 제 호의라고 주장했지만, 나는 그 호의를 거절함으로써 우리의 30년 우정 역시 깨끗하게 정리했다.

이런 개인적인 일들을 처리하는 와중에 석준 코치한테서 연락처를 알아내 수완에게 몇 차례 문자를 보냈다. 전에 꺼내려다 만 이야기를 다시 할 순 없겠냐는 내 메시지에 수신자가 읽은 표시가 떴지만, 수완은 아무런 답을 하지 않았다. 전화를 걸어도 받질 않았다. 며칠을 기다려도 아무런 응답이 없길래 거의 포기하다시피 하고 있었다. 수완은 마음을 돌릴 생각이 없고, 뭔지 몰라도 수완이 하려고 했던 이야기는 이렇게 흐지부지되는구나 싶었다.

그러던 어느 날이었다. 퇴근길에 뜻밖에도 수완을 마주쳤다. 이전과 마찬가지로 수완은 사무실 건물 밖에 우두커니 서 있었다.

"혹시 날 기다리고 있었니?"

수완이 고개를 끄덕였다.

"내가 보낸 메시지는 봤지?"

"네."

"그렇다면 이야기할 결심이 선 거야?"

다소 머뭇거리긴 했지만 수완은 이번에도 고개를 끄덕였다.

나는 수완을 앞세워 다시 사무실로 돌아갔다. 수완은 이제 마음을 굳혔는지 순순히 나를 따라왔다.

"할 말이란 게 뭐야?"

이미 대부분 퇴근해서 사무실 안은 한산했지만 혹시 다른 사람들이 대화를 들을까 봐 방문을 닫아건 뒤 내가 물었다.

"왜 그런 짓을 했냐고 물으셨죠?"

한참 침묵이 흐른 뒤 수완이 천천히 입을 뗐다. 자기가 저지른 범행을 가리키는 거였다.

"사실 하고 싶지 않았어요."

"하고 싶지 않았는데 왜 그런 거야?"

그 물음에 수완이 잠깐 말을 멈췄다. 마음을 단단히 먹었지만, 그래도 역시 입 밖으로 말을 꺼내기가 어려웠던지 꽤 주저주저하다가 마침내 다시 입을 열었다.

"누가 시켜서요."

"누가 시켰다고?"

생각지도 못한 말에 순간 머리가 멍해졌다. 문득 집단 따돌림이나 학교 폭력 같은 단어들이 머리를 스치고 지나갔다.

"학교에서 괴롭히는 사람이 있니? 일진 같은 애들이 그걸 시킨 거야?"

"아뇨."

수완은 피식 웃었다.

"그러는 편이 차라리 훨씬 나았겠죠."

"그럼 대체 누군데?"

내가 대답을 다그쳤다.

수완이 고개를 들어 나를 바라봤다. 뜻밖에도 수완의 눈엔 그렁그렁 눈물이 맺혀 있었다. 젖은 눈을 주먹으로 훔치며 수완이 나지막한 목소리로 내뱉었다.

수완의 입에서 나온 건 내가 생각지도 못한 이름이었다.

2. 진실

죄책감과 미안함은 사랑과는 또 다른 감정이었다.

미안하다고 해서 그 감정이 사랑으로 바뀌진 않았다.

그림자가 짙어진다고 해서 빛이 될 수는 없는 것처럼.

빛과 그림자

연락을 받고 경찰서로 향하는 내내 내 가슴은 미친 듯이 두근거렸다.

박수완 학생 보호자시죠? 수완이가 문제를 일으켜서 조사 중인데 경찰서까지 좀 오셔야겠습니다.

그렇게 말한 여경은 자세한 건 만나서 설명하겠다며 전화를 끊었다.

경찰서에 도착하기까지 머릿속으로 온갖 생각들이 스쳐 지나갔다. 이번엔 또 무슨 짓을 저질렀을까. 누군가와 싸움박질을 벌이다 상대를 다치게 했나? 쇼핑몰이나 편의점에서 물건을 훔치다 걸렸을까? 어떤 문제건 간에 이번엔 애 아빠가 알아차리기 전에 조용히 해결해야만 했다.

태어나 처음 와본 경찰서는 사람을 묘하게 위축시켰다. 복도에서 지나치는 사람들이 다들 나를 뭔가 죄지은 사람처럼 쳐다보는 것 같아 타인의 시선을 느낄 때마다 괜히 몸이 움츠러들었다. 하긴 나는 죄를 지었는지도 모르겠다. 수완이를 잘못 키운 죄. 형편없는 엄마라는 죄.

수완은 여성청소년과의 여성청소년팀이라는 팻말이 붙은 방 한구석에 고개를 숙이고 앉아 있었다. 언뜻 봐도 멀쩡한 걸 보니 다행히 싸우다 다치거나 한 건 아닌 모양이었다.

"수완아!"

내가 부르자 수완이 고개를 들었다. 겁을 먹거나 잔뜩 긴장하고 있을 줄 알았는데 아이의 얼굴엔 딱히 그런 기색은 없었다. 오히려 조금 어리둥절한 표정을 짓고 있었다. 그 모습을 보니 다소 마음이 놓이면서도 지금 제가 얼마나 난처한 지경인지 실감도 제대로 못 하는 수완에게 슬며시 분노가 치밀었다.

"수완이 어머니신가요?"

젊은 여자 하나가 다가와 내게 명함을 건넸다. 김미진 경위. 아까 내게 전화를 걸었던 여경인가 보다.

"수완이가 대체 무슨 일을 저지른 거죠?"

"공공 여자 화장실에 들어가 핸드폰으로 몰래카메라 촬영을 하려다 현장에서 들켰어요. 목격자들이 신고해 현장에서 잡혀 왔고요."

"네?"

생각지도 못한 얘기에 기가 막혀 더는 말도 나오지 않았다. 나도 모르게 얼굴이 화끈 달아올랐다. 차라리 혈기를 누르지 못해 누군가와 크게 싸웠다거나 도둑질했다는 이야기를 듣는 편이 더 나을 것 같았다. 이런 추잡한 변태 행위보다는.

그런 짓을 저지른 아이의 엄마라는 사실이 너무나 창피했다. 말 그대로 쥐구멍이라도 있으면 들어가버리고 싶었다. 딱히 자랑할 게 없는 아들 때문에 전전긍긍하거나 속을 썩인 일이 한두 번이 아니지만, 그중에서도 이번은 최악이었다. 문득 수안으로 인해 뿌듯했고, 수완이 자랑스러웠던 적은 있었나, 그게 언제였을까 생각해보았다. 잘 기억나지 않는 걸 보니 아마도 꽤 오래전이었던 듯하다.

"대체 왜 그런 거야!"

여기가 경찰서라는 사실도 잊은 채 나도 모르게 수완에게 소리를 빽 질렀다.

"저도 그게 알고 싶네요."

내 말을 가로막듯 김미진 경위가 끼어들었다.

"여기 온 뒤로 한마디도 안 했거든요. 물어물어 겨우 알아낸 게 본인 이름이랑 보호자 연락처가 다예요."

아주 지긋지긋하다는 말투였다.

"더는 할 수 있는 것도 없으니 오늘은 일단 돌아가셨다가 나중에 다시 오세요. 그사이 변호사를 알아보시든지 하고요."

"변호사요?"

아들이 경찰서에 있다는 이야기를 들은 것만으로도 가슴이 떨렸는데 '변호사'라는 단어까지 들으니 마음이 더욱 심란해졌다. 이게 변호사까지 필요할 정도로 심각한 상황이란 말일까. 내 물음에 상대방은 다소 퉁명스럽게 대답했다.

"여유가 되신다면 선임하는 게 좋지 않겠어요? 소년범이라도 항상 처벌이 가볍기만 한 건 아니니까요."

경찰서를 걸어 나오는데 다리가 휘청거렸다. 남편에게 알리지 않고 조용히 넘어가길 바랐는데, 이젠 그것도 물 건너갔다. 변호사를 선임하려면 적잖은 돈이 들 테니까. 게다가 나 혼자서는 뭘 어떻게 해야 할지 전혀 아는 바도 없다. 일이 이 지경이 되도록 집에서 놀며 뭘 했냐고 윽박지르는 남편의 얼굴이 벌써 보이는 것 같았다.

애를 어떻게 키웠기에 저런 실패작이 나오느냐고.

언젠가 남편은 수완을 가리켜 내게 이런 말도 했다. 아무리 그래도 그렇지 제 자식에게 '실패작'이라는 말은 너무 과하지 않으냐고 되받아치고 싶었지만, 말이 목구멍 밖으로 나오지 않았다. 남편이 한 말의 진짜 속뜻을 너무도 잘 알고 있었으니까. 그건 사실 수완보다는 나를 비난하는 말이었다. 수완을 제 형처럼 번듯하게 키우지 못한 내 무능력을 탓하는 말. 그러니 실패작은 사실 수완이 아닌 나였다. 무엇 하나 제대로 하는 게 없는 여자. 그런 내게서 나온 수완은 내 무능력과 나약함을 시시각각 일깨워주는 존재였다.

"어떻게 그런 짓을 할 수가 있니!"

경찰서 밖으로 나와 수완에게 냅다 고함을 질렀다. 또다시 나의 실패를 일깨워주는 아이에게 화가 나서 견딜 수가 없었다.

"내가 너 때문에 창피해서 얼굴을 들고 다닐 수가 없어. 대체 머릿속에 뭐가 들어 있는 거니? 온통 머릿속에 여자랑 그짓 할 생각밖에 없는 거야?"

다소 말이 심했나 싶었지만, 스스로 제어할 수가 없었다.

"내가 너한테 못 해준 게 뭐가 있니? 네 형처럼 해달라는 거다 해주고, 부족한 거 없이 키워줬잖아. 그런데 어째서 너만 이모양인 거냐고!"

부모가 가장 금기해야 할 일 중 하나가 자식들 비교하는 거라는 말을 어디선가 들은 적이 있다. 하지만 그건 그저 교과서에나 나올 법한 허울 좋은 이상일 뿐이다. 사람인 이상 어떻게 비교하지 않을 수 있나. 더구나 같은 환경에서 자라도 이렇게 차이가 나는데.

지완 얘기로 자존심에 상처를 입었는지 수완의 얼굴이 조금 딱딱하게 굳었다. 하지만 이제까지 그랬듯 입을 꽉 다물고 바닥을 향한 고개를 들려고 하지 않았다.

"넌 자존심도 없어? 형 보면서 배우는 것도 없니? 네 형 반의반이라도 한번 닮아봐! 그러면 내가 널 업고 다니겠다. 이럴 거면 차라리 안 보이는 곳으로 썩 꺼져버려!"

말을 뱉고 난 뒤에야 아차 싶었다. 아무리 지금 감정이 폭주하고 있다고 한들 이건 너무 나간 발언이라는 생각이 들었다. 아닌 게 아니라 수완이 비로소 고개를 들고 나를 쳐다봤다. 상처 입은 눈빛을 하고 있었다.

"사실 그게 엄마 속마음이지?"

수완이 비난하는 어조로 말했다.

"나 같은 건 어디론가 사라졌으면 하고 바라잖아."

"그렇게는 말 안 했어."

내가 황급히 대답했다. 엄마가 된 보람이나 부모로서의 자부심을 느끼게 해주기는커녕 절망감만 안겨주는 이 아이를 낳

163

지 않았으면 어땠을까 생각한 적은 사실 여러 번 있었다. 하지만 그렇다고 수완이가 사라지길 바란 적은 맹세코 단 한 번도 없다. 비록 이 아이의 엄마 역할에 실패하긴 했지만, 그렇다고 자식한테 뭔가 해되는 일이 생기길 바라기야 하겠는가.

그런데도 어쩐지 수완을 똑바로 쳐다볼 수가 없었다. 어쩌면 수완의 말이 맞는지도 모르겠다. 수완을 낳지 말걸 그랬다고 후회하는 것과 수완이 어디론가 사라져주길 바라는 건 사실 같은 의미가 아닐까. 그렇다면 나는 실패한 엄마를 넘어 인간으로서도 최악인 거겠지.

"그게 그거 아니야?"

마치 내 속마음을 읽은 것처럼 수완이 꼬집었다. 나 자신조차 확답할 수 없는 질문에 난처해져서 이번엔 내가 입을 다물었다.

"아, 그랬구나."

내 침묵을 긍정으로 받아들였는지 수완이 침울한 얼굴로 고개를 끄덕였다.

"그럴 거라고 짐작은 했지만 사실이었네."

한껏 뒤틀린 목소리에서 자조감이 배어 나왔다.

"수완아, 그게 아니라…."

뭐라도 한마디 해명을 해야겠다 싶어 한 박자 늦게 부정하며 수완의 팔을 잡았다. 하지만 수완은 있는 힘껏 내 손을 뿌리쳤다.

"괜찮아, 나도 알아. 내가 실패작이라는 거."

수완은 그렇게 내뱉고 저만치 앞서서 성큼성큼 걸어갔다.

아이를 뒤따라가야 한다고 생각하면서도 내 발은 땅에 뿌리를 내린 것처럼 곧바로 움직여주지 않았다. 스스로를 '실패작'이라고 말한 수완의 목소리가 계속 내 귀에 맴돌았다.

수완을 쫓아가 말해주고 싶었다. 너는 절대로 실패작이 아니라고. 하지만 확신이 담기지 않은 그 말이 수완에게 어느 정도로 설득력 있게 들릴지는 나 자신도 알 수가 없었다.

예상과 달리 남편은 수완에 대한 얘기를 듣고서도 펄펄 뛰지 않았다. 오히려 무서울 정도로 침착했다. 굳이 어느 한쪽을 선택하라면 차라리 화를 내는 게 더 낫겠다 싶을 만큼 냉랭한 남편의 태도에 숨이 막힐 지경이었다.

"아는 로펌 대표가 있어. 연락 넣어둘게. 애 데리고 찾아가 봐."

내 이야기를 다 들은 남편이 깊은 한숨을 내쉬며 말했다.

"그게 다야?"

남편의 너무도 무심한 반응에 내 입에선 뜻하지 않은 말이 불쑥 튀어나왔다.

"그럼 무슨 말을 더 듣길 원해?"

남편이 싸늘하게 내뱉었다.

"수완이 쟤는 이미 구제 불능이야. 가망이 없다고. 그런데 속 썩여봐야 뭐 하겠어. 괜히 동네방네 소문나서 병원 이름에 먹칠이나 안 하도록 빨리 해결부터 봐야지."

뭐든 명쾌한 남편답게 냉정하기 짝이 없는 판단이었다. 대체 이런 사람이 어떻게 한때는 나 때문에 목매달고 죽느니 사느니 할 수 있었는지 같이 살면서 신기했던 때가 한두 번이 아니다. 하긴 그런 게 바로 흔히들 말하는 '사랑의 힘'이라는 건지도 모르겠다. 하지만 그 찰나적인 사랑의 힘 때문에 시댁의 거센 반대에도 불구하고 우리가 부부의 연으로 맺어진 것이 지금 와서 보면 과연 행복인지 불행인지 알 수 없다는 생각이 들었다.

"자기 아들 일에 너무 냉정한 거 아냐?"

어쩌면 아들의 인생이 걸렸을지도 모를 위기 상황에 이리도 태연한 건 너무 심하다 싶어 내가 한마디 했다.

"냉정하다고? 그럼 내가 어떻게 해야 하는데? 덩치가 나보다 큰 애를 두들겨 패기라도 해야 하나?"

여전히 얄미울 정도로 침착함을 유지하면서 남편이 대꾸했다.

하지만 이런 남편도 예전에 딱 한 번 흥분해 흐트러진 모습을 보인 적이 있었다. 수완이 몰래 사귀던 여자친구 알몸 사진을 찍었을 때다.

한혜라는 여자애의 엄마가 집에 찾아와 수완이 어떤 엄청난 일을 저질렀는지 폭로했을 때 나는 내 귀를 믿을 수가 없었다. 아들한테 여자친구가 있었다는 사실도, 심지어 수완이 그런 상상조차 할 수 없는 일을 저질렀다는 사실도, 수완의 여자친구라고 하는 '서한혜'라는 이름만큼이나 낯설게 느껴졌다.

"너 이 자식, 도대체 커서 뭐가 되려고 이래!"

서한혜의 엄마가 다녀간 뒤 내게서 이야기를 들은 남편은 펄펄 뛰며 수완의 방으로 돌진했다. 책상에 앉아 있던 수완의 덜미를 잡고 바닥에 끌어내린 남편은 눈에 보이는 책이며 베개 따위를 닥치는 대로 집어 들고 수완을 때리기 시작했다. 샌님 같은 남편의 몸 어딘가에 그런 폭력성이 숨어 있다는 사실을 나는 그때까지 까맣게 몰랐다.

"한창 혈기 왕성할 때니 여자애랑 모텔 같은 데 가는 거까진 그렇다 치자. 근데 대체 사진을 왜 찍냐고, 사진을! 너 변태야? 왜 변태 새끼나 할 법한 짓을 하고 그래?"

남편은 바닥에 쓰러진 수완을 보며 혐오스럽다는 표정으로 그렇게 내뱉었다.

그 일을 끝으로 남편은 수완에게 마음의 문을 완전히 닫아버렸다. 하긴 원래부터 수완에게 정을 주는 데 인색한 아빠였으니 그게 그리 어려운 일도 아닐 터였다. 남편은 언제나 결과가 우선인 사람이다. 아무리 제 자식이라 해도 성에 안 차는 결과물은 중요하지 않았다. 그의 가치관에서 보자면, 수완은 투자와 지원 대비 가성비가 너무나 떨어지는 부실한 결과물이다. 그런 아들은 일찌감치 신경 끄고 싹수부터 남다른 또 다른 아들에게 모든 기대를 거는 편이 훨씬 효율적이라고 남편은 생각하는 것 같았다.

그런 남편이 서운하면서도 한편으로는 세상 모든 걸, 심지어 자기 자식조차 효율성 중심으로 재단할 수 있는 그 냉정함이 때로 부럽기도 했다. 그의 말대로라면 결단력 없고 상황에 질질 끌려다니기만 하는 나로선 설령 따라 하고 싶어도 감히 흉내조차 낼 수 없는 능력이니까.

"대체 누굴 닮았기에 저 모양인 거야."

생각할수록 어이가 없는지 남편이 새삼스럽게 혀를 끌끌 찼다.

"이미 인간 되긴 글러먹은 것 같지만, 그래도 집안에 범죄자가 나오게 할 순 없잖아. 변호사 잘 써달랬으니까 어떻게든 소년원 가는 것만은 막아봐. 그런 데 들어가기라도 하면 어디 쪽 팔려서 살겠어?"

남편은 그렇게 말한 뒤 잠자리에 들기 위해 위층으로 올라갔다.

나는 거실에 홀로 남아 조금 전 남편이 했던 말을 되새기고 있었다. 어떤 한마디가 눈앞을 떠도는 잔상처럼 계속 내 귓가를 맴돌았다.

대체 누굴 닮았기에 저 모양인 거야.

이 말은 시어머니를 비롯한 시댁 식구들이 수완 얘기가 나올 때면 단골로 하는 말이기도 했다. 반에서 10등 안에도 못 들었다며? 대체 걔는 누굴 닮아서 그렇게 공부를 못하는 거야? 밖에서 장난치며 놀다가 팔이 부러져 깁스를 했다고? 저런, 딱하기도 하지. 그런데 애가 누굴 닮아 그렇게 난폭한 걸까? 우리 집안 사람들은 사내아이들도 다들 얌전해서 그런 경우를 본 적이 없는데, 참 신기하네.

수완을 언급할 때마다 거의 '언제나'라고 해도 좋을 정도로 자주 따라붙는 '누굴 닮아서'라는 꼬리표가 사실은 나를 겨냥한 말이라는 걸 스스로 잘 알고 있다. 그들이 지완에 대해 이야기할 때는 단 한 번도 그런 표현을 사용한 적이 없다. 공부 잘하고 모범적이라면서 주변 사람들 누구든 입이 닳도록 칭찬하는 지완은 자기네 핏줄을 이어받아 그런 게 틀림없다고 생각하는 모양이었다. 반면 수완이 그들 눈에 차지 않는 건 전부 내게서 나쁜 자질을 물려받았기 때문이고.

이러니 애 엄마 될 사람을 잘 들였어야 하는 건데.

어린 시절 수완이 뭔가 사소한 장난을 치다가 유난히 집안 식구들한테 엄격했던 시아버지께 된통 혼이 났을 때, 곁에서 지켜보던 시어머니는 혼잣말처럼 그렇게 중얼거렸다. 그 무렵 아예 고정 레퍼토리로 굳어진 '누굴 닮아서'라는 말도 빼놓지 않았다. 그 한마디 가지고는 부족하다는 듯이.

시어머니가 나를 못마땅해하는 것도 사실 어제오늘 일이 아니다. 애초 나는 며느릿감으로 눈에 안 차는 사람이었다. 남편이 간호전문대를 나온 나와 결혼한다고 했을 때 시어머니는 말 그대로 드러누웠다고 했다. 병원 물려받을 의사 아들을 좋은 집안 아가씨와 결혼시키고자 했건만 그 소망이 나로 인해 물거품이 될 위기에 처했기 때문이다. 이대로는 안되겠다 싶었는지 시어머니는 그저 드러눕는 데 그치지 않고 곧장 몸을 추슬러 나를 만나러 왔다. 꽤 묵직한 현금 봉투를 들고서. 협박인지 설득인지 모를 말들로 회유하는 초로의 여자와 마주하고 있다는 자체가 너무 비현실적으로 느껴졌다. 막장 드라마에서나 볼 법한 일을 내가 직접 겪게 될 줄은 꿈에도 몰랐다.

아마도 그때 시어머니가 건넨 돈봉투를 받고 달아났어야 했던 건지도 모른다. 그랬더라면 지금 나를 얽어매는 모든 굴레로부터 벗어날 수 있었을 텐데. 하지만 그때는 그럴 수가 없다. 이미 배 속에 지완이가 자라고 있었기 때문에. 임신했다는 걸 알게 된 시어머니는 더더욱 길길이 날뛰었다. 남자 발목을 잡기 위해 작정하고 임신한 불여우라고 막말을 해댔다. 사실 내게 맹목적으로 애정 공세를 했던 건 남편이었지만 이미 눈에 보이는 게 없을 정도로 이성을 잃어버린 시어머니에게 그런 말은 꺼낼 수조차 없었다. 시어머니는 당장 아이를 떼라고 했다. 하지만 나는 절대 그럴 수 없다고 버텼다. 이미 내 몸에서 자라기 시작했고, 깊이 사랑을 느끼기 시작한 작은 생명을 차마 죽일 순 없었다.

시댁에선 마지못해 결혼을 허락했다. 전문대 졸업이 고작인 학벌, 평범을 조금 밑도는 경제 여건, 일찍 부모님을 여의고 할머니 손에 자란 가정환경 등 그들은 내 모든 것을 탐탁지 않게 여겼다. 그들에게 나는 그저 여우 같은 간계로 앞길이 창창한 남자 발목을 잡고 신분 상승을 이룬 신데렐라일 뿐이었다.

그러나 현실은 해피엔딩인 동화와 달랐다. 한동안 열병처럼 남편의 감정을 지배했던 '사랑의 힘'은 알고 보니 약효가 아주 짧았다. 현실에서 자정을 알리는 종이 울리고 사랑의 마법이 끝나자, 남편의 눈에 공주처럼 아름답게 보였던 신데렐라는 곧장 누더기 차림의 때투성이 부엌데기로 돌아갔다.

결혼 생활의 첫 위기는 아이러니하게도 우리의 결혼을 가능하게 한 지완의 출산과 함께 찾아왔다. 아기를 품에 안고 벅찬 감정을 느낀 것도 잠시, 뒤이어 끝 모를 공허함이 찾아왔다. 사소한 일에도 까닭 없이 눈물이 나고, 이유를 알 수 없는 불안감에 시달렸다. 밤에도 수시로 깨서 울어대는 아기에게 젖을 먹이느라 잠을 제대로 잘 수 없었고, 수면 부족 탓인지 낮에도 항상 머리가 멍하고 온몸이 물을 먹인 솜처럼 무거웠다. 몸을 가누기 힘들 만큼 피곤해서인지 아기를 향한 관심도 점차 식어갔고, 그러다 정신이 번쩍 들 때면 내가 좋은 엄마가 아니라는 죄책감에 시달려야 했다. 그런 악순환이 무한 반복되었다.

아마도 나는 그때 산후 우울증을 겪었던 것 같다. 하지만 원인을 알았다 한들 아무런 해결책도 찾지 못하긴 마찬가지였을 것이다. 그 무렵 남편은 바쁘다는 평계로 항상 밤늦게 들어왔다가 아침 일찍 집을 나섰다. 집에 오면 녹초가 돼 곧바로 곯아떨어지기 일쑤였던 그는 아기를 돌봐주긴커녕 지완의 울음소리만 들려도 질색을 했다.

"24시간 연속 근무하다 왔어. 잠잘 시간도 없는데 집에만 있는 당신이 애 보는 것 정도는 알아서 해야 하는 거 아냐?"

좀 도와달라고 하자 남편은 짜증 섞인 목소리로 그렇게 말했다. 아닌 게 아니라 수면 부족 탓인지 그는 얼굴이 푸석하고, 눈 밑에 그늘이 짙게 드리워져 있었다. 거기다 대고 내가 힘들다고 불평할 수는 없는 노릇이었다. 비록 내 얼굴 역시 그에 못지않게 푸석하고 그늘져 있었지만.

이럴 때 다른 여자들이 의지하곤 하는 친정엄마는 고사하고 키워준 외할머니마저 돌아가셨으니 내가 육체적, 정신적으로 기댈 만한 곳은 그 어디에도 없었다. 이따금 근처에 사는 시어머니가 지완을 보러 들르긴 했다. 하지만 그건 도움이 아니라, 내게 또 다른 고통을 안겨줬다.

"얘! 아기를 그렇게 안으면 어떡하니? 지완이가 불편하다고 울잖아. 어떻게 그렇게 아는 게 없어?"

시어머니는 아기를 안는 법부터 젖 주는 법, 잠재우는 법까지 사사건건 잔소리를 늘어놨다. 그럴수록 나는 더욱 위축됐다. 내가 엄마로서 자격이 없다는 것, 아기를 키우는 일에 실패하고 있다는 사실을 인정해야만 했으니까. 시어머니가 돌아가고 나면 지환을 안고 펑펑 울기 일쑤였다. 내 처지가 서럽고, 나 같은 엄마를 둔 지환이 안쓰러워서였다.

돌이켜보면 그 길고 긴 어두운 터널을 어떻게 헤쳐 나왔는지 스스로 생각해도 용할 뿐이다. 그저 하루하루 버티다 보니 어느새 아기를 돌보는 일에 조금씩 적응하기 시작했고, 아이의 해맑은 웃음만으로도 부모는 무한한 행복을 느낀다는 말뜻을 서서히 이해하게 됐다. 아침에 일어나는 순간 죽고 싶다고 생각하는 날이 차차 줄어들었고, 그렇게 한 걸음씩 일상으로 복귀했다. 하지만 지긋지긋한 어둠을 건너 드디어 빛으로 나왔을 때 발견한 것은 남편의 마음이 이미 내게서 떠났다는 사실이었다.

그사이 남편은 결혼이란 환상이 아닌 현실이라는 걸 뒤늦게 깨달았던 모양이다. 부모 형제 없는 나를 평생 옆에서 보듬어주고 지켜주겠다고 맹세할 땐 언제고, 막상 결혼하고 나니 자신만 바라보고 있는 내가 그저 성가시고 부담스럽게 느껴지는 눈치였다. 결혼 당시 제 부모가 그토록 지적했던 나의 변변찮은 배경도 마법이 풀리면서 이제야 눈에 보이기 시작한 모양이었다. 주변 동료나 친구들에 비해 비교적 빨리 결혼한지라 예전엔 미처 몰랐는데, 지인들이 하나둘씩 결혼하기 시작하자 그 아내들과 내가 여러 가지 면에서 얼마나 차이가 나는지 비로소 깨닫게 됐던 거다. 지는 걸 죽기보다 싫어하는 데다, 가성비가 지극히 중요한 남편에게 결혼이라는 인생 최대의 거래에서 순간적 판단 착오로 남들보다 밑지는 선택을 했다는 사실은 받아들이기 힘든 뼈아픈 실수였다. 게다가 모르긴 몰라도 내가 우울의 늪에 빠져 있는 동안 나 자신을 가꾸고 꾸미기에 소홀했었다는 점 역시 그의 마음이 내게서 떠나는 데 한몫했을 것이다.

그러나 남편도 이미 엎지른 물을 주워 담을 순 없었다. 나 하나뿐이라면 몰라도 이젠 자식까지 딸려 있으니까. 결혼을 물리는 대신 남편은 밖에서 재미를 찾겠다고 작심한 것 같았다. 비록 유부남이라 하더라도 돈과 사회적 지위가 있는 남자가 가볍게 놀 여자를 찾는 건 그리 어렵지 않은 모양이었다.

남편의 외도는 당연히 내게 충격이었다. 한동안 잊고 지내던 불안과 초조가 연락이 뜸했던 친구처럼 다시 찾아왔다. 이대로 남편에게서 버림받는 건 아닐까, 그러면 난 대체 뭘 해서 먹고살아야 하나. 간호사 자격증이 있다곤 하나 결혼하면서 바로 일을 그만둬 근무 경력이 짧은 데다, 경력 공백은 길다. 한창나이의 패기 넘치는 지원자들도 많을 텐데 이런 나를 굳이 써주려는 곳이 있을까.

하지만 그보다 더 큰 문제는 지완의 양육이었다. 시댁에선 결코 지완의 양육권을 내게 넘기지 않을 것이다. 언제는 애를 떼라고 그토록 난리를 치더니 막상 아이가 태어난 뒤엔 자기네 손자라고 귀여워했으니까. 무엇보다 '제 것'에 대한 욕심이 큰 남편은 제 혈육인 아이를 절대 포기하지 않을 테고, 시댁은 남편의 든든한 뒷배가 되어줄 것이다. 그에 비하면 나는 경제적 능력도, 나를 도와줄 지원군도 없었다.

지완을 뺏길지도 모른다고 생각하니 상상만으로도 정신이 아득해졌다. 어떠한 수단과 방법을 동원해서라도, 무슨 희생을 치러서라도 그것만은 막아야 했다. 비록 그게 남편의 외도를 뻔히 알면서도 모르는 척하는 일이 될지라도.

사실 나 역시 남편한테 애정이 별로 남아 있지 않은지라 설령 그가 딴 여자를 만나고 다닌다고 한들 배신감 같은 게 느껴지지도 않는다. 그러니 경제적으로 불편 없는 생활과 지완이를 위해 그 정도는 참을 만하다고 생각했다. 괜히 남편의 행동을 문제 삼았다가 긁어 부스럼을 만들 수도 있으니 차라리 아무것도 모르는 척했다.

그렇게 별일 아니라고 생각하며 넘어가려 했는데, 알게 모르게 그 일이 내 속을 조금씩 좀먹어간 모양이었다. 불면증과 우울증이 차츰 심해졌다. 이젠 지완을 어린이집에 맡길 수도 있게 됐으니 짬을 내서 정신과 상담과 약 처방을 받을까 진지하게 고민해본 적도 있었다. 하지만 행여나 시댁에서 알게 되면 또 뭐라고 떠들어댈지 몰라 망설여졌다. 영악한 신데렐라라고 하는 것도 모자라 아마도 정신마저 온전치 못한 여자로 몰아가겠지.

그렇게 참고 또 참다가 이대로는 도저히 안되겠다 싶을 만큼 위태위태한 상황까지 내몰리자, 그제야 나는 정신과에 예약을 잡았다. 남들 눈에 띄지 않도록 집에서 제법 멀리 떨어져 있는 곳으로.

마흔쯤 돼 보이는 정신과 의사는 인상이 좋은 사람이었다. 감정에 북받쳐 두서없이 떠들어대는 말을 참을성 있게 잘 들어줬고, 내가 필요로 할 때면 적절한 타이밍에 적절한 위안과 조언을 해주곤 했다. 그와 이야기하면서 내가 그간 얼마나 대화 상대가 고팠는지를 절감했다. 늘 집에만 있는 내게 다정하게 말 걸어주는 사람은 없었다. 관계가 소원한 남편, 그리고 내 모든 것에 사사건건 흠집 내기 바쁜 시어머니는 편한 이야기 상대가 아니었다. 그들에 비하면 아직 혀 짧은 소리를 내는 지완이와 대화가 더 잘 통한다는 생각이 들 정도였으니까.

잠은 잘 자느냐, 요새는 기분이 어떠냐, 의사의 별것 아닌 이런 질문에 나도 모르게 울음을 터뜨린 적도 몇 번 있었다. 처음엔 너무 창피하고 당황스러워 어디론가 사라져버리고만 싶었다. 하지만 정작 의사는 자주 겪는 일이라선지 전혀 개의치 않는 눈치였다. 나중엔 나도 마음이 편해져 묻지 않는데도 내 편에서 먼저 이런저런 개인적 상황을 털어놓게 되었다.

어느 날 상담을 마치고 자리에서 일어서려는데 의사가 내게 물었다.

"예약 환자가 없어서 커피 한잔하러 갈 생각인데, 시간 되면 같이 가실래요?"

뜻밖의 제안이었지만 별 망설임 없이 승낙했다. 나 역시 모처럼 대화가 통하는 사람과 좀 더 오래 이야기를 나누고 싶었다. 내가 고개를 끄덕이자, 의사가 싱긋 웃었다. 소년 같아 보이는 꽤 매력적인 미소라고 생각했다. 문득 의사의 업무용 책상에 놓인 삼각형 이름표에 눈길이 갔다. 이도현. 여기 드나든지 제법 오래됐지만, 그간 의사 이름도 제대로 모르고 있었다는 사실을 새삼스럽게 깨달았다.

도현과 함께한 시간은 즐거웠다. 어딘지 모르게 경직된 진료 상담실을 벗어나니 의사와 환자로서가 아니라, 서로에게 호감을 느끼는 사람들끼리 만난 것 같았다. 우울증이나 스트레스 같은 대화 소재에 국한되지 않고 취미, 좋아하는 영화나 연예인 얘기 같은 소소한 이야기도 나눌 수 있어 좋았다. 정신을 차리고 보니 순식간에 시간이 훌쩍 흘렀다.

그 뒤에도 몇 번 도현과 단둘이서 커피를 마셨다. 이따금 나를 바라보는 도현의 시선에서 의사가 환자를 대할 때의 그것이 아닌, 다른 어떤 종류의 감정이 섞여 있음을 어렴풋이 눈치채긴 했지만, 딱히 개의치 않았다. 누군가로부터 그런 눈빛을 받은 건 정말 오랜만이었으니까. 자괴감과 비루한 일상에 찌들어 있던 나를 누군가가 그런 식으로 바라봐준다는 사실 하나만으로도 어쩐지 가슴이 설레고 두근거렸다.

"이번 휴일에 같이 드라이브 안 가실래요?"

세 번째이던가 네 번째로 같이 차를 마시고 난 뒤 도현이 내게 그렇게 물었다. 그 말이 뜻하는 바를 나는 곧장 간파했다. 아니 그보다 앞서, 어쩌면 나와 단둘이 시간을 보내는 것부터가 의사의 윤리 규정에 어긋나는 일일지도 몰랐다. 하지만 그럼에도 불구하고 그가 이런 행동을 한다는 건 내게 뭔가를 바라서임이 틀림없었다. 그러니 만약 내가 그의 제안을 승낙한다면 아마도 그건 넘지 말아야 할 선을 넘는 것이 되겠지.

"좋아요."

옳지 못한 일이라는 걸 알면서도 나는 승낙했다. 큰 죄책감은 없었다. 오히려 막 연애를 시작했을 때처럼 가슴이 간질간질했다. 남편도 바람을 피우는데 나라고 안 될 게 뭐 있겠나 싶었다. 게다가 남편에게 복수하는 것 같아 솔직히 조금 짜릿하기까지 했다. 이래서 그렇게 불륜이 많은 거로구나, 이런 생각마저 들었다.

도현과 만나기로 한 날 지완을 시댁에 맡겼다. 시어머니는 대놓고 싫은 내색을 했지만 돌아가신 외할머니 기일이라 산소에 간다고 했더니 더 이상 이러쿵저러쿵 말을 보태진 않았다.

도현은 인천으로 차를 몰았다. 오랜만에 바닷바람을 쐬니 막혀 있던 속이 뻥 뚫리는 기분이었다. 바닷가를 거닐다가 해변에 자리 잡은 경치 좋은 호텔 레스토랑에서 푸른 바다를 내려다보며 스테이크에 해산물을 곁들인 근사한 점심 식사를 했다. 입 밖으로 내진 않았지만 서로의 눈빛을 통해 우리는 식사를 마치면 이 호텔에 방을 잡고 둘만의 오붓한 시간을 보내자고 동의했다.

"도현아, 너 여기 어쩐 일이야?"

문득 등 뒤에서 귀에 익은 목소리가 들렸다. 무심코 돌아보는데 바로 눈앞에 남편이 서 있었다. 순간 온몸이 얼어붙는 것 같았다. 당장이라도 자리에서 일어나 뛰쳐나가고 싶었지만, 그런다 한들 이 작은 공간에서 남편 눈에 띄지 않을 리 없었다. 게다가 긴장 탓인지 석고상처럼 잔뜩 굳은 내 몸은 도망은커녕 다리 한쪽조차 제대로 가누기 힘들었다.

"으, 으응. 오랜만이다. 대학 졸업 이후 처음인가? 그건 그렇고 여긴 무슨 일로 왔어?"

도현이 어색한 표정으로 대꾸했다. 세상 참 좁다더니 둘은 아는 사이였던 것이다.

"학회가 있어서. 참석률이 저조하니까 주최 측에서 머리를 썼는지 아예 이런 곳을 잡아버리더라고. 바다 구경하면서 1박하면 다들 좋아할 거라고 생각했나 봐."

그렇게 말한 뒤 그때까지 내게서 등을 돌리고 있던 남편이 그제야 생각난 듯 내 쪽으로 고개를 돌렸다. 아마도 도현과 동석한 사람이 그의 아내일 거라 생각해 가볍게 인사나 나눌 심산이었던 것 같았다.

나와 눈이 마주친 남편이 입을 딱 벌렸다. 마치 귀신이라도 본 것 같은 얼굴이었다. 짧은 순간이긴 했지만, 충격을 받아 낯빛까지 해쓱해진 것 같았다.

"너, 너, 네가 왜 도현이랑 여길⋯."

남편은 차마 말을 잇지 못하고 도현과 나를 번갈아 바라보았다.

도현도 뭔가 사태가 심상치 않음을 짐작한 모양이었다. 테이블 건너편으로 보이는 도현의 얼굴에 이제껏 한 번도 본 적 없는 불안과 초조가 어렸다. 그 역시 곁눈질로 남편과 나를 번갈아 바라보며 대체 이게 무슨 상황인지 머리를 굴리고 있는 것 같았다.

"여보, 그런 게 아니라⋯."

"그런 게 아니긴 뭐가 아니야!"

'여보'라는 말에 도현이 움찔한 것과 남편이 내게 빽 소리를 지른 건 거의 동시였다. 얼굴이 벌겋게 달아오른 남편이 주먹을 불끈 쥐고서 거칠게 심호흡을 했다. 당장이라도 나나 혹은 도현을 한 대 후려치기라도 할 기세였다. 다른 테이블에서 식사하던 사람들이 호기심 어린 눈초리로 이쪽을 힐끔거리는 게 느껴졌다.

"사람들 보니까 어디 조용한 데 가서 얘기 좀 하자."

남편이 이를 악물고 말하며 도현을 다소 거칠게 일으켜 세웠다. 도현은 내키지 않은 얼굴로, 하지만 어쩔 수 없다는 듯 남편이 하자는 대로 따랐다.

"넌 거기서 꼼짝도 하지 말고 있어!"

도현과 함께 어디론가 향하던 남편이 문득 생각난 듯 나를 돌아보며 한마디 했다.

꽤 오랜 시간이 흘렀다. 아니 어쩌면 그리 오랜 시간이 아니었는지도 모르겠다. 그 뒤로 나는 시간 감각을 잃어버렸기 때문에. 머릿속이 온갖 잡념들로 소용돌이쳤다. 남편에게 들킨 충격, 앞으로 다가올 일에 대한 두려움, '어쩌자고 간 크게 이런 짓을 벌였을까' 하는 후회가 뒤섞여 머릿속을 뱅글뱅글 맴돌았다. 그런 한편 다른 여자들과 갈 데까지 간 남편과 달리 적어도 나는 육체적 외도는 하지 않았다는 뻔뻔한 자기변명이 머리를 스치고 지나갔다. 하지만 남편이 그걸 믿어줄지는 미지수였다. 사실 나 자신에게조차 그 변명은 너무 치졸하게 들렸다. 남편과 여기서 한두 시간만 늦게 마주쳤더라면, 그때는 이미 도현과 육체적 관계를 맺은 후였을지도 모르니까.

얼마간 시간이 흐른 뒤 남편이 다시 내 앞에 나타났다. 도현은 보이지 않았다. 남편은 무서운 얼굴로 내 손을 끌고 호텔 레스토랑을 빠져나왔다. 그대로 주차장에 세워둔 차에 나를 태우더니 어디론가 차를 몰기 시작했다.

"학회 있다면서?"

둘뿐인 차 안에 무겁게 내려앉은 침묵이 너무 버거워 남편의 눈치를 보며 조심스럽게 입을 열었다.

"집에 급한 일이 생겼다고 둘러댔어."

차갑게 내뱉은 남편이 나를 쏘아보며 덧붙였다.

"다른 남자랑 붙어먹은 주제에 내 걱정하는 척 따윈 하지 마."

"그런 게 아니라…."

"아니긴 뭐가 아니야! 아무 말도 하지 마! 듣기 싫으니까."

서슬 퍼런 남편의 기세에 눌려 나는 입을 다물었다.

남편은 내 쪽으론 곁눈질도 하지 않고서 전방만 노려본 채 운전을 계속했다. 눈빛이 전에 없이 날카로웠다. 그의 머릿속에 대체 무슨 생각이 오가고 있을지 나로선 짐작조차 할 수 없었다.

한동안 차를 달려 도착한 곳은 집이었다.

"지완이는?"

그제야 생각났다는 듯 남편이 물었다.

"어머님 댁에 맡겨놨어."

"하긴 그 짓 하러 가는데 애는 거추장스러웠겠지. 그러고도 네가 애 엄마야?"

남편이 더 이상 차가울 수 없을 만큼 싸늘한 목소리로 비아냥거렸다.

"여보, 미안해. 하지만 당신이 생각하는 그런 일은 없었어."

"그걸 말이라고 해? 누굴 바보로 알아? 도현이 그 새끼가 학교 다닐 때부터 얼마나 유명했는데. 제 주변에 있는 여자란 여자는 모조리 건드리고 보던 놈이라고. 그런데 아무 일도 없었다고?"

"정말로 아니라니깐! 우리 아직 아무 일도 없었어."

다급하게 내뱉은 뒤에야 속으로 아차 싶었다. 아니나 다를까 남편은 낯빛이 새하얗게 변했다.

"아직? 그럼 그럴 생각이 있긴 있었다는 거네."

남편이 주먹으로 부엌 식탁을 거칠게 쾅 내리쳤다. 사실은 나를 때리고 싶지만 차마 그럴 수는 없어 대신 분풀이한다는 듯이. 손을 하도 꽉 움켜쥔 바람에 그의 손가락 마디마디가 하얘졌다.

"당신도 딴 여자 만났잖아."

나도 그간 미처 입에 올리지 못했던 말을 꺼냈다. 그게 내 행동을 정당화할 수는 없겠지만, 자신이 한 일 따위는 생각지도 않고 내가 다른 남자에게 한눈을 판 것만 문제 삼는 남편이 위선자로 보였다. 남편의 표정을 보니 허를 찔린 얼굴이었다. 하지만 이내 침착함을 되찾고 반박했다.

"내가? 증거 있어?"

이번엔 내가 당황할 차례였다. 사실 그가 바람을 피웠다는 구체적이고 명확한 증거는 없다. 하지만 남편 와이셔츠에 종종 배어 있던 희미한 향수 냄새, 한밤중 누군가와의 은밀한 전화 통화, 인젠가부터 우리 결혼 생활에서 아예 사라진 잠자리, 이런 모든 정황이 그에게 다른 여자가 있음을 가리키고 있었다. 그리고 무엇보다 말로는 설명할 수 없는 '여자의 촉'이라는 게 남편의 외도를 확신하게 했다.

"과대망상 아냐? 도현이 그 새끼한테 정신과 치료받고 있었다며? 나한테 여자 있다는 거, 그거 당신 망상이 빚어낸 착각 아니냐고."

확실한 근거를 들이밀 수 없어 아무런 대꾸를 하지 못하자 남편이 그럴 줄 알았다는 듯 오히려 큰소리를 쳤다.

"나, 안 미쳤어. 미친 사람 취급하지 마."

나로선 그렇게 반박하는 게 고작이었다.

"아니, 넌 미쳤어. 제정신이 아니니까 남편 친구랑 바람 피울 생각이나 하지."

"난 그 사람이 당신이랑 아는 사이인 줄도⋯."

"좋았어?"

남편이 내 말을 불쑥 가로막았다.

"걔랑 하는 게 좋았냐고. 나하고 하는 것보다 더!"

나를 노려보는 남편의 눈은 적대감과 분노로 가득 차 있었다. 살기라고 해도 좋을 정도였다.

그가 갑자기 덮치듯 다가와 나를 벽에 밀어붙이고 거칠게 옷을 벗기기 시작했다. 너무 갑작스러워 처음엔 무슨 일이 일어나고 있는지조차 인지하지 못했다.

"이거 놔! 왜 이러는 거야!"

남편을 떼내려 안간힘을 썼지만, 놀라운 완력으로 나를 제압한 그는 꿈쩍도 하지 않았다.

"왜? 이게 네가 원하던 거 아니었어?"

남편의 거친 손길에 내 옷가지들이 부엌 바닥으로 하나둘씩 떨어졌다. 원치 않는 입술과 손길이 내 몸 곳곳을 강압적으로 헤집고 들어왔다. 반항하면 할수록 그는 작정한 듯 더욱 사납게 굴었다. 남편의 행동에 애정 따위는 조금도 섞여 있지 않았다. 오히려 나를 벌 주려는 마음만 가득한 것 같았다. 적개심, 혹은 복수심이라고 불러도 좋을 법한 감정에 휩싸여 그는 남녀 간의 은밀한 관계를 가장한 폭력을 행사하고 있었다.

"이러지 마!"

애걸했지만, 남편은 듣기 싫다는 듯 손으로 내 입을 틀어막아버렸다.

야만적이고 폭력적인 시간이 지나간 뒤에도 나는 한참 동안 바닥에 누워 있었다. 머리와 감정이 마비돼 아무것도 느낄 수 없고, 아무것도 생각할 수 없었다. 반면 육체적 통증만 생생했다. 온몸이 욱신거리며 쑤시고 아랫도리가 불에 댄 것처럼 쓰라렸다. 남편이 거칠게 거머쥔 손목엔 이미 퍼렇게 멍이 들어 있었다.

"다음에 또 이런 일 있으면 두 번 다시 지완이 얼굴도 못 볼 줄 알아."

일을 마친 후 남편이 바닥에 널브러진 옷가지를 걸치며 차갑게 말했다.

"당신한테 절대 양육권 안 넘길 거니까."

남편은 만신창이가 된 내게 눈길도 주지 않은 채 그대로 그 자리를 떴다.

정신을 차리고 보니 눈에서 눈물이 흐르고 있었다. 감정이 마비돼 슬픔도, 비참함도 느낄 겨를이 없는데 몸이 알아서 슬픔의 감정을 표현하고 있는 게 신기했다. 마취 상태에서 덜 깨어난 것처럼 머릿속이 멍했지만, 이거 하나만큼은 확실히 알 수 있었다. 남편과 나 사이에 남아 있던 마지막 한 조각의 신뢰나 애정마저 조금 전 그 행위로 인해 산산이 부서졌음을.

도현과의 관계는 그날로 끝이었다. 그런 사달이 났으니 그와 계속 만날 수는 없다고 이미 마음의 정리를 했음에도 불구하고 내가 받은 충격은 컸다. 우리의 결별이 상상했던 것 이상으로 지리멸렬하고 추했기 때문에.

남편이 의료 윤리를 지키지 않은 자신을 어딘가에 고발할까 봐 겁이 났던지 그는 내게 전화해 앞으로 그만 보자고 하면서 우리의 만남이 실수였다고 여러 차례 같은 말을 반복했다.

"여정 씨가 나한테 느꼈던 감정은 '전이'예요. 상담받는 사람이 상담자에게 이성적인 호감을 느끼는 거요. 드문 일도 아니죠. 애정이 부족한 사람일수록 예전에 부모나 연인한테 느꼈던, 보호받고 이해받는 느낌을 그대로 상담자에게 투사하기 쉽거든요."

마치 어린아이를 달래는 듯한 어투에도 짜증이 났지만, 나를 더 비참하게 만든 건 전문용어까지 섞어가며 늘어놓는 그의 장황한 변명이었다. 내가 그에게 느낀 감정을, 아니 우리 사이에 오간 우정 비슷한 유대와 설렘을 고작 그런 단어로 정리하려 드는 도현을 나는 용서할 수 없었다.

불안정하고 연약한 내 정신 상태를 이용해 그가 사심을 채우려 했다는 것도 어느 정도는 눈치채고 있었다. 하지만 인정하고 싶지 않았다. 도현의 마음 저 밑바닥 한구석에는 그래도 나에 대한 일말의 호감이 작용했으리라 믿고 있었다. 아니, 그렇게 믿고 싶었다. 나도 누군가에게 사랑받는 존재가 되고 싶었으니까.

"나를 조금이라도, 진심으로 좋아하긴 했어요?"

틀린 답을 하면서도 선생님 눈치를 보며 떼를 쓰는 어린아이처럼 나는 그를 물고 늘어졌다. 대체 무슨 대답을 듣길 원하는 건가. 한심해. 한심하기 짝이 없어. 그런 생각을 하면서도 도현에게 매달리는 나를 멈출 수가 없었다.

"…아까 말했던 전이요."

꽤 오랫동안 침묵이 흐른 뒤 도현이 다시 입을 열었다. 하지만 그의 입에서는 전혀 예상 밖의 말이 흘러나왔다.

"상담자가 내담자에게 느끼게 되는 경우도 있어요. 그걸 역전이라고 하는데…."

거짓말하듯 더듬거리는 그의 목소리를 들으며 나는 확실히 깨달았다. 결국 나는 그에게 하찮은 장난감, 그 이상도 이하도 아니었다는 것을. 그런데 그 사실이 왜 이토록 쓰리고 아픈 걸까. 전혀 짐작하지 못한 바도 아니었는데. 내심 그럴지도 모른다고 생각했는데. 어쩌면 나는 진짜로 도현을 사랑했던 걸까. 아니면 그의 말대로 전이인지 뭔지 하는 감정을 느꼈던 걸까.

아니, 내가 상처받은 진짜 이유는 자괴감 때문이었다. 비참함 때문이었다. 한때 내가 친구라고 생각했던 사람, 내가 유일하게 의지할 수 있다고 여긴 사람조차 나를 한갓 욕망거리로밖에 생각하지 않았다. 나는 누구에게도 사랑받을 수 없는 사람이니까. 그래서 남편도, 주위의 다른 모든 이들도 나를 존중해주지 않는다. 나는 정말이지 한심하기 짝이 없을 정도로 보잘것없고 하찮은 인간에 불과했다.

그 사실을 깨닫고 나자 내 가슴속에선 그간 꼭꼭 숨겨뒀던 열등감과 수치심 같은 해묵은 감정의 찌꺼기들이 일제히 평상심을 뚫고 나와 고개를 들었다. 거센 회오리바람이 한바탕 몰아치고 나면 헐벗은 모래사장이 그동안 제 몸 안에 깊숙이 묻어뒀던 조개껍데기며 사금파리 등을 적나라하게 밖으로 드러내 보이는 것처럼. 내가 할 수 있는 일이라고는 그 비밀스러운 묵은 감정의 쓰레기들이 다른 사람들 눈에 띄지 않도록 그것들을 필사적으로 다시 더 꽁꽁 숨기는 게 고작이었다.

그 일 이후로도 표면적으로는 평온한 결혼 생활이 이어졌다. 남편은 도현과 나 사이에 있었던 일을 다시 추궁하지 않았다. 이따금 남편이 왜 내게 이혼을 요구하지 않는지 궁금하기도 했다. 아마도 다른 사람의 시선을 의식한 게 가장 큰 이유겠지만, 집안의 반대를 무릅쓰고 강행한 결혼이 실패했다는 걸 스스로 인정하기 싫어서가 아닐까 하는 생각도 들었다. 어쩌면 자기가 내팽개쳐놓고 있던 아내에게 눈독을 들이는 남자가 나타나자 그제야 경각심과 함께 소유욕이 발동한 건지도. 그것마저 아니라면 잘못을 저지른 나를 곁에 두고서 평생 괴롭히며 벌을 주고 싶었던 건지도 모른다. 무슨 이유인지 정확히 알 수는 없지만, 어쨌든 남편은 나를 떠나지 않았다. 비록 뒤에선 나 몰래 다른 여자들과 계속 만나고 다닌다 할지라도. 나처럼 어설프게 발각되지 않도록 세심한 주의를 기울이면서.

정작 가망 없는 결혼을 끝내자고 결심한 건 남편이 아닌 내 쪽이었다. 하지만 내가 끝내겠다고 마음먹은 건 비단 결혼만은 아니었다. 지긋지긋한 일상, 나를 괴롭히는 우울함도 함께 끝내고 싶었다. 그러려면 나 자신을 끝내면 될 일이었다. 스스로 삶을 끝내면 나를 옥죄는 마음의 감옥으로부터도 벗어날 수 있으리라 생각했다.

처방받았다가 먹지 않고 모아둔 수면제를 물과 함께 한 번에 들이켰다. 하지만 내 몸은 내 삶을 끝내줄 그 약들을 순순히 받아들이는 대신 그대로 다 토해내도록 만들었다.

차가운 욕실 바닥에 무릎을 꿇은 채 변기에 머리를 박고 약뿐 아니라 배 속에 든 모든 것들을 다 토해낸 직후, 그렇게 보잘것없는 삶을 끝내는 일조차 그것을 유지하는 것과 마찬가지로 쉽지 않다는 사실을 깨달은 직후, 망연자실 넋을 놓고 있던 내 머릿속으로 문득 어떤 생각이 스치고 지나갔다. 나를 죽음으로 이끌 수도 있었던 약을 격렬히 거부한 구역질이 어쩌면 나 자신이 아니라, 내 배 속에 있는 또 다른 생명체가 일으킨 작용일지도 모른다는….

예상대로였다. 나를 멈춘 건 내 배 속에서 새롭게 자라고 있던 수완이었다. 혹시나 하고 찾아간 병원에서 임신 사실을 듣고 내 짐작이 맞았음을 확인했다. 수완이 죽음으로 향하려던 내 발걸음을 억지로 멈추고 나를 다시 삶 쪽으로 돌려놓았다. 그런 의미에서 보자면 수완은 내 목숨을 구한 것과 마찬가지였다.

하지만 그렇다고 내가 수완에게 고마워할 수 있을까. 수완 덕분에 자칫하면 사랑하는 지완이를 세상에 남겨두고 떠날 뻔한 잘못을 뒤늦게 깨닫긴 했지만, 동시에 수완 때문에 어둡고 음침한 내 인생과 작별할 기회를 놓치고 말았으니. 지완을 가졌을 때 인생이 밝게 빛나는 것처럼 보였다면 수완을 뱄을 당시 내게 보인 세상은 온통 어둠뿐이었다.

수완이는 그렇게 내 마음이 어둠으로 물들어 있을 때 이 세상에 나왔다. 지완과 수완, 둘 다 내겐 소중한 아들이지만, 그들은 애초에 출발점부터가 달랐다. 사랑 속에서 잉태된 지완과 달리 수완은 폭력 속에서 씨앗을 맺었다. 지완을 임신했다는 사실이 나와 남편을 결혼으로 맺어줄 한 줄기 희망의 빛으로 여겨졌던 반면, 수완을 가졌다는 사실을 알게 됐을 때는 남편의 폭력이 기억 속에서 되살아나며 마음속에 어둡고 긴 그림자가 드리워졌다.

처음부터 두 아이는 내게 빛과 그림자 같은 존재였다.

아픈 손가락

"지완이는 정말 똑똑해요. 제가 가르쳐본 학생 중에서 최고였죠."

학부모 면담 시간에 만난 담임 교사는 얼굴에 미소를 가득 머금고 그렇게 말했다.

"공부만 잘할 뿐 아니라 예의도 바르고, 리더십도 있고. 선생님들 사이에서도 칭찬이 자자해요."

나는 어떻게 반응해야 할지 몰라 애매하게 고개를 끄덕였다. 타인에게서 제 자식 칭찬을 듣는 건 분명 기분 좋은 일이다. 보통 때라면 아마 가슴이 뿌듯했을 것이다. 하지만 눈앞에 있는 사람은 지완이 아니라 수완의 담임이다. 지금 우리가 만나고 있는 이유도 지완이 아닌 수완의 학부모 상담을 위해서다. 그런데도 담임 교사 이예진은 수완이 아니라, 5년 전 자신이 담임을 맡았고 지금은 이 초등학교 6학년생인 지완 얘기만

연신 늘어놓고 있었다.

"수완이는 학교에 잘 적응하고 있지요?"

마침내 조바심이 난 내가 그렇게 물었다.

"수완이요? 아, 네."

예진은 그제야 내가 누구 상담을 위해 왔는지 생각난 표정
이었다.

"평상시엔 활발한데 수업 시간엔 얌전해요. 다른 아이들이
랑 어울리는 데도 문제가 없는 것 같고."

머리를 짜내려고 애쓰는 걸 보니 지완이 얘기를 할 때와 달
리 별로 화젯거리가 없는 모양이었다. 속으로 한숨이 나왔지
만, 크게 이해 못 할 바도 아니었다. 수완이는 별로 눈에 띄지
않는 평범한 아이다. 좋은 쪽으로든 나쁜 쪽으로든. 만약 그것
뿐이라면 딱히 문제 될 게 없겠지만, 남들 눈에 너무 두드러지
는 지완과 나란히 있으니 평범한 수완이 상대적으로 처지는
느낌이 드는 건 어쩔 수 없었다.

"학교 입학한 지도 얼마 안 되고 아직 학기 초반이라 지금은
적응 단계로 보시면 돼요. 현재까진 딱히 눈에 띄는 점이 없지
만, 기대하고 있어요. 박지완 동생이니까."

딱히 영양가 없는 학부모 면담을 마치고 운동장으로 나오
자, 엄마를 기다리고 있던 수완이 얼굴에 함박웃음을 머금은
채 쪼르르 달려왔다. 나를 닮아 마르고 키도 크지 않은 제 형
과 달리 수완은 이미 지완의 키를 따라잡으려 하고 있었다.

"수완아, 학교 재밌어?"

내 말에 아이는 크게 고개를 끄덕였다.

"응. 채호랑 철봉하고 놀았어. 걘 철봉에 되게 잘 매달린다? 하지만 힘은 내가 더 세. 저번에⋯."

종알거리는 수완의 말을 내가 잘랐다.

"그건 됐고, 학교에서 오늘 뭘 배웠어?"

"⋯응?"

아이가 어리둥절한 얼굴로 나를 올려다보았다.

"오늘 뭘 배웠냐니까! 수업 시간에 배운 게 있을 거 아니야."

조바심 탓인지 나도 모르게 목소리가 날카로워졌다.

"그게⋯."

수완이 불안한 표정으로 우물쭈물했다.

"수업 시간에 졸았니? 왜 대답을 못 해! 놀려고 학교 오는 거 아니잖아."

"⋯미안. 잘못했어요."

풀 죽은 목소리로 수완이 중얼거렸다.

갑자기 아이에게 미안한 마음이 들었다. 사실 수완이 잘못한 건 아무것도 없다. 한창 뛰어놀 때인 데다 고작 초등학교 1학년짜리가 지루한 수업 시간보다 쉬는 시간이 더 즐거운 건 지극히 정상적이고 당연한 이치다. 그런데도 수완에게 자꾸만 조바심이 드는 건 첫아이를 키우면서 생긴 기대치가 너무 높아서인지도 모르겠다.

그 기대치를 따라잡지 못하는 수완에게 자꾸 실망하고, 그러면서 모순적이게도 그런 아이에게 더 많은 것을 요구했다. 둘이 다르다는 사실을 잘 알면서도 의식하지 못하는 사이에 두 아이를 자꾸만 비교하게 됐다.

게다가 문제는 그런 사람이 나 하나만이 아니라는 사실이었다. 남편도 시댁 식구들도 내가 그러는 것과 마찬가지로 은연중에 수완에게 지완의 잣대를 들이댄다는 사실을 나는 이미 잘 알고 있었다.

"수완이는 너를 쏙 빼닮았구나."

언젠가 시어머니는 내게 그렇게 말했다. 사실 나랑 닮은 건 수완이 아니라 지완이다. 외관상 수완은 어느 쪽인가 하면, 부모 중 누구도 닮지 않았다. 그나마 큰 키와 덩치 큰 체구는 시아버지를 닮았는데, 얼굴은 잘 모르겠다. 어쨌든 외양은 나와 조금도 비슷한 구석이 없는 수완을 두고 '제 엄마하고 꼭 닮았다'는 시어머니의 말이 의미하는 건 단 하나였다. 수완도 나처럼 열등하다는 것. 어쩌면 행동이 빠릿빠릿하지 못하고 말이 느린 탓에 수완이 더 둔한 인상을 주는 건지도 몰랐다.

아직 어린 수완이 시어머니 눈에 그렇게 비치는 게 안쓰러워 때로는 아이를 꼭 안아주고 싶을 때도 있었다. 하지만 한편으로는 그 정도밖에 안 되는 수완에게 짜증이 치밀기도 했다. 어디 내놔도 떳떳한 지완 덕에 시댁에서도 조금은 고개를 들 수 있게 됐는데, 수완으로 인해 그게 말짱 도루묵이 되고 또다시 한없이 위축되는 느낌이었다. 수완이라는 존재가 나의 부족함을 대변하고 있는 것만 같았다. 그렇게 남몰래 수완을 탓하다 보면 뒤이어 자식한테 이런 마음이 드는 나 자신이 한심하고, 아이에게 미안한 마음이 들었다. 수완을 대할 때면 하루에도 몇 번씩 이런 안쓰러움과 짜증, 미안함이 마음속을 왔다 갔다 했다.

"엄마가 신경질 내서 미안해. 우리 수완이 좋아하는 아이스크림 사줄까?"

이번엔 안쓰러움과 미안함이 짜증을 이겼다.

"응!"

수완은 언제 침울했냐는 듯 해맑은 표정으로 고개를 끄덕였다. 나는 덩치에 걸맞지 않게 아직 덜 자라난 고사리 같은 아이 손을 꼭 잡았다. 지완이라는 빛 뒤에 가려진 그림자 같은 이 아이는 내게 아픈 손가락이라고, 어쩌면 앞으로도 죽 그럴지도 모른다고 생각하며 아이와 함께 발걸음을 옮겼다.

내게 수완이 아픈 손가락이었다면, 남편에게 수완은 아예 손가락 취급조차 받지 못했다. 수완을 가졌다는 사실을 처음 알았을 때도 남편은 전혀 기뻐하지 않았다.

"내 애는 맞아?"

소식을 전한 내게 남편이 던진 첫마디였다. 도현과 나 사이에 아무런 일이 없었다고 아무리 설명해도 남편은 그 말을 쉽게 믿지 못하는 눈치였다. 게다가 수완을 가지게 된 때가 도현을 만나던 시기와 겹쳤으니 자기 애가 아닐지 모른다는 의심이 드는 것도 당연하지 않으냐는 투였다.

"친자 확인용 태아 유전자 검사는 불법인데. 아예 그냥 떼는 게 어때?"

배 속의 생명을 너무도 가볍게 대하는 남편의 말에 화가 치밀어 올랐다. 내 안에 그런 감정이 숨겨져 있다곤 미처 생각지도 못했을 정도로 격렬한 분노였다. 어쩌면 그건 남편이 내게 무심히 던진 잔인한 발언에 대한 분노일 뿐 아니라 그간 마음 속 깊은 곳에 차곡차곡 쌓였던 배신감, 불신, 상처가 그 발언으로 인해 일제히 수면 위로 올라온 것인지도 몰랐다.

"한 번만 더 그딴 식으로 얘기해봐. 저기로 뛰어내릴 테니까."

13층 베란다를 가리키며 나는 이를 악물고 말했다. 비록 폭력 속에서 씨가 뿌려졌다 해도 배 속의 아이는 내 아이다. 지완과 마찬가지로 내가 지키고 책임져야 할 어린 생명이다. 그 생명을 남편의 말도 안 되는 억지 때문에 헛되게 보내버릴 순 없었다. 아이를 지키기 위해서라면 남편을 협박하는 정도가 아니라 그보다 더한 일도 얼마든지 할 각오가 돼 있었다.

남편은 예상치 못한 내 반응에 많이 놀란 모습이었다. 그간 감춰왔던 강렬한 분노를 밖으로 드러내서인지, 단호한 어조와 태도 때문인지 몰라도 그는 내가 그런 미치광이 같은 행동을 진짜로 실행에 옮길지도 모른다고 생각한 것 같았다. 복용하던 우울증 약을 끊은 탓인지, 임신으로 인한 호르몬 변화 탓인지, 그것도 아니라면 나 자신이 불행하다고 느껴서인지 그 무렵 내 기분은 미친 듯이 널뛰곤 했다.

스스로 생각해도 반쯤 정신이 나가 있던 상태였으니, 하물며 남편의 눈에는 내가 여차하면 정말 미친 짓을 할 수도 있는, 정신이 온전치 못한 여자로 보였을 것이다. 그 후론 일절 아이를 떼라는 소리를 하진 않았지만, 배가 불러오는 모습을 보면서도 남편은 전혀 관심을 내비치지 않았다. 수완을 품에 안았을 때조차.

그런 남편에게 종종 서운한 마음이 들었지만, 그렇다고 생기지도 않는 애정을 강요할 순 없는 노릇이었다. 그토록 찜찜하고 미심쩍다면 차라리 친자 확인 검사라도 해보라는 내 제안에 남편은 의외로 고개를 저었다.

"그랬다가 진짜 내 애가 아니라면? 이미 낳은 애를 어떻게 할 수도 없잖아. 차라리 모르는 게 낫지."

요는 남편이 나를 전혀 믿지 않는다는 거였다. 내가 진실을 말하고 있음에도 불구하고. 친자 확인을 해보라는 제안마저 남편은 내가 허세를 부리는 거라고 판단한 모양이다. 자기가 그 일을 실행에 옮기지 않으리란 걸 예측하고 내가 큰소리치는 것일 수도 있다고.

대신 남편은 수완이 제 아이라고 확신할 만한 증거를 열심히 찾는 눈치였다. 수완의 얼굴, 성격, 행동거지에서. 하지만 유감스럽게도 수완은 외모뿐 아니라 성격 역시 남편을 닮은 구석이 별로 없었다. 아이가 커갈수록 남편의 마음속은 수완에 대한 애정이 들어차야 할 자리에 의구심만 늘어나는 것 같았다.

어느 날 밤 수완을 재우러 방에 들어갔더니 아이가 내게 시무룩한 목소리로 물었다.

"엄마, 왜 아빠는 형만 좋아해?"

속이 뜨끔했지만, 애써 웃으며 대수롭지 않게 넘겼다.

"그럴 리가 있니. 네가 오해한 거지."

"하지만 형만 데리고 야구장엘 갔는걸?"

수완의 눈엔 눈물이 그렁그렁했다.

"형이 다녀와서 자랑했단 말이야. 아빠가 나한텐 말하지 말라고 했다는데 깜빡 잊고서."

가슴이 철렁했다. 야구 경기 관람은 남편의 유일한 취미나 마찬가지다. 이따금 골프를 가기도 하지만 사교 활동을 목적으로 어쩔 수 없이 하는 것일 뿐 그리 좋아하지는 않았다. 하지만 야구장에서만큼은 어깨 힘을 빼고 온전히 긴장을 푸는 것 같았다. 연애하던 시절, 아들이 생기면 함께 야구장엘 가고 싶다고 한 적도 있었다.

"넌 야구 싫어하잖아."

"안 싫어해."

"아니긴 뭐가 아니야. 9회 말까지 질질 끌어서 지겹다고, 아빠가 야구 중계 볼 때마다 채널 돌리자고 했잖아. 그러니 재미없어할까 봐 아빠가 널 안 데려간 거지."

나는 애써 핑곗거리를 찾아 둘러댔다. 그렇게라도 해야 아이의 마음을 달랠 수 있을 것 같았다. 수완은 미심쩍은 표정이었지만 알겠다는 듯 고개를 끄덕였다.

아이를 재우고 나서 거실로 나왔더니 남편이 혼자 술을 마시고 있었다.

"해도 너무한 거 아냐? 왜 애들을 차별해? 수완이는 쏙 빼고 지완이만 데리고 야구장엘 갔다면서."

내가 따지고 물어도 남편은 딱히 부정하려 하지 않았다.

"애들은 그런 작은 일에 상처받는단 말이야! 제 자식 울리는 게 좋아?"

"걔가 내 애는 맞고?"

싸늘한 목소리였다. 남편의 차가운 말투에 나는 발밑이 툭 꺼지는 기분이었다.

"뭐? 아직도 그런 얘길 하는 거야? 수완이는…."

"나한테 이래라저래라하지 마!"

남편이 별안간 술이 든 컵을 탁자에 쾅 내려놓으며 언성을 높였다.

"네가 낳자고 해서 낳았잖아. 네 마음대로 낳고, 내 돈으로 키워주고 있으니 그걸로 된 거 아니야? 나한테 애정까진 바라지 말라고."

말을 마친 남편은 다시 술을 따르려다 인기척을 느끼고 흠칫하며 말을 멈췄다. 지완이가 2층 제 방에서 걸어 내려오고 있었다.

"왜 내려왔어? 안 자고?"

"자다가 목이 말라서."

지완이 대답했다. 태연한 표정을 보니 우리 사이 오간 대화는 듣지 못한 것 같았다. 지완 앞에서 말을 삼가야겠다 싶었는지 남편도 억지로 자연스러움을 가장하며 슬그머니 자리에서 몸을 일으켰다.

"야구장 얘기는 비밀로 하자니깐."

남편이 자리를 뜨며 지완에게 한마디 했다. 하지만 나무라는 듯하면서도 나나 수완을 대할 때와 달리 목소리에 가시가 돋치지 않았다. 자리를 피하는 짧은 순간, 남편이 다정한 손길로 지완의 머리를 가볍게 쓰다듬는 걸 나는 놓치지 않았다.

시간이 흐르면 달라질 수도 있다고 생각했다. 수완도 지완처럼 남들의 부러움을 받는 아이가 되고, 남편과 시댁 식구들에게 인정받을 수 있을 거라고. 하지만 그건 근거 없는 낙관이었다. 날이 갈수록 수완과 지완의 차는 좁혀지기는커녕 오히려 더 커져만 갔다. 수완이 성적표를 받아올 때마다 공부 머리가 늦게 트이는 아이도 있다고 스스로 위안했지만, 어느 순간부터는 수완에게 공부 쪽으론 재능이 없다는 사실을 받아들여야 했다. 뛰어난 학업적 성취를 발판 삼아 남들이 우러러보는 사회적 지위를 손에 넣는 것이 인생 최대의 목표인 남편과 시댁 어른들 눈에 수완이의 수준은 사회적인 사형 선고나 마찬가지였다. 그 때문에 수완은 나와 다를 바 없이 그들의 세상에서 쫓겨났다.

수완을 볼 때면 이따금 내 인생이 송두리째 부정당하는 것처럼 느껴졌다. 바깥세상에서 제 능력으로 무언가를 이룬 사람들과 달리 내겐 가정이라는 좁은 울타리가 세상 전부였다. 하지만 그 좁은 세상에서조차 내가 일군 것은 거의 없었다. 다정한 남편, 행복한 결혼 생활 따위는 이미 다 물거품이 됐으니 내 인생의 성적표에서 내세울 만한 건 자식밖에 없는 셈이었다. 그런데 자식 농사에서마저 실패했다는 건 내 삶 자체가 실패작이라는 말과 다를 바 없었다.

수완을 대하는 내 태도가 예전과 달라지기 시작한 건 그 사실을 막 깨달았을 무렵이었다. 수완을 볼 때마다 이 아이는 왜 조금 더 주변의 기대에 부응해주지 못하는 걸까, 실망감이 들었다. 왜 이토록 잘난 구석 하나 없이 평범할까, 왜 남편을 닮지 않았을까, 이 아이는 왜 지완이 아닐까.

나도 모르게 수완과 지완을 비교하는 일이 잦아졌다. 처음엔 "네 형은 안 그랬는데 너는 왜 이 모양이니!" 같은 말을 내뱉은 뒤 후회하기도 했다. 하지만 시간이 지나면서 죄책감마저 서서히 옅어지더니 어느 순간부터는 비교가 자연스러운 일이 돼버렸다. 수완을 대할 때 종종 느꼈던, 조바심과 미안함이 뒤섞인 복잡한 감정에서 조바심과 짜증이 차지하는 비중이 급격히 늘어난 반면, 미안함과 안쓰러움이 차지하는 자리가 눈에 띄게 줄었다.

내가 두 아들을 차별하고 있다는 게 이렇게 빤히 다 드러나는데 당사자인 수완이 눈치채지 못할 리 없었다. 이따금 그 때문에 형제 사이가 틀어지지 않을까 걱정이 되기도 했다. 하지만 수완은 형을 잘 따랐다. 아마도 모자란 부모 대신 지완이 동생을 잘 돌봐주기 때문인지도 몰랐다. 그런데도 수완에게 더 잘해줘야겠다는 생각이 들기보다 칭찬받을 행동을 골라 하는 지완이 더 예뻐 보이는 나 자신을 어쩔 수 없었다.

비록 형제 관계에 금이 가게 만든 건 아니지만, 이런 편애가 수완의 성장에 다소 영향을 미친 건 분명했다. 어느 무렵부터 수완은 입을 닫았다. 어릴 때도 수다쟁이는 아니었지만, 그래도 묻는 말 외에 곧잘 제 얘기를 하던 아이였는데. 밝고 활발하던 성격도 위축되고 소심하게 바뀐 것 같았다. 친구들을 집에 데려오거나 밖에서 친구들과 노는 일도 차차 줄었다. 대신 지완과의 사이는 예전보다 더 끈끈해졌다. 마치 형을 제 유일한 친구로 삼겠다고 작정이라도 한 것처럼.

밝고 씩씩했던 사내아이가 어둡고 침울한 청년으로 자라는 걸 지켜보는 마음이 편치 않았다. 수완이 그렇게 된 게 다 내 탓인 것 같아 미안했다. 하지만 죄책감과 미안함은 사랑과는 또 다른 감정이었다. 미안하다고 해서 그 감정이 사랑으로 바뀌진 않았다. 그림자가 짙어진다고 해서 빛이 될 수는 없는 것처럼. 하지만 부모 된 마음에 아이가 조금이라도 자신이 지고 있는 그늘에서 벗어나길 바랐다.

돌이켜보면 수완에게 잠시나마 빛으로 향하는 길을 열어주었던 건 바로 유도였다. 어느 날 수완이 유도를 해보고 싶다는 말을 꺼냈다. 완전히 예상 밖이었다. 집안에서 형과는 다른 제 위치를 일찌감치 눈치챘는지 무언가를 적극적으로 하고 싶다는 의지를 내비치지 않던 아이인데, 그날은 모처럼 가족들이 모인 식사 자리에서 자신의 욕구를 분명하게 밝혔다.

"나, 유도할래. 체육관에 보내주면 안 돼?"

"갑자기 유도는 왜?"

뜻밖의 말에 놀란 내가 수완을 돌아보았다.

"텔레비전에서 봤는데 하고 싶어. 잘할 것 같고."

남편은 반응이 심드렁했다.

"어디서 치고받고 싸우는 영화라도 봤나? 그런 거 배워서 뭘 해. 밖에서 싸움이나 하려고? 너 깡패 될래?"

그 퉁명스러운 말투에 수완의 얼굴이 순식간에 흐려졌다.

"영화 보고 이러는 거 아니야. 올림픽 경기 봤는데 멋있어서 나도 하고 싶어졌다고."

남편이 코웃음을 쳤다.

"올림픽엔 뭐 아무나 나가나. 그럴 시간에 공부나 더 해. 공부도 못하는 주제에."

화가 난 수완의 숨결이 거칠어지는 게 느껴졌다. 최근 들어 부쩍 덩치가 커졌는데 이러다가 한순간 폭발이라도 할 것 같았다. 서둘러 좋은 말로 아이를 달래야겠다고 생각했다.

"표현이 좀 지나치긴 했지만, 아빠 말도 틀린 말은 아니야. 너, 이번 중간고사도 성적 별로였잖아. 기말고사 때 만회하려면…."

"유도, 난 좋은데."

지완이 불쑥 끼어드는 바람에 내 말이 중간에서 툭 끊겼다. 모두의 시선이 지완에게로 쏠렸다.

"사실은 내가 수완이더러 해보라고 했어."

"네가?"

남편이 믿기지 않는다는 눈으로 지완을 바라봤다.

"멋있잖아. 원래는 내가 해보려고 했는데 잘 안 될 것 같아서. 공부도 해야 하고."

아쉽다는 표정으로 지완이 말을 이었다.

"하지만 수완이는 잘할 것 같았어. 체격도 좋고. 나중에 유도하는 동생이랑 같이 다니면 나도 든든할 거 아냐?"

지완의 말에 남편은 고민해보는 눈치였다. 그걸 알아챈 지완이 서둘러 덧붙였다.

"내 주변에도 취미나 호신술 삼아 배우는 사람들 많아. 체력단련한다 생각하고 좀 다니다가 싫증 나면 그때 그만두면 되잖아?"

그제야 남편이 미심쩍은 얼굴로 수완을 돌아봤다.

"너, 정말 하고 싶은 거 맞아?"

"응."

수완이 세차게 고개를 끄덕였다.

"기껏 보내줬는데 힘들다고 바로 때려치우면 안 된다?"

남편이 다시 한번 다짐하듯 못 박았다. 수완이 알겠다고 하자, 그제야 남편은 마지못한 얼굴로 "정 그러면 한번 해보든지."라고 미적지근하게 승낙했다.

수완의 얼굴에 아주 오랜만에 환한 웃음이 걸렸다. 나 역시 남편과 마찬가지로 수완에게 그런 거친 운동을 시키는 게 별로 탐탁지 않았지만, 그래도 아이가 이렇게 좋아하는 걸 보니 시험 삼아 한번 해봐도 나쁘진 않을 것 같았다.

수완이 미소 지으며 지완을 바라보았다. 지완도 수완을 향해 씽긋 웃었다. 마치 '나 잘했지?'라고 하는 것처럼. 사이 좋은 둘의 모습을 보니 가슴이 뿌듯해졌다. 하지만 그 뿌듯함 속에는, 수완이 겨우 무언가 좋아하는 걸 발견했다는 기쁨보다 동생을 위해 발 벗고 나서준 지완에 대한 대견함이 더 크게 자리하고 있었음을 나는 부정할 수 없었다.

얼마 안 가 싫증을 내리라는 예상과 달리 수완은 운동을 꾸준히 계속했다. 이따금 어딘가를 삐끗하거나 멍들어 오곤 했지만, 불평도 하지 않았다. 아이는 드디어 자신이 소속감을 느낄 수 있는 곳을 찾아낸 눈치였다. 웃음기가 사라진 우울한 얼굴에 다시 이따금 밝은 미소가 어렸다. 씩씩하고 구김살 없는 어린 시절의 수완으로 돌아가기 시작한 것 같았다.

게다가 수완은 유도가 제법 적성에 맞는 모양이었다. 체육관을 다니기 시작한 지 얼마 안 돼 제 또래, 혹은 비슷한 체급끼리 겨루는 시합에서 이겼다며 뿌듯한 얼굴로 자랑하곤 했다. 제법 규모가 큰 대회에 출전한 적도 있었다.

남편은 그런 사실을 전혀 눈치채지 못했다. 혹은 알았다 하더라도 별로 대수롭지 않게 생각했거나. 반신반의하며 무슨 큰 인심이라도 쓰듯이 일단 시키긴 했지만, 애초에 그는 예체능 계열은 변변한 진로가 못 된다고 생각하는 사람이었다. 그의 관점에서 보자면 수완은 쓸데없는 곳에 시간을 낭비하고 있는 셈이었지만, 저 아이에게 어차피 큰 기대가 없으니 그냥 내버려두자는 입장인 것 같았다.

남편처럼 편견이 있었던 건 아니지만 나 역시 수완에게 제대로 신경을 써주지 못한 건 매한가지였다. 한동안 잠잠하던 우울증이 또 도졌기 때문이다. 수완의 학업 성적이 기대에 미치지 못하는 데서 오는 불안과 초조, 거기에 지완의 사춘기 등이 겹쳐 스트레스를 많이 받은 모양이었다. 아침에 일어나는 순간부터 무기력하고 아무런 의욕이 없었다. 에너지가 달려서 집 밖을 나가는 것만 해도 꽤 큰 결심이 필요했다. 직장에 다니지 않는 다른 엄마들처럼 자식 뒤를 쫓아다니며 하나부터 열까지 전부 다 챙겨주는 건 불가능했다.

다행히 지완은 그런 상황에서도 항상 두각을 드러냈다. 성적은 늘 최상위권이었고, 자기가 보기에 부족하다 싶은 과목이 있으면 스스로 알맞은 학원 정보를 조사해 다니겠다고 통보했다. 내 손 갈 일이 없도록 모든 걸 척척 알아서 해주는 지완이 대견하고 자랑스러우면서도 한편으로는 늘 미안했다.

수험생인 지완에게도 그럴진대 입시와는 직접적인 관련도 없는 수완이의 유도 활동까지 신경 쓸 여력이라곤 없었다. 게다가 나는 원래부터 액션 영화도 아예 안 볼 정도로 난폭하거나 폭력적인 건 딱 질색이었다. 서로 몸을 부딪치며 바닥에 구르고 엎치락뒤치락하는 모습을 봐야 한다고 생각하니 수완이 다니는 체육관엔 가볼 엄두도 나지 않았다. 하지만 언젠가 수완이 지역에서 주최하는 유소년 대회에 출전한다고 알렸을 때는 마음이 흔들렸다.

"대회에 나간다고?"

내 물음에 수완은 수줍은 얼굴로, 하지만 자랑스럽게 고개를 끄덕였다.

"우리 체육관에선 나까지 세 명이 나가. 중학생은 나밖에 없고."

생각지도 못했던 일이라 깜짝 놀랐다. 시 대회에 나갈 정도라면 일개 체육관에서 연습을 겸해 시행하는 고만고만한 시합들과는 차원이 다르다. 아이가 유도와 제법 잘 맞는다는 건 알고 있었지만, 이 정도로 잘할 줄은 미처 몰랐다.

"정말 잘됐네. 축하해, 우리 아들."

아주 오랜만에 수완이 자랑스러웠다. 아이에게 꾸지람이나 잔소리가 아닌 칭찬을 해준 게 언제였는지 기억도 나지 않는다. 어릴 때처럼 머리를 쓰다듬어주려다 수완의 키가 이젠 나보다 훌쩍 커버렸다는 사실을 새삼 깨달았다.

"시합에 와줄 거지?"

수완이 기대에 찬 시선으로 나를 바라보며 물었다.

"그게…."

사람들이 와글거리고 시끌벅적할 게 틀림없는 시합장을 생각하니 상상만으로도 머리가 지끈거렸다. 게다가 평소 얼굴 한번 마주친 적 없는 낯선 학부모들과 서로 인사하고 사교적 대화까지 나누어야 하는 건 고역이다. 아마도 이미 그들 사이엔 일종의 네트워크가 형성돼 있을 게 뻔하고, 나는 거기에 속하지 않는 이방인일 터였다.

내 표정을 살피던 수완의 안색이 단박에 흐려졌다. 실망한 기색이 역력했다.

"갈게. 언제, 어디서 하는 거야?"

모처럼 들뜬 아들을 실망하게 둘 순 없다는 생각에 용기를 내보기로 했다. 내 반응에 수완은 뛸 듯이 신나서 장소와 시간을 알려줬다.

"알았어. 엄마가 수완이 응원하러 꼭 갈게."

수완이 웃으며 고개를 끄덕였다.

"저기 미안한데…."

곁에서 우리를 지켜보고 있던 지완이 주저주저하며 끼어들었다.

"그때는 안 되는데. 엄마, 담임 선생님이랑 면담하기로 했잖아."

"면담?"

나로선 처음 듣는 말이었다.

지완은 나지막하게 한숨을 쉬었다. 어쩔 수 없다는 듯 체념이 섞인 한숨. 이따금 자신이 부탁한 걸 내가 제대로 처리하지 못했거나, 깜빡 잊어먹었을 때 자주 보이곤 하는 행동이었다. 남편도 종종 이런 한숨을 쉬곤 했다. 이런 모습을 볼 때마다 외양은 나를 쏙 빼닮은 지완이 행동거지에 있어선 남편 판박이 같은 구석이 많다는 걸 실감한다.

"또 잊어먹었어?"

지완의 말투는 실망과 비난이 조금씩 섞여 있었다.

"지망 학교 논의한다고 선생님이 불렀다고 했잖아. 나야 뭐 당연히 서울대 의대 쓸 거지만, 그래도 2, 3지망까지 생각해봐야 하니까."

큰 이변이 없는 한 붙을 게 틀림없는 학교와 학과를 지완은 자연스럽게 입에 올렸다. 내 심중을 꿰뚫고 딱히 의도해서 한 말은 아니었을 테지만, 대한민국 극소수의 선택받은 학생들만 입학하는 그곳의 이름이 들리자, 수완이 참가한다는 경기가 상대적으로 덜 중요하게 느껴졌다.

"그, 그랬었나?"

어떻게 이런 걸 까맣게 잊어먹을 수 있나 싶어 당혹스러웠다. 어쩌면 약 부작용인지도 모른다. 최근에 약을 바꾼 뒤 머리가 멍한 것이 사소한 걸 잊어먹는 일이 잦아졌으니까. 그렇지 않고선 지완의 진로를 논의하는 이런 중차대한 일을 잊어버릴리가 없다. 다음번에 병원 가면 약 바꾸는 걸 상담해봐야겠다고 다짐했다.

"미안해. 잊고 있었어. 그런 일이라면 당연히 가야지. 하마터면 큰일 날 뻔했네. 알려줘서 고마워. 늦지 않게 가도록 할게."

허둥지둥 지완에게 사과했다. 수완의 시합을 보러 가는 데는 약간의 망설임이 필요했지만, 지완의 진로 상담에 가야 한다면 고민 따위는 일체 필요 없었다. 문득 이게 지완과 수완을 향한 내 마음의 온도 차인가 하는 생각이 들었지만, 곧 속으로 고개를 흔들었다. 아니야, 이건 그런 차원의 문제가 아니야. 일의 중요도에 따른 차이가 있을 뿐이라고. 고3 수험생 입시랑 취미 삼아 하는 운동 시합을 똑같이 취급할 순 없잖아.

"엄마, 그럼 시합은 안 와?"

수완이 시무룩한 표정으로 물었다. 금방이라도 울음을 터뜨릴 것 같은 얼굴이었다.

"미안해. 하지만 형 일이 더 중요하거든. 이번만은 이해해주렴."

"이번만이 아니라 항상 그랬잖아! 엄마는 늘 형만 중요해. 나 같은 건 어떻게 되든 신경도 안 쓰고."

수완이 버럭 소리를 질렀다. 얼굴이 벌겋게 달아오른 게 기분 상한 표정이 역력했다. 이제까지 부모가 알게 모르게 형을 우선시하는 것에 대해 딱히 내색하지 않고 잘 받아들였던 수완이 이번엔 의외다 싶을 만큼 강경했다.

"다른 애들은 다 엄마가 온단 말이야!"

악을 쓰느라 수완의 목에 핏줄이 파랗게 서는 게 보였다.

"뭐가 이렇게 시끄러워?"

소란스러운 기척에 서재에 홀로 처박혀 있던 남편이 밖을 내다봤다.

"아, 수완이가 유도 대회에 나간대. 그런데 마침 경기 날이 지완이 진로 상담이랑 겹쳐서 못 간다고 했더니…."

내가 말을 미처 마치기도 전에 남편이 끼어들었다.

"기껏해야 동네에서 하는 동호회 같은 거랑 인생이 걸린 진로 상담이랑 같아? 어디 비교할 걸 비교해야지."

말도 안 되는 일로 억지 부리며 떼를 쓰는 어린아이 취급하는 투였다. 수완의 얼굴이 벌겋게 달아올랐다.

"동네 동호회 같은 거 아니라고!"

"그럼 그게 무슨 올림픽이라도 되냐?"

남편이 이죽거렸다.

"그리고 대회 나간다고 다 우승해? 그것도 아니잖아. 남들 박수 부대 노릇 해줄 것도 아니면서, 결과가 어떻게 나올지도 모르는데 굳이 응원을 왜 가? 어차피 고만고만한 체육관 대표로 나가서 다른 체육관 애들이랑 친목 도모용 시합하는 거잖아?"

남편은 더는 들을 것도 없다는 듯 그렇게 말하고 다시 서재로 들어갔다.

수완은 모욕감을 참기 어려운지 얼굴이 붉으락푸르락했다. 그 모습이 안쓰럽기도 하고, 수완에게 실망감을 안겨준 게 미안하기도 해서 조용히 아이의 손을 잡았다.

"수완아, 미안해. 이거 형한테 너무 중요한 일이라서 그래. 다음번엔 꼭 수완이 경기 가도록 할게."

과연 '다음번'이라는 게 있을지 모르겠다고 생각하면서도 나는 수완에게 그렇게 말했다. 수완은 고개를 푹 숙인 채 아무 대답도 하지 않았다. 간간이 코를 훌쩍이는 걸 보니 아마도 애써 울음을 삼키는 모양이었다. 새삼 이게 이 아이한테 이토록 중요한 문제였구나 싶어 마음이 무거웠지만 어쩔 수 없었다.

"…미안해. 나 때문에 괜히 네가."

수완이 피해를 입게 된 게 마음에 걸렸는지 곁에서 조용히 눈치를 살피던 지완이 무겁게 입을 열었다.

수완이 지완을 향해 고개를 들었다. 화가 났다기보다는 미처 입 밖으로 내지 못한 질문이 가득한, 어찌 보면 어리둥절하기도 한 표정이었다. 잠시 물끄러미 형을 바라보던 수완은 마침내 "알겠어."라고 대답했다. 내심 못마땅하긴 하지만 어쩔 수 없다는 말투로.

"시합에 못 가는 대신 뭐 맛있는 거 해줄까? 수완아, 먹고 싶은 거 없어?"

축 처진 아이 어깨를 두들기며 일부러 명랑하게 물었다. 수완은 힘없이 "없어."라고 중얼거린 뒤 제 방으로 들어가 문을 닫았다. 따라 들어가 아이를 좀 더 위로할까 망설였지만, 지금은 저대로 내버려두는 게 좋겠다 싶었다. 굳게 닫힌 방문은 마치 지금은 자신을 방해하지 말라는 뜻으로 보였다. 수완의 방문 앞에서 발길을 돌리다 문득 내 쪽을 지켜보고 있던 지완과 눈이 마주쳤다.

무슨 생각에선지 지완의 입가엔 희미한 미소가 걸려 있었다. 하지만 여느 때와 같이 사람들을 기분 좋게 만드는 상쾌한 미소가 아니라, 어딘지 모르게 섬뜩한 느낌을 주는 미소였다. 나와 눈이 마주치자 지완은 언제 그랬냐는 듯 입가에 걸렸던 미소를 순식간에 지워버렸다.

대회에서 돌아온 수완은 시무룩한 얼굴로 아무런 상도 타지 못했다고 했다. 출전한다고 모두 우승하는 건 아니지 않으냐고 했던 남편의 냉소적인 말이 이번엔 사실로 증명된 셈이었다. 수완이 풀이 죽은 건 안타깝지만, 그래도 아무런 이벤트가 없었다는 사실이 응원 못 간 내 죄책감을 조금 덜어주긴 했다. 만약 아이가 메달이라도 땄더라면 곁에 축하해줄 사람 하나 없었던 게 더 신경 쓰였을 테니까.

그 뒤로도 한 차례 더 수완이 대회에 출전한다고 알린 적이 있었다. 하지만 그때도 응원하러 가지 못했다. 공교롭게도 이번 역시 지완 때문이었다. 수완의 경기를 보러 갈 준비를 하고 있을 때 그날따라 집에 있던 지완이 갑자기 복통을 호소하며 쓰러졌다.

"지완아, 괜찮니? 어머, 이게 무슨 일이야? 지완아!"

고통이 심해 당황한 내 목소리조차 귀에 잘 들어오지 않는지 지완은 끙끙거리며 신음하고 있었다.

"대체 무슨 일이야? 이러지 말고 당장 병원에 가야겠다."

바닥을 뒹구는 아이를 간신히 일으켜 세워 택시를 불러 타고 남편이 운영하는 병원 응급실로 향했다.

지완이 검사를 받으러 들어간 사이 나는 시시각각 밀려드는 걷잡을 수 없는 불안감과 싸워야 했다. 지완의 몸에 뭔가 큰 문제가 있는 건 아닐까? 혹시 그간 많이 아팠는데 입시 준비하느라 여태 꾹꾹 참고 있었던 걸까? 그러다 원하는 학교에 합격하고 한시름 놓은 상황에서 긴장이 풀리며 문제가 있던 곳이 터져버린 걸까?

생각하면 할수록 겁이 나서 몸이 덜덜 떨렸다. 지완이 중병에 걸렸을지도 모른다는 상상만으로도 머릿속이 하얗게 변하고 눈앞이 아득해지는 것 같았다. 만약 지완한테 무슨 일이라도 생긴다면 나는 도저히 살 수 없다. 내가 살면서 일궈놓은 가장 큰 성취이자, 내 삶의 의미니까. 내 삶의 유일한 희망인 지완이.

그런데 문득 '유일한'이라는 대목에서 무언가가 마음에 걸려 곰곰이 생각해보니 지완을 응급실에 데려오느라 까맣게 잊고 있던 수완의 경기가 생각났다. 시계를 보니 벌써 시합이 시작했을 시간이었다. 수완은 아무것도 모르고 엄마를 기다리고 있을 텐데. 하지만 이런 상황에서 지완을 병원에 내버려두고 수완의 경기를 보러 갈 수는 없었다.

'수완아, 미안해. 형이 갑자기 아파서 병원에 왔어. 경기엔 못 가볼 것 같아.'

수완에게 카톡 메시지를 보내면서 또다시 아이에게 실망을 안겨준 것 같아 마음이 무거웠지만 선택의 여지가 없었다. 위급한 상황이었던 터라 수완도 이해해줄 게 틀림없었다. 그렇지 않고 수완이 기분 상했더라도 어쩔 수 없는 노릇이라고 생각했다. 만약 정말로 지완이 큰 병에 걸렸다면 그거야말로 수완이 마음을 다치는 것보다 훨씬 커다란 문제니까.

"박지완 군 어머니 되시죠?"

꽤 시간이 흐른 뒤 검사가 끝났는지 의사가 나를 찾았다. 나는 부리나케 의사에게로 달려갔다.

"검사 결과로는 특별한 이상이 없습니다. 필요하시다면 나

중에 정밀 검사를 더 할 수도 있지만, 아마도 뭔가 잘못 먹었
거나 스트레스인 것 같아요. 최근에 지완 군이 스트레스를 많
이 받았나요?”

의사의 말에 그제야 나는 겨우 안도의 한숨을 내쉬었다. 활
활 타오르는 지옥 불구덩이 속에서 천국으로 향하는 동아줄을
발견한 사람 같은 심정이었다. 그야말로 십년감수했다.

“글쎄요. 얼마 전까지는 입시 때문에 어땠을지 모르지만, 최
근엔 원하던 결과도 나오고 해서 별로 스트레스받을 일이 없
었는데….”

난감해하는 내게 의사는 대수롭지 않다는 표정으로 “뭐, 스
트레스를 받는 상황은 사람마다 다 다를 수 있으니까요.”라고
말했다. 원한다면 나중에 다시 와서 종합 검진을 받아보라는
의사의 조언을 뒤로한 채 나는 지완과 함께 병원을 나섰다. 아
까까지 바닥을 뒹굴며 신음하던 환자의 모습은 말끔히 사라지
고 지금 지완은 내가 보기에도 완전히 원래 상태로 돌아온 것
같았다. 마치 조금 전까지 연기를 하고 있었던 것처럼.

“몸은 좀 괜찮니?”

내 물음에 지완은 고개를 끄덕였다.

“응. 아까는 갑자기 왜 그랬나 몰라. 그런데 엄마 괜찮아? 오
늘 수완이 시합 있다며.”

“…그게.”

나는 얼버무리며 휴대전화를 확인했다. 수완에게 보낸 카톡
메시지는 이미 수신 확인이 된 상태였다. 하지만 수완은 아무
런 답을 하지 않았다. 대회가 끝나고 집으로 돌아올 때까지.

경기를 잘했냐는 내 물음에 수완은 아무 말 없이 조용히 고개를 흔들고는 잠자코 제 방으로 들어가버렸다.

그 뒤로 수완에게서 대회에 나간다는 이야기를 들어본 적이 없다. 아마도 결국 수완은 유도에 큰 재능이 없었던 것일지도 모르겠다고 생각했다. 기껏해야 또래 아이들보다 조금 더 나은 수준일 뿐 딱히 두드러지는 재능은 아닌 모양이라고. 그래서인지 예전처럼 수완이 유도에 대해 열을 올리며 얘기하는 횟수도 줄어들었다.

어쩌면 수완의 열의가 식어버린 건 부상 때문인지도 몰랐다. 언젠가 식사 때 수완이 숟가락조차 제대로 들지 못하는 걸 발견했다. 가만 보니 손가락이 불편한 모양이었다. 제대로 움직이지 않는 수완의 손가락에 손을 갖다 대보자, 아이는 불에 대기라도 한 것처럼 비명을 질렀다.

"손이 왜 이래? 다쳤어?"

수완은 고개를 숙인 채 아무런 대답을 하지 않았다.

"어쩌다 이랬어? 유도하다 다친 거야?"

그것 말곤 사실 딱히 이유가 없을 거라고 생각하며 다그쳐 물었다. 아닌 게 아니라 수완은 잠시 망설이다가 고개를 끄덕였다. 행여 사실대로 말하면 유도를 그만두라고 할까 봐 망설였던 모양이다. 수완이 대답하길 주저하는 마음은 이해했지만, 역시나 나는 이렇게 물을 수밖에 없었다.

"수완아, 유도 그만두는 건 어때? 그걸로 두각을 나타내기도 힘들고, 너도 이렇게 다치는 건 싫을 거 아냐."

수완이 원망스러운 눈빛으로 말없이 나를 빤히 쳐다보았다. 아이에게 좋아하는 걸 그만두라고 하는 내 마음 역시 불편했지만, 그래도 자식 몸 상하는 걸 그냥 무심히 보아넘길 부모는 없다. 딱히 뛰어난 재능이 있어 보이지도 않는데 이런 부상까지 감수하며 운동을 계속할 이유는 없을 것 같았다.

"싫어, 계속할래."

수완은 고집스럽게 대꾸했다. 설득의 여지를 주지 않을 정도로 단호한 말투였다. 그 기세에 눌려 유도를 그만두라는 말은 그 자리에서 쑥 들어갔다.

하지만 결국 얼마 후 수완은 유도를 그만둘 수밖에 없게 되었다. 거짓말처럼 이번에도 지완과 엮인 어떤 일 때문에. 수완은 당시에 잠시 사귀다 헤어진 여자친구 이야기를 들먹이며 그게 마치 형 때문인 듯 시비를 걸었고, 끝내는 형에게 육체적인 공격을 가하였다. 몸집에서 차이가 나는 지완은 어떻게 손쓸 새도 없이 방바닥에 꼬꾸라졌다. 지완이 수완에 의해 바닥에 내팽개쳐지는 걸 본 남편은 불같이 화를 내며 수완에게 "그런 깡패짓이나 배울 바엔 당장 유도를 그만 두라"고 명령했다. 수완은 격렬하게 반항했지만, 그렇지 않아도 수완이 운동하는 걸 영 탐탁지 않게 여기던 남편의 강경한 뜻을 꺾을 순 없었다. 나 역시 늦든 이르든 언젠가는 그만둘 일이라는 생각에 수완의 편을 들지 않았다.

그런데 생각지도 못했던 장애물이 나타났다. 바로 체육관 코치 최석준이었다. 운동을 그만두겠다고 하자 그는 내게 면담을 요청했다. 나와 얼굴을 마주한 석준은 수완에겐 재능이 있고, 여기서 관두기엔 아깝다며 나를 설득했다. 수강생을 붙잡기 위해 입에 발린 말을 하는 거라고 생각하며 흘려듣고 있는데 석준이 이렇게 말했다.

"대회에 나가서 상도 여러 번 탔잖아요. 곁에서 조금만 도와주면 얼마든지 클 수 있는 아이라고요."

처음 듣는 말이었다.

"수완이가 상을 탔다고요? 그것도 여러 번?"

석준이 묘한 표정을 지었다.

"모르셨어요?"

자격지심 탓이었는지 석준의 말투에 비난과 질책이 섞여 있는 것처럼 들렸다.

"하긴. 대회가 있을 때마다 한 번도 안 와보셨으니. 그간 많이 바쁘셨나 봐요?"

아닌 게 아니라 석준은 명백하게 나를 탓하고 있었다.

"큰애가 수험생이었어요."

되도록 아무렇지도 않은 척 대꾸했지만, 자식 일을 까맣게 모르고 있었다는 수치심에 나도 모르게 얼굴이 달아올랐다. 동시에 수완에게 그간 많이 무심했다는 생각에 죄책감도 들었다. 하지만 생판 모르는 남 앞에서 창피를 당하고 싶진 않았다. 아이의 형이 대입을 앞두고 있었다는 말로 어느 정도는 수완에 대한 나의 무심함을 합리화할 수 있기를 기대했다. 하지만 석준에겐 그게 먹히지 않는 모양이었다.

"아아, 그 좋은 대학 의대 갔다는 큰아드님 말씀이시죠. 하지만 수완이도 아들이잖아요. 공부 잘하는 자식만 자식이고, 그렇지 못한 애는 자식이 아닙니까?"

이젠 대놓고 비난하는 말을 들으니 더는 참을 수가 없었다. 수치심과 죄책감에 그를 향한 반발심까지 더해져 결국 나는 폭발하고 말았다.

"코치님께서 무슨 자격으로 그런 말씀을 하세요? 수완이는 제 아들이에요. 제가 제 자식을 어떻게 키우든 이러쿵저러쿵 하지 마세요."

그길로 자리를 박차고 나왔다. 하지만 귓가엔 석준이 했던 말이 계속 맴돌았다.

공부 잘하는 자식만 자식이고, 그렇지 못한 애는 자식이 아 닙니까?

정말 내가 수완과 지완을 그런 시선으로 바라본 적이 있었을까, 곰곰이 생각해보았다. 분명 두 아들을 대할 때 나의 감정, 내 마음속을 차지하는 비중에 차이가 없었다고 할 수는 없다. 하지만 지완이 내게 '더' 소중한 존재라고 말한다고 해서 그 말이 곧 수완이 내게 전혀 중요하지 않은 존재라는 뜻은 아니었다. 다만 지완으로 인해 수완이 가려지는 일들이 이따금 있었을 뿐이다. 빛 뒤에 가려진 그늘이 안 보이는 것처럼.

제 의사와는 무관하게 유도를 그만둔 뒤 수완은 다시 침울해졌다. 아니, 오히려 예전보다 더 입을 굳게 다물고 제 껍질 안으로 몸을 숨기려는 것 같았다. 새삼 이 아이에게 운동이 꽤 중요한 의미였구나 하는 생각이 들었다. 그래도 수완에게 그런 험한 운동을 계속 시킬 순 없었다. 그 때문에 수완이 난폭하고 공격적으로 변했으니까. 결정적으로 그날 수완이 지완을 공격해 바닥에 누르고 있는 걸 본 이후, 운동 때문에 아이가 사납게 변했다는 내 짐작은 확신으로 변했다.

하지만 유도를 그만둔 이후 엇나간 행동을 하는 수완을 보면서 차라리 계속 운동을 시키는 게 어땠을까 싶었던 적도 많았다. 그랬더라면 수완은 제 마음속에 자리 잡은 비뚤어진 욕망을 실행에 옮기는 대신 몸을 혹사하는 것으로 그런 나쁜 감정을 털어내버릴 수도 있지 않았을까. 그러나 지금 와서 그런 생각을 해봤자 이미 엎질러진 물이었다. 수완은 이미 사고를 쳤고, 그 결과 지금 소년 재판을 앞두고 있다. 이랬으면 어땠을까, 저랬으면 어땠을까 하는 건 모두 때늦은 후회에 불과할 따름이었다.

저녁거리로 닭찜을 준비하는 내내 내 머릿속은 이런저런 생각들로 어지러웠다. 다른 곳에 정신이 팔린 상태로 멍하게 칼질을 하다 '아차' 하는 사이에 손을 베고 말았다. 날카로운 통증에 손을 내려다보니 피가 철철 흐르고 있었다. 서둘러 싱크대에서 손을 씻고 수납장 한구석에 넣어둔 구급상자에서 거즈를 찾았다. 그러는 동안에도 휴지로 감싸 지혈시켜둔 상처에선 계속 피가 흐르고 있었다.

그런데 구급상자에 비치해놨다고 생각했던 거즈가 하필이면 다 떨어지고 없었다. 급한 김에 대신할 반창고를 찾아봤지만 그 역시 눈에 띄질 않았다. 아마도 예전에 벌써 다 떨어졌는데 요사이 필요한 일이 없어 구급상자에 다시 채워두는 걸 잊어먹은 모양이다.

'어떻게 한다…'

철철 흐르는 피를 보며 난감해하다 문득 지완이 방에 반창고가 있을지도 모르겠다는 생각이 났다. 지완은 어릴 적 코피를 자주 흘렸다. 그래서 비상시에 바로 쓸 수 있도록 내가 솜이며 휴지 따위를 등굣길에 챙겨주곤 했다. 초등학교를 졸업할 무렵엔 체질이 바뀌었는지 갑자기 코피 흘리는 일이 없어졌지만, 어린 시절 응급 처치 도구를 몸에 지니고 다니던 게 습관이 됐는지 지완은 제 방에 솜이며 반창고 같은 걸 넣어둔 구급상자를 따로 챙겨놓고 있었다. 그래서 유도하던 시절 수완은 자잘한 부상을 입으면 곧잘 제 형 방에 가서 필요한 물건을 달라고 하곤 했다.

지완의 방은 방 주인 성격을 닮아 깔끔했다. 모든 물건이 있어야 할 곳에 가지런히 정리돼 있어 흐트러짐이 없었다. 마치 전쟁터를 방불케 하는 수완의 어지러운 방과는 대조적이었다. 엄마가 불쑥불쑥 방에 들어오는 걸 사생활 침해라고 생각했는지 지완은 고등학교에 들어간 이후부터 제 방은 스스로 청소하겠다고 했다. 처음엔 공부하기도 바쁠 텐데 싶어 학교 간 사이 내가 대신해주기도 했지만, 지완은 고마워하긴커녕 오히려 제 방에 허락 없이 들어왔다며 싫은 내색을 했다. 그런 일이 몇 번 반복된 뒤로 지완이 없을 때는 그 애 방에 잘 들어가지 않게 됐다.

책장을 문질러도 먼지 한 톨 묻어날 것 같지 않은 청결함에 새삼 감탄하며 반창고를 찾은 후 방을 나오려는데 책상에 놓인 노트북 전원이 그대로 켜져 있는 게 눈에 띄었다. 노트북을 사용하다가 잠깐 볼일이 있어 밖에라도 나간 건가? 쓰지도 않는 노트북을 그대로 켜두는 게 어쩐지 눈에 밟혀 전원을 끄려고 마우스를 움직이는데 바로 시작 화면이 켜졌다. 예상외로 비밀번호를 걸어두지 않은 모양이었다. 잘됐다 생각하며 컴퓨터를 끄려고 전원 오프 메뉴를 찾다 보니 바탕 화면의 '내 문서' 폴더가 눈에 띄었다.

문득 그 폴더 안에 뭐가 들어 있을지 궁금해졌다. 마음의 문을 닫아버린 것 같은 수완은 말할 것도 없지만, 지완 역시 여간해선 속내를 드러내지 않았다. 어린 시절부터 부모 손이 가지 않게 모든 걸 척척 알아서 하는 대견한 아들이긴 해도 이따금 지완이 내게 좀 더 마음을 열어줬으면 하고 바랄 때도 있었다. 언젠가부터 지완은 내 손이 닿지 않는 곳으로 가버린 것 같았으니까. 딸들은 엄마에게 미주알고주알 제 얘기를 곧잘 한다는데. 그래서 요즘 엄마들은 무뚝뚝한 아들보다 살가운 딸을 선호하는 모양이다.

'내 문서' 폴더를 열어보기까지 잠깐 주저했다. 내 아들이라곤 하나 다 큰 자식의 사적인 부분을 이렇게 몰래 엿봐도 되는 건가 싶어서. 하지만 호기심이 망설임을 압도했다. 생각해보면 지완은 학교생활이나 제 친구들 얘기를 한 적이 거의 없다. 수완처럼 어린 시절 친구들을 집에 데려온 일도 없다. 학교 성적이 탁월하고 매사에 모범적이었던 지완의 이상적인 학교생활은 모두 지완이 아닌 교사들을 통해 들은 것뿐이었다. 그래서인지 지완이 평소에 뭘 좋아하고 어떤 것에 관심이 있는지 내심 궁금했었다.

내 문서 폴더 안엔 다시 몇 개의 하위 폴더가 있었다. '유기

화학' '세포생물학' '유전학' 같은 이름이 붙어 있는 폴더들 안
엔 학교 커리큘럼이나 세미나와 관련한 문서들밖에 없었다.
지완이 즐겨듣는 음악이나 친구들과 함께 놀러 가서 찍은 사
진, 혹은 남몰래 사귀고 있을지도 모를 여자친구 사진 같은 걸
발견하길 기대했던 나로선 조금 실망스러웠다. 그런데 제일
아래에 '한혜'라는 제목의 폴더가 눈에 띄었다.

한혜? 혹시 지완이 사귀는 여자애일까? 어딘지 모르게 귀에
익은 이름이라 생각하며 나는 폴더를 열어보았다. 폴더를 열
자 여러 장의 사진들이 노트북 화면을 가득 채웠다. 첫 사진을
보는 순간 나도 모르게 헉하고 숨을 들이켰다. 속옷 차림을 하
고 비스듬히 누워 있는 여자아이의 사진이었다. 사진 속 여자
아이는 얼굴과 몸매가 아직 앳된 것이 고등학생 정도로 보였
다. 사진 속 여자아이가 나이에 어울리지 않게 도발적인 자세
로, 아마도 카메라가 있을 정면을 똑바로 쳐다보고 있었다. 마
치 내가 제 사진을 보고 있다는 걸 알고 있기라도 한 것처럼
나를 마주 보고 있는 그 시선은 도전적이었다.

떨리는 손으로 폴더에 있는 다른 사진들도 차례로 열어보았
다. 마우스로 사진을 클릭하면서도 뭔가 무서운 걸 보게 될지
모른다는 불안한 예감에 손이 덜덜 떨렸다. 차라리 이대로 노
트북을 덮어놓고 아무것도 몰랐다는 듯 방을 나가는 게 더 좋
지 않을까 하는 생각도 들었다. 하지만 그러기엔 풀리지 않는
의문이 너무 컸다. 차례로 열어본 다른 사진들 역시 비슷비슷
했다. 취하고 있는 자세가 조금 다르거나, 몸에 걸친 천 조각이
많다 적다 차이가 있을 뿐 사진 속 등장인물은 모두 같은 사람

이었다. 그러다 실오라기 하나 몸에 걸치지 않은 여자아이의 나체사진을 봤을 때 나는 그만 눈을 질끈 감아버리고 말았다.

지완 또래의 젊은 남자가 여자의 벗은 사진을 보는 것 자체는 그리 이상한 일이 아닐지도 모른다. 하지만 사진 속 여자아이는 여고생이 틀림없었고, 사진은 구도나 화질로 보아 온라인에서 내려받은 게 아니라 직접 촬영한 게 분명했다. 그렇다면 이걸 가지고 있는 지완은 본인이 직접 저 사진을 촬영했다는 이야긴데….

머릿속이 어지러웠다. 무언가 잘못된 게 틀림없다고 생각했다. 속이 메슥거리는 것이 금방이라도 토할 것 같은 기분이었다. 대체 지완과 저 여자애는 어디서 만났을까. 무슨 관계일까.

폴더 이름을 처음 봤을 때 어쩐지 기시감이 들었던 게 생각났다. 한혜, 한혜. 내가 저 이름을 어디서 들어봤더라. 떠오를 듯 말 듯 한 기억을 헤집기 위해 이리저리 생각을 굴리는데 그때 무언가가 번뜩 내 머리를 스치고 지나갔다.

서한혜 엄마예요.

언젠가 우리 집을 찾아온 중년 여자는 무뚝뚝한 표정으로 그렇게 자기소개를 했다. 수완이가 자기 딸 나체사진을 찍었다며 항의하러 온 여자. 서한혜는 바로 수완이 사귀던 여자친구 이름이었다.

골든 보이

"지완아, 안 보던 사이에 수완이가 많이 컸지?"

품에 안긴 아기를 가리키며 묻자 지완은 고개를 갸우뚱했다. 부모 눈엔 자식이 하루가 달리 쑥쑥 크는 게 보이는데 아직 어린 지완의 눈엔 그 차이가 잘 느껴지지 않는 모양이었다. 수완은 마치 지완이 제 형이라는 걸 아는 것처럼 까만 눈을 들어 지완을 빤히 쳐다봤다.

"아기도 형을 다시 봐서 반가운가 보다. 안녕? 하고 인사하네. 그렇지?"

내가 품속의 아기를 어르는 동안 지완은 아무 말 없이 물끄러미 수완을 내려다보고 있었다. 또래 아이답지 않게 차분한 태도로. 원래부터 얌전하고 침착한 아이긴 했지만, 몇 달간 시댁에서 엄격한 할아버지 할머니와 생활하는 동안 나이에 어울리지 않게 예의범절과 절제가 더더욱 몸에 밴 모양이라고 생각했다.

계획에 없던 수완을 출산한 뒤 한동안 나는 쩔쩔맸다. 다행히 이번엔 첫 출산 때처럼 산후 우울증을 심하게 겪진 않았는데, 돌이켜보면 그런 겨를이 없을 정도로 두 아이를 한꺼번에 돌본다는 게 육체적으로나 정신적으로나 여간 힘겨운 일이 아니었던 것 같다. 한계 상황까지 내몰리기 직전, 시어머니가 어쩐 일로 내게 구원의 손길을 내밀었다. 몇 달간 지완을 데리고 있겠다면서. 딱히 나를 생각해서는 아니었다. 지완이 이젠 어느 정도 커서 기저귀를 갈거나 젖병을 물려줄 필요가 없을뿐더러 시댁에서도 똑똑하고 얌전한 첫 손자를 귀여워하고 있었으니 적적하던 차에 아이를 데리고 있자는 생각을 한 모양이었다. 이유야 어찌 됐건 나는 그 제안을 덥석 받아들였다.

아무리 지완이 손이 안 간다 하더라도 갓난아기까지 더해 아이 둘을 키우는 것과 하나를 키우는 건 천지 차이였다. 신경써야 할 대상이 하나 줄어든 덕분에 빨리 산후 후유증을 회복하고 심리적 안정을 되찾을 수 있었다. 하지만 이따금 어린 나이에 부모 곁을 떠나 생활하게 된 지완에게 미안한 감정이 들었다. 비록 짧은 기간이고, 아무리 조부모가 잘해준다 해도 엄마, 아빠와는 다를 테니까. 어쩌면 지완은 속으로 동생에게 부모를 뺏겼다고 생각하고 있을지도 몰랐다.

하지만 몇 달 만에 집에 돌아온 지완은 딱히 그런 내색을 하지 않았다. 아기가 태어나기 전보다 조금 더 철이 든 것 같다는 생각이 들었을 뿐 동생을 원망하는 기색도 보이지 않았다. 더도 덜도 말고 수완이 딱 제 형처럼만 커줬으면 하는 생각이

들 정도로 지완은 의젓했다.

"아기 만져봐도 돼?"

지완이 수완을 바라보며 물었다.

"그럼, 물론이지."

내 허락이 떨어지자 지완이 다가와 수완의 보드라운 뺨을 가만히 어루만졌다. 깨지기 쉬운 물건을 다루듯 조심스러운 손길로. 수완이 지완을 바라보며 까르르 웃음을 터뜨렸다.

"엄마, 얘가 웃어!"

지완이 눈을 빛내며 덩달아 웃음을 터뜨렸다. 이 작은 아이의 눈에도 자신보다 더 작고 연약한 생명체가 사랑스럽게 보이는 모양이었다.

"말했잖니. 형을 다시 봐서 반가운 모양이라고."

나는 그렇게 말하며 품에 안고 있던 수완을 요람 안에 뉘었다. 지완이 요람으로 따라와 작은 손발을 버둥거리는 아기를 홀린 것 같은 눈빛으로 바라봤다. 동생이 태어나면 첫째가 질투하곤 한다는데 아무래도 지완에겐 그런 일반적인 얘기가 통용되지 않는 모양이었다. 혹시나 지완이 투정하고 보챌까 봐 은근히 걱정했던 나는 겨우 가슴을 쓸어내렸다.

수완이 배가 고픈지 칭얼대기 시작하길래 두 아이만 남겨놓고 젖병을 데우러 부엌으로 갔다. 그런데 얼마 안 있어 갑자기 숨넘어가는 아기 울음소리가 들렸다. 마치 불에 덴 것처럼 다급한 소리였다. 서둘러 한걸음에 달려와 보니 요람이 뒤집혀 있고 바닥에 떨어진 수완은 악을 쓰며 울고 있었다. 벌겋게 달아오른 아기 얼굴을 보니 놀란 기색이 역력했다.

"무슨 일이 있었던 거니?"

수완을 품에 안으며 지완에게 물었다. 지완 역시 당황해 어쩔 줄 모르고 있었다.

"아기가 나오고 싶었는지 버둥거리다가 요람이 흔들려 뒤집혔어."

지완은 울 것 같은 표정이었다.

"미안. 떨어질 때 수완이를 받으려고 했는데 놓쳐버렸어."

요람이 엎어진 게 마치 제 잘못인 양 울상을 짓던 지완이 기어이 울먹거리기 시작했다.

"괜찮아. 지완이 잘못이 아닌걸. 그래도 동생을 지켜주려고 했으니 우리 지완이 참 대단하네. 수완이도 좋겠네. 이런 좋은 형아를 둬서."

내 품에 안기고 나자 안정을 되찾은 아기는 울음이 서서히 잦아들었다. 수완이 울음을 그치자 그제야 안심한 듯 지완의 눈에서도 불안한 기색이 가셨다.

"오랜만에 집에 왔으니 지완이 좋아하는 코코아 타줄까? 할머니 댁에 있을 땐 못 먹었지?"

품속의 수완이가 이미 진정됐으니 이제 뜻밖의 사고에 놀란 지완이를 달래줘야 할 차례였다. 지완은 눈물 젖은 눈을 반짝이며 세차게 고개를 끄덕였다.

두 아이와 함께 주방으로 향하다 문득 엎어진 요람에 눈길이 갔다. 저게 이렇게 작은 흔들림에도 버티지 못할 정도였나. 예전엔 이런 적이 한 번도 없었는데. 하지만 이내 고개를 저었다. 이전엔 수완이 어려서 활동력이 적었던 반면, 최근 부쩍 자라면서 힘이 세지고 움직임이 활발해져 그런 걸 수도 있겠다 싶었다. 어쨌든 저 제품은 아무래도 안전하지 못한 것 같으니 다른 것으로 갈아야겠다고 생각했다. 독일제라 튼튼하다고 맘 카페에서 추천하던 브랜드였는데. 아무래도 그런 말을 곧이곧 대로 다 믿어선 안 되는 모양이었다.

아주 짧은 순간 지완이 일부러 요람을 엎어놓고서 거짓말을 하는 게 아닌가 하는 의구심이 들었지만, 곧 그런 말도 안 되 는 생각을 머릿속에서 지워버렸다. 저렇게 해맑은 얼굴을 한 아이가 그런 짓을 할 리가 없다. 설사 어린아이 특유의 충동에 사로잡혀 요람을 엎었다 해도 저렇게 어른 뺨치는 거짓말을 하며 천연덕스럽게 우는 연기까지 할 수는 없을 것이다. 잠시 나마 의심한 게 미안해 가만히 아이의 머리를 쓰다듬자 지완 은 나를 올려다보며 티 하나 없는 환한 얼굴로 생긋 웃었다.

지완은 어릴 때와 마찬가지로 자라면서도 별반 내 속을 썩 인 일이 없었다. 깐깐한 시댁 식구들 눈에도 지완은 흠잡을 구 석이 없는 아이였다.

"언니는 좋겠어요. 지완이 같은 골든 보이를 아들로 둬서."

심지어 결혼 이래 단 한 번도 내게 친근하게 굴지 않던 손아 래 시누이조차 언젠가 그렇게 말한 적이 있다. 본인도 지완과 비슷한 또래 아들을 키우고 있는지라 내심 내가 부러웠던 모 양이다. 학벌, 경제력, 사회적 지위 등 무엇 하나 내가 감히 비 빌 수조차 없을 만큼 잘난 그녀가 그 말을 했을 때 나는 짜릿 한 도취감을 느꼈다. 혼자 하는 게임이라면 도저히 이길 수 없는 경주에서 아들 덕분에 저만치 앞서가는 사람을 역전한 느낌이었다.

하지만 자타가 공인하는 '골든 보이' 지완 역시 단점이란 게 아예 없을 순 없었다. 다른 사람들은 결코 알 수 없는, 아기 때부터 젖을 먹이고 기저귀를 갈아주며 키운 엄마만이 눈치챌 수 있는 사소한 단점. 사실 엄밀히 따지자면 그건 단점이라고 이름 붙이기에도 애매했다. 굳이 말하자면 이따금 지완으로 인해 '어라?' 싶었던 순간들이 몇 번 있었을 뿐이다.

초등학교 저학년 시절 지완은 제 아빠가 선물로 사준 꽤 고가의 건담 플라모델에 흠뻑 빠져 있었다. 숙제할 때도 곁에 뒀고, 집에 있을 때면 어지간해선 플라모델에서 손을 떼려 하지 않았다. 혹시나 잃어버릴까 봐 두려워서인지 아니면 비싼 장난감을 가져와 자랑하지 말라는 학교 방침 때문인지 몰라도 차마 학교에까지 그걸 가져가진 못했지만, 아마 할 수만 있다면 기꺼이 학교에도 가져갔을 만큼 지완은 그 물건에 애착이 강했다.

그런데 문제는 어린 수완도 형이 갖고 노는 플라모델에 눈독을 들였다는 거다. 동생한테 대체로 너그러운 형이었지만, 지완은 수완이 플라모델에 손대는 것만큼은 질색했다. 어느 날인가 수완이 지완에게 유난히 떼를 쓰다가 결국 제 뜻이 먹히지 않자 엉엉 울음을 터뜨렸다.

"엄마, 형이 나 저거 못 갖고 놀게 해."

수완이 세상에서 가장 억울한 일을 당했다는 표정으로 내게 하소연했다.

"지완아, 동생이 그거 좀 갖고 놀면 안 돼? 그렇다고 닳는 것도 아니잖아."

하지만 내 말에 지완은 이례적으로 부루퉁한 표정을 지었다. 항상 엄마 말에 고분고분 순응하던 아이인데.

"함부로 다루다가 어디가 부러질지도 몰라."

"안 그런다니까!"

다섯 살 수완이가 큰 목소리로 말했다.

"수완아, 형 장난감 소중하게 다룰 거지?"

"응!"

내 말에 수완이 고개를 끄덕였다.

"수완이가 소중하게 다룬다잖아. 그러니 동생한테 잠시만 빌려줘."

"싫어!"

어쩐 일인지 지완이 고집스럽게 나왔다. 예상 밖의 반응에 살짝 놀랐지만, 한편으론 조금 화가 나기도 했다. 별것도 아닌 일에 완강하게 나오는 지완이에게 짜증이 났다. 손이 별로 안 간다는 이유로 이제껏 지완에게 너무 오냐오냐했다 싶은 생각도 들었다.

"형이 돼서 왜 이리 속 좁게 구니? 동생한테 좀 빌려줘. 수완아, 15분만 갖고 놀다가 다시 형한테 돌려줄 거지? 그렇지?"

수완은 다시 고개를 끄덕였다. 지완은 마지못해 플라모델을 수완 손에 넘겼지만, 얼굴엔 불만이 가득했다.

그걸로 일이 해결됐다고 생각했는데 문제는 바로 조금 뒤에 터졌다. 플라모델을 손에 든 수완은 기다렸다는 듯 "부우우우

웅"소리를 내며 거실을 뛰어다녔다. 저러다 넘어지겠다 싶던 순간 수완의 발이 미끄러지며 바닥으로 고꾸라졌다. 동시에 플라모델도 바닥에 세차게 부딪혀 건담 등 뒤에 붙은 한쪽 날개가 깨지고 말았다.

"아, 내 건담!"

지완이 비명을 지른 것과 수완이 화들짝 놀란 얼굴로 바닥에 팽개쳐진 플라모델 쪽으로 시선을 돌린 건 거의 동시였다. 지완이 부리나케 플라모델 쪽으로 달려갔다. 여느 때 같았으면 당장 울음을 터뜨렸을 수완도 자기가 사고 친 걸 깨닫고 잔뜩 겁먹은 얼굴로 형 눈치만 살피고 있었다.

"본드로 붙이면 아마 감쪽같을 거야. 엄마랑 같이 할까?"

일이 이렇게 돼버린 죄책감에 내가 지완의 어깨를 어루만지며 달랬다. 하지만 지완은 내 손길을 홱 뿌리쳤다. 나를 돌아보는 지완의 얼굴엔 적대감이라고밖에 표현할 수 없는 강렬한 감정이 뚜렷하게 아로새겨져 있었다. 지완에게서 그런 표정을 본 건 처음이었다.

"지완아, 미안해. 이렇게 될 거라고는…."

"내가 말했잖아! 쟤가 망가뜨릴 거라고."

지완이 차갑게 내뱉었다. 싸늘한 어조가 흠칫 놀랄 만큼 남편과 판박이였다. 행여 아이가 울지 않을까 걱정했지만, 지완은 끝까지 눈물 한 방울 흘리지 않았다. 다만 생각을 읽을 수 없는 무표정한 얼굴로 오랫동안 플라모델을 내려다보고 있을 뿐이었다. 그런 아이가 조금 무섭게 느껴질 무렵, 지완은 아끼는 장난감을 들고 천천히 자리를 떴다.

그 뒤로 며칠 동안 지완은 일절 플라모델 이야기를 꺼내지 않았다. 태도도 여느 때와 전혀 다를 바 없었다. 보통 때와 마찬가지로 밝고 싹싹한 지완으로 돌아와 있었다. 잠시 발끈했을 뿐 이젠 다 잊어버리고 마음을 풀었나 보다고 생각했다. 며칠 뒤 시어머니가 집으로 찾아오기 전까지는.

지완은 친할머니를 유난히 따랐다. 이따금 시어머니가 아무 일 없이 집에 불쑥불쑥 찾아오곤 할 때마다 지완은 반색을 하며 달려가 할머니에게 안겼다. 그 당시는 시댁에서 지완과 수완을 대놓고 차별하지는 않았지만, 몇 달간 데리고 키웠던 정 때문인지 시어머니 역시 첫째 손자가 둘째보다 더 마음이 가는 모양이었다.

"할머니, 저녁 먹고 가시면 안 돼요?"

지완이 할머니에게 응석을 부리며 물었다. 나도 모르게 눈살이 찌푸려졌다. 지완은 어떨지 몰라도 나는 시어머니가 여전히 불편했다. 게다가 균형 있는 식단에 유달리 집착하고, 식자재 하나에도 천연이나 유기농만 고집하는 깐깐한 시어머니 눈높이에 맞춰 상을 차려야 한다고 생각하니 상상만으로도 벌써부터 골치가 아팠다.

"그럴까? 오늘은 그 양반도 밖에서 약속이 있다는데."

거절해주길 바랐지만 기대와 달리 시어머니는 그렇게 말했다. 시아버지 저녁상을 차릴 필요가 없으니 지완이 조르지 않았어도 아마 처음부터 우리 집에서 식사를 하고 갈 생각이셨던 것 같다.

"야! 신난다!"

지완이 함성을 질렀다.

"그럼 맥도널드 더블 치즈버거랑 프렌치프라이 먹어요! 밀크셰이크랑요."

그 말에 시어머니가 무서운 눈초리로 나를 쏘아봤다. 건강한 식단에 병적으로 집착하는 시어머니 앞에서 '맥도널드'는 절대로 입 밖에 내선 안 되는 단어였다. 오죽하면 남편이 처음으로 맥도널드를 가본 게 대학에 입학한 뒤라고 했을까.

"한창 크는 애들한테 그런 거나 먹이다니."

시어머니가 불만스럽게 혼잣말을 하더니 지완에게 다정하면서도 은밀한 목소리로 물었다.

"패스트푸드로 끼니를 때울 때가 많니?"

"네! 늘 먹는데요. 어제도 먹었어요!"

내가 뭐라고 끼어들 사이도 없이 지완이 해맑은 얼굴로 대답했다.

"할머니는 안 드셔보셨죠? 완전 맛있어요. 같이 먹어요, 네?"

하지만 이미 시어머니 귀에는 지완의 말이 더는 들리지 않는 것 같았다. 시어머니는 지완의 머리를 쓰다듬으며 "네 방에 가서 놀렴." 하고 말한 뒤 두 아이가 시야에서 사라지자 살벌한 눈초리로 나를 노려보았다.

"너는 집에서 놀고 있는 애가 어쩌면 그럴 수가 있니!"

시어머니가 가시 돋친 목소리로 말했다.

"살림하고 애들 키우는 사람이 자기 새끼한테 밥 한 끼 정성 들여 지어주진 못할망정 어디서 그런 쓰레기 같은 걸 먹여? 그것도 어쩌다 한 번이 아니라 늘상 그런다고?"

"어머니, 그런 거 아니에요."

나는 황급히 변명했다. 거짓말이 아니었다. 시어머니만큼 치를 떨 정도는 아니지만 나 역시 애들에게 패스트푸드를 사 먹이는 건 꺼림칙했다. 그래서 되도록 그런 음식을 먹이지 않았다. 그랬기에 아까 지완이 한 말을 듣고 나는 기함했다. 너무 놀라 저 아이가 왜 저런 말을 할까 생각할 겨를도 없었다.

"그런 게 아니라니, 그럼 지완이가 거짓말을 했다는 거니?"

그게 사실이지만, 시어머니 앞에서 제 자식이 거짓말을 했다고 말하려니 차마 입이 떨어지지 않았다. 게다가 그렇게 말해봤자 어쩌면 어린아이한테 책임을 떠넘기는 무책임한 엄마로 보일지도 몰랐다.

"어제 맥도널드 먹었다는 것도 거짓말이야?"

이번에도 나는 차마 대답을 할 수가 없었다. 어제 맥도널드에 간 건 사실이니까. 수완과 지완을 각각 어린이집과 학교에서 데리고 오는 길에 갑자기 수완이 맥도널드 햄버거가 먹고 싶다고 떼를 썼다. 안 된다고 하려다 마침 남편도 밖에서 저녁 약속이 있고, 집에 찬거리도 떨어졌다는 사실이 떠올라 모처럼 일탈한다 생각하고 아이들이랑 함께 맥도널드에서 저녁을 때웠다. 하지만 그건 정말 몇 년 만에 한 번 있을까 말까 한 일이었다.

"아유, 어미라는 게 애들 밥도 제대로 안 먹이고. 그래서야 쟤들이 제대로 크겠어?"

시어머니는 본격적으로 잔소리를 시작했다. 역시 집안에 사람을 잘 들여야 한다, 남편 덕에 놀고먹으면서 주부의 본분을 다하지 않는다…. 나를 다정하게 대해준 적이 한 번도 없는 시어머니에게 어느 정도 단련됐다고 생각했건만, 그럼에도 불구하고 독기 어린 시어머니의 말은 가슴에 콕콕 박혔다. 이 정도로 눈물이 쏙 빠질 만큼 혼난 건 꽤 오랜만이었다. 아이들이 태어난 뒤로는 시어머니도 어느 정도 자제하는 눈치였으니까.

그렇게 혼이 나는 와중에도 나는 지완이가 왜 사실이 아닌 말을 했을까 의아했다. 햄버거가 먹고 싶은 마음에 별생각 없이 아무 말이나 불쑥 튀어나온 걸까. '늘' 패스트푸드를 먹는다고 과장할 만큼 어제 먹은 햄버거와 프렌치프라이가 그렇게 맛있었던 걸까. 그것도 아니라면….

문득 지완이 나를 벌주려고 일부러 시어머니에게 사실이 아닌 말을 흘린 게 아니었을까 하는 생각이 들었다. 지완은 수완에게 제 플라모델을 갖고 놀게 한 나를 아직 용서하지 못하고 있다. 그래서 시어머니를 이용해 나를 혼내려 한다? 하지만 아직 열 살밖에 안 된 아이가 어떻게 그런 생각을 할 수 있을까.

나는 불쑥 떠오른 말도 안 되는 생각을 머릿속에서 지워버렸다. 의젓하다곤 하나 지완이도 아직 어린애다. 햄버거가 먹고 싶은 생각에 들떠서 그저 별생각 없는 말을 내뱉어버린 거다. 그게 엄마를 곤란하게 할 거란 사실은 까맣게 모른 채.

한바탕 야단을 친 시어머니가 직접 장을 봐오겠다며 잠시 밖으로 나간 사이 위층 제 방에 올라가 있던 지완이 부엌으로 내려왔다. 시어머니가 내뱉은 모진 말 때문에 뒤늦게 혼자 훌쩍이고 있던 나는 우는 모습을 들킬까 봐 얼른 뒤로 돌아 눈물을 닦았다.

"엄마, 울어?"

지완이 조심스럽게 물었다.

"아, 아냐. 엄마 안 울어."

나는 일부러 명랑한 목소리로 대답하며 뒤돌아 지완을 마주 봤다. 지완은 여느 때와 다름없는 해맑은 표정으로 나를 바라보고 있었다. 자신이 무슨 일을 저질렀는지 전혀 모르겠다는 얼굴로. 나와 눈이 마주치자 아이는 아무렇지도 않은 듯 생긋 미소 지었다.

순간 나도 모르게 소름이 끼쳤다. 지완이 실수를 한 게 아니라 고의로 나를 난감하게 만들었다는 근거 없는 확신이 들었다. 하지만 그렇다고 지완을 앞에 세워놓고 야단치자니, 그것도 조금 애매했다. 근거도 없거니와 지완이 할머니 앞에서 들뜬 마음에 순간적으로 말실수했다고 둘러대면 그만이니까. 그러면 나만 옹졸한 엄마가 될 뿐이었다. 시어머니께 야단맞은 걸 화풀이하려고 아이의 실수를 꼬투리 잡기나 하는.

만약 지완이 일부러 이렇게 교묘한 방법으로 나를 곤란하게 만든 거라면, 그리고 동시에 자신은 꾸지람듣지 않고 빠져나간 거라면 이 아이를 영악하다고 해야 할지 무섭도록 머리가 좋다고 해야 할지 알 수 없었다.

그러다 며칠 뒤 지완의 방을 치우다가 쓰레기통에 버려진 건담 플라모델을 발견했다. 쓰레기통 속 플라모델은 수완이 실수로 부러뜨린 날개 외에도 전체가 형체를 알아볼 수 없을 만큼 산산이 부서진 채였다.

지완에게 딱 꼬집어서 뭐라 말할 수 없는 어떤 섬뜩한 구석이 있음을 발견한 일은 그 뒤로도 몇 차례 더 있었다.

지완은 고등학교에 입학한 이후 주위 다른 아이들처럼 스마트폰을 갖고 싶다고 했다. 하지만 나는 아이들이 스마트폰을 손에서 떼지 않는 요즘 풍조가 영 못마땅했다. 보수적이라고 할지 몰라도 그래서 이제껏 지완에게 스마트폰 사주는 걸 미뤄왔다. 하지만 더 이상 물러서기가 힘들었다. 이미 친구들은 오래전부터 모두 스마트폰을 갖고 있다고 지완은 볼멘소리를 했고, 그에 이리저리 안 된다는 이유를 찾다 지쳐 결국 나는 지완이 전국 수학 경시대회에서 1등을 하면 사주겠노라고 약속했다. 지완이 수재라고는 하나 전국에서 몰려든 수학 영재들 가운데 1등을 하는 건 아무래도 어렵겠지 하는 생각에서였다. 하지만 지완은 당당하게 1등을 거머쥐었고 약속대로 스마트폰을 사달라고 요구했다.

"지완아, 그건 좀 더 생각해보자. 너한테 지금 스마트폰이 꼭 필요한 건 아니잖니?"

내 말에 지완의 눈초리가 싸늘하게 변했다. 나를 비난하는 것 같기도, 질책하는 것 같기도 한 눈빛이었다. 자식이지만 지완이 그런 눈으로 나를 바라볼 때면 어쩐지 아이가 두려웠다.

"약속했잖아."

지완이 눈초리만큼이나 냉정한 어조로 말했다.

"하지만…"

그게 꼭 필요하느냐고 다시 한번 물으려는데 지완이 말을 가로막았다.

"약속은 반드시 지켜야 하는 거 아닌가? 약속을 어기면 벌받는다고 엄마가 말했잖아."

얄미울 정도로 침착하게 말하는 지완에게 딱히 반박할 여지가 없었다. 그래서 당장은 어려우니 잠시 고민해보자는 말로 상황을 얼버무렸다. 지완은 못마땅하다는 표정을 지었지만 더는 고집을 부리지 않았다.

안 되는 일은 막무가내로 우기지 않고 칼같이 잘라버리는 지완의 성격을 잘 아는 터라 나는 이걸로 끝났나 보다 생각했다. 그 뒤로 영 찜찜한 기분이 가시지 않은 그 사건이 일어나기 전까지는.

며칠 뒤 여느 때처럼 마트에서 물건을 골라 플라스틱 장바구니에 넣고 있는데 누군가가 내 곁을 거칠게 툭 치고 지나갔다.

"아, 죄송합니다."

놀란 내가 돌아보자 부딪친 사람이 황급히 사과했다. 머리를 노랗게 물들인, 고등학생으로 보이는 남자아이였다. 큰일도 아니라서 나는 그냥 대수롭지 않게 넘어갔다.

조금 뒤 쇼핑을 마치고 계산대에서 물건값을 치르고 마트를 나오는데 별안간 경보음이 울렸다. 처음엔 그게 나 때문이라는 것도 몰랐다. 마트 안에 있던 사람들이 일제히 나를 돌아보고, 경비원이 달려와 내 팔을 잡은 뒤에야 마트 전체에 울려퍼진 그 시끄러운 소리가 나 때문이었다는 사실을 비로소 깨달았다.

"뭐, 뭔가가 잘못된 것 같아요."

당황한 나는 경비원 앞에서 말을 더듬었다. 사람들의 시선 때문에 얼굴이 화끈 달아올랐다.

"잠시 저희랑 같이 가주셔야겠는데요."

경비원은 섬찮게, 하지만 다소 위협적인 어투로 말했다.

마트 한쪽에 존재하는 줄도 몰랐던 구석진 사무실로 들어가 잠시 대기하고 있는 사이, 경비원이 누군가를 불러왔다. 아무래도 이곳 책임자이거나 매니저 정도 되는 것 같았다. 가슴팍엔 '이양혁'이라는 이름표를 달고 있었다.

"죄송하지만 가방 안을 좀 살펴볼 수 있을까요?"

양혁이 내게 요청했다. 나는 말없이 메고 있던 에코백을 내밀었다. 장 보러 갈 때마다 늘 갖고 다니는 가방이었다. 지퍼가 없어 벌어진 가방 안이 외부에 노출된다는 단점이 있지만, 수납 공간이 넉넉하고 가벼워서 이럴 때 메고 다니기엔 딱 좋았다. 양혁이 가방을 거꾸로 들고 안에 있는 내용물을 모조리 테이블에 쏟았다. 그런데 지갑, 물티슈, 껌 등 가방에 넣고 다니는 물건 외에 못 보던 물건이 하나 섞여 있었다.

"이것 때문에 경보음이 울린 모양인데요? 가방에 넣은 걸 모르셨어요?"

점잖은 표정으로 말했지만 양혁의 입가에 어딘지 모르게 어색한 미소가 걸린 걸 나는 놓칠 수 없었다. 양혁이 손에 든 물건은 콘돔이었다. 겉 포장이 알록달록한, 나로선 필요하지도 않고 쓸 일도 없는 물건.

"아, 아니에요. 저, 저런 게, 그럴 리가 없어요."

나는 세차게 고개를 흔들었다.

"하지만 가방 속에서 분명히 이게 나왔거든요."

절대 무를 수 없는 증거 자료라는 듯 양혁은 콘돔을 가리키며 말했다.

얼굴이 뜨겁게 달아오르는 게 느껴졌다. 머릿속이 하얗게 변한 것 같았다. 왜 저 물건이 내 가방 속에서 나왔을까. 하다 못해 휴지나 군것질거리라면 무심코 장바구니가 아닌 가방에 집어넣었다고 쳐도, 콘돔엔 손을 댈 일도 없는데. 억울하고 수치스러워 나도 모르게 눈물이 흘렀다.

"이따금 깜빡하고 장바구니에 넣어야 할 물건을 자기 가방 속에 넣는 고객님도 있더라고요."

내가 훌쩍이기 시작하자 양혁은 갑자기 불편해진 모양이었다. 별로 비싼 물건도 아닌데 내가 실수한 거라고 결론 내고 상황을 빨리 마무리하고 싶은 기색이 역력했다. 차려입은 옷가지가 싸구려는 아닌 걸 보아하니 고의로 물건을 훔칠 것 같지 않은 데다, 마트의 단골이라는 기록이 있으니 점잖게 돌려보내는 편이 좋겠다고 판단한 건지도 몰랐다.

양혁의 말에 나는 혼란스러웠다. 내가 정말로 그랬을까? 가끔씩 약기운에 머리가 몽롱해질 때가 있긴 하지만 이 정도로 판단이 흐려지진 않는데. 혹시나 내가 나도 모르는 사이에 미쳐가는 건 아닐까.

아니야. 나는 마음속으로 고개를 흔들었다. 아무리 내가 가끔 무언가를 깜빡하고, 이따금 정서가 불안정하다 해도 자신이 한 일조차 기억하지 못할 만큼 나사가 빠진 건 아냐. 뭔가 잘못됐어. 무언가 착오가 생긴 게 틀림없어.

문득 아까 매대에서 부딪쳤던 노랑머리가 생각났다. 혹시 그 아이일까? 그 노랑머리라면 내게 접근했을 때 내 에코백 안에 콘돔을 슬쩍 집어넣을 기회가 있었을지도 모른다. 만약 그렇다면 그 아이는 생전 처음 보는 내게 왜 그런 못된 장난을 했을까?

"잠깐 착각하신 것 같으니 계산 안 한 물건은 이대로 두고 이만 가시죠. 혹시 필요하시다면 여기서 계산을 하시고요."

양혁이 콘돔을 힐끗 쳐다보며 말했다. 나는 황급히 자리에서 일어섰다. 이제 문제가 해결된 듯하니 한시바삐 이 자리를 뜨고 싶었다. 앞으로 두 번 다시 여기에 발을 들이지 않겠다고, 어딘가 다른 곳에서 장을 봐야겠다고 다짐했다.

서둘러 마트를 나와 집으로 향했다. 수치심에 달아오른 얼굴이 아직도 화끈거렸다. 차가운 바람에 얼굴을 식히며 바삐 집으로 발걸음을 옮기는데 저만치 앞에 아까 마트에서 부딪쳤던 노랑머리가 눈에 띄었다. 노랑머리는 혼자가 아니었다. 야구모자를 눌러쓴 제 또래 누군가와 함께 있었다. 먼발치에서도 일행의 키와 체구가 어디선가 본 것 같다는 생각이 들었다. 야구모자가 고개를 든 순간, 나는 놀라 장 본 물건을 바닥에 툭 떨어뜨리고 말았다.

지완이었다. 야구모자를 쓴 지완은 웃으며 노랑머리에게 뭔가를 건네고 있었다. 멀어서 뭔지 보이진 않았지만, 돈일 것이라고 직감했다. 지완은 저 노랑머리에게 왜 돈을 주는 걸까? 노랑머리에게 뭔가를 부탁했던 걸까? 대체 뭘 부탁했을까? 혹시…….

나는 마음이 다급해졌다. 당장이라도 두 사람을 붙들고 무슨 작당을 한 건지 물어보고 싶었다. 바로 뛰어가 길을 건너려는데 순간 커다란 대형 버스가 길목을 가로막으며 두 소년의 모습을 내 시야에서 차단했다. 동시에 신호등 역시 빨간불로 바뀌었다. 나는 초조한 마음을 억누르며 어서 빨리 버스가 지나가기를, 어서 신호등이 바뀌기를 기다렸다.

날뛰는 마음 탓인지 신호 대기 시간이 유난히 길게 느껴졌다. 마침내 신호등이 파란불로 바뀌었을 때 지완과 노랑머리의 모습은 이미 사라지고 없었다.

그날 저녁 지완은 내게 다시 한번 스마트폰을 사달라고 요구했다. 정당한 권리를 들이미는 양 지완은 조르거나 눈치 보는 기색 없이 태도가 당당했다. 마치 이제는 내가 사줄 거라는 걸 미리 알고 있기라도 한 것처럼.

"지완아, 혹시 너 오후 6시에 푸르메 마트에 갔었니?"

나는 지완의 말에 대답 대신 그렇게 물었다. 어쩌면 내가 착각한 것일 수도 있다. 지완과 체구가 비슷한 10대는 한둘이 아니다. 지완이 쓰는 야구모자 역시 한때 유행을 타서 그 또래 아이들이 많이 갖고 있는 아이템이다. 그러니 내가 잘못 봤을 수도 있다고 생각했다. 게다가 불량스러워 보이는 노랑머리와 모범생인 지완 사이엔 아무런 접점이 없어 보였다.

"푸르메 마트? 거길 내가 왜 가? 그 시간에 난 학원 있었는데."

무슨 소리인지 모르겠다는 표정으로 지완이 대답했다.

나는 조심스럽게 지완의 표정을 살폈다. 지완은 거짓말하는 기색이 전혀 없어 보였다. 그럼 그렇지. 나는 속으로 안도의 한숨을 내쉬었다. 그래, 내가 착각한 거야. 어쩌면 노랑머리는 이 일과 아무런 상관이 없을지도 몰라. 내가 무심코 콘돔을 가방에 넣었을 수도 있으니까. 왜 그랬는지는 전혀 모르겠지만, 어쩌면 껌이나 다른 무언가로 착각했을 수도 있다고 생각했다. 사람의 기억이라는 게 늘 정확한 것은 아니니까. 어쩌면 노랑머리가 길 건너에서 만나고 있던 사람 역시 지완과 비슷하게 생긴 다른 누군가였을지도 몰랐다. 아니, 틀림없이 그럴 거라고 믿고 싶었다.

"엄마, 듣고 있어? 스마트폰."

딴생각에 정신이 팔려 있는 나를 지완이 환기시켰다.

"약속을 안 지키면 계속 나쁜 일이 생긴대. 어릴 적에 엄마가 그런 동화도 읽어줬던 것 같은데. 요정이랑 약속한 사람이 약속을 안 지키자 요정이 벌을 줬다고."

그 말에 나도 모르게 고개를 들어 지완을 빤히 쳐다봤다. 아이의 묘한 말 속엔 뭔가 깊은 뜻이 숨겨져 있다는 생각이 들었다. 기분 탓인지 몰라도 어쩐지 지완이 나를 협박하는 것처럼 들리기도 했다. 제 요구를 들어주지 않을 경우 또 무언가 나쁜 일이 생길 거라는.

하지만 말도 안 되는 생각이었다. 아마도 마트에서 너무 난데없는 봉변을 당해 트라우마가 생긴 것인지도 모르겠다는 생각이 들었다. 그래도 더는 지완의 청을 거부할 수 없었다. 뭐라고 설명할 수는 없지만, 어쩐지 그래선 안 될 것 같다는 본능적인 예감이 들었다.

돌이켜보면 지완의 내면에 그리 아름답지 않은 무언가가 도사리고 있음을 어렴풋이 짐작하고 있었던 것 같다. 하지만 나는 애써 그 정체를 파헤치지 않으려 했다. 내 인생에서 가장 큰 성취이자 결실인 지완이 지금처럼 언제나 완벽한 골든 보이로 남아줬으면 하는 바람에서였다. 그래서 때로는 위험신호가 울리는 걸 뻔히 보면서도 모른 척했다. 사냥꾼을 피해 달아나다가 제 머리를 땅에 처박는다는 타조처럼 그 순간을 회피하면 나를 위협하는 문제가 사라질 거라고 생각했다.

　하지만 현실은 그렇지 못했다. 지완이 가진 어떤 내면의 결함이 어쩌면 상당히 위험한 종류의 것일 수 있다는 사실을 뼈저리게 느낀 건 수완이 시에서 주최하는 유도 대회를 치른 날이었다. 그날 같은 시각에 지완의 입시 진로 상담이 있다고 해서 부득이하게 수완의 경기 관람까지 포기하고 학교에 찾아갔더니 지완의 담임 박승현은 조금 의아한 얼굴로 나를 맞았다.

　"지완 어머님, 무슨 일로 오셨어요?"

　"오늘 지완이 입시 상담 문제로 선생님께서 보자고 하셨다기에⋯."

　"상담요?"

　승현은 내가 지금 무슨 말을 하고 있는지 전혀 모르겠다는 눈치였다.

　"혹시⋯ 오늘이 아닌가요?"

　어리둥절한 승현의 표정을 보며 내가 조심스럽게 물었다.

　"아, 네⋯. 뭔가 착각하신 것 같습니다. 그런 얘기는 일절 한 적이 없는데요."

여기까지 헛걸음을 하게 해서 미안하다는 투로 승현이 말했다. 하지만 한편으로는 '이 아줌마 대체 왜 이러는 거지?' 하는 의아한 기색이 역력했다.

"아… 네. 사실은 지완이한테 그렇게 들어서요."

나 역시 어안이 벙벙했다.

"지완아, 어머니께서 오셨어. 뭔가 착각하신 것 같은데? 어떻게 된 거니?"

마침 교실로 들어온 지완에게 승현이 질문했다. 지완은 나를 보고 깜짝 놀란 얼굴을 하더니 "엄마, 학교엔 왜 왔어?"라고 물었다.

"네가, 선생님이 부르셨다고…."

"언제?"

지완은 너무도 태연한 표정으로 그렇게 되물었다. 얼마 전 수완과 셋이서 나눈 대화를 전혀 기억 못 한다는 듯이.

"하필이면 오늘 상담이 있어서 수완이 경기도 못 보러 가게 됐잖아…. 저번에 우리 같이 얘기했었잖아."

그 말에 당혹스러운 표정으로 지완이 나를 물끄러미 쳐다보았다. 마치 내가 무슨 말을 하는지 전혀 모르겠다는 듯이. 하지만 나는 똑똑히 기억한다. 분명히 수완과 셋이서 얘기했었다. 지완의 중요한 입시 상담 때문에 수완의 경기엔 참석할 수 없을 것 같다고. 그래서 수완이 그토록 화를 냈었는데. 그때의 껄끄러운 기억들이 생생한데 지완이 이렇게 모르쇠로 나오는 걸 보니 가슴이 답답했다.

"엄마, 뭔가 또 착각하는 거 아냐?"

아무리 설명해도 말귀를 못 알아듣는 머리 둔한 아이를 달래는 듯한 말투로 지완이 물었다.

"또'라니?"

"예전에도 몇 번 그랬잖아. 들은 걸 자꾸 깜빡깜빡하고."

지완이 제 담임 앞에서 이런 얘기를 꺼내는 게 민망한지 승현을 곁눈질하며 내게 속삭이듯 말했다. 갑자기 화가 치밀어 올랐다. 지완이 나를 바보 취급하거나, 더 나쁘게는 미친 사람 취급을 하고 있다는 생각이 들었다.

"저, 어머님. 지완이 말대로 뭔가 잘못 알고 계신 것 같은데…."

승현이 조심스럽게 끼어들었다. 갑자기 화가 울컥 솟구쳤다. 지완과 승현은 둘 다 지금 나를 뭔가 문제 있는 여자처럼 바라보고 있다. 하지만 나는 그들이 생각하듯 그렇게 정신이 오락가락한 여자가 아니다. 더구나 승현은 몰라도 지완만큼은 내 말이 진실이라는 걸 잘 알고 있을 터였다.

"잘못 알긴 뭘 잘못 알아요! 대체 제가 뭘 잘못했다고 그러세요!"

가슴속에 치밀어오르던 당혹감과 분노가 엉뚱하게도 승현을 향해 터져버렸다. 날카롭게 소리를 지르고 나서 나도 모르게 움찔했다. 승현 역시 조금 놀랐는지 눈이 휘둥그레져서 나를 바라봤다.

"죄, 죄송해요. 저는…."

황급히 사과하는데 갑자기 눈물이 나왔다. 스스로 한심하기 짝이 없었지만 아이와 담임 선생님 앞에서 그들로부터 내 존재를 부정당하는 것 같아 억울한 감정을 억누를 수가 없었다. 내 돌발 행동에 둘 다 어찌할 줄 모르고 멍하니 나를 쳐다보고만 있었다. 견딜 수 없어진 나는 다시 한번 죄송하다고 말한 뒤 화장실로 뛰어갔다.

세면대 거울에 비친 내 얼굴은 엉망이었다. 헝클어진 머리에 흥분해서 벌겋게 달아오른 얼굴이 내가 보기에도 정신 상태가 멀쩡해 보이진 않았다. 감정을 누그러뜨린 뒤 승현에게 사과하고 빨리 자리를 떠야겠다고 생각했다. 매무새를 추스른 뒤 다시 교실로 들어가려는데 안에서 지완과 승현이 나누는 대화 소리가 들렸다.

"선생님, 죄송해요. 엄마가… 사실은 정신이 좀 불안정하세요. 우울증을 앓고 계시거든요. 이따금 약을 바꾸거나 빼먹으면 현실이랑 현실 아닌 걸 헷갈리거나 감정이 오락가락하시더라고요."

지완의 목소리는 우울했지만, 차분했다. 사정을 모르는 사람이 들었더라면 이런 난감한 상황에서도 침착하고 예의 바르게 군다고 칭찬했을 법한 말투였다.

"그래, 네가 많이 힘들겠구나. 그런데도 이렇게 공부도 열심히 하고 정말 대견하다."

나와 내 두 아들 사이에 있었던 일을 알 턱이 없는 승현은 침울한 얼굴로 고개 숙인 지완에게 다가가 축 늘어진 아이의 어깨를 두들기며 위로했다.

더는 그들의 대화를 듣고 있을 수가 없었다. 나는 그대로 학교를 벗어나 무작정 거리를 거닐었다. 승현은 어차피 나를 정신이 불안정한 사람으로 여길 테니, 교실을 뛰쳐나간 뒤 아마도 충동적으로 집에 돌아갔겠거니 생각할 터였다. 기계처럼 아무 생각 없이 발길을 옮기면서도 머릿속은 이런저런 생각들로 소용돌이쳤다. 지완은 어째서 있지도 않은 상담 날짜를 만들어내서 나를 학교로 불렀을까. 왜 자기 담임에게 나를 정신이 불안정한 여자로 보이도록 만들었을까.

슬프고 화가 나는 한편, 불안하기도 했다. 지완이 한 말을 곱씹으면 곱씹을수록 과연 나 자신을 믿을 수 있을지 확신이 들지 않았다. 혹시 지완의 말처럼 내가 정신이 오락가락해서 현실과 현실이 아닌 것들을 자주 헷갈리고 있지는 않나. 그래서 지완이 하지도 않은 말을 내가 들었다고 착각하는 건 아닐까. 지완이 일부러 내게 거짓된 정보를 알려주고 나를 미친 사람 취급하는 것과 내가 정말 정신이 이상해지고 있는 것 중 어느 쪽이 그나마 더 긍정적일지 나 자신도 알 수 없었다.

얼마나 시간이 흘렀을까. 한동안 무작정 걷다가 집으로 돌아오고 나서 얼마 후, 시합을 마친 수완이 실망 가득한 얼굴로 귀가했다. 아직도 기분이 안 풀렸는지 원망 섞인 시선으로 나를 쳐다보는 수완을 보니 지완으로부터 날짜를 잘못 들은 게 아니라는 확신이 들었다.

지완이 집에 돌아왔을 때 슬며시 떠보았다.

"지완아, 너도 알고 있지? 엄마가 착각한 게 아니라는 거. 수완이랑도 얘기해봤는데 네가 분명히 오늘 오후 4시에 담임 면담이 있다고 얘기한 걸 들었대."

진짜로 수완에게 확인해본 건 아니지만, 굳이 그럴 필요조차 없었다.

"정말 생각 안 나?"

지완은 완전히 질렸다는 표정이었다.

"수완이가 너무 실망하는 바람에 내가 미안해서 선생님께 부탁해 날짜를 바꿨다고 했잖아. 그저께 밤에 엄마랑 둘이 있을 때 얘기했었는데."

"뭐?"

전혀 기억이 나질 않았다. 하지만 만약 그랬다면 왜 지완이나 담임은 나랑 만난 자리에서 그 얘기는 하지 않았던 걸까.

"엄마, 혹시 어제 약 안 먹었어?"

어안이 벙벙한 내 표정을 살피며 지완이 이번엔 조심스럽게 물었다.

"빼먹지 말고 먹어. 가만 보면 엄마는 약 안 챙겨 먹을 때 정신이 더 없더라."

걱정스러운 얼굴로 그렇게 말한 지완은 멍하게 서 있는 나를 지나쳐 제 방으로 들어갔다.

지완이 사라진 뒤에도 나는 한동안 이 상황을 어떻게 받아들여야 할지 갈피를 잡지 못했다. 그러다 지완이 한 말이 생각나 침실로 가서 서랍에 든 약상자를 열어봤다. 아닌 게 아니라 날짜 라벨이 붙은 약상자엔 제날짜에 먹지 않은 약들이 그대로 담겨 있었다. 그렇다면 정말 내가 착각한 걸까. 지완이 내게 상담 날짜가 바뀌었다고 공지한 걸 잊어먹고 있었던 걸까. 생각에 생각을 거듭하다 보니 점점 뭐가 진실이고, 뭐가 거짓인지 헷갈리기 시작했다.

문득 '가스라이팅'이라는 단어가 머리를 스쳤다.

'아니, 아니야.'

나는 머릿속에 떠오르는 끔찍한 단어를 지워버리려는 듯 고개를 흔들었다. 내가 가장 사랑하는 아들이 나를 가스라이팅하고 있다는 가설을 믿느니 약을 안 먹어서 기억이 오락가락한다는 가설 쪽이 훨씬 받아들이기 수월했다.

그래, 내가 착각한 거야. 지완이가 나한테 일부러 그럴 리가 없지. 오해야, 모두 내 착각이 만들어낸 오해라고. 나는 자꾸만 밀려드는 의구심에 뚜껑을 덮고 그 무거운 상자를 가슴속 깊은 곳에 감춰버렸다. 사냥꾼을 보고 땅에 머리를 파묻는 타조처럼 나는 또다시 눈앞의 현실을 회피하고 말았다.

하지만 진실을 회피하는 건 마치 외상 장부에 돈을 달아놓는 행위와 비슷했다. 지금 당장은 돈을 지급할 필요가 없지만, 그렇다고 내가 진 빚이 사라지는 건 아니다. 오히려 갚지 않은 기간만큼 차곡차곡 이자만 쌓여갈 뿐이다. 마주하기 싫은 문제로부터 눈을 돌린 기간이 길면 길어질수록 문제가 사라지기는커녕 눈덩이처럼 점점 불어나 언젠가는 엄청난 계산서를 맞닥뜨리게 된다. 지금 내가 지완의 노트북에서 수완의 전 여자친구 나체사진을 보게 된 것처럼.

대체 어디서부터 잘못된 걸까. 혹시 나 때문에 이런 사달이 벌어진 건 아닐까. 그렇다면 과연 내가 해야 했던 일, 혹은 하지 말아야 했던 일은 무엇일까. 누가 멱살을 쥔 것처럼 가슴이 답답하고, 목구멍에서 신물이 넘어왔다.

"엄마, 지금 뭐 해?"

문득 등 뒤에서 지완의 목소리가 들렸다. 돌아보니 지완이 방문 앞에 서 있었다. 너무 얼이 빠져 있던 터라 인기척도 알아차리지 못했다. 지완은 창백해진 내 얼굴과 켜진 노트북을 번갈아 보더니 무슨 일이 있었는지 대충 눈치챈 모양이었다.

"아아, 들켜버렸네."

지완이 얼어붙은 나를 바라보며 싱긋 웃었다.

선택

　제 비밀을 들켰음에도 불구하고 지완은 딱히 놀라거나 허둥거리는 기색이 없었다. 입가엔 가벼운 미소까지 띠고 있었다. 누군가 봤더라면 청량하다고 할 만큼 상큼한 미소였다.

　"이게… 대체 뭐야?"

　폴더 속에 담긴 사진을 가리키며 내가 물었다. 충격에 혀가 굳어 말을 입 밖으로 내뱉는 것조차 힘들었다.

　"보는 대로."

　지완이 태연하게 대답했다.

　"보는 대로라고?"

　"응. 내 눈엔 여고생 나체사진으로 보이는데. 엄마는 그렇게 안 보여?"

　마치 날씨 이야기를 하듯 대수롭지 않은 투였다.

　"폴더 이름이 한혜던데, 한혜가 누구야?"

제발 내가 생각하는 대답이 나오지 않기를 간절히 바라며 물었다.

"서한혜. 벌써 잊어먹었어? 수완이 여자친구. 아, 이젠 '전' 여자친구라고 해야 하나."

발밑이 푹 꺼지는 것 같았다. 아니라고, 내 예상이 틀렸다고 말해주길 바랐는데. 한 가닥 희망마저 물거품이 돼 사라지고 이제 그 자리를 대신하는 건 바닥을 알 수 없는 깊은 절망뿐이었다.

"걔 사진이 왜 네 노트북에 있는 건데?"

나도 모르게 떨리는 목소리로 물었다. 원치 않는 대답을 듣게 될 것이라고 직감했지만, 그러는 한편 마음 한구석으로는 지완이 뭐라도 내가 수긍할 만한 설명을 해주리라 기대했다. 이제까지 내가 보고 들은 것이 모두 오해에서 비롯된 거라고 이해시켜주길 바랐다.

"혹시 '오컴의 면도날'이라고 들어봤어?"

지완의 입에서 나온 생뚱맞은 단어에 아들을 물끄러미 바라봤다. 지완은 "아마 못 들어봤겠지."라고 혼잣말처럼 중얼거리더니 답했다.

"어떤 사실이나 현상을 설명하려 할 때 논리적으로 가장 단순한 설명이 가장 진실일 확률이 높다는 뜻이야. 한혜라는 애 사진이 내 노트북에서 나왔다, 그러면 제일 단순한 진실이 과연 뭐겠어?"

"설마… 네가 찍은 거니?"

"정답!"

지환이 그렇게 대답하며 환하게 웃었다. 하지만 그 미소는 눈에까지 미치지는 못했다. 웃음기를 머금은 입가와 달리 초롱초롱 빛나는 눈은 얼음장처럼 차가웠다.

어쩐지 내 눈앞에 있는 지환이 처음 본 낯선 사람처럼 느껴졌다. 내 배 아파 낳은 자식이지만 지금 이 아이가 무슨 생각을 하는지, 왜 이런 반응을 보이는지 전혀 이해할 수 없었다. 내가 알던 지환은 송두리째 사라지고 전혀 모르는 누군가가 지환의 탈을 쓰고 앉아 있는 것 같았다.

"지환아, 너 왜 이래. 이러지 마. 너 일부러 이러는 거지, 그렇지?"

"왜 이러느냐고?"

지환이 피식 웃었다.

"글쎄. 이젠 좀 지겨워졌다고 해야 하나. 피곤해졌다고 해야 하나."

"…뭐가?"

지환과 이야기를 나눌수록 점점 더 깊은 구렁에 빨려 들어가는 기분이었지만, 멈출 수 없었다. 더는 피할 수 없는 지경까지 왔으니까. 지금껏 진실을 회피해왔던 게 내가 지금 맞닥뜨려야 하는 이 현실을 초래했으니까.

"착한 척하는 거. 집에서까지 그러는 건 꽤 성가시거든. 어차피 수완이 눈치챈 것 같으니 슬슬 그만둘 때도 됐고."

지환이 내뱉는 한마디 한마디가 내게는 충격이었다. 가장 가까운 혈육이지만, 지금 내 앞에 있는 지환은 한없이 멀게만 느껴졌다. 이제까지 지환이 보여준 완벽한 모습이 일종의 연기였다면, 나는 지금껏 지완을 전혀 몰랐던 셈이다. 그렇다면 진짜 지완의 모습은 뭘까. 내가 지금 마주하고 있는 사람? 생각만으로도 소름이 돋았다.

마치 처음 보는 사람처럼 나는 지완의 해맑은 얼굴을 빤히 쳐다보았다. 지완은 그런 내 시선이 부담스럽지도 않은지 덤덤한 표정이었다.

"하지만, 사진은 수완이가… 수완이가 자기가 찍었다고 했잖아."

한참 동안 지완을 바라보던 내가 마침내 입을 열었다.

"그랬었나?"

지완의 목소리는 태연하다 못해 명랑하기까지 했다. 그렇지 않아도 유난히 초롱초롱한 눈이 더욱 반짝거리는 게 이 상황을 즐기고 있는 것 같았다.

"내가 기억하기로 걔는 계속 자기가 한 짓이 아니라고 했을 텐데. 한혜라는 애 말만 믿고 수완이 짓이라고 단정 지은 건 엄마랑 아빠잖아."

순간 묵직하고 둔탁한 무언가로 머리를 세게 얻어맞은 것 같았다. 그러고 보니 수완은 시종일관 그런 짓을 하지 않았다고 주장하며 억울해했다. 하지만 피해자인 한혜의 엄마가 당시의 세세한 상황을 설득력 있게 열거하며 수완이 한 짓이라고 주장하는데, 그 말을 믿지 않을 도리가 없었다. 반면 자기는 아무런 책임이 없다는 수완의 말은 잘못을 인정하기 싫어 발뺌하는 것으로밖에 안 들렸다.

게다가 그 당시 나는 상황이야 어찌 됐든 빨리 문제를 해결하는 데 급급했다. 보아하니 한혜네 엄마도 형사 사건으로 가기보다 사과 명목으로 위로금이나 받으려는 목적에서 찾아온 것 같은데, 계속 우리 애가 한 짓이 아니라고 고집하면 오히려 더 시끄러워질지도 모르겠다고 생각했다. 그런데 그게 수완이 아니라 지완이 한 짓이었다면 나는 억울한 아이에게 누명을 씌운 셈이었다.

"사진은 왜 찍은 거야? 그리고 한혜 사진을 찍은 게 너라고 왜 실토하지 않았어?"

내 물음에 지완이 고개를 갸우뚱했다. 나를 빤히 바라보는 표정이 '무슨 이런 바보 같은 질문이 다 있지?'라고 생각하는 것 같았다.

"찍을 수 있으니까 찍었지. 그리고 그 상황에서 내가 그랬다는 고백을 왜 해? 내가 바보야?"

너무도 단순 명쾌한 논리에 허탈하기까지 했다. 그래, 넌 바보가 아니지. 바보는커녕 너무 영악하고 머리가 좋아서 탈이지. 이제껏 지완의 명석함이 자랑스러웠는데, 지금은 이 아이의 사악한 명석함이 축복보다는 저주에 가까울 것 같다는 생각이 들었다.

"혹시 화장실 몰카도 네가 찍은 거야?"

불길함을 억누르며 물었다. 지완은 한심하다는 얼굴로 혀를 쯧쯧 찼다.

"엄마, 잊었어? 수완이는 현장에서 잡혔잖아. 쌍둥이도 아니고 어떻게 둘을 착각할 수 있어?"

하긴 지완의 말대로였다.

"…만약 네가 시킨 거라면?"

순간 지완의 눈이 반짝였다. 지완은 흥미롭다는 얼굴로 '호오!' 하고 감탄사를 내뱉었다.

"재미있는 가설이네. 그런 생각까지 하다니 엄마를 다시 봤는데?"

지완은 그 이상 아무 말도 하지 않았지만, 나는 직감했다. 수완에게 그런 범죄를 사주한 건 지완이라는 걸. 아무런 논리도 근거도 없고 심지어 그 이유조차 가늠할 수 없지만, 이 아이를 낳고 20여 년 동안 키워온 사람으로서 지완이 방금 자신이 수완에게 범죄를 지시한 사실을 시인했다는 것 정도는 알 수 있었다.

"왜 그런 건데? 네 동생한테 왜 그런 거냐고!"

절망감에 목소리가 갈라져 나왔다. 언제부터인지 몰라도 나도 모르는 사이 내 눈에서는 눈물이 흐르고 있었다.

"글쎄."

지완이 팔짱을 끼며 심드렁한 어조로 말했다.

"멍청한 녀석이 운동 좀 한다고 으스대는 꼴이 보기 싫어서? 동생이라 언제까지나 양보하고 위해줘야 했던 게 억울해서?"

"겨우 그것 때문이야?"

간신히 평상심을 유지하던 내가 기어이 소리를 질렀다. 지완에게 증오 혹은 혐오 비슷한 감정이 솟았다. 이따금 두려울 때는 있었지만, 이 아이에게 이런 감정을 품은 건 이번이 처음이었다. 불과 몇 시간 전까지만 해도 지완에게 이런 감정을 느끼리라곤 상상조차 하지 못했었는데.

"진실이 뭔지 난들 어떻게 알겠어? 나도 어디까지나 엄마 가설에 따라 상상만 해봤을 뿐인데."

지완이 여느 때처럼 또랑또랑한 말투로 대답했다.

머리가 어질어질했다. 이 이상 지완과 계속 대화를 나누다간 머리가 돌아버릴 것 같았다. 아니, 어쩌면 이미 돌아버렸는지도 모른다.

"수완이는 재판을 받아야 해. 운이 나쁘면 강한 처벌을 받을지도 모른다고. 그런데 넌 아무렇지도 않니?"

"나도 안타깝긴 해. 그러게 멍청하게 왜 들켜서는."

마치 남의 이야기인 것처럼 지완은 무심하기 짝이 없었다. 정신이 아득한 와중에도 지완의 말끝이 마음에 걸렸다. "왜 그런 짓을 해서는"이 아니라, "왜 들켜서는"이라고 했다. 이 아이에겐 나쁜 짓을 저지른 게 잘못이 아니라, 그걸 들킨 게 잘못인 모양이구나 생각했다.

"더 늦기 전에 네가 시킨 거라고 얘기해."

지완이 수완에게 그런 일을 시킨 이유가 무엇이건 간에 지금 중요한 건 그게 아니었다. 중요한 건 수완이 자의에 의해서가 아니라 형의 지시에 따라 범법 행위를 저질렀다는 사실이었다. 그러니 수완을 위해 그 사실을 밝혀야 한다.

"그런다고 뭐가 달라지는데?"

지완이 내 눈을 똑바로 쳐다보며 받아쳤다.

"뭐?"

날카로운 송곳 같은 시선에 한순간 말문이 막혔다.

"현장에서 붙잡힌 건 수완이잖아. 몰래카메라 촬영한 것도 수완이고. 내가 시킨 거라고 하면 걔가 한 짓이 사라지나? 아니잖아. 오히려 나까지 책임을 물어야 할걸. 그런데 엄마가 그걸 견딜 수 있을까?"

지완의 말은 정곡을 제대로 찔렀다. 그 아이 말대로다. 지금 와서 제 형이 시켰다고 실토한들 수완이 저지른 범죄 자체가 없었던 일이 되지는 않는다. 기껏해야 약간의 정상 참작 정도만 이뤄지겠지. 진실을 밝혀 얻을 수 있는 보상이 미미한 데 반해 치러야 할 대가는 크다. 지완의 완벽한 평판에 금이 갈 테고, 보장된 미래 역시 위험에 처할 수 있다. 이미 불구덩이에 들어간 한 자식을 구해내기 위해 또 다른 자식마저 사지로 밀어 넣어야 할 필요가 있을까. 그랬다간 둘 다를 잃어버릴 수도 있는데.

"수완이는 어차피 미성년자야. 처벌 강도도 높지 않을 거라고. 그런데 나는 아니잖아. 어떻게 할래? 이왕 망한 수완이가 책임을 다 지게 할 거야, 아니면 나랑 수완이 둘 다 망하는 꼴을 보고 싶어?"

지완은 마치 게임 이야기를 하는 것처럼 명랑하게 말했다. 저렇게 태연하고 당당할 수 있는 건 이미 게임의 결과를 알고 있기 때문일 거라고 생각했다. 내가 수완의 편을 들 리 없다는 걸. 내 인생의 가장 큰 결실이며 성취인 자신에게 조금이라도 해가 되는 선택 따위는 하지 않을 것이라는 걸. 내가 결국엔 아무것도 몰랐던 것처럼 행동하리라는 걸.

"게다가 수완이 변호사 보니까 재판도 크게 걱정 안 해도 되겠던데? 머리가 좋은지는 잘 모르겠지만, 적어도 바보는 아닌 것 같으니 한번 믿어보자고."

뒤죽박죽된 내 머릿속 사정 따위 아랑곳없이 지완이 덤덤하게 말을 이었다.

"변호사를 만났어? 네가? 왜?"

뜻밖의 말에 나는 어안이 벙벙했다.

"왜긴. 귀여운 동생이 걱정되니까. 엄마만 수완일 걱정하는 건 아니거든."

지완의 말은 어쩐지 이죽거리는 것처럼 들렸다. 반면 악의 가득한 말을 내뱉고 있는 지완의 얼굴은 순진한 소년처럼 해맑고 상큼하기 그지없어 오히려 섬뜩하게 느껴졌다. 지완이 담담하게 말을 이었다.

"혹시나 해서 하는 말인데, 내가 정말로 수완일 부추겼다고 오해하진 마. 어디까지나 엄마가 세운 가설이 흥미로워서 장단을 맞춰준 것뿐이니까."

내가 절대로 자신을 배신할 리 없다고 확신하면서도 지완은 자신에게 불리하게 작용할 수 있는 여지를 일절 남기지 않았다. 새삼 지완의 치밀함이 놀라웠다. 하긴 그랬기에 그 오랜 세월 동안 가족을 포함해 모든 이들에게 제 진짜 얼굴을 숨길 수 있었을 것이다.

"그리고 아빠한테도 말하지 않는 게 좋을 거야. 사진은 지워버릴 거고 내가 수완이를 부추겼다는 증거 따윈 아무 데도 없으니까. 엄마랑 수완이가 내 탓을 해봤자 한심한 사람들이 하는 정신 나간 헛소리로밖에 안 들릴 테니까."

인정하긴 싫지만, 이 역시 지완이 말한 대로였다. 우리 가족

중에서 남편이 진심으로 위하는 사람은 지완밖에 없다. 나와 수완은 가족이라는 이름으로 어쩔 수 없이 묶여 있는 천덕꾸러기에 불과하다. 설령 남편이 내 말을 믿어준다 해도 제 명예와 평판을 지키기 위해 그가 어떤 선택을 할지는 불을 보듯 뻔했다.

"이젠 좀 나가줄래?"

지완이 사무적인 태도로 말했다. 이미 할 말은 다 했고, 더는 내게 아무런 볼일이 남아 있지 않다는 투였다. 이성이 제대로 작동하지 않는 머리로 이 이상 지완과 얼굴을 맞대고 있어봤자 아무 소용 없었기에 나는 조용히 지완의 방을 나왔다.

"앞으로는 나 없을 때 함부로 내 방에 들어오지 말아줘."

등 뒤로 지완의 목소리가 들렸다.

그 뒤로 며칠이 어떻게 흘러갔는지 기억이 나지 않는다. 새로 알게 된 사실에 대한 충격이 너무 커서 그것들을 어떻게 소화해야 할지 갈피를 잡을 수가 없었다.

대체 지완이에겐 무슨 문제가 있는 걸까. 혹시 요즘 많이들 얘기하는 사이코패스나 소시오패스, 그런 걸까. 온라인에서 이것저것 자료를 뒤져봤다. 자가 검진 항목을 체크해보니 사이코패스인 것 같기도, 소시오패스인 것 같기도, 혹은 악성 나르시시스트인 것 같기도 했다. 하지만 한편으로는 아직도 지완이 그저 다소 자기중심적이고 이기적인 성향이 강한 평범한 청년이라고 믿고 싶은 마음이 더 컸다. 심란한 마음으로 검사지를 수십 차례 돌려보다가 마침내 그만뒀다.

설령 지완이 소시오패스나 나르시시스트라 한들 달라지는 것은 없다. 지완은 내 아들이고, 내가 평생을 책임져야 하는 존재다. 그리고 무엇보다 나는 여전히 지완을 사랑하고 있었다. 지완의 마음 밑바닥에 있는 어두운 그림자를 모두 알게 된 지금도 지완을 향한 애정은 수완을 향한 애정보다 강하다는 사실을 서글프지만 나는 인정할 수밖에 없었다.

그런 만큼 수완에 대한 죄책감은 이전보다 더 무겁게 내 마음을 내리눌렀다. 한혜의 사진을 찍지 않았다는 수완의 말을 믿어주지 않은 게 미안하고, 수완이 몰래카메라를 찍다 걸렸을 때 아이를 무작정 윽박지르기만 한 것도 죄스러웠다. 하지만 수완에게 어찌 된 일이냐고, 대체 지완과의 사이에서 무슨 일이 있었던 거냐고, 왜 이제껏 잠자코 있었냐고 물어보기도 어려웠다. 하고픈 질문은 너무나 많았지만, 만약 물어보기라도 한다면 내가 그 사실들을 모조리 알고 있다는 걸 들키고 말 것이다. 그러고 나서도 내가 진실을 바로잡기 위해 아무런 조치를 하지 않는다면, 수완은 나를 원망할 게 뻔했다. 그러느니 지금처럼 아무것도 모르는 양 행동하는 편이 더 나을 것 같았다. 설령 그게 부모로서의 도리는 아니라 하더라도.

다행히 수완의 변호사는 아무것도 모르는 눈치였다. 지완이 변호사를 따로 만났다는 사실이 마음에 걸려 무턱대고 사무실로 찾아갔는데, 보아하니 그는 지완에게서 좋은 인상만 받은 것 같았다. 하긴 지완이 일부러 변호사에게 자신한테 불리할 수 있는 정보를 제공할 리 없다. 아마도 지완은 수완이 변호사에게 어디까지 사실을 털어놓았을지가 궁금해 그를 만나러 간 것이 틀림없었다. 내가 예고 없이 수완의 변호사 사무실을 방문한 것과 같은 이유로.

상황이 이러하니 긁어 부스럼을 낼 필요가 없다고 생각했다. 수완에게는 미안하지만, 기왕 수완이가 지게 된 짐은 계속 혼자 감당하도록 놔두는 쪽이 가장 합리적인 선택이라고 말이다. 두 자식 모두를 위험에 빠뜨리느니 하나라도 안전하게 지키고, 이미 위험에 처한 다른 하나는 피해를 최소화하도록 도와주는 수밖에 없다고 생각했다.

하지만 이게 최선이고 합리적인 선택이라고 수없이 되뇌면서도, 만약 상황을 바꿔 위험에 처한 쪽이 지완이라면 어땠을까 가정하자 선뜻 똑같은 답을 내놓을 수 없었다. 그랬더라면 수완에게 피해가 가는 것을 감수하고서라도 어떻게든 지완을 구해내는 데만 혈안이 되지 않았을까. 그때는 무엇이 합리적이고 어떤 게 최선일지 따져볼 겨를도 없이 무조건 물불을 가리지 않을 테니까. 이토록 바보스러울 만큼 맹목적인 애정과 냉철하게 합리성을 따질 수 있을 만큼의 애정은 애초에 그 온도 차가 다르다는 걸 나는 슬프게 실감했다.

이미 마음속으로 수완이를 희생시킬 수밖에 없다는 각오를 다졌던 터라 어느 날 수완이 내게 할 말이 있다고 했을 때 가슴이 철렁했다.

"무슨 일인데?"

수완은 쉽사리 입을 열지 못했다. 직감적으로 아이가 할 말이란 게 제 형과 관련이 있다는 사실을 알아챘다. 그러자 차라리 수완이 아무 말도 하지 말아줬으면 하고 생각했다. 설령 그게 다시 현실 회피가 될지라도 이미 각오를 굳힌 일에 또 다른 변수를 만들고 싶지 않았다.

"형이야. 나한테 몰래카메라 촬영을 하라고 시킨 건."

결국 수완은 내가 외면하고자 했던 말을 꺼냈다. 두 주먹을 꽉 쥔 모습을 보니 제 딴엔 꽤 큰 각오를 하고 꺼낸 말이었던 모양이다.

"…응."

나는 어떻게 반응해야 할지 몰라 어색하게 고개를 끄덕였다. 수완이 미심쩍은 눈초리로 나를 쳐다봤다. 아이의 시선을 마주하니 죄책감과 미안함이 한꺼번에 밀려들면서 고개를 제대로 들 수 없었다.

"…혹시 알고 있었어?"

수완이 내 표정을 살피며 물었다.

나는 아무 대답도 할 수 없었다. 그렇다고 대답하면 아이에게 상처를 줄 게 틀림없다. 하지만 차마 아니라고 뻔뻔스럽게 거짓말을 할 수도 없었다. 어떡해야 이 상황을 조금이라도 부드럽게 넘길 수 있을지, 아니 그런 방법이 과연 있기나 할지 생각하느라 머릿속이 복잡해졌다. 수완은 내 얼굴을 보고서 사실을 눈치챈 모양이었다.

"알고 있었던 거네? 언제부터야? 처음부터 그랬어?"

수완의 얼굴이 충격과 배신감으로 무참하게 일그러졌다.

"아, 야냐, 수완아. 그런 거 아니야."

흥분한 수완 곁으로 다가가 어깨를 감싸 안았다. 하지만 아이는 나를 세차게 떠밀었다.

"어떻게 그럴 수 있어? 다 알고 있으면서도 어떻게 그렇게 아무렇지도 않을 수 있어?"

감정이 격해져 얼굴이 벌겋게 달아오른 수완이 마구 소리를 질렀다. 화도 났겠지만, 그보다 허탈함과 실망이 더 클 게 분명했다. 수완의 마음속에 그어진 상처 자국이 생생하게 느껴져 손을 대면 만져지기라도 할 것 같았다. 그 상처를 낸 사람이 바로 엄마인 나라는 사실에 나 역시 마음이 칼에 베인 듯 화끈거렸다.

"이게 최선이었어. 넌 미성년자고 초범이니까 운이 좋으면 교육 이수 정도로 끝날 수도 있어. 그런데 괜히 네 형까지 끌어들일 필요 없잖아."

그렇게 말은 하면서도 내 말이 수완을 설득시킬 수 없다는 건 너무도 잘 알고 있었다. 나 자신조차 완전히 설득시킬 수 없었으니까. 예상대로 수완은 전혀 납득하지 못한 것 같았다.

"어떻게, 어떻게…."

수완은 얼빠진 얼굴로 중얼거렸다. 내가 한 걸음 다가가자 수완은 마치 징그럽고 역겨운 무언가를 본 것처럼 손사래를 치며 다가오지 말라고 나를 저지했다.

"수완아, 모든 게 다 잘될 거야. 그러니까 엄마를 믿고…."

"엄마는 늘 형밖에 모르지!"

수완이 내 말을 중간에서 가로막았다.

"어렸을 때부터 언제나 그랬어. 늘 형, 형, 형. 형밖에 안 보여. 나 따위는 어떻게 되든 관심도 없잖아."

"아냐, 그렇지 않아."

내가 항변했지만 수완의 귀엔 내 말 따위는 더는 안 들리는 모양이었다.

"아니긴 뭐가 아니야? 엄마는 형을 지키려는 것뿐이잖아? 잘난 형을 지켜서 엄마 자신을 지키려는 것뿐이잖아? 내 말 틀렸어?"

순간 커다란 칼날이 심장을 꿰뚫는 것 같았다. 어쩌면 수완에게 나 스스로도 인정하고 싶지 않은 내 속내를 들킨 것인지 몰랐다. 숨이 막혀 아무 말도 할 수 없었다.

"좋아, 엄마 뜻대로 해줄게. 내가 어떻게 되든 엄마가 아무 상관 안 하니까 나도 내가 어떻게 되든 아무 상관 안 할 거야."

이제껏 한 번도 보지 못한 사나운 눈빛으로 속사포처럼 말을 쏟아낸 수완은 내가 미처 말릴 사이도 없이 문을 박차고 밖으로 뛰어나가버렸다.

3. 폭로

수완은 빛나고 있어선 안 된다.

그 아이가 있어야 할 곳은 그늘이다.

그늘이 있어야 빛이 두드러질 수 있으니까.

그리고 우리 형제 중 빛이 나야 할 사람은,

언제나 빛 속에 있어야 할 사람은 바로 나였다.

빛 속 그림자

낯이 익은 여자애가 화장품 판매점 매장 안을 어슬렁거리고 있다. 진열된 물건을 구경하면서 수시로 계산대에 있는 직원들 쪽을 힐끔거린다. 하지만 딱히 도움이 필요해서 그러는 것 같지는 않다. 오히려 경계심이 잔뜩 어린 표정이 그들이 자신에게 관심을 가질까 봐 두려워하는 모습이다.

여자애의 얼굴이 내 정면을 향한 순간, 저 애를 어디서 봤는지 생각났다. 수완의 여자친구. 언젠가 수완과 저 여자애가 카페에서 다정하게 이야기를 나누고 있는 걸 먼발치서 본 적이 있다. 한눈에도 둘이 꽤 가까운 사이라는 걸 알 수 있었다. 무엇보다 수완은 전에 없이 당당하고 행복해 보였다. 그런 수완에게서 빛이 나고 있었다. 뭔가가 수완의 마음에 불을 밝힌 듯 내면에서 우러난 빛이 자연스럽게 밖으로 흘러나오고 있는 것 같았다.

그 점이 나는 못마땅했다. 수완은 빛나고 있어선 안 된다. 그 아이가 있어야 할 곳은 그늘이다. 그늘이 있어야 빛이 두드러질 수 있으니까. 그리고 우리 형제 중 빛이 나야 할 사람은, 언제나 빛 속에 있어야 할 사람은 바로 나였다.

수완에게 넌지시 여자애 험담을 해봤지만, 수완은 귓등으로도 내 말을 듣지 않았다. 아무래도 제 여친에게 빠져도 단단히 빠진 모양이었다. 하지만 급할 건 없다. 머잖아 그 두 사람을 떼놓을 방법을 찾게 될 테니까. 이름이… 아 그렇지, 한혜라고 했던가.

지나가다 우연히 매장 유리창 너머로 한혜를 봤을 때 어쩌면 그 기회가 빨리 온 것일 수도 있겠다고 직감했다. 불안한 표정으로 주위를 두리번거리는 한혜에게서 어떤 위태로움을 발견했기 때문이다. 그 위태로움은 무언가 결핍이나 약점을 가진 사람들한테서 흔히 찾아볼 수 있는 종류의 것이었다. 엄마나 수완처럼.

나는 조용히 매장 안으로 들어가 멀찍이서 한혜를 주시했다. 널찍한 매장 안엔 손님이 나와 한혜 둘뿐이었다. 직원들도 모처럼 한가한 기회를 놓치지 않겠다는 듯 자기들끼리 수다를 떨면서 깔깔거리고 있었다. 한혜가 직원들 쪽을 힐끔거리며 매장 안 사람들의 시야가 잘 닿지 않는 곳으로 발걸음을 옮겼다. 정신이 온통 계산대 직원들 쪽에 팔려 있어 내가 있다는 건 눈치채지 못한 것 같았다.

직원들이 자신에게 관심이 없다는 걸 확인한 한혜가 어딘지 모르게 부자연스러운 동작으로 진열대 위 물건을 만지작거리기 시작했다. 순간 나는 한혜가 이다음에 무엇을 할지 눈치챘다. 그래서 먼발치서 몰래 휴대전화를 꺼내 한혜의 행동을 녹화했다. 예상대로 한혜는 만지작거리던 물건을 잽싸게 제 주머니 속에 집어넣었다. 그러곤 직원들이 자신을 보지 못한 걸 확인한 뒤 주위를 살피며 그대로 매장을 나갔다. 그런 한혜를 내가 뒤따라가 조용히 불러세웠다.

"너, 혹시 한혜 아니니?"

그 애가 화들짝 놀라며 나를 돌아보았다. 들켰나 하고 잔뜩 경계한 표정이었다. 가까이서 보니 훨씬 앳된 얼굴이다. 딴에는 진하게 화장을 하고 노출이 심한 옷을 입긴 했지만, 섹시해 보이기는커녕 어린애가 어른 흉내를 낸 것처럼 우스꽝스럽고 천박해 보이기만 했다. 얘는 자기가 어떻게 보이는지 진짜 모르는 걸까. 역시 머리가 나쁜 것이 수완이한테 딱 어울릴 법한 애다.

"맞는데… 왜 그러세요?"

"아, 예전에 우연히 수완이랑 같이 있는 걸 봤는데 맞네. 나 수완이 형이야. 수완이가 네 얘기 많이 했어."

"…네."

긴장이 눈에 띄게 누그러졌지만, 한혜는 여전히 경계를 풀지 않았다.

"날씨도 더운데 어디 가서 시원한 거라도 마실래?"

별로 내키지 않는 것처럼 보이는 한혜에게 "수완이 몰래 할 얘기도 있고."라고 덧붙였다. 그제야 한혜는 궁금증이 동한 모양이었다.

"그게 뭔데요?"

"이런 데서 얘기하긴 좀 그렇고. 공차 좋아해? 저기서 공차라도 마실까?"

내가 물었다. 한혜는 잠시 망설이다가 알겠다며 따라왔다. 역시나 수완의 여자친구도 수완과 마찬가지로 손쉬운 먹잇감이었다.

"할 말이 뭔데요?"

음료가 나온 뒤 한혜가 물었다. 말투가 딱딱했다. 보통은 여자애들이 나한테 잘보이려고 안달 난 것처럼 구는데. 어쩌면 수완에게서 나에 대한 안 좋은 얘기를 들었는지도 모른다는 생각이 들었다. 그렇다면 더더욱 가만둬선 안 된다. 이 애도, 수완도.

"수완이랑 잘 지내?"

"네… 뭐. 그럭저럭요."

그런 걸 왜 묻느냐는 표정으로 한혜가 뚱하게 대꾸했다.

"다행이네. 사실은… 수완이한테 문제가 좀 있거든."

"문제요?"

궁금한 얼굴로 한혜가 나를 바라봤다.

"이런 말 하긴 좀 곤란한데…."

말을 시작하기 전에 뜸을 들였다.

"걔가 분노조절장애가 좀 있거든."

"분노조절장애요?"

"못 느꼈니? 다행이다. 아직까진 네 앞에서 폭발한 적이 없나 보네."

내가 안심했다는 투로 말하자 한혜는 조금 당황한 모양이었다.

"어릴 때부터 그랬어. 정신과 치료도 받았는데 별로 나아지질 않더라고. 평상시엔 얌전한데 한번 화가 나면 제어가 안 돼서 뭔가 때려 부수기 전까진 가라앉질 않아. 예전에 사귀던 여자애는 코뼈를 부러뜨려서 난리가 난 적도 있었어."

"수완인 제가 첫 여자친구라고 하던데요?"

한혜가 중간에서 끼어들었다.

"수완이가 그렇게 말하디?"

나는 일부러 의미심장하게 말했다. 그건 수완이의 거짓말이라고 딱 못 박아 말하진 않았지만, 그 정도로 운만 떼줘도 한혜의 마음에 의심의 불을 지피기엔 충분하다고 생각했다. 예상대로 한혜의 표정이 한층 더 혼란스러워졌다.

"집에서 유도를 시킨 것도 그 때문이야. 폭력성이 좀 사라질까 싶어서. 그랬더니 공공장소에선 난폭하게 구는 일이 많이 줄었는데 이따금 가까운 사람들한테만 폭발하더라고. 이를테면 여자친구라든지. 단둘이 있을 때가 많을 거 아냐."

"하지만…."

뭔가 항의하려던 한혜가 말을 뱉어내지 못하고 그냥 입을 다물었다. 생각해보니 수완과 사귄 기간이 그리 길지 않다는 걸 깨달은 모양이다. 어쩌면 수완에게 자기가 몰랐던 또 다른 면이 있을지 모른다고 의심하기 시작한 것 같았다.

"사실 너한테 이런 말 하기 좀 그렇긴 하지만… 걱정돼서 알려주는 거야. 미리 알고는 있어야 할 것 같아서."

"…네."

한혜는 내 조언을 어떻게 받아들여야 할지 모르겠다는 표정으로 애매하게 대답했다.

"특히 네 편에서 헤어지고 싶을 때 조심해야 해. 수완이가 그런 걸 잘 못 받아들이거든. 전 여자친구 코뼈를 부러뜨렸을 때도 헤어지잔 얘길 듣고 그런 거였어."

한혜는 아무 말도 하지 않았다. 표정을 보니 머릿속에서 여러 가지 생각이 오락가락하고 있는 게 틀림없었다. 아마도 내 말이 사실인지 여부를 가리기 위해 이제껏 수완이 했던 행동들을 하나씩 곱씹어보고 있겠지. 그 모습을 보니 어느 정도 사전 작업은 끝난 것 같았다. 이젠 다소 모험이 필요한 본 게임으로 넘어가야 할 차례다.

"그건 그렇고 너 가만 보니 한소희 닮은 것 같아. 그런 소리 많이 듣지?"

어색한 분위기를 전환하려는 것처럼 내가 조금 명랑한 목소리로 화제를 바꿨다. 한혜는 "아, 아니에요."라며 민망해하긴 했지만, 혼란스러운 와중에도 조금 표정이 밝아진 것 같았다. 역시 누군가를 조종할 때 허영심을 자극하는 것만큼 좋은 방법은 없다. 한혜처럼 머리가 빈 애들일수록 더욱 그렇다. 내친김에 조금 더 나가봤다.

"좋다고 따라다니는 남자들도 엄청 많을 것 같은데?"

"별로 그렇지도 않아요."

겸손한 척 대답했지만, 한혜의 입꼬리가 저절로 슬며시 올라가는 걸 나는 놓치지 않았다.

"수완이랑 사귀는 동안에 좋다는 사람은 없었어?"

별안간 한혜 얼굴이 진지해졌다. 정곡을 찔린 건지, 아니면 이야기가 이상한 쪽으로 흘러가는 것 같아 경계심이 발동한 건지 판단하기 어려웠다. 어느 쪽이든 큰 상관은 없지만. 딱히 잃을 것도 없어 나는 살짝 도박을 걸어보기로 했다.

"수완이 대신 나랑 사귀지 않을래?"

"네?"

한혜의 눈이 동그래졌다. 속마음이 얼굴과 행동에 고스란히 드러나는 애다. 딱 이런 반응을 예상했었기에 허둥지둥하는 한혜를 구경하는 건 꽤 재미있었다.

"네가 완전히 내 타입이거든. 예전에 수완이랑 있는 걸 보고 '아, 쟤 참 예쁘다. 저런 애랑 사귀면 좋겠다' 생각했었어."

미끼를 던진 뒤 한혜의 반응을 살폈다. 경험상 이렇게 추켜세워주면서 미소를 띠고 고백하면 여자애들 열에 여덟아홉은 넘어왔다. 하지만 한혜 경우는 조금 다를지도 모른다. 아직 고등학생인 데다, 동생의 여자친구니까. 과연 이 애가 넘어올까. 나는 흥미진진하게 한혜를 지켜봤다.

"방금 그 말, 못 들은 걸로 할게요."

잠시 당황하다 겨우 정신을 추스른 한혜가 자리에서 일어서려 했다. 아, 이번 시도는 실패인가. 어쩌면 한혜라는 애가 만만해 보여서 너무 성급하게 선을 넘은 건지도 모른다. 사람 보는 눈이 별로 있을 것 같지 않은 수완이 그래도 나름대로 의리 있는 애를 여자친구로 고른 모양이다. 하지만 어차피 시험 삼아 던져본 미끼였으니 나도 딱히 아쉬울 건 없었다.

"지금 가면 곤란해."

내가 한혜를 불러세웠다.

"본론이 남아 있거든."

나를 올려다보는 한혜의 얼굴을 똑바로 마주 보며 조금 전 화장품 매장에서 촬영한 영상을 들이밀었다. 한혜의 낯빛이 순식간에 창백하게 변했다. 놀란 표정으로 나를 바라보는 두 눈엔 두려움이 가득했다.

"대체… 나한테… 뭘 바라는 거예요?"

한혜가 더듬거리며 물었다.

"글쎄. 그건 지금부터 한번 생각해보려고."

나는 그렇게 대답하며 한혜를 향해 싱긋 웃었다.

사람들은 눈에 보이는 것만 믿는다. 보이는 것만이 진실이라 생각하고, 보이는 것 뒤에 가려진 이면에는 전혀 신경 쓰지 않는다. 아무도 가르쳐주지 않은 그 사실을 나는 무슨 이유에서인지 어린 시절부터 이미 깨닫고 있었다.

하지만 남들 눈에 내가 어떻게 보이느냐만이 중요한 건 아니다. 세상엔 그보다 더 중요한 게 있다는 사실을 나는 경험을 통해 배웠다.

"지완아, 여기 이 남자애가 너니?"

유치원 선생님이 내 그림을 가리키며 물었다. '우리 가족 그리기'라는 과제를 받고 다른 애들이 그린 그림은 대부분 한결같았다. 엄마, 아빠와 내가 나란히 손잡고 서 있고 그 뒤로 집처럼 생긴 건물이 보이는 그림. 종현이 엄마는 머리가 뽀글뽀글하고, 정인이 엄마는 머리가 길다거나, 유림이가 '나' 옆에 특이하게도 쌍둥이 언니를 그렸다거나 하는 세부적인 차이는 있었지만, 대략적인 구성은 모두 비슷비슷했다. 게다가 다들 어찌나 솜씨가 유치하고 서투른지. 그에 비해 나는 내 또래들이 그리기 힘들어하는 아기 요람까지 제법 근사하게 그렸다.

"네. 그리고 얘가 제 동생이에요."

내가 그림 속 아기를 가리키며 말했다. 선생님이 내가 가리키는 쪽으로 시선을 돌렸다가 다시 내 얼굴을 쳐다봤다. 나는 선생님을 마주 보며 두어 번 눈꺼풀을 가볍게 깜빡거렸다. 그 행동을 할 때마다 어른들이 귀엽다고 칭찬했던 것을 기억했기 때문에. 나는 이번에도 선생님이 얼굴에 예쁜 미소를 띤 채 "지완이는 그림을 참 잘 그리는구나. 역시 지완이는 뭐든지 잘해."라고 칭찬하며 머리를 쓰다듬어주길 기다렸다. 그런데 기대와 달리 선생님은 살짝 얼굴을 찡그렸다.

"동생은 왜 요람 안이 아니라 바닥에 떨어져 있지?"

"요람이 엎어졌거든요."

나는 그렇게 대답하며 안타까운 표정을 지었다. 무언가 나쁜 일이 일어났는데 그게 내 잘못은 아니라고 말하고 싶을 때 자주 짓곤 하던 표정. 이 표정이 먹히지 않은 적은 단 한 번도 없었다. 특히나 할머니 앞에선 언제나 효과 만점이었다.

"아기 얼굴을 까맣게 그린 건 왜 그런 거니?"

"너무 많이 울어서 얼굴이 미워졌어요."

사실은 '미워진' 게 아니라 태어나자마자 내게서 관심을 뺏은 동생이 그냥 '미운' 거였지만 그런 말을 할 수는 없었다. 착한 아이는 동생을 예뻐해야 하니까. 하지만 선생님이 아무런 응답을 하지 않자, 문득 아기 얼굴을 까만색이 아니라 빨간색으로 칠했어야 했나 후회가 됐다. 악악 울어대서 빨개진 얼굴엔 그 색이 더 어울렸는데.

선생님은 무언가를 골똘히 생각하는 것처럼 아무 말 없이 그림을 들여다보고 있었다. 선생님 입에서 좀처럼 기대했던 칭찬이 나오지 않자 조바심이 나기 시작했다. 뭔가 잘못됐다는 불길한 예감이 슬며시 밀려왔다.

"지완아."

마침내 선생님이 조용한 목소리로 나를 불렀다.

"요람이 엎어져 동생이 바닥에 떨어졌을 때 기분이 어땠어?"

"깜짝 놀랐어요. 수완이가 막 울어댔거든요."

"그리고? 그냥 놀라기만 했어?"

선생님이 내 얼굴을 물끄러미 쳐다봤다. 선생님은 내게서 어떤 대답이 나오길 기다리고 있는데, 그게 뭔지 나는 알 수 없었다. 어른들이 내게서 기대하는 답을 모르는 건 그리 자주 있는 일이 아니라서 더욱 초조해졌다.

"아기가 불쌍하다거나 슬프다거나 하진 않았어?"

내가 선뜻 대답하지 않자 선생님이 먼저 이렇게 해답을 제시했다. 아, 이거였구나. 선생님이 바란 답은. 뒤늦게 정답을 파악한 나는 선생님에게 동의한다는 뜻으로 세차게 고개를 끄덕였다. 하지만 선생님은 여전히 미심쩍은 얼굴이었다.

"그렇구나. 그런데 왜 그림 속 지완이는 기뻐 보일까?"

276

선생님 지적에 다시 그림을 들여다본 나는 그제야 내가 치명적인 실수를 했다는 사실을 깨달았다. 나를 표현한 그림 속 남자아이는 웃는 입을 하고 있었다. 우는 입을 하고 눈물도 그렸어야 했는데. 그래야 동생이 아픈 걸 보고 슬퍼하는 착한 형으로 보였을 텐데.

내가 열심히 답변할 말을 찾는 동안 선생님은 더는 내 대답을 기다리지 않고 곁에 있는 다른 아이 그림으로 고개를 돌렸다. 선생님 표정이 어두워 보였다. 혹시 나한테 화가 난 걸까. 그렇다면 왜 당장 꾸지람하지 않는 거지? 걱정으로 마음이 무거워진 한편, 선생님한테 칭찬을 못 받은 게 이번이 처음이라는 사실이 머리를 스쳤다.

그날 선생님은 나를 데리러 온 엄마와 꽤 오랜 시간 얘기를 나눴다. 원장 선생님 방에서 기다리라고 해서 무슨 이야기가 오갔는지는 모르지만, 화장실에 다녀오면서 교실 옆을 지나칠 때 몇 마디는 주워들을 수 있었다.

동생이 태어나면 큰애가 질투하는 건 흔히 있는 일이긴 해요. 하지만 일반적으로는 동생을 괴롭히면서도 자기가 한 행동이 잘못이라는 건 알거든요. 그런데 지완이는 제 행동에 아무런 죄책감을 못 느끼는 것 같아요. 아동 상담을 받아보시는 건 어떨까요.

대화를 마치고 교실 밖으로 나온 엄마는 평상시보다 얼굴이 하얬다. 내 손을 쥐고 유치원을 나서는 엄마의 손은 땀이 뱄는지 여느 때와 달리 축축하게 젖어 있어 기분이 나빴다. 나는 슬그머니 손을 빼 몰래 바지에 땀을 닦았다.

"지완아, 솔직하게 말해줘."

갑자기 엄마가 걸음을 멈추고 나를 똑바로 쳐다봤다.

"수완이 요람을 네가 일부러 엎은 거니?"

"아냐!"

나는 세차게 고개를 저었다. 하지만 엄마의 표정은 딱딱했다. 이번엔 쉽게 속아 넘어가줄 것 같지 않았다.

"엄마 화내지 않을게. 그러니까….”

"진짜로 아니라니까!"

"수완이가 미운데 그동안 얘기를 못 하고 있었다면….”

"살색 크레파스를 잃어버렸어."

엄마가 뭐라고 하기 전에 내가 서둘러 엄마 말을 끊었다.

"뭐?"

엄마는 혼란스러운 표정이었다.

"내 얼굴 그린 뒤에 살색 크레파스를 잃어버렸다고. 그래서 수완이 얼굴은 까맣게 그린 거야."

선생님이나 엄마가 화난 이유가 아무래도 지완이 얼굴을 까맣게 그린 것 때문인 듯해 원장실에서 엄마를 기다리는 내내 뭐라고 변명할지 고민했다. 엄마가 살짝 놀란 동시에 묘하게 안심하는 모습을 보니 내 대답은 올바른 답인 모양이었다.

엄마가 부리나케 내 책가방을 열고 크레파스 곽을 확인했다. 상자 안을 들여다본 엄마의 입가에 살짝 미소가 걸렸다. 상자 안엔 당연히 살색 크레파스가 없었다. 이럴 경우를 대비해 엄마와 선생님의 면담이 끝나기 전 이미 버려버렸으니까.

하지만 엄마 얼굴에서 의심의 흔적이 완전히 가신 건 아니

278

었다. 내 말을 믿어야 하나 말아야 하나 여전히 갈등하는 기색이 역력했다.

"으아아앙."

울먹울먹하며 엄마 얼굴을 들여다보던 나는 결국 자리에 주저앉아 엉엉 울기 시작했다. 본능적으로 이쯤에서 우는 게 좋겠다는 판단이 들긴 했지만, 그렇다고 연기를 한 건 아니었다. 지금은 숙달했지만 그 무렵 나는 그 정도로 연기가 몸에 밴 건 아니었다. 그러니 그때 울음을 터뜨린 건 정말로 울음이 나와서였다. 엄마와 선생님이 나를 의심하기 시작했다는 건 위험하다는 신호다. 앞으로 다들 내 말을 믿어주지 않을지도 모른다. 그 생각만으로도 너무 두려웠고, 두려움에 질린 어린애가 할 수 있는 가장 쉬운 반응은 우는 거였다.

"내가 그런 거 아니야! 아니라고!"

주저앉아 발버둥을 치면서 나는 그 말을 되풀이했다. 눈물콧물을 흘리는 와중에도 그래야 엄마가 내 말을 믿어줄 것 같아서.

"지완아, 엄마가 미안해!"

별안간 엄마가 나를 덥석 끌어안았다.

"엄마가 잘못했어. 그래, 우리 지완이가 그런 못된 애일 리가 없지. 괜히 뭘 모르는 기간제 교사 말만 믿고. 엄마가 미안해. 다시는 안 그럴게. 엄마가 잘못했어. 미안해 지완아."

나를 품에 안고 엄마는 몇 번이나 이 말을 반복했다. 그런 엄마 목소리에도 울음기가 배어 있었다. 어라? 엄마도 우는 걸까? 다 큰 어른이 우는 건 우스꽝스러웠지만, 그래도 안도감이 온몸을 에워쌌다. 엄마는 나를 믿어. 선생님이 아닌 내 말을 믿는다고.

그때의 경험으로 나는 인생에서 제일 귀한 깨달음을 얻게 됐다. 사람들은 눈에 보이는 것만 믿는다. 하지만 눈에 보이는 것보다도 결국엔 자기가 믿고 싶은 것만 믿는다.

다행히 그 선생님과의 인연은 그걸로 끝이었다. 연휴를 마치고 다시 유치원에 가보니 새로운 선생님이 와 있었다. 엄마가 말한 '기간제 교사'라는 게 아마도 그 뜻인 모양이었다. 그리고 이 또한 다행스럽게도 새로 오신 선생님은 나를 전혀 의심하지 않았다.

성공하기 위해선 자기 암시나 긍정적인 마음가짐이 필요하다는 둥 여러 가지 말이 많은데, 그건 다 뭘 몰라서 하는 얘기다. 남들이 우러러보는 삶을 살기 위해선 딱 두 가지만 터득하고 있으면 된다. 첫째, 대외적으로 완벽한 이미지를 만들 것. 둘째, 타인이 나를 믿고 싶도록 유도할 것.

타고난 외모나 지능이 부족하면 첫 번째도 실현하기 어렵다. 일단 첫 번째 조건을 충족시켜야 두 번째도 가능하다는 점을 고려한다면 성공을 위해선 사실상 태생적 자질이 결정적 요인이다. 그런 면에서 나는 축복받았다고 볼 수 있다. 완벽한 이미지를 구축하는 데 있어 완벽한 조건을 갖추고 있으니까. 재수 없게 들릴 수도 있지만, 원래 세상은 불공평한 거 아닌가.

하지만 나조차도 이 두 가지를 실현하기 위해 꽤 많은 수고와 공을 들여야 했다. '노력'이라는 건 이럴 때 써야 할 말이다. 자기가 뭘 하는지도 모르면서 무조건 열심히만 하는 개돼지들에게 사용할 게 아니라.

완벽한 이미지를 유지하기란 쉬운 일이 아니다. 생각해보라. 늘 스포트라이트를 받으며 반짝반짝 빛나는 존재로 산다는 게 그리 호락호락한 일이겠나. 늘 어디선가 내가 받아야 할 빛을 가로채려고 호시탐탐 노리는 누군가가 나타나기 마련이다. 하지만 그걸 용납해서는 안 된다. 그 순간 애써 쌓아 올린 완벽한 이미지에 금이 가기 시작하니까.

연아가 내 앞에 나타난 건 초등학교 4학년 때였다. 독일에서 태어나 살다가 얼마 전 부모님을 따라 한국으로 돌아왔다는 동갑내기 그 애가 내가 다니는 음악 학원에 처음 들어왔을 때만 해도 나는 아무런 감흥이 없었다. 하지만 연아가 다들 보는 앞에서 바이올린 활을 처음 켜는 순간 알아차렸다. 저 애가 내 자리를 가로챌 수도 있다는 사실을.

"어머나, 나이도 아직 어린데 실력이 대단하네. 클래식 음악의 본고장에서 배워 그런가."

연아가 연주하는 비발디의 바이올린 협주곡 A단조 1악장 한 소절을 다 들은 원장 선생님은 꽤 흥분한 기세였다. 내가 똑같은 곡을 연주했을 땐 '잘했다'고 칭찬만 했지, 저런 반응까진 보이지 않았는데. 나는 어릴 때부터 여길 오랫동안 다녔으니 선생님이 내 실력을 이미 다 파악하고 있는 반면, 연아는 신입생이라 선생님이 더 호들갑을 떠는 걸 거라고 생각하며 치밀어오르는 짜증을 애서 가라앉혔다.

"바이올린은 몇 살 때부터 켰어?"

"여덟 살 때부터요."

선생님의 질문에 연아가 대답했다.

뭐야, 나보다도 1년 늦게 시작했잖아. 안 그래도 뒤틀리기 시작한 배알이 조금 더 뒤틀렸다. 아빠는 공부도 중요하지만 어릴 때 교양으로 악기 하나쯤 배워두는 게 필수라고 고집했다. 그래서 다섯 살 때부터 피아노를 배웠고, 나중에 피아노보다 조금 더 재미를 느낀 바이올린으로 갈아탔다. 꾸준히 연습한 데다 타고난 음악 감각이 그리 나쁘지 않았는지 학원에서도 선생님들의 어여쁨은 내 독차지였다. 그런데 어디서 갑자기 저런 애가 툭 튀어나와선.

"이 정도면 다음 달 초등학생 음악 콩쿠르에 나가도 될 것 같아."

그 콩쿠르는 각 학원에서 최정예 대표만 참가하게 돼 있었다. 그리고 사흘 뒤 원서 접수 마감을 앞두고 우리 학원 대표로 나가기로 사전에 결정된 후보는 '당연히' 바로 나였다. 지금 선생님한테 그 사실을 상기시켜줘야 할까. 하지만 그랬다가는 연아를 질투하는 모습으로 비칠 수도 있는데. 속으로 망설이는 사이 선생님이 "두 명까지는 내보낼 수 있거든."이라고 혼잣말처럼 중얼거렸다. 그렇다면 일단 내가 나간다는 사실에는 변함이 없나 보네. 하지만 만약 둘 중 하나만 골라야 한다면 선생님은 누굴 고를까? 물론 나라고 믿고 싶었지만, 연아에게 연이어 여러 곡을 연주해보라 시키며 그때마다 더더욱 눈을 빛내는 선생님을 보니 확신하기 어려웠다.

"시간이 촉박하니까 우선 연주곡부터 고르자."

그렇게 말하며 연아에게 미소 지은 선생님은 마치 잊고 있었다는 표정으로 나를 돌아보더니 "지완이는 저 방에서 혼자 연습하고 있어."라고 지시했다. 선생님의 관심은 확실히 내가 아닌 연아에게 집중돼 있었다. 뒷전으로 밀려났다는 패배감에 기분이 많이 상했지만, 어쩔 수 없었다. 예의 바르게 "네."라고 대답하고 연습실로 자리를 옮기려 할 때였다.

"어쩌면 사라사테 스페인 춤곡도 잘 어울릴 것 같은데."

'사라사테'라는 말에 내 발걸음이 딱 멈췄다. 기교가 화려한 그 음악가의 곡은 나도 연주하고 싶었지만 선생님이 "아직은 테크닉이 부족해서 무리"라고 했었다. 그런데 그 곡이 '가능하다' 정도도 아니고 심지어 '어울릴 것 같다'고? 이젠 물어보지 않아도 확실하게 답을 알 수 있었다. 만약 우리 둘 중 반드시 하나만 콩쿠르에 내보내야 한다면 선생님은 내가 아닌 연아를 고르리라는 걸.

결국 연아는 선생님의 권유로 콩쿠르에서 사라사테 곡을 연주하게 됐다. 학원 수강생들은 연아의 연주가 들릴 때마다 와하고 탄성을 질렀다. 이제 모두의 관심과 칭찬이 연아에게 쏠리게 됐다는 건 피할 수 없는 사실이었기에, 나로서도 달리 어찌해볼 도리가 없었다. 연아는 확실히 내게는 없는 천부적이라고 할 만한 재능을 갖고 있었으니까. 어쩌면 나중에 프로 연주자가 돼서 세계적으로 유명해질지도 모를 만큼. 그런 아이와 정정당당하게 승부를 겨룬다는 건 불가능했다. 이미 사전에 대표로 결정됐던 나를 다른 사람으로 바꾸기는 뭣해서 선생님이 나랑 연아를 둘이 함께 콩쿠르에 내보내기로 했다는 사실에 겨우 안도의 한숨을 내쉴 따름이었다.

연아의 재능은 어쩔 수 없이 인정하더라도 그 아이가 내게서 스포트라이트를 가로채는 것만은 받아들일 수가 없었다. 가는 곳마다 주인공이 돼야 하는 사람은 응당 나다. 다른 누구에게도 그 자리를 뺏길 수는 없다.

그래서 콩쿠르 때 연아 차례가 되기 전 연아의 바이올린 줄을 면도칼로 슬쩍 끊어버렸다. 한눈에 표시가 나면 연주 전에 줄을 갈아버릴 수 있으니 아무도 언뜻 알아차릴 수 없을 정도로 세심하게. 연주할 때 손가락으로 계속 줄을 눌러 압력을 가하면 도중에 튕겨 나갈 정도로만, 면도칼로 줄 끝부분을 꽤 센 강도로 여러 차례 문질러 줄을 마모시켰다. 연주할 때와 달리 연아는 평상시 주의가 산만한 편이었던 데다 제 악기를 아무렇게나 놔두고 다닐 만큼 다소 엉성한 구석이 있어서 일을 꾸미는 건 별로 어려운 축에 속하지도 않았다.

예상대로 도입부를 넘어간 지 얼마 지나지 않아 연아의 바이올린 줄은 연주 중에 뚝 끊어지고 말았다. 그래도 허둥대지 않았으면 그 정도로 죽을 쑤진 않았을 텐데 알고 보니 연아는 상당히 소심한 편이었다. 완전히 패닉에 빠져 연주 전체를 폭삭 망쳐버렸다. 울먹거리면서 대기실로 돌아온 연아를 나는 안타까운 표정으로 토닥여줬다.

나는 그 콩쿠르에서 장려상을 받았다. 내 앞에 몇 명인가 더 잘한 사람이 있다는 뜻이지만, 우리 학원에선 내가 유일한 수상자였다. 나는 이번에도 칭찬과 박수를 받았다. 나보다 실력이 더 뛰어난 연아가 받은 건 위로가 고작이었다.

연아가 연주는 잘하는데 담력이 약해 무대에선 제 실력이 잘 안 나오는 것 같아.

나중에 원장 선생님이 동료 선생님에게 그렇게 말하는 걸 들으며 나는 회심의 미소를 지었다.

연아에겐 콩쿠르 때 일이 꽤 충격이었던 모양이다. 한동안 풀죽은 모습으로 다니더니 언젠가부터는 학원에 발길이 뜸해 졌고, 마침내 공부에 집중한다는 이유로 아예 발길을 끊었다. 그렇게 나는 내가 받아야 할 스포트라이트를 지켜냈다.

집에서도 이런 상황은 별반 다르지 않았다. 내 곁엔 항상 동 생이라는 존재가 내 자리를 위협하고 있었으니까. 다행히 나 보다 자질이 많이 떨어지는 수완이는 내 경쟁자가 되기엔 역 부족이었지만, 녀석에게는 유도라는 생각지도 못한 재능이 있 었다. 수완이가 그 재능을 빛내려 할 때마다, 그래서 내게 쏠린 관심을 앗아가려 할 때마다 나는 그 빛을 밟아 꺼뜨렸다.

심리학에 '샤덴프로이데Schadenfreude'라는 단어가 있다. 남의 불행을 보고 기쁨을 느낀다는 뜻이다. 누군가는 수완이 를 향한 내 행동을 그렇게 해석할 수도 있을 것이다. 하지만 결과적으로는 비슷해 보일지 몰라도 그걸로 내가 수완을 음지 에 묶어두려 했던 근본적인 이유를 설명할 수는 없을 것이다. 빛은 어둠이 있어야 가치가 있다. 그것이 수완이가 항상 내 그 늘로 남아 있어야 하는 이유였다.

필사적으로 노력해 완벽한 모습을 유지할 수 있으면 사람들 이 나를 믿도록 하는 일은 상대적으로 쉽다. 다들 보이는 모습 에 휘둘리기 마련이니까. 행여 내 말이나 행동을 미심쩍어하더라도 나를 믿고 싶게끔 유도하면 된다. 듣기 좋은 말로 애원을 하든, 교묘한 눈속임을 통해서든, 이런 수법을 들이밀 때 확률상 가장 속이기 쉬운 대상이 바로 부모다. 부모란 존재는 원래부터 자식을 믿고 싶게끔 설계된 사람들이란 사실을 나는 나 자신과 주변의 사례를 통해 일찌감치 터득했다.

그런데 때로는 운 나쁘게 유독 잘 넘어가지 않는 사람들을 만날 때도 있다. 드물지만 그런 경우 할 수 있는 건 한 가지 방법밖에 없다. 그 사람을 제거해버리는 것이다.

초등학교 2학년 때, 같은 반 지호가 할아버지한테서 선물 받았다는 비싼 이탈리아제 만년필을 학교에 가져와 자랑한 적이 있었다. 잉크를 갈아 써야 해서 불편하기도 하고 초등학생이 딱히 그런 펜을 사용할 일도 없는 데다, 무엇보다 성적도 나쁜 녀석이 그걸 가지고 공부하는 모습을 상상하기 어려웠지만, 지호는 제 물건이 굉장히 자랑스러운 모양이었다. 하긴 고급스럽고 세련된 그 만년필은 잘 모르는 내가 보기에도 꽤 값나가 보였다. 애들은 지호가 직접 만년필 사용법 시범을 보이자 자기들도 써보겠다며 쉬는 시간마다 너도나도 지호에게 몰려갔다.

마치 자기가 뭐라도 된 것처럼 어깨에 힘이 잔뜩 들어간 지호를 보니 기분이 언짢았다. 딱히 잘난 것도 없는 놈이 어디서 저런 물건을 가져와 으스대는 꼴이라니. 불쾌한 마음에 꾀가 나서 지호가 만년필을 책상 위에 올려놓고 한눈을 파는 사이 그걸 슬쩍 가져다 호주머니에 넣었다. 훔칠 생각은 아니었다. 아무런 호기심도 생기지 않는 그 물건을 굳이 가져야겠다는 의지도, 가질 필요도 없었으니까. 다만 지호가 만년필이 없어진 걸 알고 방방 뛰며 눈물을 쏙 뺀 뒤 앞으로 두 번 다시 학교에 그 물건을 가져오지 않겠다고 결심하게 만들어야겠다고 생각했을 뿐이다.

만년필이 없어진 걸 알고서 지호는 예상대로 울고불고 난리를 피웠다. 담임 선생님은 반 아이들 전원에게 눈을 감으라고 하고 혹시 누군가 만년필을 가져간 사람이 있다면 조용히 손 들어 자수하라고 설득했다. 그래도 나오는 사람이 없자 전체 소지품 검사를 실시했다. 나는 평온한 마음으로 선생님이 내 가방을 뒤지는 모습을 지켜보았다. 이럴 줄 알고 만년필은 이미 복도 바닥 나무 널빤지가 헐거워진 부분에 몰래 감춰뒀으니까. 나중에 하교하기 전 지호가 만년필을 운동장 한구석에 떨어뜨린 걸 내가 발견했다고 하고 선생님께 갖다드릴 작정이었다. 그러면 선생님은 착한 아이라며 나를 칭찬해주시겠지. 만년필을 애지중지한 지호는 체육 시간에도 그걸 체육복 주머니에 넣고 다닐 정도였으니 다들 내 말을 믿을 게 분명했다.

선생님 지시에 따라 다들 교실 밖으로 뿔뿔이 흩어져 만년필 수색에 나섰다. 얼마간 시간이 흐르고 이쯤에서 슬슬 돌려줘야겠다 싶어 나는 널빤지 아래 숨겨둔 만년필을 갖고 교실로 돌아갔다. 그런데 교실에 남은 사람은 선생님 혼자가 아니었다. 학생들 소지품에서 만년필이 나오지 않자 선생님은 이전부터 수상쩍게 학교 주변을 어슬렁거리던 동네 백수 형을 의심하기 시작했고, 그 형이 최근 들어 부쩍 자주 학교 인근에 출몰했다는 데 생각이 미쳤던 것이다. 선생님은 마침 지나가던 경비 아저씨를 불러들여 우리 반 전원이 음악실로 이동하느라 자리를 비운 사이 혹시 외부인이 교실에 들어오지 않았는지 추궁했다. 아저씨는 절대 그런 일이 없다고 딱 잘라 말했지만 선생님은 '혹시나' 하는 의심을 꺾지 않는 눈치였다.

"선생님, 제가 지호 만년필 찾았어요."

내가 둘 사이에 끼어들며 만년필을 건네자 걱정으로 흐려졌던 선생님 얼굴에 한순간 화색이 돌았다.

"어머나, 이걸 어디서 찾았니?"

"운동장 옆 화단에서요."

"아, 아까 체육 시간에 뜀틀 할 때 자기 차례가 아닌 사람은 화단 옆에 앉아 있으라고 했는데 지호가 그때 흘린 모양이구나."

예상대로 아무런 의심 없이 내 말을 받아들인 선생님은 학교 안 어디선가 아이들한테 둘러싸여 훌쩍거리고 있을 지호에게 만년필을 돌려주러 나갔다.

"애, 그 만년필 정말 화단에서 찾은 거니?"

교실 안에 둘만 남자 아저씨가 내 얼굴을 똑바로 바라보며 물었다. 등하굣길에 이따금 마주치긴 했지만, 두 달 전 우리 학교에 새로 온 경비 아저씨와 이야기를 나눈 건 이번이 처음이었다. 문득 언젠가 애들이 떠들던 소리를 들은 기억이 났다. 그때 듣기로 아저씨가 원래 경찰이었는데 범인을 잡다 허리인지 어딘지를 크게 다쳐 일을 관두게 된 거라고 했다.

"네. 화단에서 찾았어요."

왜 그런 걸 물을까 생각하며 나는 또박또박 대답했다. 하지
만 아저씨는 내 말에 수긍하지 않는 눈치였다. 알 수 없는 눈
빛으로 나를 지긋이 바라봤다. 나는 그 눈빛이 어쩐지 별로 마
음에 들지 않았다.

"그런데 왜 흙이 전혀 묻지 않았을까?"

아저씨의 물음에 속으로 아차 싶었다. 하지만 이내 적당한
변명거리를 찾아냈다.

"더러워져 있길래 화장실에서 물로 한번 씻었거든요. 지호
가 속상해할 것 같아서요."

"그 와중에 그런 생각까지 하다니 속이 참 깊구나."

아저씨가 나를 칭찬했다. 하지만 말속에 어딘지 모르게 비
아냥거리는 기색이 숨어 있음을 나는 직감했다. 아저씨는 내
말을 믿는 게 아니었다.

"찾아서 바로 돌려주러 온 거니, 아니면 한참 전에 찾아놓고
지금까지 갖고 있었니?"

"방금 전에 찾았어요. 잃어버린 사람이 걱정하니까 바로 돌
려줘야 하잖아요."

아저씨와 함께 있는 게 점점 더 불편해졌다. 하지만 아저씨
의 의심을 풀려는 생각에 최대한 또박또박 예의 바르게 대답
했다. 그러면 대체로 어른들은 나를 똘똘하고 착한 아이라고
생각했으니까.

"그렇구나."

내 대답에도 아저씨는 여전히 만족하지 않는 눈치였다.

"그런데 어떻게 옷이나 머리는 하나도 비에 젖질 않았을까."

나는 다시 가슴이 뜨끔했다. 아닌 게 아니라 한 10여 분 전부터 갑자기 소나기가 오기 시작했는데, 그걸 깜빡하고 말았다. 뛰어서 비에 덜 젖었다고 할까. 아니, 그걸로는 충분한 답이 되지 못한다. 잠깐 망설이던 나는 가까스로 합리적인 대답을 찾아냈다.

"우산꽂이에 있던 우산을 쓰고 왔어요."

화단에서 그리 멀지 않은 곳의 우산꽂이엔 주인이 찾아가지 않은 분실물 우산이 항상 여러 개 예비용으로 꽂혀 있다. 그래서 갑자기 비가 내리거나 할 때 아무나 빌려 쓰고 다시 갖다 놓곤 했다. 아저씨도 틀림없이 그 사실을 알고 있을 터였다.

아저씨는 '흐음' 하고 알 수 없는 소리를 냈다. 그게 내 말에 수긍한다는 뜻인지 아닌지 나로선 파악하기가 어려웠다.

"그래, 알겠다."

마침내 아저씨가 대답했다. 아, 이걸로 다 해결이 된 건가. 나는 속으로 안도의 한숨을 내쉬었다.

"그런데."

교실 밖으로 나서던 아저씨가 다시 한번 불길한 여운을 던지며 나를 돌아봤다.

"그 단순한 대답을 하는 데 꽤 시간이 걸리더구나. 조금 전 일이라면서. 보통은 거짓말을 할 때 시간이 더 걸리는 법이거든."

말을 마친 아저씨는 나를 등지고 복도로 걸어 나갔다. 그때 확실히 깨달았다. 아저씨는 내 말을 한마디도 믿지 않았음을. 그리고 앞으로도 계속 나를 의심의 눈초리로 보리라는 걸.

그래서였다. 내가 아저씨를 제거해버린 것은. 1학년짜리 여자애 하나가 운동용품을 보관해두는 창고로 들어간 걸 보고 난 몰래 밖에서 문을 걸어 잠갔다. 나중에 문이 잠긴 걸 발견한 아이는 공포에 질려 문을 두들기며 소리를 질러댔다. 그 소리를 듣고 경비 아저씨가 달려와 문을 열려 했지만, 그럴 수 없었다. 아저씨가 자리를 비운 틈을 타서 진작에 경비실에 걸려 있던 열쇠 뭉텅이를 빼돌렸으니까. 나중에 그 열쇠 뭉텅이는 집 근처 쓰레기통에 버릴 예정이었다.

열쇠가 사라진 바람에 창고 문을 여는 데 꽤 오랜 시간이 걸렸고, 외부 업체 사람을 불러 문을 땄을 때 안에서 울고불고 난리 쳤던 여자애는 이미 탈진해 쓰러져 있었다. 그리고 아저씨는 관리 감독의 소홀함에 책임을 지고 학교에서 해고됐다. 그렇게 나는 완벽한 겉모습 뒤에 가려진 내 진짜 모습을 어렴풋이 알아차린 사람을 내 앞길에서 완전히 치워버렸다.

타인의 신뢰를 얻어서 좋은 점이 있다면 그들이 내 말을 잘 따른다는 것이다. 하지만 언제나 그런 것은 아니다. 누군가가 이따금 내 요구를 듣지 않거나, 심지어 반발하는 경우도 드물지만 존재한다. 그럴 때는 벌을 줘서라도 내 말에 복종하게 해야 한다. 엄마에게 그랬던 것처럼.

원래부터 자존감이 낮고 정신적으로 불안정한 엄마를 벌주고 자기 실수라고 믿게 만드는 건 지극히 쉬운 일이었다. 특히 같은 반 날라리에게 돈을 주며 마트에서 엄마의 가방에 콘돔을 넣어달라고 부탁했을 때 일을 잊을 수 없다. 그때 엄마가 지은 표정을 떠올리면 웃음만 나온다. 그러니 엄마도 진작에 내 말을 들었어야지.

수완이도 마찬가지다. 한혜랑 헤어지라고 했는데도 불구하고 내 말은 귓등으로도 듣지 않고 고집스레 그 애랑 사귀다니. 나를 거역한 수완이를, 여자친구와 사귀면서 감히 내 그늘에서 벗어나려는 녀석에게 벌을 줘야 했다.

그러려면 수완이 푹 빠져 있는 한혜를 이용하는 게 최선이었다. 하지만 딱히 방법이 없어 어쩌지도 못하던 차에 한혜가 손쉬운 먹잇감처럼 내 앞으로 굴러왔다. 바보스럽게도 내 협박에 넘어가 모텔까지 따라온 한혜는 겁먹은 쥐처럼 바들바들 떨었다. 나는 쥐를 가지고 노는 고양이처럼 적당한 협박과 적당한 폭력을 사용해 한혜에게서 원하는 걸 얻어내기만 하면 되었다. 겁에 질린 한혜 얼굴을 바라보며 나는 그저 만족스러운 미소를 지을 뿐이었다.

이후 상황은 내가 예상한 대로 굴러갔다. 한혜와 수완이가 헤어진 것도, 수완이가 내 지시에 두말없이 따른 것도. 중간중간에 예상치 못한 변수가 더러 발생하기도 했지만, 손쓰지 못할 정도로 큰일은 아니었다. 오히려 그때그때 새로운 도전 과제가 생겨 흥미롭기까지 했다. 수완이 사고를 치고 고용한 변호사도 그중 하나였다.

내가 주워섬긴 거짓말에 변호사는 꼴딱 속아 넘어간 듯했다. 게다가 문제 많은 부모와 동생 때문에 속앓이하는 나를 내심 안쓰럽게 여기기까지 하는 눈치였다. 수완이가 혹시나 변호사 앞에서 쓸데없는 이야기를 떠들지 않았을까 걱정돼 사무실까지 따라간 건데 만나기 잘했다는 생각이 들었다.

오히려 내가 전혀 예상치 못했던 건 아이러니하게도 수완이었다. 수완을 둘러싼 모든 상황이 거의 정리되어갈 무렵, 녀석의 태도가 갑자기 달라진 것이다.

"형 대체 나한테 왜 이래? 혹시 나를 질투하는 거야?"

수완은 자신을 벼랑 끝으로 몰아가는 나를 마치 처음 보는 사람처럼 물끄러미 바라보더니 그렇게 물었다.

"질투? 내가 널? 대체 왜?"

하도 어이가 없어 너털웃음이 나왔다.

"내가 질투할 만큼 네가 대단한 사람이라고 생각해? 네가 잘난 게 뭐가 있는데? 아, 그 알량한 유도? 미안하지만 그딴 거 나는 관심 하나도 없거든."

"하지만 나는 마음이 있잖아. 형한테 없는."

마치 무언가로 머리를 한 대 세게 얻어맞은 것 같았다. 태어나 단 한 번도 생각해보지 못한 일이었다. 수완이 진지하기 짝이 없는 얼굴로 말을 이었다.

"형이 나랑 비교도 안 되게 잘난 사람이라는 거 알아. 하지만 그게 형 진짜 모습은 아니잖아? 형은 껍데기야. 모두 다 꾸며낸 가짜일 뿐이라고."

갑자기 피가 거꾸로 솟구쳤다. 이런 보잘것없는 녀석에게 무시당했다고 생각하니 마음속에서 걷잡을 수 없는 분노가 소용돌이쳤다. 하지만 이렇게 화가 나는 건 단순히 수완이 내게 대들었기 때문만은 아니었다. 수완의 말이 정곡을 찔렀다는 사실을 알고 있었기 때문이다. 감추고 싶었던, 타인에게 절대

드러내선 안 되는 비밀. 아둔한 수완이 그걸 눈치채고 있었다는 건 정말이지 의외였다.

"바보 같은 자식! 넌 네가 뭐라도 되는 줄 아는 모양인데 넌 내 장난감이나 마찬가지야. 예전에도 그랬고, 앞으로도 그럴 거라고. 살아 있는 한 너는 언제까지고 내 그림자일 수밖에 없어. 내가 널 붙잡고 놔주지 않을 테니까!"

수완의 얼굴에서 순식간에 핏기가 사라졌다. 하얗게 질린 수완을 보며 내가 실수했음을 직감했다.

"이젠⋯ 됐어. 형 말은 더 이상 듣고 싶지 않아."

한참 동안 나를 쳐다보던 수완이 고개를 절레절레 흔들며 내게 등을 돌렸다. 방을 나서려던 수완이 문득 생각난 것처럼 나를 바라보았다.

"그거 알아? 난 형이 불쌍해. 형은 앞으로도 계속 지금 같을 테니까."

수완의 얼굴엔 연민의 빛이 어려 있었다. 그것 때문에 더욱 화가 북받쳐 올랐다. 내가 불쌍하다고? 주제넘게 감히 자기가 뭐라고! 수완이 사라진 문을 향해 책상 위에 있던 문진을 집어 던졌다. 문진이 문에 부딪혀 산산조각이 났다. 방 안에 가득 흩어진 파괴의 흔적을 보면서도 쉽사리 마음이 가라앉질 않았다.

그 사건 이후로 수완과 한동안 얼굴 마주할 일이 없을 줄 알았다. 나에게도, 녀석에게도 그 일을 잊으려면 시간이 필요했으니까. 그런데 며칠이 지난 뒤 엄마가 외출하고 집에 둘만 남았을 때였다. 주방에 있는데 수완이 곁으로 슬며시 다가왔다.

"저리 가. 너한테 볼일 없어."

내 짜증에도 불구하고 수완은 더 바짝 다가와 몸을 맞댔다.

"이거 왜 이래?"

"형이 한 짓 모두 다 털어놔."

수완이 한 번도 들어본 적 없는 낮은 목소리로 말했다. 녀석의 음성은 협박처럼 들렸다.

"야, 너 뭐 하는 거야?"

그때 내 옆구리에 서늘한 감촉이 파고들었다. 그것이 주방에 있던 날 선 식칼이라는 사실을 나는 굳이 아래를 내려다보지 않고도 직감적으로 알 수 있었다.

엄마 vs 엄마

때로는 입 밖으로 표현하지 않아도 상대방이 마음속에 담아 둔 말을 짐작하게 되는 때가 있다. 불편한 침묵, 단어와 단어 사이의 어색한 간격, 의식적으로 명랑함을 가장한 어조 등으로 인해. 수완의 변호사 태연이 용건이 있다며 만나자고 했을 때가 바로 그랬다.

막연하게 느꼈던 불안감은 사무실을 찾아가 굳은 표정을 짓고 있는 태연을 맞대면하는 순간 확신으로 바뀌었다. 아, 이 여자가 모든 걸 알고 있구나.

"오늘은 수완이 변호인과 의뢰인으로서 뵙는 자리기도 하지만…."

내가 자리에 앉자마자 태연이 입을 열었다.

"같은 엄마로서 뵙자고 한 것도 있어요. 어쩌면 그편이 더 이야기하기 편할 것 같아서."

곧이어 듣고 싶지 않은 이야기가 나올 것 같아 불안감을 억누르며 맞은편에 앉은 태연을 바라봤다. 만날 때마다 사무적이고 다소 건조해 보이던 태연은 오늘, 어딘지 모르게 지쳐 보였다. 혼란스러운 것 같기도 했다.

"수완이가 모든 걸 다 얘기했어요."

태연이 조용한 목소리로 말했다.

"다라니 뭘요?"

어느 정도 각오한 바이지만, 내 목소리는 떨리고 있었다.

"지완이가 수완이한테 강제로 범행을 지시했다는 거요. 그리고 어머니께서 그 사실을 이미 알고 계신다는 것도요."

역시 불안한 예감은 적중했다. 테이블에 놓여 있는 생수 페트병을 따서 한 모금 마셨다. 하지만 목이 타는 갈증은 전혀 사라지지 않았다.

"사실인지부터 여쭤보려 했는데 그럴 필요는 없겠네요."

나를 물끄러미 지켜보던 태연이 말했다. 허둥거리는 내 반응만 보고서도 이미 수완이 한 얘기에 거짓이 없다는 사실을 알아차린 모양이었다.

"왜 그러셨어요?"

"왜라니요?"

"어째서 수완이 얘길 듣고도 모른 척하셨어요?"

비난하는 건가 싶어 심리적으로 위축됐지만, 대답을 기다리고 있는 태연을 보니 딱히 그런 것 같지는 않았다. 그저 정말로 궁금해하는 사람처럼 보였다.

"그러면 제가 어떻게 해야 할까요? 두 아들을 다 지키기 위해선 어쩔 수 없었어요."

"그게 지완이를 감싸는 방법이 될 수는 있겠죠. 하지만 동시에 수완이를 희생시키는 일이에요."

"저라고 그걸 모르겠어요?"

나도 모르게 언성이 높아졌다. 생각하고 또 생각해봤다. 진실을 못 본 척 눈감는 게 수완이를 배신하는 일임을 알기에, 그래서 더 가슴이 아프고 수완을 볼 면목이 없다. 하지만 몇 번을 생각해도 내 선택이 최선이라는 결론엔 변함이 없었다.

"만약 지완이가 시켰다고 인정하면 수완이가 한 짓이 없던 일이 되나요?"

"그렇지는 않겠죠. 형량에 참작이 될 수는 있겠지만."

내 물음에 태연이 대답했다.

"그렇다면 왜 굳이 사실을 밝혀야 하나요? 그런다고 수완이가 무죄가 되는 것도 아닌데요."

"무죄가 된다면 어떻게 하시겠어요? 그래도 지금 같은 선택을 하실 건가요?"

뜻밖의 질문에 말문이 막혔다. 이제껏 지완에게 책임을 물어봤자 달라지는 건 없다고 생각하며 내 선택을 합리화했다. 그렇게 해서 수완에 대한 죄책감을 덜어줄 위안으로 삼았다. 하지만 만에 하나 진실을 밝혀 수완을 무죄로 만들 수 있다고 한다면, 그렇다면 나는 과연 지금과 다른 선택을 할까. 선뜻 대답하기 어려웠다. 그건 지완의 인생에 한 점 오점을 남기는 일이니까. 비록 그게 지완 본인이 응당 치러야 하는 대가라 할지라도.

"예상했던 대로네요."

태연이 한숨을 쉬었다.

"어머니께서 지키려고 하는 건 수완이 아니라 지완이네요. 열 손가락 깨물어 안 아픈 손가락 없지만 더 아픈 손가락이 있다고 하셨던 거, 이제 무슨 말인지 알겠어요."

이번에야말로 태연의 목소리에 비난의 기색이 희미하게 어렸다. 가슴이 뜨끔하면서 동시에 스스로에 대한 보호 기제가 작동했다.

"말씀드렸잖아요. 두 아이 모두한테 피해를 최소화하려면 어쩔 수 없다고요."

"그게 합리적인 선택일 수는 있겠죠. 하지만 옳은 일은 아니잖아요."

갑자기 헛웃음이 나왔다. 사회생활을 오래 해서 나보다 훨씬 세상 물정을 잘 알게 틀림없는 이 여자는 어쩌면 이렇게도 도덕 교과서에나 나올 법한 얘기를 하고 있을까.

"아까 '같은 엄마로서'라고 하셨죠? 그럼 아실 거 아니에요. 자식 문제가 걸렸는데 변호사님은 항상 '옳은' 선택만 하시겠어요? 옳지 않다는 걸 알더라도 제 새끼를 위해서라면 무슨 일이든 서슴없이 하는 사람들이 엄마 아니에요?"

이번엔 태연이 말문이 막힌 것 같았다. 엄마인 이상, 그 역시 틀림없이 알고 있을 테니까. 이 세상 엄마들이 자식을 지키기 위해 얼마나 맹목적일 수 있는지. 얼마나 어리석어질 수 있는지. 자식을 향한 보호 본능 앞에선 윤리나 도덕, 가치관 따위는 힘을 발휘하지 못한다. 다만 누구나 이 같은 갈등 상황에 직면

하는 것은 아니기에 위기의 순간이 닥치기 전까지 그런 사실을 인지하지 못할 뿐이다.

"지완이에게, 문제가 있다는 건 모르셨나요?"

잠시 침묵이 흐른 뒤 태연이 화제를 바꿨다. 민감한 주제인지라 조심스러운 기색이 역력했다. 예전 같았으면 누군가 지완이를 건드리는 말을 하기라도 하면 벌컥 화부터 냈을 것이다. 하지만 이젠 인정할 수밖에 없었다. 지완에게 어떤 문제가, 혹은 커다란 결함이 있다는 것을.

"몰랐어요."

고개를 흔들었지만, 내가 진실을 말하고 있는지는 나 자신도 확신할 수 없었다. 이 정도로 심각할 줄은 몰랐지만, 겉으로는 빛을 발하는 지완의 마음속에 어둠이 도사리고 있다는 사실만큼은 어렴풋이 눈치채고 있었다. 그런데도 나는 그걸 애써 외면하려 했다. 그렇다면 그건 어쩌면 내가 모든 걸 알고 있었다는 뜻이 아닐까.

"비난하실 건가요? 자식한테 무관심한 엄마라고."

"글쎄요. 저도 그럴 자격은 없을 것 같은데요."

뜻밖의 말에 눈을 들어 바라보니 태연은 어딘지 모르게 씁쓸한 미소를 짓고 있었다.

"자식에 대해 모든 걸 다 아는 엄마가 과연 존재할까요? 제일 가까이 있어 안다고 착각하지만, 어쩌면 누구보다 자식을 모르는 게 엄마일 수도 있다는 생각이 들어요."

"왜일까요…."

나도 모르게 속엣말이 스르르 입 밖으로 흘러나왔다.

"일부러 보지 않으려 하기 때문 아닐까요? 뭔가 문제가 있어도 내 아이만은 그럴 리가 없다고 억지로 부정하려 하잖아요. 객관화가 안 되니까. 그건 무관심과는 다르다고 생각해요. 자기 부정일 수는 있어도."

마치 내 마음을 꿰뚫어 본 것 같은 말에 멀거니 바라만 보고 있자 태연이 겸연쩍은 표정으로 미소 지었다.

"저도 자식을 키워보니 이따금 그런 생각이 들더라고요. 최근에 아이 문제로 속을 많이 썩였거든요. 내가 엄마로서 실패한 게 아닌가 하는 생각도 했고요."

"그래서 자녀분한테 실망하셨어요?"

내가 물었다. 나와 마찬가지로 자식 문제로 고민하고, 비슷한 좌절감을 맛봤다고 생각하니 태연과의 거리가 조금은 좁혀진 것 같았다. 좋은 학교를 나와 성공을 향한 사다리를 차근차근 밟아왔을 게 틀림없는 이 변호사가, 나와 다른 세상에 속해 있다고 생각했던 태연이 조금은 가깝게 느껴졌다.

"실망했죠."

태연이 솔직하게 대답했다.

"아마 아이도 저한테 실망한 부분이 있을 테고요. 하지만 서로에게 전혀 실망하지 않는 인간관계라는 게 어딨겠어요. 그리고 때로는 실망하더라도 끝까지 포기할 수 없고, 지켜야만 하는 게 자식이잖아요."

"그렇죠."

나는 고개를 끄덕였다.

"그러니 수완이를 포기하지 말아주세요. 그게 수완 어머니가 하셔야 할 일이잖아요?"

이야기가 돌고 돌아 다시 본론으로 돌아왔다.

"말씀드렸잖아요. 둘 다에게 피해가 가지 않기 위해선 어쩔 수 없는 선택이라고요."

"그런 선택지는 처음부터 존재하지 않아요."

태연이 조용하지만 단호한 목소리로 말했다.

"유감스럽지만 이젠 수완이랑 지완이, 두 아이 다 상처 하나 입지 않고 끝날 수는 없어요. 그리고 모든 걸 수완이 잘못으로 덮고 지완이를 감싸주는 게 과연 그 아이를 지키는 길일까요? 장기적으로 보면 그 선택이 오히려 더 지완이를 망치는 것 아닐까요?"

아프지만 그냥 듣고 넘겨버릴 말은 아니었다. 이제껏 지완이의 어둠을 보면서도 못 본 척했기에, 크고 작은 지완의 잘못에 줄곧 면죄부를 주었기에 지금 같은 상황에 직면한 건 아닐까. 자신에게 제어장치가 없다는 걸 알고서 지완이 더욱 폭주하게 된 건 아닐까.

"대체 제가 뭘 어떻게 해야 하나요?"

절박한 심정으로 태연을 바라봤다. 태연이 마치 문제를 해결할 모든 실마리를 쥐고 있기라도 하다는 듯이.

"일단 지완이를 설득해보시는 게 어때요?"

"지완이를요?"

"지금으로선 그 방법밖에 없어 보여요. 그래도 조금은 양심에 걸리는 게 있을 거 아니에요. 설마하니 곤경에 처한 동생을 보면서 아무것도 느끼지 못하는 건 아닐 거잖아요."

다소나마 기대했던 만큼 적잖이 실망스러웠다. 태연은 아무것도 모르고 있다. 지완이 어떤 아이인지, 지완 안에 있는 어둠이 얼마나 커다란지. 그건 일반인들이 이해할 수 있는 범위를 넘어서는 것이었으니까. 혹시라도 태연이 뭔가 해결책을 제시해주지 않을까 기대했는데 역시 그런 바람은 무리였다.

"변호사님은 지완일 모르세요."

내가 할 수 있는 대답은 그뿐이었다.

"저도 지완이를 만나봤어요."

태연이 내 말이 무슨 의미인지 안다는 표정으로 대꾸했다.

"이렇게 말씀드리긴 뭣하지만, 저도… 깜빡 속았어요. 하지만, 그래도 형제잖아요? 싸우고 경쟁하더라도 어려울 때는 결국 상대에게 손을 내밀어주는 게 형제자매 아닌가요?"

"이해를 못 하시네요."

나는 고개를 저었다. 태연의 형제 관계가 어떻게 되는지는 모르겠지만, 일반적인 시각으론 지완과 수완의 특별한 관계를 결코 이해할 수 없을 것이다. 직접 그 둘을 키운 나조차 이해가 안 되니까.

"만약 어머니께서 끝까지 지금 선택을 고수하신다면 우리가 지금처럼 의뢰인과 변호인 관계를 유지하기 어려울 수도 있어요."

한동안 말없이 나를 지켜보던 태연이 조용히 말했다.

"무슨 뜻이죠?"

"수완이가 미성년자이니 부모가 법정대리인이긴 하지만, 실질적인 의뢰인은 수완이 본인이에요. 그러니 저는 수완이의 이익에 가장 부합하는 방법을 찾아야 하고요. 하지만 어머니께서 그걸 원하지 않으시면 저희는 함께 갈 수 없어요."

"사임하겠다는 뜻인가요?"

내 질문에 태연은 긴 한숨을 내쉬었다.

"솔직히 잘 모르겠어요."

"잘 모르신다고요?"

"수완이한테서 모든 얘기를 다 들었고, 수완이를 도와주기 위해 제가 뭘 해야 할지 알고 있어요. 하지만 현실적으로 그게 쉬운 일은 아니라는 것도 알아요. 그렇다고 진실을 알면서도 어머니의 선택을 따라가기엔 양심이 허락하지 않고요."

머릿속이 멍해졌다. 이미 터진 사고가 그럭저럭 해결되는 방향으로 나아가는 것처럼 보였는데, 수완의 폭로로 뜻밖의 문제가 또 터져버렸다.

"만약 사임하시면 어떻게 되는데요?"

긴장한 탓인지 목소리가 퉁명스러워졌다.

"일반적으로 변호사가 사임하면 의뢰인은 다른 변호사를 선임하거나, 그게 여의치 않을 경우 프로보노를 쓸 수 있어요."

"프로보노요?"

"변호사를 선임할 여유가 없는 개인이나 단체에게 제공하는 무료 법률 서비스예요."

태연이 대답했다.

"그럼 혹시 지금 계약 관계를 끝내고 사임한 뒤에 수완이한 테 프로보노를 하실 건가요?"

"그럴 수는 없어요."

태연은 고개를 저었다.

"법원에 소송구조변호사 풀이 있어 그 안에서 무작위로 선임해주는 방식이라 제가 하고 싶다고 해서 되는 게 아니에요. 그리고 애초에 법정대리인인 부모가 경제력이 있으면 프로보노를 쓸 수도 없고요."

"수완이랑 변호사님이 따로 프로보노 계약을 할 수도 있지 않나요?"

"미성년자랑 맺은 계약이 과연 법적 효력이 있을지 미지수네요."

"그렇다면…."

나는 머릿속으로 재빨리 방금 들은 내용들을 정리했다.

"만약 변호사님이 사임하신다면 재판 직전에 다른 변호사를 구하거나, 누가 될지도 모르는 프로보노 서비스를 받아야 한다는 거잖아요? 그럼 그것 역시 수완이를 버리는 거 아닌가요? 수완이는 그래도 변호사님을 믿어서 모든 사실을 다 털어놨을 텐데."

내 말에 태연은 괴로운 표정으로 순순히 인정했다.

"그래서 어떻게 해야 할지 잘 모르겠다고 말씀드린 거예요. 저는 수완이를 방관하고 싶지 않아요. 그건 어머니도 마찬가지잖아요. 그러니…."

"만약 수완이가 마음을 바꾸면요?"

태연의 말을 내가 중간에서 가로막았다.

"네?"

갑작스러운 내 질문에 태연은 허를 찔린 표정이었다.

"만약 수완이가 다시 마음을 바꿔서 원래 했던 증언을 계속 고수한다면요? 그게 수완이 뜻이라면 변호사님도 갈등할 필요가 없잖아요."

입을 딱 벌린 채 나를 바라보는 태연은 잠시 할 말을 잃어버린 것 같았다.

"방금 하신 말씀 진심이에요? 그건 지완이가 아닌 수완이를 설득해서 원래대로 전부 본인 잘못이라고 인정하게 하겠다는 뜻이잖아요. 아닌가요?"

"맞아요."

상대편의 따가운 시선에 자괴감과 수치심을 느끼면서도 나는 조용히 고개를 끄덕였다. 역시나 결론은 이미 나 있었다. 내가 잠자코 입을 다물고 두 아이 중 하나라도 구하는 것. 둘 중 더 마음이 가고, 깨물어서 더 아픈 손가락인 지완을.

수완이가 계속 진실을 밝히길 고집한다면 지완이까지 진창으로 끌어들일 수밖에 없고, 그걸 내가 계속 거부해 행여 변호사가 물러난다면 날짜도 얼마 남지 않은 상황에서 재판 준비는 더 꼬일 수밖에 없다. 그러면 그 피해는 고스란히 수완에게 돌아가게 될 것이다. 그러니 최선은 진실을 묻어두자고 수완을 설득하는 것이다. 원래 그랬던 것처럼 계속 입을 다무는 게 수완의 뜻이라고 한다면, 변호사 역시 의뢰인의 뜻을 따르는 것 외엔 방도가 없다. 다소 궤변이라는 생각도 들었지만, 나는 그렇게 나 자신을 합리화했다.

"어째서 그렇게까지 하시는 건가요?"

어이없고 기가 막힌다는 표정으로 태연이 물었다. 제 속내가 표정에 드러난 걸 알고 있을 테지만, 태연은 굳이 감추려는 기색도 없었다.

"말씀드렸잖아요. 자식을 위해선 못 할 일이 없다고."

나는 그렇게 말하고 일어섰다.

태연은 아마 나를 이해할 수 없을지도 모른다. '수완이도 같은 자식이잖아요.' 하는 눈빛이었다. 하지만 내가 옳다고 생각한 일을 하는 데 다른 사람의 이해 따위는 필요하지 않았다. 태연은 진실을 밝히는 게 옳은 일이라고 했지만, 그녀가 생각하는 옳음과 내가 생각하는 옳음은 방향이 달랐다. 그러니 우리가 아무리 오랫동안 마주 앉아 있어도 같은 결론을 도출하기는 어려울 것이다.

"아까 말씀 못 드린 것 같은데 어머니께서도 제가 마음에 안 드시면 변호사 수임 계약 해지 통보를 하실 수 있어요."

떠날 채비를 하는 내게 태연이 말했다.

"물러나지 않는 한, 전 어디까지나 수완이 편에 설 거니까요."

"알겠어요."

나는 짤막하게 대답했다. 그것 말고는 달리 뭐라 할 말도 없었다.

"그리고 어머니."

문을 나서려는데 태연이 다시 나를 불러세웠다.

"아까 두 아이 모두에게 상처가 안 날 수는 없다고 말씀드렸죠? 하지만 둘 모두를 망치는 길은 피할 수 있어요. 그러니 부디 잘 생각해보세요."

나는 고개를 끄덕였다. 하지만 내가 마음을 바꾸지 않으리라는 사실을, 굳이 말하지 않아도 태연 역시 이미 짐작하고 있는 것 같았다.

집에 도착했을 때 내 시야에 제일 먼저 들어온 것은 수완이 거실 바닥에 뻗어 있는 지완 위로 올라타 목을 조르고 있는 모습이었다.

지완은 수완 밑에 깔려 안간힘을 다해 몸부림쳤지만, 덩치 큰 수완은 꿈쩍도 하지 않았다. 숨이 막혀 컥컥거리는 지완은 얼굴빛이 점점 하얗게 변하고 있었다.

"수완아, 이게 무슨 짓이야! 이러다 지완이 죽겠어!"

하지만 흥분한 수완의 귀에 내 목소리 따위는 들리지 않는 모양이었다. 전에 없이 난폭한 수완의 눈빛이 살기마저 띠고 있는 것 같았다.

"수완아! 그만둬!"

신발을 벗을 겨를도 없이 한달음에 아이들에게로 달려갔다.

"그만해! 그만하라니까!"

지완 위에 올라탄 수완을 밀어내려 안간힘을 썼지만 내가 아무리 수완의 팔을 붙잡고 끌어내리려 해도 아이는 동요하지 않았다.

"말리지 마, 엄마! 이 자식 죽지 않을 정도로만 혼내줄 테니까."

수완이 씩씩거렸다. 말하면서도 사나운 시선은 지완에게 고정돼 있었다.

"대체 왜… 이러는 건데? 네가 원하는 대로… 자백도… 다 했잖아?"

숨이 막혀 말이 잘 안 나오는지 지완이 단어를 띄엄띄엄 뱉어냈다.

"…자백이라고?"

무슨 말인지 알 수 없어 내가 수완에게 물었다.

"고운 말로 하면 절대 안 불 거잖아. 그래서 칼 들고 협박을 좀 했어."

여전히 제 형에게서 눈을 떼지 않은 채 수완이 대답했다.

주변을 둘러보니 식칼이 바닥에 떨어져 있었다. 한데 엉켜 있는 둘에게서 손만 뻗으면 닿을 만한 거리였다. 그러자 대략적인 상황이 머리에 그려졌다. 모르긴 몰라도 지완은 제 잘못을 불라고 강요하는 수완에게 그리 호락호락하게 나오진 않았을 것이다. 처음엔 순순히 수완의 말을 따르는 척하다가 기회를 틈타 방심한 수완에게 덤벼들었을 수도 있다. 그 바람에 수완이 들고 있던 칼을 놓쳐버렸겠지만, 압도적으로 힘이 센 아이니 금방 지완을 제압해 바닥에 때려눕혔을 터이다. 아마도 상황은 그렇게 흘러갔을 것 같았다.

"엄마, 좀… 어떻게 해봐. 저 자식, 미친 것 같아. 나, 날… 죽이려 한다고."

이미 눈이 돌아가 있는 수완은 설득이 안 될 것 같은지 지완이 헐떡거리면서 내게 부탁했다.

"죽일 수 있었으면 벌써 죽였지."

수완이 싸늘한 목소리로 대꾸하며 제 형을 내려다보았다.

"그래도 죽이진 않을 테니 걱정 마. 대신 오늘 네 죗값 치른다고 생각해!"

말이 끝나기가 무섭게 수완이 지완의 뺨을 후려갈겼다.

철썩.

수완의 손찌검에 지완의 고개가 한쪽으로 홱 돌아갔다. 얻어맞은 부위에 벌겋게 손자국이 남았다. 다시 '철썩'하는 소리가 들리더니 이번엔 수완이 지완의 다른 쪽 뺨을 갈겼다.

지켜보는 나는 속이 바짝바짝 타들어가는 것 같았다. 철썩철썩 소리가 들릴 때마다 마치 내가 얻어맞고 있는 것처럼 가슴이 철렁 내려앉았다.

입안이 터졌는지 지완의 입가에서 피가 흘러내리고 있었다. 이젠 반항할 의지조차 잃은 듯 바닥에 축 늘어진 지완의 몸에서 힘이 점점 빠져나가는 게 보였다.

이러다 지완이가 죽겠어, 지완이가 죽겠다고!

마음이 다급해졌다. 무슨 수를 써서라도 수완을 말려야 한다. 나는 내가 무슨 행동을 하고 있는지 미처 알아차릴 사이도 없이 반사적으로 손에 잡히는 대로 거실 장식용 꽃병을 집어들고 수완의 머리를 내리쳤다.

"아아악!"

외마디 비명을 지르며 수완이 지완에게서 떨어져 나왔다. 예상치 못한 공격에 바닥에 풀썩 쓰러졌던 수완이 비틀거리며 천천히 몸을 일으켰다. 의식을 잃거나 피가 흐르진 않는 걸 보니 다행히 많이 다치진 않은 모양이었다.

"…엄마?!"

고통으로 머리를 감싸 쥔 채 수완이 나를 멍하니 바라봤다. 나를 바라보는 수완의 눈빛엔 충격이 가득했다. 방금 벌어진 일을 도저히 믿을 수 없다는 얼굴이었다. 혼란스러움과 원망으로 표정이 일그러져 있었다.

"…어째서?"

의문이 가득한 눈빛으로 수완이 나를 바라봤다. 그 시선을 마주하자 나는 가슴이 조여들었다. 나는 나쁜 엄마다. 또다시 이 아이를, 형의 그늘에 가려져서 커온 수완이를 실망시키고 말았다. 하지만 그럼에도 불구하고 지완이 고통받는 모습을 그냥 두고 볼 수만은 없었다. 내 모든 걸 던져서라도 지완을 지켜야 했다. 그 때문에 수완으로부터 원망을 받아야 한다면, 그래도 어쩔 수 없다고 생각했다.

서로를 마주하는 수완과 내 시선이 허공에 얽혔다. 원망 어린 수완의 시선을 나는 침묵으로 응수했다. 나와 수완이 긴 침묵 속에서 서로를 바라보는 동안 바닥에 축 늘어져 있던 지완이 어느 사이엔가 정신을 차리고 주섬주섬 몸을 일으켜 저만치 앞에 있는 칼을 주워 들었다.

"가까이 오지 마!"

뒤늦게 지완의 낌새를 눈치챈 수완이 칼을 뺏으려 다가가자 지완이 사납게 칼을 휘둘렀다. 흥분한 탓인지 벌겋게 변한 지완의 얼굴은 여기저기 수완의 손자국으로 뒤덮여 있고, 입가에선 피가 흐르고 있었다. 평상시 단정한 모습은 이미 찾아보기 힘든 지완의 얼굴에서 여느 때와 같은 건 빛나고 있는 눈동자밖에 없었다. 하지만 지금 지완의 눈에 어린 빛은 완전한 광기였다. 광기에 사로잡힌 지완은 금방이라도 칼로 수완을 찌를 것만 같았다.

그 기세에 놀랐는지 수완도 움찔했다. 수완을 향해 칼을 고정한 채 지완이 한 걸음 한 걸음 테이블로 다가가 수완의 휴대전화를 집어 들었다.

"바보 자식. 네 뜻대로 될 줄 알았어?"

지완이 이죽거렸다. 만족스러운 눈빛으로 수완을 힐끔 바라본 지완은 칼을 들지 않은 다른 쪽 손으로 간단하게 수완의 휴대전화 비밀번호를 해제했다. 지켜보던 수완의 얼굴이 순식간에 하얗게 변했다.

"왜? 놀랐어? 네 생일로 비밀번호 설정해둔 건 예전부터 알고 있었어. 단순하기도 하지."

비아냥거리는 목소리로 내뱉듯이 말한 지완이 수완의 휴대전화에서 조금 전까지 녹음 중이던 파일을 찾아냈다.

저 박지완은 동생 박수완에게 7월 12일 홍대 인근 주상복합 건물에서 여자 화장실을 몰래 촬영하라고 시켰고⋯.

재생 버튼을 누르자 잔뜩 긴장했는지 딱딱하게 굳은 지완의 목소리가 흘러나왔다. 지완은 더 듣기 싫다는 듯 재생 버튼을 눌러 껐다.

"머리도 나쁜 주제에 꽤 애를 쓰긴 했는데⋯ 안됐지만 다 소용없어."

수완을 바라보는 지완이 입가에 차가운 웃음을 흘렸다. 미소보다 한층 차가운 목소리는 내 귀에도 섬뜩하게 들렸다. 지완은 일말의 망설임 없이 녹음 파일을 삭제하려 했다.

"으아아아아아!"

그 순간, 갑자기 괴성을 지르며 수완이 지완에게로 돌진했다. 흥분할 대로 흥분한 수완은 지완 손에 들린 칼조차 두렵지 않은 모양이었다. 막무가내로 덤벼든 수완의 머릿속엔 오로지 지완을 막아야겠다는 생각밖에 없어 보였다.

온 힘을 다해 몸을 던진 수완을 감당하기에 지완은 체격이든 체력이든 여러모로 불리했다. 당황해서 비틀거리는 사이 칼과 휴대전화를 손에서 놓쳐버렸다. 지완의 손아귀를 벗어난 것들이 하릴없이 바닥에 툭 떨어져 나뒹굴었다.

하지만 수완은 지금 그런 것 따위는 안중에도 없는 듯 보였다. 여세를 몰아 온몸으로 지완을 밀어붙였다. 탱크처럼 몸으로 밀고 들어오는 수완과 그 완력에 힘이 부쳐 속수무책으로 밀려 나간 지완은 한데 엉켜 내달렸다. 그 바람에 둘은 원래 실랑이를 벌이던 거실을 지나쳐 그 뒤로 중문을 열어둔 베란다까지 이동했다.

"너, 이 자식 진짜!"

귓등으로 지완의 외마디 비명이 들렸다.

무더운 여름 날씨 때문에 창문은 활짝 열어젖힌 상태였다. 베란다의 창문 밖 막다른 곳 난간까지 지완을 몰고 간 수완이 난간에 기댄 채 축 늘어진 지완의 목을 팔꿈치로 꾹 눌렀다. 지완이 숨이 막혀 컥컥거리는 소리를 냈다. 저러다 자칫 잘못해 발을 헛디디거나 정신을 잃으면 난간 너머로 떨어질 것 같아 나는 가슴이 조마조마했다.

"수완아, 그만해!"

하지만 수완은 꿈쩍도 하지 않았다.

"수완아! 너, 진짜로 이럴 거야? 엄마 죽는 꼴 보고 싶어?"

아무래도 멈추지 않을 것 같아 나는 마지막 수단으로 있는 힘을 다해 소리 질렀다. 괴성이나 절규에 가까운 소리였다. 내 몸에서 어떻게 그런 소리가 나올 수 있었는지, 스스로도 놀랐다. 광기로 치닫던 수완은 그제야 정신이 좀 들었는지 어리둥절한 채 반쯤 얼빠진 얼굴로 나를 돌아봤다. 형의 멱살을 쥐고 있던 손에서 스르르 힘이 풀렸다.

수완이 이성을 되찾은 모습을 보며 나 역시 가까스로 맨정신으로 돌아왔다. 안도감에 힘이 풀려 다리가 후들거렸다. 문득 바닥을 보니 조금 전 지완이 떨어뜨린 휴대전화가 눈에 들어왔다. 무언가에 홀린 것처럼 나는 휴대전화를 집어 들고 비밀번호를 해제했다.

"엄마? 뭐 하는 거야?"

저만치서 수완이 어안이 벙벙한 표정으로 내게 물었다. 수완의 다급한 목소리를 무시한 채 나는 녹음 파일을 찾아 떨리는 손으로 삭제 버튼을 눌렀다. 아주 짧은 순간이었지만 수완에겐 그 시간이 길고도 길게 느껴졌으리라 생각하면서.

할 일을 마친 내가 전화기를 내려놓고 당혹감에 사로잡혀 어쩔 줄 모르는 수완을 마주 바라봤다.

"엄마…."

수완은 충격을 받았는지 아무런 말도 하지 못한 채 멍한 눈으로 나를 바라만 보고 있었다.

"이게 최선이야, 수완아."

내가 조용한 목소리로 말했다.

"넌 큰 벌을 받진 않을 거야. 형량이 가벼워질 수 있도록 최대한 노력해볼게. 그러니…."

"그렇게도 형을 지키고 싶었어?"

수완이 중간에서 내 말을 잘랐다. 힘없는 수완의 목소리에선 더는 원망이나 분노도 느낄 수 없었다. 기력이 모두 빠져나가 가까스로 서 있는 것 같은 수완은 그저 공허하고 허탈해 보였다.

"엄마한테는, 내가 그렇게도 아무것도 아니야?"

수완이 나를 멀거니 바라보며 물었다. 분명히 나를 바라보고 있지만, 아이의 눈은 텅 비어 있었다. 아무런 감정이 담기지 않은 그 눈은 마치 바닥을 알 수 없는 깊은 우물 같았다.

"아니야, 수완아. 엄마가 널 사랑하는 걸 알잖아."

수완은 절레절레 고개를 저었다. 마치 내 말을 못 믿겠다는 듯이.

"난 항상 이 집에서 눈엣가시 같은 존재였지? 다 알아, 다들 내가 어디론가 사라져주길 바랐다는 거. 이럴 거면 대체 왜 날 낳은 거야?"

"수완아, 그렇지 않다니까…."

"사고였어."

이번에는 지완이 내 말을 중간에서 툭 끊으며 끼어들었다. 아무런 감정이 실리지 않은, 섬뜩할 정도로 차가운 목소리였다.

"어쩌다 그냥 생겨버렸고, 엄마, 아빠가 단지 널 지우지 않았던 것뿐이야. 아무도 널 원치 않았어. 네 말대로."

입가에 묻은 피를 소매로 닦으며 지완이 독기 어린 말을 연이어 내뱉었다. 보이지 않는 독이 수완의 마음속에 빗물처럼 점점이 떨어져 내려 커다란 웅덩이를 만들고 있는 모습이 마치 내 눈에 보이는 것 같았다.

"너랑 나는 출발점부터가 달라. 넌 모두에게 짐이었어. 네가 사라져도 아무도 슬퍼하지 않아. 원래부터 넌 필요 없던 존재였으니까."

이미 내뱉은 말들로만은 부족하다는 듯 지완이 마지막 일격을 가했다. 이미 극한에 몰린 수완의 마지막 숨통을 끊어놓겠다는 듯이.

"정말 그래?"

수완의 내면에 있던 무언가가, 어떤 희망의 끈 같은 것이 툭 끊어진 것 같았다. 수완이 제 형이 아니라 나를 바라보며 물었다. 멍한 눈빛에 눈물인 듯 물기가 어른거렸다. 축 처진 수완의 어깨가 가늘게 떨렸다. 그 가녀린 떨림에 너무도 깊이 베인 수완의 상처가 고스란히 전해져왔다.

"아무도 날 원하지 않아?"

수완이 재차 나를 향해 물었다. 떨리는 목소리로.

"그렇지 않아. 수완아, 엄마는 널 사랑해."

"정말? 형만큼이나?"

간절한 눈빛으로 수완이 내게 물었다.

갑작스러운 그 질문에 나는 허를 찔린 느낌이었다. 당장 그렇다고 대답하고 싶었지만, 그래야 했지만, 어쩐 일인지 쉽게 입이 떨어지지 않았다. 설사 그렇게 대답한다 하더라도 수완

316

이나 내게 그 말은 공허하게 들릴 게 틀림없었다. 그게 사실이 아니라는 걸 우리 둘 다 너무 잘 알고 있기에.

"…역시 그렇구나."

수완이 힘없이 고개를 끄덕였다. 허탈한 표정으로 입가에 자조적인 미소까지 띤 모습이 모든 걸 달관하거나 체념한 사람 같았다.

"조금이라도 기대했던 내가 바보였네. 역시나."

슬픈 눈빛으로 수완이 혼잣말처럼 중얼거렸다.

"수완아!"

별안간 설명할 수 없는 불길한 예감이 스멀스멀 밀려왔다. 어쩐지 굉장히 안 좋은 어떤 일이 조만간 눈앞에서 벌어질 것만 같았다. 이토록 생생하고 가슴을 옥죌 만큼 아린 예감은 이성에서 기인한 것이 아니라 동물적 본능에 가까웠다. 뭔지 몰라도 곧 일어날지 모르는 불운을 막기 위해 나는 수완의 이름을 부르며 아들에게로 다가갔다.

하지만 너무 늦었다.

"안녕, 엄마."

수완이 내 얼굴을 똑바로 바라보며 말했다. 그러더니 눈 깜짝할 사이에 13층 베란다 아래로 주저하지 않고 몸을 날렸다. 내가 미처 말릴 사이도 없이. 비명을 지를 시간도 없이.

그 순간 세상이 움직임을 멈춘 것 같았다. 시간과 공간의 경계가 사라진 곳에 나 홀로 우두커니 서 있었다. 이성의 기능이 마비돼 방금 무슨 일이 일어났는지 이해할 수 없었다. 아니, 이해하고 싶지도 않았다.

달려가 난간 아래를 바라보는 대신 다리에 힘이 풀려 그대로 바닥에 스르르 주저앉고 말았다. 초점이 흐려진 내 눈에 화들짝 놀라 난간 아래를 내려다보고 있는 지완의 모습이 들어왔다. 동시에 어디선가 짐승의 소리 같은 비명이 들렸다. 그게 바로 내 입에서 나온 소리라는 걸 깨닫기까지는 다소 시간이 걸렸다.

하얗게 변한 머릿속에 비로소 한 가지 사실이 떠올랐다. 수완이가 죽었다. 내 눈앞에서, 마치 나더러 보란 듯이. 늘 내 기대에 못 미쳤던 아이가, 항상 형의 뒷전에서 그림자로 머물렀던 아이가 이 세상에서 사라져버렸다. 이따금 차라리 낳지 말걸, 생각하던 내 속내를 읽은 것처럼 제 발로 떠나버렸다.

하지만 수완이는 영영 모를 것이다. 그 아이가 내 가슴에 이토록 거대한 구멍을 냈을 줄은, 이토록 아픈 상처를 남겼을 줄은. 그럼으로써 수완은 마침내 자신이 그토록 바랐던 대로 내 마음속에서 형이 차지했던 커다란 자리를 꿰찰 수 있게 됐다는 것도.

내 안의 독

 추적추적 비가 오는 날씨만큼이나 수완의 장례식장은 서글 펐다. 문상객들보다 상조회사 직원들 수가 더 많아 보일 정도 로 빈소가 한산한 것은 평일 낮이라는 시간대 때문만은 아닐 것이다. 고인이 그만큼 외로운 삶을 살았다는 증거인 것 같아 가슴이 아렸다.

 "박승주 병원장 아들 있지? 왜, 그 몰래카메라로 화장실 촬 영하다 걸려서 왔던 애."

 로펌 대표인 종우 선배가 내 방에 찾아와 이렇게 말을 꺼낼 때만 해도 나는 그다음 듣게 될 소식은 상상조차 하지 못했다.

 "죽었다던데?"

 "수완이가 죽었다고요?"

 충격으로 한동안 말이 나오지 않았다. 그간 수완의 안부가 궁금해 여러 차례 연락해봤지만, 수완은 전화를 받지 않았다.

면담 후 행여 달라진 게 있을까 싶어 여정에게도 전화를 걸어 보았으나 연락이 안 닿긴 마찬가지였다. 그랬는데 난데없이 이런 소식을 듣게 되다니.

"대체 왜요?"

"자세한 건 모르지만 아마 사고 같은 거였나 봐. 아들 문제로 우리한테 의뢰한 게 있으니 간단히 알려오긴 했는데, 본인도 경황이 없을 게 분명해서 자세한 건 못 물어봤어."

말을 전하는 대표 역시 황망하긴 마찬가지인 모양이었다.

"그래도 우리 의뢰인이었는데 시간 있으면 빈소에라도 한번 가보는 게 어때?"

대표의 제안이 아니더라도 수완이 마지막 가는 길을 모른 척할 수 없었기에 그가 알려주는 장례식장으로 곧장 택시를 타고 찾아갔다. 그곳으로 향하는 내내 두근거리는 가슴을 억누르기 어려웠다. 대체 어떻게 된 일일까. 며칠 사이 무슨 일이 벌어졌던 걸까. 어째서 그 어린 아이가 이렇게 갑자기 세상을 떠나야 했을까.

빈소에 여정의 모습은 보이지 않았다. 수완의 아버지처럼 보이는 중년 남자가 문상 온 누군가에게 하는 말을 언뜻 들어보니 여정은 실신해서 지금 병원에 있다는 모양이었다. 하긴 멀쩡하던 자식이 갑자기 이렇게 가버렸는데 제정신으로 버틸 엄마가 어디 있겠는가.

언제 찍은 것인지 몰라도 영정 사진 속 수완은 환하게 웃고 있었다. 늘 침울하고 어두워 보이던 아이가 저렇게 웃을 수도 있었구나 생각하며 제단에 꽃을 바치고 분향했다. 궁금한 게 많았지만, 아는 사람도 없는데 이곳에 오래 있을 필요는 없겠다 싶었다. 그때였다. 막 자리를 뜨려는데 빈소 한구석에서 낯익은 얼굴을 발견했다. 지완이었다. 그 역시 나를 알아봤는지 내 쪽을 향해 가볍게 목례했다.

"괜찮으면 얘기 좀 할래?"

내가 다가가 말을 걸자 지완이 잠시 망설이다 고개를 끄덕이며 나를 따라 나왔다. 분위기가 무겁게 가라앉은 장례식장을 나와 바로 근처 스타벅스 매장 안에 자리 잡은 뒤 내가 지완에게 물었다.

"대체 무슨 일이 있었던 거니? 교통사고야?"

지완은 천천히 고개를 저었다.

"아니요."

"교통사고가 아니라면⋯."

"뛰어내렸어요. 아파트 13층에서요."

차마 '자살'이라는 말을 입 밖에 낼 수 없어 망설이던 나를 대신해 지완이 대답했다.

"어떻게 그런!"

수완의 사망 소식으로 인한 충격에서 아직 헤어나오기도 전인데, 수완이 스스로 목숨을 끊었다는 말은 내게 충격을 넘어 그 어떤 형용할 수 없는 감정을 안겼다. 머릿속이 아득해졌다. 이유는 알 수 없지만, 수완의 죽음에 내 책임이 얼마간 있을지도 모른다는 막연한 죄책감으로 마음이 무거웠다. 그런 한편 극단적 선택을 할 수밖에 없었던 수완이 어떤 심정이었을지 상상하니 견딜 수 없이 아이가 불쌍하고 안타까웠다.

"대체 왜?"

"글쎄요."

지완이 침울한 얼굴로 고개를 갸웃했다.

"아마 스트레스였던 것 같아요. 몰래카메라 사건 이후 경찰 조사도 받았고, 재판도 앞두고 있고…. 별로 표를 안 냈지만, 심리적으로 많이 내몰렸던 것 같아요."

나는 마주 앉은 지완을 물끄러미 바라보았다. 얼굴이 조금 부어 있는 것은 울었기 때문일까. 그럼에도 단정하고 예의 바른 태도는 이전에 봤을 때와 마찬가지였다. 다만 낯빛이 창백하고 예전보다 다소 초췌한 것이 갑자기 동생이 세상을 떠난 아픔을 삭이는 듯 보였다. 하지만 이제는 안다. 저 말끔해 보이는 외양 속에 무엇이 감춰져 있는지. 어떤 어둠을 감추고 있는지. 그리고 어쩌면 지금의 저 모습 역시 가식일 수 있다는 것도.

"사실은 다 알아. 수완이가 얘기해줬거든."

내 말에 지완이 천천히 고개를 들어 나를 바라봤다. 날카로운 눈 속에 적대감 비슷한 무엇이 스치고 지나가는 것을 나는 놓치지 않았다.

"다 안다니, 뭐를요?"

입가에 잔잔한 미소를 띠며 지완이 물었다. 하지만 그 미소는 눈까지 미치지 않았다. 불현듯 전에 나를 만나러 왔을 때도 지완이 이런 미소를 띤 채 이야기를 했다는 사실이 떠올랐다. 그러나 그때는 지금 내가 보고 있는 것을 미처 보지 못했다.

"말 그대로 다. 네가 한 짓들 모두."

"무슨 말씀이신지 모르겠네요."

어리둥절한 얼굴로 지완이 말했다. 정말로 짚이는 게 조금도 없다는 표정이었다. 그걸 보니 갑자기 목구멍으로 신물이 올라왔다.

"몰래카메라를 촬영하라고 시킨 건 너야. 그렇지? 수완이 전 여자친구 나체사진을 미끼 삼아서. 넌 계속 수완이를 괴롭히고 있었잖아."

"수완이가 그렇게 얘기하던가요?"

지완이 어이없다는 얼굴로 고개를 절레절레 흔들었다.

"수완이는 예전부터 그렇게 말도 안 되는 거짓말을 하던 버릇이 있었어요. 허언증이라고 해야 하나. 아마 스트레스를 받아서 증세가 더 심해졌나 보네요."

"그게 거짓말이 아니라는 것 정도는 나도 보면 알아. 그리고 너도 알잖니?"

내가 지완을 노려보며 싸늘한 목소리로 말했다. 순간 지완의 입가에서 형식적인 미소가 사라졌다.

"모르겠는데요."

지완은 그렇게 대답하며 나를 똑바로 쳐다봤다. 어쩐지 눈빛이 아까보다 조금 더 날카로워진 것 같았다.

"수완이는 이미 죽었어요. 그 말이 맞는지 어떤지 확인해줄 사람도 없다고요. 게다가 선생님은 이미 수완이 변호인이 아니시잖아요? 계약 관계가 종료됐으니까요."

무어라 반박하기 힘든 논리정연한 말이었다. 그런 만큼 마주 앉은 지완이 혐오스러웠다. 저 아이는 이번에도 저렇게 빠져나가는구나, 이런 상황에서도 철저하게 자기 자신을 보호하

려고 발뺌하는구나. 모르긴 몰라도 수완의 죽음에 지완이 꽤
깊이 관여했을 것 같다는 직감이 들었다.

"넌 아무런 양심의 가책도 안 느끼니? 네 말대로 수완이가
스트레스 때문에 자살했다 쳐도 원인을 제공한 건 너잖아. 너
때문에 동생이 죽은 거라고."

"증거 있나요?"

덤덤한 목소리로 지완이 물었다. 전혀 흥분하지 않은, 아무
런 감정이 실리지 않은 그 목소리에 어쩐지 소름이 끼쳤다.

"그래, 네 말대로 증거는 없을지 몰라. 그렇지만 정말 아무렇
지도 않아? 너 때문에 동생이 죽었어. 엄마도 충격을 받아 몸
져누워 계시고. 네가 두 사람 인생을 망친 거라고."

"수완이가 죽은 건 자기 선택이에요. 엄마가 아픈 것도 자신
이 약한 탓이고요. 안타깝지만 어쩔 수 없어요. 저랑은 무관한
일이에요."

나는 새삼스럽게 지완의 말끔한 얼굴을 물끄러미 바라봤다.
이 아이는 주변 사람들을 파괴하는 독이다. 그 독으로 벌써 자
신과 가장 가까운 사람들을 둘이나 파괴했다. 수완과 여정. 자
신이 의도했건, 의도하지 않았건 간에. 언젠가는 제 몸에 지닌
독으로 틀림없이 자기 자신마저 파괴해버릴 것이다. 내 눈엔
그게 빤히 보이지만, 유감스럽게도 지완 본인은 미처 그걸 깨
닫지 못하는 것 같았다.

"그래, 왜 네가 죄책감을 못 느끼는지 알겠어."

마침내 내가 입을 열었다. 뜻밖의 말이었는지 지완이 나를
빤히 쳐다보았다.

"넌 마음이 없어. 네 속은 텅 비어 있거든. 내면이 공허함뿐인 너는 아무것도 느끼지 못해. 죄책감도, 연민도, 동정심도. 그리고 사랑도."

표정 없는 지완을 바라보며 내가 말을 이었다.

"아무리 겉으로 완벽하게 꾸며봐도 네가 공허한 껍데기라는 사실은 변하지 않을 거야."

순간 지완의 얼굴에서 무언가가 스르르 벗겨진 것 같았다. 내 기분 탓일 수는 있지만, 이제껏 지완이 기를 쓰고 벗지 않으려 했던 가면이 일순 그의 얼굴에서 떨어져 나간 것 같았다. 완벽함이라는 탈을 벗어버린 지완의 창백한 민낯은 내면만큼이나 공허해 보였다.

"수완이가 어둠이라면 넌 빛이었지. 하지만 어둠 없이 빛이 무슨 존재 가치가 있을까? 이제 어둠이 사라졌으니 너도 곧 빛을 잃어버릴 거야."

내 말에 지완이 고개를 들어 나를 물끄러미 바라보았다. 무심한 눈동자가 무슨 생각을 하는지 도무지 알 수가 없었다. 문득 지완의 눈이 언젠가 봤던 수완과 닮았다고 생각했다. 깊이를 알 수 없는 어두운 우물 같은 검은 눈동자. 허무만이 가득한 텅 빈 눈동자.

공허한 시선으로 나를 바라보는 지완을 뒤로한 채 나는 쓸쓸한 장례식장을 빠져나왔다.

나르키소스의 사랑

창밖으로 소담스러운 눈이 소복소복 내렸다. 솜털처럼 부드러운 눈이 봄여름 무성했던 잎사귀를 벗어버리고 허공을 향해 헐벗은 맨몸을 드러낸 나뭇가지와 아담한 정원 내 장식용으로 설치했을 게 틀림없는 조경 바위에 깃털처럼 가볍게 내려앉았다. 추운 날씨에도 구름 사이로 잠시 얼굴을 드러낸 햇빛을 받아 반짝반짝 빛나는 하얀 눈은 세상의 더러움을 잠시나마 깨끗이 정화시켜주고 있는 것 같았다.

"뭘 그렇게 골똘히 쳐다봐? 눈 구경 처음 해?"

하연의 목소리에 나는 창에서 눈을 떼고 뒤를 돌아봤다. 조금 전까지 료칸 객실에 딸린 개인 노천탕에 몸을 담그고 있다가 나와서인지 하연은 얼굴이 불그스름하게 상기돼 있었다. 젖은 머리를 수건으로 대충 말아 올린 바람에 고스란히 드러난 하연의 어깨가 방사능 치료를 겪는 동안 앙상하게 여위어 있었다. 문득 내 시선이 하연이 입고 있는 헐렁한 목욕 가운 가슴 부위에 잠시 머물렀다. 저 옷 아래 감춰진 하연의 한쪽 가슴은 이미 절제돼 밋밋한 붉은 흉터로 남아 있겠지. 순간적으로 스친 생각을 하연이 눈치채기 전에 나는 서둘러 시선을 다른 곳으로 돌렸다.

"아, 피곤하다."

하연이 요란스럽게 기지개를 켜면서 다다미 바닥에 퍼질러 앉았다.

"그러니까 여행은 아직 무리라고 했잖아. 몸도 성치 않은 애가 굳이 일본까지 오자고 박박 우겨서는."

이미 백 번 정도는 했을 법한 잔소리가 또다시 툭 튀어나왔다. 자매끼리 여행을 가자고 한 건 하연의 아이디어였다. 수술도 성공적이었고 지긋지긋한 방사선 치료도 일단락됐으니 기분 전환 삼아 어딘가 훌쩍 떠나자면서. 마침 재희도 오늘부터 2박 3일 일정으로 진행하는 유학 준비 캠프에 가게 돼 있어 여행을 떠나려면 지금이 절호의 기회이긴 했다. 그래도 하연이 설마 일본 온천 여행을 가자고 할 줄은 미처 몰랐다.

"뭐 어때. 좋잖아. 덕분에 눈 구경하면서 온천에 몸도 푹 담그고. 물이 뜨거워 암세포도 아마 다 죽었을걸?"

하연이 과학적으로 전혀 근거 없는 소리를 하며 머리를 말았던 수건을 풀어 바닥에 툭 던졌다.

"또, 또 그런다. 젖은 빨랫감 그렇게 방바닥에 툭툭 팽개쳐놓지 말라고 했잖아."

이번에도 반사적으로 잔소리가 입 밖으로 나와버렸다. 같이 여행을 하면서 하연과 사소한 습관이나 생활 리듬이 여러모로 다르다는 사실을 다시 한번 깨달았다. 아침잠이 없고 주변이 깔끔하게 정리 정돈된 상태를 좋아하는 나와 달리 하연은 야행성에 어지르기를 잘했고 방 안이 어수선한 것도 전혀 개의치 않았다. 그런 버릇들이 종종 내 신경을 긁곤 했지만, 하연의 입장에선 결벽증에 잔소리쟁이 언니가 거슬릴 때도 분명 있었을 것이다. 그래도 그런 차이로 인해 툭하면 신경전을 벌였던 어린 시절과 달리 이번 여행에선 각자가 자신을 어느 정도 내려놓고 서로의 단점을 받아들이려 노력 중이다. 아마도 둘 다 나이를 먹고 세월의 풍파를 맞은 탓에 가능한 거겠지만.

"아 좀 봐줘. 나 암 환자잖아."

하연은 천연덕스러운 얼굴로 대꾸하면서 바닥에 반쯤 드러누워 리모컨으로 텔레비전 채널을 이리저리 바꿨다. 역시 내 얘기는 귓등으로 흘려들은 모양이다.

"귀찮을 때만 암 환자지. 놀 때는 환자 낌새는 요만큼도 없더니만."

하연이 히죽 웃었다.

"그런 핑계로라도 열심히 써먹어야지. 그것 말곤 암 걸려서 좋은 점이 없단 말이야. 이건 암 환자 전용 특혜라고, 특혜. 억울하면 언니도 걸려. 아, 그래도 추천은 못 하겠다. 진짜로 좋은 점이 하나도 없거든."

피식 웃음이 나왔다. 하긴 아프다고 의기소침해 있는 것보다야 훨씬 낫지. 그래도 수술과 치료가 순조로웠던 건 저렇게 넉살 좋고 긍정적인 하연의 성격 덕분인지도 모른다고 생각하며 잠자코 방바닥에서 젖은 수건을 집어 욕실 걸대에 널고 있는데 핸드폰이 울렸다.

"엄마?"

재희의 목소리가 밝았다.

"잘 도착했니? 캠프는 어때?"

"뭐 그럭저럭. 내내 방 안에 가둬놓고 지원서 쓰는 법이나 가르치겠지, 뭐."

말은 그렇게 했지만, 재희의 목소리엔 살짝 기대감 같은 게 엿보였다. 재희가 유학에 관심을 가지기 시작한 건 유산 후 새 학기를 맞이하던 무렵이었다. 처음엔 뭔가 자격지심 때문에 자기를 아는 사람들이 아무도 없는 곳으로 가고 싶어 그러나 걱정했는데 알고 보니 딴은 꽤 오래전부터 고민해왔던 거다. 미국 명문대에 다니는 사촌 언니 헤일리를 남몰래 동경했던 모양이다. 내가 보기에도 재희 성격에는 한국의 제도권 교육보다, 경제적 부담이 되더라도 유학을 보내는 편이 나을 것 같긴 했다. 마침 치료차 한국에 나와 있는 하연을 통해 이것저것 물어보고 헤일리한테 상담도 부탁한 결과, 충분히 도전해볼 만하다는 생각이 들었다. 그래서 본격적인 준비 과정의 일환으로 지원한 것이 방학을 이용한 유학 준비 캠프였다.

"어쨌든 건강하게 잘 지내다 와. 별일은 없지?"

별생각 없이 던진 질문이었는데, 어쩐 일인지 재희가 머뭇거리는 기색이 느껴졌다. 모기만 한 목소리로 "이게 별일인지는 모르겠는데."라고 중얼거리던 재희가 마침내 결심한 듯 불쑥 말했다.

"조금 전에 해준이랑 통화했어."

"해준이랑?"

해준이 이름이 나오자 나도 모르게 목소리가 높아졌다. 그 일이 있고 나서 해준이를 마지막으로 본 건 한 달 전이었다. 학원에 데려다주는 길인지 서영이 해준이를 앞세우고 어디론가 걸어가고 있었다. 먼발치였지만 내 시선을 느꼈는지 서영이 문득 내 쪽을 돌아봤다. 아주 짧은 시간 동안 우리의 시선이 마주쳤다. 그리고 먼저 눈을 돌린 쪽은 서영이었다. 그 순간 서영과 해준의 인생길이 앞으로 나와 재희의 인생길에 교차하게 될 일은 두 번 다시 없을 것이라는 사실을 직감했다.

"걔가 왜? 이번엔 또 무슨 일로?"

내 말투가 거칠어지자 재희가 조금 뜸을 들이다 대답했다.

"진로 정했대. 공대 가서 AI 공부할 거래."

"그런 걸 너한테 일부러 광고하려고 전화했대?"

사실 해준이의 결정은 별로 놀라운 일도 아니었다. 어릴 때부터 과학을 좋아했고 수학 성적도 늘 좋았으니까. 해준이 의대 가길 바라는 서영은 아마도 아들의 희망에 반대하겠지만, 그래도 해준은 나름대로 주관이 뚜렷한 아이니 어떻게든 부모를 설득하리라고 생각했다.

"그런 건 아니고."

공격적인 내 말투에 재희는 조심스레 말을 고르는 눈치였다.

"나 유학 준비한다는 얘기를 들었대. 그래서 열심히 하라고. 앞으로 둘 다 바쁠 테니 연락하긴 어려울 거고 내가 한국 떠나면 만나지도 못하겠지만, 그래도 항상 응원하겠다고."

조마조마하던 마음이 재희의 설명에 조용히 가라앉았다. 혹시나 또 해준이랑 엮이게 될까 봐 내심 불안했던 나는 몰래 안도의 한숨을 내쉬었다.

"그것뿐이야, 엄마."

전화기 너머로 재희의 차분한 음성이 들렸다.

"엄마가 화낼까 봐 말하지 말까 하다가… 그래도 알려야겠다 싶어서. 전에… 그 일도… 내가 아무 말 안 해서 그렇게 된 것 같기도 하고…."

한동안 잊고 있던 일을 들춰내려니 거북했는지 재희가 말을 더듬었다.

"알려줘서 고마워."

재희의 이야기가 길어지기 전에 내가 먼저 말을 끊었다.

"그리고 그게 왜 별일 아니야. 별일이지. 해준이는 네 소꿉친구였잖아. 걔가 어디서든 늘 너를 응원한다는 건 기쁜 일이지. 앞으로 다시 만나진 못하더라도."

제일 마지막 문장에 강조점을 둔 나의 말에 재희도 수긍하듯 "응." 하고 대답했다.

"엄마?"

재희가 다시 한번 나를 불렀다.

"왜?"

"나, 앞으론 비밀 같은 거 안 만들게."

쑥스러운 목소리로 그렇게 말한 재희는 내가 뭐라고 대꾸하기도 전에 "이제 수업 시작한대. 들어가봐야 해." 하더니 부리나케 전화를 뚝 끊었다.

"재희 전화야?"

통화 소리가 들렸는지 하연이 텔레비전에 시선을 고정한 채로 물었다.

"뭐래? 할 만하대?"

"응. 그럭저럭."

나는 하연 곁에 앉으며 조금 전 재희가 했던 말을 되풀이했다. 귤을 까서 먹고 있던 하연이 "잘됐네." 하며 고개를 끄덕이더니 내게도 귤 한 조각을 건넸다.

"있잖아, 재희가 나한테 비밀 같은 건 안 만들 거래."

하연이 준 귤을 입에 넣고 내가 내우물거리며 말했다.

"그걸 믿어?"

하연이 말도 안 된다는 표정으로 '풋' 하고 웃었다.

"생각해봐. 언니랑 나도 어릴 때 엄마, 아빠한테 모든 얘길 다 털어놓은 건 아니잖아. 애들은 부모한테 비밀이 있기 마련이라고."

듣고 보니 맞는 말 같았다. 그러니 부모도 제 배 속으로 낳은 자식을 온전히 이해할 수 없는 거겠지. 내가 그랬던 것처럼. 여정이 그랬던 것처럼.

수완이 죽은 지도 어느덧 6개월이 지났다. 수완의 사건은 내게도 여러 가지를 돌아보도록 만들었다. 개인적인 측면에서만이 아니라 업무적으로도 수완이 내게 미친 영향은 적지 않았다. 이제는 소년범이든 어떤 경우든 의뢰인을 색안경 끼고 바라보는 일은 되도록 삼가려 노력한다. 예전에는 내심 그들을 돈으로 형량 줄여보겠다고 찾아온 양심 불량자라고 생각했지만, 수완이 케이스를 보면서 눈에 보이는 것이 모두 진실은 아니라는 사실을 깨닫게 됐으니까.

수완이 떠난 이후 나는 여정에게 따로 연락하지 않았다. 딱히 할 말도 없을뿐더러 어쩐지 여정이 내 연락을 반기지 않을 것 같아서였다. 로펌 대표가 지나가는 말로 "수완이 엄마가 정신과 치료를 받는다던데…"라고 중얼거리던 걸로 미루어 경황을 짐작했을 뿐이다. 아무리 세월이 흘러도 아이를 잃은 엄마의 마음은 언제까지나 지옥을 헤매고 있을 테니까. 다만, 그 모든 비극의 발단이 된 지완의 속마음이 어떨지는 지금도 여전히 상상조차 할 수 없다. 아마도 아무 일 없었다는 듯 학교 잘 다니며 여전히 모두를 속이고 있겠지. 완벽하게 연출된 아름다운 모습으로.

"뭘 그렇게 열심히 봐? 알아듣지도 못하면서."

지완을 생각하자 기분이 우울해지려고 해서 애써 밝은 목소리로 하연에게 말을 걸었다. 조금 전까지 변덕스럽게 채널을 바꾸던 하연은 드디어 어느 한 곳에 정착했는지 흥미진진한 얼굴로 화면을 들여다보고 있었다.

"그림 보는데 말 알아들을 필요가 뭐 있어. 화가 특별전 소개하나 봐."

하연의 대꾸에 나도 텔레비전 화면을 바라봤다. 기괴한 그림이 크게 클로즈업되고 있었다. 두 개의 닮은꼴 형태가 복사 후 붙여넣기를 한 것처럼 나란히 나열돼 있었다. 모양은 닮았지만 둘은 분명히 달랐다. 타원형 여러 개로 사람을 표현한 듯한 두 개의 형상은 모두 고개를 숙이고 발아래 호수를 바라보는 모습인데, 살구색으로 칠한 왼쪽 형상은 조금 더 사람에 가까운 인상이 강한 데 비해 회색으로 칠해진 오른쪽 형상은 마치 석고상 같았다.

"뭐야, 저게. 그로테스크해."

내 취향과는 거리가 먼 그림을 보며 나는 눈살을 찌푸렸다.

"살바도르 달리. 나르키소스의 변형."

하연이 '뭘 모르는구나' 하는 얼굴로 나를 보며 작가와 작품명을 읊었다.

"저게 나르키소스라고?"

동생이 미술 전공자라는 사실을 새삼 자각하면서 나는 화면 속에 펼쳐진 그림을 다시 한번 들여다보았다. 나르키소스는 그리스 신화에 등장하는, 미모가 빼어난 소년이다. 호수에 비친 제 얼굴과 사랑에 빠져 먹지도, 자지도 않고 호수 속만 바라보다가 결국엔 죽고 말았다는.

제목을 듣고 보니 그제야 그림이 무엇을 표현하고자 했는지 이해가 됐다. 호수에 비친 제 모습을 하염없이 들여다보던 나르키소스는 점차 인간이 아닌 존재로 변형되어간다. 달걀형 두개골은 깨지고, 온몸이 회색빛인 석고상 형태로. 하지만 그런 모습으로 바뀐 뒤에도 호수에 비친 제 얼굴을 바라보는 걸 멈출 수 없다. 깨진 두개골에서 나르키소스를 상징하는 하얀 수선화가 피어날 때까지. 이처럼 지독할 정도로 자기 자신에게 흠뻑 빠졌기에 나르키소스는 자기애의 대명사가 되었고, 그의 이름을 따서 '나르시시즘'이라는 말이 생겨났다.

"나르시시즘은 나르키소스 이름에서 따왔어."

나와 같은 생각을 하고 있었는지 하연이 혼잣말처럼 중얼거렸다.

"그건 나도 알아."

내가 대꾸했다.

"그런데 언니, 나르키소스는 정말 호수에 비친 자신을 사랑했을까?"

별안간 하연이 나를 향해 고개를 돌리고 전혀 생각지도 못한 질문을 던졌다.

"그럼 사랑하지도 않는데 왜 그랬겠어?"

"내 생각은 다른데."

하연이 고개를 갸웃했다.

"나르키소스의 감정은 사랑이 아닌 것 같아."

"사랑이 아니면 뭐야?"

"도취지 도취."

하연이 힘주어 말했다.

"둘은 다른 거잖아. 나르키소스가 제 모습을 보고 완전히 반해버린 건 맞지만, 그렇다고 사랑을 한 건 아니야."

"왜 그렇게 생각해?"

"사랑하는데 어떻게 보고만 있어. 곁에 있으면 손도 잡고 싶고 입도 맞추고 싶은 게 사랑이잖아."

지극히 하연다운 해석에 나도 모르게 웃음이 터졌다.

"만약 나르키소스가 호수에 비친 제 모습을 정말 사랑했다면 어떻게든 행동을 취했을 거야. 죽더라도 호수에 뛰어들었을 거라고. 자기를 희생하더라도 사랑하는 사람과 함께 있고 싶은 게 사랑이니까."

나르키소스 이야기의 결말은 여러 가지 버전이 있다. 어디에서는 그가 제 모습만 바라보다 먹는 것도 잊어버려 굶어 죽었다고 하고, 또 어디선 결국 호수 속으로 뛰어들어 익사했다고 한다. 그러니 "행동하지 않았다"는 하연의 말이 꼭 맞는 건 아니라고 지적하려다 그만뒀다. 사소한 일에 사사건건 토를 다는 언니가 되고 싶지 않았을뿐더러 하연의 해석에도 일리가 있다고 생각했기 때문에.

"그러니까 나르시시즘을 나르키소스 이름을 따서 지은 건 잘못된 거야. 대상이 자기 자신이든 누구든 나르시시즘은 사랑을 말하고 있는데 나르키소스는 사랑을 안 했잖아."

문득 지완의 거짓된 해맑은 얼굴이 머리를 스치고 지나갔다. 나르시시즘이라는 말에 나도 모르게 다시 그 아이를 떠올렸던 것이다. 세상의 중심에 자신이 있다고 생각하고, 항상 주변의 칭찬과 동경을 목말라했던 지완. 자신이 빛나기 위해 다른 이들은 모두 어둠으로 몰아넣었던 아이.

그런 지완은 저 자신을 사랑했을까. 이제까지는 그런가 보다 했지만, 하연의 이야기를 듣고 나니 생각이 달라졌다. 어쩌면 지완은 사랑을 느낄 수 없을 것이다. 그 누구에게도. 심지어 저 자신에게조차.

거울을 들여다보는 지완의 모습을 상상해봤다. 거울 속 지완은 다른 이들의 눈에 비치는 것처럼 말끔하고, 단정하고, 호감이 가는 인상이다. 준수한 외모에 탁월한 조건까지 더해져 지완은 그야말로 반짝반짝 빛이 난다. 사람들은 모두 그의 빛

나는 모습을 칭찬하고 동경하지만 정작 지완 자신은 제 모습을 보고도 아무런 감정을 느낄 수가 없다. 차라리 자신과 사랑에 빠져버리면 그나마 다행이련만 그럴 수 없다. 원래 그렇게 태어나버렸으니까.

그래서 너더욱 타인의 인정을 목말라한다. 늘 칭찬받고 싶어하고 남들 눈에 완벽한 존재로 보이고자 집착한다. 왜냐면 지완의 내면은 공허하니까. 끊임없이 태양을 좇지만, 그렇게 갈구하는 햇빛을 제 몸 안에 자양분으로 채워 넣지 못해 시커멓게 말라가는 해바라기처럼. 채워지지 않는 공허함을 어떻게 해서든 외부로부터 끌어다 메우려고 한다. 그게 가능하지 않다는 건 본인이 가장 잘 알고 있으면서도. 채우고 또 채워도 충족되지 않는 관심을 얻기 위해 그 과정에서 걸림돌이 되는 것들은 모두 다 제거해버린다.

그렇게 수단과 방법을 가리지 않고 완벽한 모습을 연출한 뒤에 마주한 거울 속 내 모습은 황홀하다. 넋이 나갈 정도로 아름답다. 하지만 그럼에도 불구하고 나 자신에게 사랑의 감정을 느낄 수 없다. 그렇다면 대체 그 공허함은 어떻게 메워야 하나.

어쩌면 나르키소스 역시 자신을 너무나 사랑해서가 아니라 도저히 자신을 사랑할 수 없어서 호수에 뛰어든 게 아니었을까. 만약 지완 같은 사람을 가리켜 나르시시스트라고 한다면, 자신을 '사랑할 수 없었던' 나르키소스의 이름을 딴 것은 잘못이 아니라 어쩌면 가장 바람직한 작명일지도 모르겠다는 생각이 들었다.

지완은 아마 앞으로도 평생 누군가를 사랑하지 못할 것이다. 여정은 비록 비뚤어진 방식일지언정 지완을 깊이 사랑하지만, 그 사랑은 평생토록 결코 돌려받지 못할 것이다. 하지만 사랑이 불가능한 지완과 비교한다면 자신에게 사랑을 되돌려주지 않는 사람을 사랑하는 여정이 그래도 조금은 더 행복하지 않을까.

"점심을 가볍게 먹어서 그런지 어째 좀 출출하네."

어느새 텔레비전에 관심이 시들해졌는지 하연이 내게 말을 걸었다.

"우리 근처 나가서 라멘 먹고 오자. 아, 근데 곧 료칸서 저녁 식사가 나올 텐데 지금 먹으면 저녁을 제대로 못 먹으려나. 에라 모르겠다. 그래도 라멘은 라멘이고 저녁은 저녁이니까 탄탄멘 하나 시켜서 둘이 나눠 먹자. 언니는 달걀 좋아하니까 그거 먹고, 차슈는 내가 먹고."

딱히 내 의견은 묻지도 않은 채 하연은 혼자 이미 식당과 메뉴까지 다 정하고선 자리에서 일어나 어서 오라고 재촉하듯 나를 돌아봤다.

"하여간 혼자 북 치고 장구 치고 다 해. 그래, 알았다. 가자, 가."

나도 마지못한 듯 웃음 지으며 하연을 따라나섰다. 완벽과는 거리가 먼 동생이지만, 그래도 저 애한테 세상을 향한 호기심과 사랑 하나만큼은 부족하지 않다고 생각하면서.

에필로그 1 : 가장 가까운 적敵

형은 나의 구원자이자, 파괴자였다. 달이 태양을 서서히 가리다가 마침내 완전히 해와 합쳐져 해의 자취를 감추게 만드는 개기 일식처럼 시간이 갈수록 나를 향한 형의 선의는 서서히 모습을 감춘 반면, 나를 겨냥한 악의가 대신 그 자리를 채워나갔다.

형은 약탈자이자 포식자였다. 다른 사람들이 가진 것을 빼앗아 그것으로 자신의 배를 채웠다. 자신을 빛나게 만들었다. 언제, 어디서나 가장 빛나야 하는 건 바로 자기 자신이기에. 내가 그런 형의 본모습을 알게 됐을 때는 이미 내가 가진 모든 걸 형에게 뺏긴 뒤였다.

어린 시절 유치원에서 형의 얼굴을 해님처럼 그린 적이 있다. "수완이는 왜 형 얼굴을 이렇게 그렸을까?"라는 선생님 질문에 나는 고개를 갸우뚱할 수밖에 없었다. "왜?"라는 질문 자체를 이해할 수 없었으니까. 그 무렵 내 눈에 비친 형은 항상 해님처럼 환하고 빛이 나는 존재였다. 언제나, 어디서나. 다들 그런 형을 칭찬하고 우러러보았다. 형은 그런 반응을 당연한 일인 듯 자연스럽게 받아들였지만, 햇빛이 드리운 그늘 속에서 항상 존재감이 가려져 있던 나를 배려하는 것도 잊지 않았다.

친척들이 다 함께 모인 자리에서 주인공은 언제나 형이었다. 이번에도 전교 1등을 했다거나, 영어 말하기 대회에 나가서 상을 탔다거나 하는 일로 모두가 칭찬할 때 형은 "수완이는 운동을 잘해요. 1학년인데도 6학년들보다 빨리 달려요." 같은 말로 풀죽은 나를 북돋워주곤 했다. 그래봤자 또다시 칭찬을 받는 쪽은 내가 아니라 못난 동생을 추켜세우는, 매사 사려 깊은 형이었지만. 그래도 내게는 그런 형이 곤란한 상황에서 나를 구해주는 구원자이자, 엄마 아빠보다도 믿음직스러운 보호자처럼 보였다.

하지만 이젠 안다. 형의 달콤한 말을 있는 그대로 받아들여선 안 됐다는 걸. "수완이는 운동을 잘해요."라는 형의 말이 "쟤는 모든 면에서 저한테 상대가 안 돼요. 그래도 그나마 운동이라도 잘하는 게 어디에요."라는 뜻이었다는 걸. 형은 다른 사람들 앞에서 내 존재를 인정해줬지만, 그건 단지 자기 자신을 빛나게 하기 위한 비교 대상이 필요했기 때문이었다. 형에게 있어 나는 그저 다루기 쉬운 도구, 그리고 자신이 나서서 한마디 해줘야 겨우 다른 이들에게 가치를 인정받는 미미한 존재, 그 이상도 이하도 아니었다.

그런데도 아무것도 몰랐던 나는 형이 내게 베풀어주는 친절에 감동해 바보같이 미소 지었을 뿐이었다. 태양을 사모해서 햇빛을 향해 무작정 고개를 들이미는 순진한 해바라기처럼. 나라는 해바라기는 지금 당장은 나를 따뜻하게 비춰주는 상냥한 태양이 언젠가는 강렬한 열로 나를 무자비하게 말려 죽이리라는 사실을 미처 깨닫지 못했다. 마찬가지로 형이 나를 '운동을 잘하는 아이'라고 정의했을 때 나는 내가 가위로도, 병따개로도, 드라이버로도 사용할 수 있는 만능 스위스 칼처럼 앞으로도 형의 필요에 따라 그때그때 다르게 정의되며 형을 위해 이런저런 다양한 용도로 쓰이게 될 것이라는 사실 역시 까마득하게 몰랐다.

환한 빛 속에 어둠이 감춰져 있다는 사실을 어렴풋이 눈치챈 건 초등학교 저학년 때였다. 어느 날 형은 재미있는 게임을 해보자더니, 내게 학교 앞 문구점에서 지우개며 샤프심 같은 자잘한 물건을 훔치라고 시켰다. 훔치는 건 나쁜 짓이라고 내가 항의하자, 형은 늘 그랬듯 봄날의 햇살처럼 환한 미소를 지으며 말했다. 이건 훔치는 게 아니라 장난 삼아 슬쩍 가져오는 거라고. 가져온 물건을 나중에 다시 갖다 놓는 건 훔치는 일이 아니라고.

"다시 돌려놓을 걸 쓸데없이 그런 짓을 왜 하는데?"

내가 묻자 형은 이렇게 대답했다.

"그냥 게임 같은 거야. 네가 얼마나 날쌔고 잽싼지 알아보는 게임. 재미있을 것 같지 않아?"

별로 재미있을 것 같지는 않았지만, 그래도 나는 형의 말을 따랐다. 형은 유일한 내 편이었으니까. 내게 애정이라고는 눈곱만큼도 없는 아빠, 아빠처럼 무심하지는 않지만 나보다 형을 월등히 더 좋아하는 엄마에 비해 형은 훨씬 믿을 만했으니까. 그런 형이 실망하는 모습을 나는 보고 싶지 않았다.

처음 몇 번은 무사히 넘어갔지만, 결국엔 덜미를 잡히고 말았다. 나 대신 사과하는 형의 모습은 실망스러웠다. 자신이 시켜서 한 짓이라고 말해주길 기대했는데, 형은 끝끝내 그 얘기는 입 밖에 내지 않았다. 대신 나를 잘 타이르겠노라면서, 내가 물건 훔친 걸 알면 심장이 안 좋은 엄마가 병이 덧날까 두렵다고 있지도 않은 일을 천연덕스럽게 잘도 꾸며냈다.

어찌 보면 그건 형 말대로 모두 다 게임이었다. 형이 만든 장기판에서 내가 졸卒이 되어 움직이는 게임. 내가 물건을 훔치는 데 성공하든 붙잡히든 그건 형에게 별 문젯거리가 아니었다. 한두 번은 성공할지라도 언젠가는 덜미가 잡히기 마련이고 그럴 때는 자신이 내 구원자가 돼 사태를 수습하면 그만이니까. 아무것도 모르는 사람들 눈에 나는 어린 나이에 절도나 일삼는 싹수 노란 어린애였던 반면, 자신은 그런 동생 뒤치다꺼리를 하는 조숙하고 의젓한 형으로 보일 테니까.

내게는 별 의미도 없고 재미도 없던 그 '게임'에 형은 왜 그렇게 집착했는지 이젠 나도 그 이유를 알고 있다. 나를 쥐고 흔들며 통제하는 짜릿함, 바보같이 자신의 덫에 걸려든 나로 인해 본인이 누릴 수 있었던 도덕적 우월감 때문에 형은 그 게임을 쉽게 포기할 수 없었다.

돌이켜보면 아마도 그때가 처음이었던 것 같다. 형의 게임에 무방비 상태로 속수무책 끌려가면서도 어린 내 마음속에서 형을 향한 의심의 씨앗이 싹을 틔워 막 땅 밖으로 고개를 들이밀려 했던 게.

"수완아, 형 믿지?"

본능적으로 무언가를 감지했는지 형이 문득 나를 돌아보며 미소 지었다. 누구나 믿고 싶게 만드는 그 티 없이 해맑은 미소. 나는 거기에 이끌려 저도 모르게 고개를 끄덕였다.

그날 형이 사준 아이스크림을 먹으며 나는 내 안에서 스멀스멀 고개를 들려는 의심을 스스로 밟아 없애버렸다. 역시 형을 믿으면 좋은 일이 생겨, 라고 되뇌면서. 형의 달콤한 미소와 내 손에 쥐어진 달콤한 보상에 깜빡 속아 넘어간 나는 다시 형의 손에 내 운명을 맡겨버렸다. 형이 그때 보여줬던 상큼한 미소가 먹잇감을 놓치지 않으려는 포식자의 미소였음을 나는 결코 알아차리지 못했다.

어쩌면 형이 오랫동안 내게 제 발톱을 드러내지 않았던 건 내가 그동안 쓸모있는 도구였기 때문인지도 모른다. 필요할 때면 즉석에서 이런저런 용도로 써먹을 수 있는 손쉬운 만능 칼 같은 도구. 하지만 도구는 어디까지나 도구일 뿐, 도구가 주목을 받아선 안 된다. 맥가이버가 신통방통한 솜씨를 발휘해 어려움을 해결할 때 스포트라이트는 언제나 그가 사용한 칼이 아니라 주인공인 맥가이버에게 쏟아져야 하는 것처럼.

형은 나를 항상 자신의 그늘 안에 묶어두는 데 성공했지만,

매사를 사전에 주도면밀하게 계산하는 형조차 미처 한 가지 변수는 계산에 넣지 못했다. 나 역시 여건이 허락한다면 자기처럼 빛날 수 있다는 걸 형은 꿈에도 상상하지 못했던 것이다.

언젠가 방학 때 형과 함께 영화를 보고 나오다가 우연히 형의 같은 반 친구와 마주친 일이 있었다. 나하고 같은 유도장을 다니는 형이었다.

"아, 우리 도장 스타 박수완이 네 동생이었어? 의외다. 지완이 넌 운동 잘 못하잖아."

이 한마디에 형의 얼굴이 차갑게 얼어붙었다. 겉으로는 동생 칭찬하는 말을 들은 형이 보일 법한 흐뭇한 미소를 짓고 있었지만, 입에 걸린 그 미소가 눈가에 닿지 않는다는 걸 나는 놓치지 않았다. 아마도 형으로선 그런 일을 겪은 게 처음이었을 것이다. '박지완'이 아닌 '박수완의 형'으로 불리는 경험이. 태어나면서부터 '박지완의 동생'이라는 꼬리표를 항상 달고 살았던 나로선 대수롭지 않은 일이지만, 늘 쏟아지는 빛 속에 있던 형이 졸지에 그늘로 몰리는 건 큰 충격이었음에 틀림없다.

그래서였다. 형이 수단과 방법을 가리지 않고 나를 벼랑 끝으로 몰아간 것은. 사고를 가장해 내 손가락을 부러뜨리고 내 시합이 있는 날이면 온갖 핑계를 만들어내 엄마가 경기를 보러 오지 못하게 했다. 다른 일들은 다 참고 넘어갔는데 일부러 나를 자극해 몸싸움을 걸었을 때는 나도 더는 참을 수 없었다. 하지만 알고 보니 그것 역시 형의 계략이었다. 내가 형을 다치게 했다는 이유로 아빠를 자극해 내가 더는 유도를 하지 못하도록 만든 계략. 형은 감히 자신의 그늘을 벗어나려는 내게, 분수를 망각하고 스스로 빛을 발하려는 내게 그런 식으로 벌을 주었다. 두 번 다시 자신을 거스르지 못하게 만들기 위해. 나를 영원히 자신의 그늘로 묶어두기 위해.

이제는 나도 안다. 형이 왜 그렇게까지 해야 했는지. 형의 내면은 텅 비어 있었다. 그리고 본인도 자신의 속이 공허하다는 걸 잘 알고 있다. 그래서 한사코 우월감으로 자신을 포장하려 했다. 겉모습이 환하게 빛나면 빛날수록 텅 빈 내면이 그걸로 채워지리라 믿는 것처럼.

그런 측면에서 보자면, 나처럼 자신보다 열등한 누군가를 곁에 두고 우월감을 느끼려 했던 형의 행동은 어쩌면 생존 본능에 가까웠다. 형에게 사람들의 동경 어린 시선은 그저 형이 '원하는' 무언가가 아니었다. 그건 형에게 있어 생명줄이나 마찬가지였다. 그러니 자신이 우월한 존재로 계속 남아 있기 위해 형이 내게 한 짓들은 형의 입장으로 보자면 목이 마를 때 물을 마시는 것처럼 지극히 자연스럽고 필연적인 행동에 지나지 않았다. 생존을 위해서.

형에게 자신의 가치는 오로지 남들 눈에 어떻게 비치느냐에 달려 있었다. 달리 말하자면 형에겐 온 세상 사람들 모두가 자신을 비추는 거울이었다. 문제는 그 거울이 백설 공주 이야기 속 거울처럼 형이 듣고 싶은 답만 말해야 한다는 것이었다.

형의 모습을 비추는 거울인 내가 제 주제를 망각하고 "세상에서 가장 빛나는 이는 박지완이 아닙니다"라고 대답한 순간, 형은 망설이지 않고 그 거울을 깨뜨려버렸다.

한번 독기를 드러내기 시작한 뒤로 형은 멈추지 않았다. 마치 처음부터 인생의 목적이 그것이었던 것처럼 나를 밀어붙이기 시작했다. 벼랑 끝까지 내몰린 내가 견디다 못해 절벽 저 아래 굽이치는 파도에 몸을 던질 때까지.

공교롭게도 이번엔 형이 나를 공격하는 데 무기가 된 것이 바로 한혜였다. 초등학교 때 짝이었던, 내 첫사랑 한혜. 한혜가 일방적으로 내게 이별을 고하고 갑자기 연락을 끊었을 때만 해도 그 일이 형과 연관돼 있으리라고는 전혀 상상하지 못했다. 그러더니 얼마 후 갑자기 한혜 엄마가 우리 집을 찾아왔다. 내가 한혜의 음란 사진을 촬영했다면서.

한혜네 학교 앞에서 몇 시간이고 막무가내로 기다리던 끝에 겨우 만났을 때 한혜는 울먹이며 내게 모든 걸 털어놨다. 형의 꼬임에 넘어가 야한 사진을 찍었다고. 형이 그걸 무기 삼아 나랑 헤어지라고, 그렇지 않으면 온라인에 제 사진을 풀어버리겠다 을러댔다고. 심지어 명령을 순순히 따르지 않을까 봐 그랬는지 한혜네 집 우편함에 그 사진 중 몇 장을 몰래 넣어두기까지 했다고. 덜컥 겁이 난 한혜는 부랴부랴 형이 시키는 대로 했지만, 정신없던 와중에 제대로 처분하지 못한 사진 한 장을 엄마에게 들켜버렸다. 한혜 엄마는 그 사진을 한혜랑 사귀던 내가 찍은 거라 오해했고, 형이 두려웠던 한혜는 차마 아니라고 할 수 없어 그저 엄마가 믿고 싶은 대로 내버려둘 수밖에 없었다고.

"조심해. 네 형 되게 무서운 사람이야."

이야기를 듣다 말고 자리를 박차고 일어선 나를 한혜는 울어서 퉁퉁 부은 얼굴로 쳐다보며 비밀을 털어놓듯 속삭였다.

한혜의 말은 내 안에 묵혀 있던 무언가를 돌이킬 수 없이 바꿔버렸다. 굳이 확인하지 않아도 한혜의 말이 거짓이 아니라는 걸 나는 알 수 있었다. 그동안 형을 보면서 가졌던 풀리지 않는 의문과 자잘한 의심, 처음엔 그냥 듣고 넘겼다가 나중에 돌이켜보면 앞뒤가 맞지 않았던 형의 말들이 짝을 찾지 못한 작은 퍼즐 조각들처럼 내 머릿속 한구석을 떠돌다가 마침내 한혜의 발언으로 인해 일제히 퍼즐이 맞춰지며 하나의 분명한 형태를 띠게 된 것 같았다.

형은 내 추궁에 굳이 부정하지 않았다. 대체 나랑 한혜한테 왜 이러느냐는 물음에 형은 태연한 표정으로 대꾸했다.

"그러지 않아야 할 이유는 대체 뭔데?"

그때 나는 느꼈다. 형의 마음속엔 독이 있다는 걸. 독사가 죽을 때까지 제 독을 품고 살아가야 하는 것처럼 형 안에 있는 독 역시 형과 한평생을 함께하리라는 걸. 그리고 언젠가는 그 독이 나에게 그랬던 것처럼 형 자신도 망쳐버리리라는 걸.

당장 한혜 사진을 처분하라는 내 요구에 형은 야릇한 미소를 지으며 자신이 시키는 대로 하라고 했다.

"뭔데? 어릴 때처럼 도둑질이라도 시키려고?"

비아냥거리는 나를 향해 형은 고개를 저었다.

"여자 화장실을 몰래 촬영해 와."

그 말을 할 때 형의 두 눈은 즐거운 듯 반짝반짝 빛나고 있었다. 마치 쥐를 사로잡은 고양이가 가지고 놀던 먹잇감을 어떻게 처리할지 궁리하듯. 형의 눈은, 포식자의 눈이었다.

형이 내게 왜 그런 일을 시켰는지, 묻지 않아도 나는 짐작할 수 있었다. 뒤틀린 성적 욕망 따위 때문이 아니다. 이건 모두 형의 게임이었다. 내 자존심과 양심을 극단적인 경계까지 몰아넣고, 그걸로 나에 대한 자신의 영향력을 확인하기 위한 게임. 마지막 숨통을 끊어놓기 전까지 고양이가 궁지에 몰린 쥐를 가지고 노는 것처럼 형은 나라는 장난감을 손아귀에 쥐고 잔혹한 즐거움을 맛보고 있을 따름이었다.

형은 이번이 마지막이라고, 시키는 대로 따르면 한혜의 사진을 없애고 더는 무리한 요구를 하지 않겠다고 했다. 나는 순진하게도 그 말을 믿었다. 아니, 사실은 믿지 않았다. 그걸로 형의 텅 빈 마음을 채울 수는 없을 테니까. 아무리 물을 길어 와 부어도 속이 차지 않는 바닥 없는 우물처럼 아무리 많은 관심이 집중되고 누군가의 그 어떤 희생이 대가로 치러지더라도 형의 공허한 마음을 채우기엔 부족할 테니까. 만약 이걸로 형의 요구가 일단락된대도 형은 또 다른 게임을 찾아내 또다시 나를 그 게임 속에 밀어 넣을 테니까.

하지만 한편으로는 그런 형이라도 믿어보고 싶다는 희망이 내 마음 한구석에 존재했다. 어릴 때부터 그토록 번번이 속아왔음에도 형의 마음속에 순수함이 티끌만큼은 남아 있으리라, 어린 시절 종종 보여줬던 그 환한 미소에 나에 대한 애정이 한 줌 정도는 섞여 있으리라, 믿고 싶었다. 어쨌거나 우리는 피를 나눈 형제니까. 그렇게 나는 이번에도 형이 쳐놓은 덫에 내 발로 저벅저벅 걸어 들어갔다.

돌이켜보면 내 인생에서 내가 주인공이었던 적은 단 한 번도 없었다. 영화로 치면 나는 언제나 눈에 띄지 않는 구석 자리를 지키는 비중 낮은 조연 같은 존재였다. 심지어 그게 나를 소재로 한 영화임에도 불구하고. 나는 형이라는 캐릭터를 두드러지게 만들기 위한 부속품, 혹은 형의 서사를 더 잘 드러내기 위한 곁가지 같은 장치에 지나지 않았다.

내 인생은 꽝이거든요.

내 사건을 의뢰한 변호사는 이 말을 듣고 흠칫 놀란 눈치였다. 유복한 집에서 자란 도련님의 배부른 불평 정도로 생각했을 수도 있겠지만, 나는 진심이었다.

대체 어디서부터 잘못된 걸까. 바보처럼 이번이 마지막이라는 형의 말을 믿고 시키는 일을 했을 때부터일까. 형의 계획에 말려들어 유도를 그만두게 됐을 때부터일까. 아니, 사실은 그보다 훨씬 전, 태어나 형을 처음 만났을 때부터 내 비극이 시작된 걸 수도.

아직 늦지 않았어. 네 인생을 바로잡을 수 있는 건 너밖에 없어.

변호사는 그렇게 충고했다. 그렇다면 인생을 바로잡기 위해 내가 했어야만 하는 일이 뭘까. 형처럼 똑똑하고 싹싹한 아이가 됐더라면, 그러면 부모님이 나를 더 사랑해줬을까. 좀 더 일찍 엄마에게 모든 걸 털어놓고 도와달라고 해야 했을까.

하지만 늘 그랬듯 엄마는 내 구명줄이 되어주지 못했다. 망설이던 끝에 모든 걸 털어놨을 때 엄마는 놀란 표정이 아니라 슬픈 표정을 지었다. 안쓰러움과 미안함이 섞인 엄마 얼굴을 보며 엄마가 오래전부터 모든 사실을 다 알고 있었음을 깨달았다. 그런데도 엄마는 모르는 척 나 혼자 책임지라고 내 등을 떠밀었다. 형을 지키기 위해, 자신이 유일하게 사랑하는 아들을 지키기 위해.

엄마가 나보다 형을 더 사랑한다는 건 잘 알고 있었다. 사실 그건 비밀이랄 수도 없었다. 오래전 다쳐서 이미 딱지가 앉은 상처처럼 엄마가 형을 편애한다는 것 자체는 나를 더 아프게 할 수 없다고 생각했다. 하지만 형이 괴물이라는 걸 알게 된 상황에서조차 엄마가 형의 편을 들 것이라곤 미처 생각지 못했다.

아니, 어쩌면 이조차도 변명일지 모른다. 어쩌면 나는 처음부터 엄마가 모든 걸 다 알고 있음을 직감했었는지도 모른다. 그래서 엄마에게 전부 고백하는 걸 그렇게 망설였는지도. 사실은 내가 막연히 예상했던 대로 형의 모든 잘못에도 불구하고 엄마가 나 대신 형을 감쌀까 봐 두려워 계속 입을 다물고 있었던 건지도 모른다. 그리고 내 예상이 맞았음을 확인했을 때 내 마음은 말 그대로 산산이 부서져버렸다.

하지만 냉정하게 말하자면, 엄마도 그런 자신을 어쩔 수 없었던 것일지 모른다. 내가 형처럼 잘난 아들이 되지 못했고, 형이 가면을 쓰고 살아갈 수밖에 없었던 것처럼, 엄마 역시 그냥 형을 더 사랑할 수밖에 없는 운명을 짊어지게 되었던 것인지도 모른다. 그렇다면 내 이야기가 이런 식으로 끝을 맺은 건 그 누구의 잘못 때문이 아니라, 어딘가 뒤틀리고 모자란 우리를 가족이란 이름으로 한데 묶어놓은 운명 탓이 아닐까.

변호사는 내게 아직 늦지 않았다고 했지만, 그건 틀린 말이었다. 사실 처음부터 모든 게 너무 늦었다. 태어날 때부터, 어쩌면 그보다 훨씬 전 엄마가 원치 않던 나를 가졌을 때부터였는지도 모른다. 정신을 차리고 보니 나를 둘러싼 상황은 이미 돌이킬 수 없는 상태였고, 그걸 너무도 늦게 깨달은 나는 걷잡을 수 없는 운명의 소용돌이에 그대로 휩쓸려 가버릴 수밖에 없었다.

무언가를 시작하는 것이 너무 늦었다면, 처음으로 돌아가는 수밖에 없다. 박수완이 아니라, 박지완의 동생이 아니라, 어떠한 굴레에도 얽매이지 않는 새로운 나로. 만약 그게 가능하다면 이번엔 태양에 가려진 그늘이나 햇빛에 굴종하는 해바라기가 아니라, 있는 그대로의 나로 살아보고 싶다.

시골의 한갓진 길목에 핀 이름 없는 꽃일지라도 세상 모든 꽃은 그 자체로 아름다운 것인데 사람들은 공연히 다른 예쁜 꽃과 비교하며 흠을 잡는다. 내가 불행했던 이유도 그 때문이었는지 모르겠다. 화려한 장미 옆에서 그 가시에 찔려 상처나야 했던 들꽃 같은 존재가 바로 나였으니까.

꽃으로 다시 태어날 수 있다면 그때는 작은 들꽃으로 살아가고 싶다. 화려하거나 빛나지 않아도 좋다. 빛은 필연적으로 그림자를 만든다. 가장 밝은 빛일수록 더욱 두텁고 진한 어둠을. 내가 빛나기 위해 누군가에게 그늘을 드리워야 한다면 나는 차라리 빛이 되길 포기하는 편을 택하겠다.

다른 이들의 눈에 잘 띄지 않아도 좋다. 많은 사람이 아니더라도, 지나가던 누구 하나라도 소박한 내 꽃잎을 바라봐주고, 은은한 내 향기를 맡아준다면, 그래서 "참 예쁘네."라는 말 한마디 해준다면 나는 충분히 행복할 것이다. 비록 보잘것없는 존재에 불과하다 할지라도, 어쩌면 그때 나는 비로소 예전엔 단 한 번도 피워보지 못했던 나만의 꽃을 피울 수 있을지도 모르겠다.

그리고 내 진짜 이야기는 아마도 그때부터 시작될 것이다.

에필로그 2: 포도알만 한 희망

엘리베이터 문이 열리자 아기를 품에 안은 젊은 엄마의 모습이 보였다. 내가 엘리베이터 안으로 들어서자, 아기가 검은 구슬처럼 반짝이는 작은 눈을 들어 나를 쳐다봤다. 호기심 어린 아기의 눈은 아직 세상의 때가 타지 않아서인지 한없이 투명해 보였다. 머리에 앙증맞은 병아리색 모자를 푹 눌러쓴 아기가 낯선 사람이 신기한지 갑자기 한 손을 쭉 뻗어 내 머리카락을 한 움큼 거머쥐었다. 잡은 걸 놓치지 않겠다는 듯 주먹을 꽉 쥔 아기 손은 가슴이 아릴 정도로 작았다.

"어머나, 그러면 안 돼."

아기 엄마가 화들짝 놀라며 황급히 아기 손에서 내 머리카락을 빼냈다. 제 것을 뺏을 줄 알았는지 잠시 칭얼대던 아기는 이내 단념하고 다시 나를 빤히 바라보았다.

"애가 누나가 좋은가 보네요."

변명이라도 하듯 아기 엄마가 나를 향해 겸연쩍은 미소를 지었다.

"귀엽게 생겼네. 이름이 뭐야? 난 재희야, 김재희."

아기 엄마가 무안하지 않도록 일부러 혀짧은 목소리로 아기에게 말을 걸었다.

"누나가 네 이름 묻잖아. 유은우예요, 해야지."

아기를 대신해 엄마가 대꾸했다.

"몇 살이에요?"

"아직 돌도 안 지났어요. 6개월 됐어요."

내 질문에 답하며 아기 엄마는 아이가 발을 버둥대는 바람에 벗겨지려는 양말을 고쳐 신겼다. 그런 평범하기 짝이 없는 아기의 작은 행동 하나하나가 사랑스러워 죽겠다는 표정으로.

6개월 전이면 그 무렵이구나. 내 안에서 자라던 생명이 사라졌던 때. 조약돌 하나가 잔잔한 호수에 파문을 일으키듯 아기 엄마의 그 말이 내 마음에 작은 일렁임을 새겼다. 세상의 빛을 보지는 못했지만 잠시나마 내 배 속에서 살아 숨 쉬던 아기가 어느 날 갑자기 떠나갔을 무렵 어디선가는 새로운 생명이 태어나고 있었다 생각하니 어쩐지 기분이 묘했다.

"은우야, 바이 바이 해야지. '예쁜 누나, 또 만나요.' 하고."

엘리베이터가 1층에 도착하자 아기 엄마는 아이 손을 잡고 '안녕'이라고 인사하듯 나를 향해 흔들었다. 나 역시 엉겁결에 마주 손을 흔들었다. 아기 엄마가 아이를 품에 안고 종종걸음으로 걸어간 뒤에도 나는 한동안 그 뒷모습을 멀거니 바라보았다. 나쁜 마음이라고는 한 번도 먹어보지 않았을 아기의 맑은 눈동자가, 조금만 힘주어 안으면 바스러질 것처럼 연약하디 연약한 작은 몸이 계속 내 시야에 잔상으로 남아서.

'대체 왜 그렇게 넋 놓고 있는 거야, 정신 차려 김재희!'

어째서인지 자꾸만 날뛰려는 감정을 애써 가라앉히며 나는 학원으로 바삐 발걸음을 옮겼다. 엘리베이터에서 본 아기가 왜 이토록 눈에 밟히는지, 그 짧은 만남이 어째서 자꾸만 내 마음을 부산스럽게 하는지 굳이 곰곰이 따져보지 않아도 나는 그 이유를 이미 알고 있었다. 단 한 번도 실제로 얼굴을 마주한 적 없는 바로 '그 아기' 때문이라는 사실을.

"계류 유산입니다."

병원에서 진단을 듣고 처음 느낀 감정은 안도감이었다. 아, 이걸로 모든 문제가 다 해결됐구나, 하는.

혹시나 하고 구매한 임신 테스트기에 빨간 세로줄이 두 줄 뜬 걸 발견했을 때 내가 딛고 선 땅바닥이 순식간에 발밑으로 훅 꺼지는 것 같았다. 임신, 출산, 미혼모…. 이제껏 한 번도 진지하게 생각해보지 않았던 단어들이 머릿속을 바쁘게 오가는 통에 눈앞이 아득해졌다. 엄마한테 다 털어놔야 하나. 그랬다간 화를 낼 게 뻔한데. 하지만 말 안 하고 버티면 어쩔 건데? 대책 없이 아기를 낳기라도 할 거야?

언젠가 우연히 텔레비전에서 본, 어린 나이에 의도치 않게 부모가 된 고등학생들을 다룬 예능 프로그램이 떠올랐다. 갑자기 생긴 아기 때문에 대학 입시를 포기하고 책가방 대신 아기 띠를 매게 됐다고 담담히 밝힌 내 또래 출연자의 얼굴은 어른스러웠지만 어딘지 모르게 지쳐 보였다. 나는 진학을 포기하고 싶지 않았다. 한 번도 의심해보지 않던 내 미래, 대학을 졸업한 뒤 안정적인 직장에서 사회생활을 하게 될 내 인생 계획을 배 속에서 제멋대로 자라기 시작한 아기 때문에 물거품처럼 날려버릴 순 없었다.

'대체 이런 게 왜 생긴 거야. 그냥 사라져주면 안 되나.'

하루에도 몇 번씩 속으로 그렇게 되뇌었다. 이 아기를 낳을 수는 없다, 하지만 안 낳기 위해 적극적인 조치를 하기도 겁나고 부담스럽다, 그러니 알아서 사라져주면 좋겠다, 내게 왔을 때처럼 홀연히. 그랬더니 거짓말처럼 아기가 유산됐다. 내 속내를 눈치채기라도 한 듯. 입 밖에 내지 못한 내 소원을 마치 아기가 들어준 것처럼.

"…얼마나 커요?"

뜬금없이 난 그렇게 물었다. 그 순간 갑자기 왜 그런 게 궁금해졌는지 그 이유는 나 자신도 잘 모르겠다. 내 안에 새로운 생명이 자라고 있었다는 게, 그리고 그 생명이 한순간 갑자기 사라졌다는 게 도무지 실감이 나지 않았다. 좀처럼 현실감이 들지 않으니 내게 고민을 안겨줬던 그 실체가 대체 어떤 모습을 하고 있는지 알고 싶어졌는지도 모르겠다.

"음… 10주 차였으니 대략 포도알 정도?"

포도알이라고. 그렇게 작았단 말인가. 그보다는 훨씬 더 크리라고 생각했는데. 알고 보니 내 고민거리는 내가 예상했던 것보다 훨씬 작고 연약한 존재였던 모양이다.

"한동안은 잘 자고 잘 먹어야 해. 출산과 마찬가지로 유산도 엄마 몸에는 무리가 많이 가니까."

선생님은 그렇게 말했다. 하지만 그 뒤 이어지는 주의 사항들은 내 귀에 잘 들어오지 않았다. 나를 '엄마'라고 칭한 선생님의 목소리가 자꾸만 귓전을 맴돌아서. 그러고 보니 포도알처럼 작았던 그 아이에게는 내가 엄마였구나. 너무도 당연한 사실이었지만, 그 말을 듣기 전까지 나는 나 자신을 엄마라고 인식해본 적이 단 한 번도 없었다. 그렇게 못난 엄마인 나는 내 아기가 스스로 나를 떠나주기만을 바라고, 또 바랐었다.

포도알처럼 작을지언정 그 아기에게도 생명이 있었는데. 자기도 죽는 게 싫고 무서웠을 텐데. 그제야 아기가 알아서 사라져줬으면 했던 내 바람이 얼마나 이기적이었는지, 그게 아기한테 얼마나 잔혹한 일이었는지 비로소 깨달았다.

'미안해.'

너무도 뒤늦은 사과라고 생각하면서 나는 이미 떠나버린 아이를 향해 마음속으로 속삭였다. 포도알같이 작았던 그 아이를 생명체로 제대로 받아들인 건 그때가 처음이었다. 하지만 처음으로 마음을 담아 건넨 말에 어떠한 반응이 있을 리 만무했다. 자신이 죽기를 바랐던 모진 엄마에게 화가 난 채로 가버린 건 아닐까.

'미안해, 널 사랑해주지 못해서.'

다시 한번 마음속으로 속삭이는데 갑자기 눈물이 괴었다. 역시나 너무 늦게 깨달은 사실이지만, 아마도 어쩌면 나는 내 배 속에서 자라고 있던 포도알만 한 생명체에게 아주 조금은 본능적 애정을 느꼈던 모양이다.

그 뒤로 전에 없던 많은 생각을 하게 됐다. 아이에게 엄마란 어떤 존재일까. 엄마에게 아이란 어떤 존재일까. 이제껏 엄마라면 무조건 아이를 세상 누구보다 사랑한다고 생각했다. 어떤 잘못을 저지르더라도 나를 품어줄 수 있는 사람, 세상 모두가 나를 비난하고 등질 때라도 내 곁에 남아줄 수 있는 단 한 사람, 그런 존재가 바로 엄마라고 생각했다. 힘들 때마다 우리 엄마가 내게 변치 않는 버팀목이 되어준 것처럼.

하지만 엄마라고 모두가 다 같진 않을 것이다. 나 같은 엄마도 있을 수 있으니까. 상상하기 어렵지만, 만약에 그 아이가 죽지 않고 세상에 나왔더라면 나는 아이를 조건 없이 사랑했을까. 내 안에 있을 때 사라져주길 바랐던 것처럼 아이가 태어난 뒤에도 '쟤만 없었더라면' 하면서 원망하진 않았을까.

아마도 그런 생각 때문이었을 것이다. 엄마가 변호를 맡았던 나와 동갑내기 고등학생이 스스로 목숨을 끊은 사건이 내게 또 다른 의미의 충격과 죄책감을 안겨줬던 이유가.

언젠가 엄마가 한밤중에 혼자 부엌에서 독한 위스키를 마시고 있는 모습을 봤다. 엄마는 술을 좋아하지도 않고, 잘 마시지도 않는다. 그래서 검사 시절 잦은 술자리 때문에 고생했다고 들었다. 그런 엄마가 아빠가 남겨놓고 간 술을 일부러 찾아 마시는 건 자주 있는 일이 아니었다.

"이모 상태가 많이 안 좋아?"

유방암에 걸렸다는 이모가 생각나 덜컥 겁이 났다.

"아니, 하연이는 그렇게 걱정할 정도는 아니야."

엄마가 고개를 저었다.

"외할머니가 편찮으셔?"

이번에도 엄마는 조용히 고개를 가로저었다.

"그럼 혹시 나 때문이야?"

그제야 엄마가 고개를 들어 나를 빤히 쳐다봤다. 내가 유산한 뒤 엄마는 그 일에 대해 별다른 감정을 내비치지 않으려 했지만, 속으로는 상처받고 화가 났을 게 틀림없었다. 엄마가 내게 적잖이 실망했으리라 생각하니 작은 일에도 괜히 나도 모르게 자주 엄마 눈치를 보고 움츠러들었다.

"너 때문 아니야."

잠시 사이를 두고 엄마가 대답했다.

"변호를 맡았던 아이 때문이야."

"아, 나랑 동갑이라는 남자애?"

엄마는 말없이 술잔에 술을 더 따랐다. 대답하지 않았지만 엄마의 행동으로 보아 내 말이 틀리지 않았음을 알 수 있었다.

"걔가 어떻게 됐는데? 감옥에라도 갔어?"

"…죽었어."

잠시 침묵을 지키던 엄마가 내 끈질긴 시선에 마지못해 입을 열었다.

예상치 못한 엄마의 답변에 나는 깜짝 놀랐다. 죽다니, 나랑 동갑이라며. 아직 고작 열여섯인데. 이제껏 내 주변에서 세상을 떠난 사람은 할머니밖에 없다. 그때도 물론 슬펐지만, 할머니는 고령이니 어쩔 수 없는 일이라고 생각했다. 죽음이 나이를 가리지 않는다는 것 또한 잘 알고 있지만, 내 또래의 누군가가 죽을 수 있다는 사실이 새삼 놀라웠다.

"왜? 사고?"

"아니."

"그러면…."

차마 입에 올리지 못한 두 글자가 내 머릿속을 스치고 지나
갔다. 엄마가 잠자코 있는 걸 보니 내 짐작이 맞는 모양이었다.

"왜….."

말을 잇지 못하는 내게 엄마가 구체적인 내용은 생략한 채
간단히 설명했다. 그걸 토대로 짐작한바, 아마도 죽은 아이는
뭔가 좋지 않은 사건에 휘말렸고, 가정사도 복잡했던 모양이다.

힘들었겠다는 생각은 들었지만, 그래도 왜 그런 선택을 할
수밖에 없었는지는 언뜻 받아들이기 어려웠다. 예상치 못했던
임신 때문에 괴로웠을 때 나 역시 이대로 사라지고 싶다는 생
각을 한 적이 있다. 하지만 그건 그저 내가 닥친 상황에서 벗
어나고 싶다는 바람이었을 뿐 결코 극단적 수단을 염두에 두
거나 했던 건 아니었다. 그런 건 상상만으로도 너무 두려웠으
니까. 그런데 그 애는 얼마나 힘들었기에 그토록 모진 일을 진
짜로 저질러버린 걸까.

"왜 자기 엄마한테 도와달라고 하지 않았을까?"

내 질문에 엄마의 표정이 단박에 일그러졌다. 할 말을 고르
는 듯 생각에 잠겼던 엄마가 한참 만에 대답했다.

"그 아이는… 엄마가 자신을 원하지 않는다고 생각했나 봐."

그 답변에 나는 말문이 막혔다. 엄마가 자신을 원치 않은 게
스스로 목숨을 끊을 정도로 슬픈 일이었던 걸까. 그렇다면 내
배 속에 있다가 사라진 아이도 내가 자신을 원치 않는다는 걸

알고 떠난 것일까. 한 번도 만난 적 없는 수완이의 슬픔이 어쩐지 남의 일처럼 느껴지지 않아 가슴 한구석이 아렸다.

오랫동안 연락하지 않고 지내던 해준이에게서 전화가 온 건 방학 중 유학 캠프에 참가했을 때였다.

"잘 지내?"

마치 어제 전화했던 사이인 것처럼 해준이가 내 안부를 물었다. 하지만 애써 태연한 척하는 목소리에서 해준이가 내게 전화를 걸기까지 꽤 고민했으리란 걸 짐작할 수 있었다. 나 역시 오랜만에 듣는 해준이 목소리가 어색했다.

"요샌 별일 없어?"

해준이가 다시 내게 물었다. 별일이라. 어떻게 보면 '별일'이라고 할 만한 일이 한꺼번에 갑자기 너무 많이 일어나서 뭐라고 대답해야 할지 난감했다.

"집 근처에서 자주 보던 길고양이가 새끼를 낳았어."

망설이다 불쑥 나온 말이 엉뚱하게도 고양이 얘기였다. 해준이도 어이가 없었는지 피식 웃음을 터뜨렸다가 "하긴 넌 예전부터 고양이 좋아해서 길고양이들한테 간식도 주고 그랬었지."라고 중얼거렸다.

생뚱맞은 소재이긴 했지만 고양이 얘기로 말문을 튼 덕분에 삐걱거릴 수도 있었던 대화는 그다음부터 비교적 술술 잘 풀렸다. 각자 진로 얘기를 하고 서로에게 행운을 빌어줬다. 할 얘기를 다 마치고 전화를 끊으려는데 해준이가 불쑥 말했다.

"얼마 전에 성당엘 다녀왔어."

지금은 아니지만 어릴 땐 가톨릭 신자인 부모님을 따라 곧잘 성당에 나갔던 터라 그냥 그런가 보다 했는데, 해준이가 조금 망설이며 말을 이었다.

　"그… 아기가 좋은 곳에 갔으면 해서."

　뜻밖의 말에 내가 대꾸할 답을 찾는 동안 해준이가 다시 말을 이었다.

　"미안했었거든. 걔가… 차라리 사라져줬으면 좋겠다고 생각해서."

　아, 그렇게 생각한 건 나만이 아니었구나. 혼자서 고민하고 혼자 죄책감을 느꼈다고 생각했는데 해준이도 세상에 나와 빛을 보지 못한 생명에게 나름대로 미안한 마음을 갖고 있었구나. 그 사실을 깨닫자 사라진 아기가 다시금 안쓰러운 한편으로 나와 같은 죄책감을 가진 사람이 또 있다는 생각에 마음의 짐이 조금은 가벼워진 것 같았다.

　"좋은 곳에 갔겠지?"

　"응. 그… 아이는 아무런 잘못이 없잖아."

　내 말에 해준이는 그렇게 대답했다.

　그래, 세상의 빛을 보지 못하고 떠난 그 아이는 잘못이 없지. 잘못은 그 생명에게 충분히 사랑을 주지 못하고 사라져주기만을 바랐던 우리에게 있을 뿐. 그러니 행여라도 그 아이가 우리가 자신을 원치 않았던 게 자기 잘못이라고 여기지 않았으면 좋겠다. 그건 사실이 아니니까. 마찬가지로 수완이라는 아이 역시 엄마로부터 충분히 사랑받지 못한 원인이 혹시라도 자기에게 있다고 오해하지 않기를 나는 진심으로 바랐다.

학원을 마치고 집으로 돌아오는 길은 이미 어둠이 내려앉은 뒤였다. 추위에 옷깃을 여미며 어서 따뜻한 집으로 돌아가 몸을 녹여야겠다고 생각하는데 어디선가 새끼 고양이의 연약한 울음소리가 들렸다. 주위를 돌아보니 화단 옆에 낯익은 새끼 고양이 한 마리가 작은 몸을 웅크리고 나를 쳐다보며 울고 있었다. 마치 도와달라는 듯이.

"엄마는 어디 가고 너 혼자 있니?"

내가 곁에 쭈그리고 앉자 새끼 고양이는 도망갈 생각도 하지 않고 머뭇거리며 나를 올려다봤다. 이따금 자기랑 제 어미에게 간식을 주곤 했던 나를 기억하는 모양이었다. 가까이서 본 새끼 고양이는 몰골이 꾀죄죄했다. 지저분한 것도 지저분한 거지만, 요 며칠 제대로 먹질 못했는지 최근에 봤을 때랑 비교하면 훨씬 더 여위어 있었다.

나는 가방을 뒤져 마침 갖고 있던 츄르를 꺼냈다. 그러자 고양이는 이제 경계하지 않고 내게로 다가와 신나게 간식을 핥아댔다. 정신없이 먹는 모습을 보니 꽤 오랫동안 배를 곯은 모양이었다.

"가엾어라."

머리를 처박고 먹는 데 정신이 팔린 고양이의 작은 머리를 부드럽게 쓰다듬었다. 엄마를 잃어버린 걸까. 혹은 엄마에게서 버림받았거나. 엄마 길고양이의 행동반경이 이 언저리인데다 겨우 아장아장 걸음마를 뗀 새끼가 혼자서 엄마를 떠나왔을 리가 없다는 점을 미뤄 짐작건대 이 아이가 화단에 홀로 있는 이유는 아마도 후자인 것 같았다.

만약 그렇다 하더라도 내가 엄마 고양이를 나무랄 자격은 없다. 어쩌면 제 한 몸 건사하기 힘들었던 엄마 길고양이 역시 의도치 않게 생긴 새끼를 보살피기 어려웠을 수도 있으니. 엄마 고양이도 내가 그랬던 것처럼 자신이 짊어져야 할 책임이 두렵고 버거웠을지 모른다.

하지만 그 결과의 대가를 연약하고 어린 새끼 혼자서 오롯이 감당해야 한다는 건 너무 가혹하다. 아직 스스로 먹잇감을 구할 능력이 안 되는 이 아이가 홀로 험한 세상에서 살아남을 수 있을까. 이렇게 쌀쌀한 날씨 가운데 추위에 떨고 굶주리다가 저 가녀린 목숨이 부질없이 스러져버리진 않을까. 엄마가 자신을 버렸다는 사실을 슬퍼하면서.

"나랑 우리 집에 갈래?"

내 말을 알아들은 것처럼 새끼 고양이가 고개를 들고 나를 빤히 쳐다보았다. 고양이의 검은 눈동자는 엘리베이터에서 만난 아기처럼 티 없이 맑았다. '야옹' 하는 가녀린 울음소리를 내며 새끼 고양이가 내 손등을 핥았다. 마치 나를 믿고 따르겠다는 듯이.

나는 고양이를 들어 올려 품에 안았다.

살아가면서 어떤 나쁜 일을 겪는다 해도, 그걸로 남은 인생 전체가 망하는 것은 아니다. 잘못을 바로잡을 기회가, 생각지도 못했던 도움이 찾아올 수도 있으니까. 내가 갈 곳 없는 이 고양이에게 구원의 손길을 내민 것처럼. 내 부족함으로 인해 아무 잘못 없는 생명을 살리지 못했다면, 이번엔 그냥 놔두면 죽을지도 모를 또 다른 생명을 살려보고 싶었다.

"야옹."

내 품에 안긴 고양이가 다시 가냘픈 울음을 터뜨렸다. 배가 차서인지 아까보다 조금은 더 씩씩하게 우는 고양이를 가만히 쓰다듬으며 나는 집을 향해 발길을 옮겼다.

우리 모두의 내면을 비추는 검은 해바라기

『검은 해바라기』는 단순히 한 가족의 비극을 묘사하는 소설이 아니다. 그것은 인간 심리의 가장 깊은 어둠을 들여다보게 만드는 정교한 임상 보고서이자, 관계의 본질을 다시 질문하게 하는 심리학적 텍스트다. 작품을 읽으며 상담자로서, 임상 장면에서 마주했던 수많은 내담자의 얼굴을 떠올릴 수밖에 없었다. 그만큼 이 작품은 픽션의 외피를 두르고 있지만, 실제 삶과 정신세계의 현실을 충격적일 만큼 사실적으로 재현한다.

형 지완은 전형적인 자기애적 성향, 즉 나르시시스트의 얼굴을 하고 있다. 그는 동생 수완을 끊임없이 억압하고 지배하며, 타인의 고통 위에서만 자신의 우월감을 확인한다. 그러나 그가 보여주는 폭력은 단순한 악의 발현이 아니다. 임상 장면에서 만나는 자기애적 성향의 사람들처럼, 그의 내면에는 끊임없는 불안과 결핍이 자리한다. 그는 스스로 특별하다는 확신 없이는 단 하루도 버틸 수 없지만, 동시에 언제든 그 특별함이 무너질 수 있다는 두려움에 시달린다. 그래서 그는 끊임없이 타인을 지배하고, 굴복시키고, 상처를 줌으로써 자신이 '살아 있다'는 왜곡된 확신을 얻는다. 이것은 소시오패스의 차가운 계산성과는 결을 달리하는, 불안정한 자기애자의 끊임없는 자기 증명이다.

이 지점에서 우리는 한 가지 중요한 질문과 마주한다. 나르시시스트는 타고난 괴물인가? 다양한 연구는 그렇지 않다고 말한다. 지완의 폭력적이고 파괴적인 성향 뒤에는 어머니 여정의 편애라는 중요한 변인이 존재한다. 어머니는 지완에게 과도한 확신과 기대를 부여했고, 그 결과 그는 '특별해야만 사랑받는다'는 조건적 애착을 학습했다. 이런 왜곡된 애착은 아이에게 내적 안정감을 주는 대신, 끊임없이 불안을 증폭시킨다. 사랑을 얻기 위해서는 누군가를 누르고 올라서야 하고, 실패하면 곧 사랑을 잃는다는 공포 속에서 아이는 타인을 지배하는 방식으로 자신을 지탱하게 된다. 임상 장면에서 자주 목격되는 자기애적 성향의 기원이 바로 여기에 있다.

반대로, 동생 수완은 형 지완의 그림자 아래에서 철저히 희생양으로 살아간다. 그는 형의 가스라이팅과 폭력 앞에서 자신을 지키기 위한 방어 기제를 발달시켰지만, 그것은 곧 자신을 피해자의 위치에 고착시켰다. 반복된 상처는 자존감을 잠식했고, 그는 점점 무기력과 우울 속으로 빠져들었다. 심리학에서는 이런 상태를 '학습된 무기력'이라 부른다. 어떤 상황에서도 벗어날 수 없다는 절망이 체화되면, 인간은 더 이상 저항하거나 자신을 지키려는 시도조차 하지 않는다. 결국 수완의 선택은 개인의 나약함이라기보다, 오랜 시간 누적된 심리적 억압과 절망이 만들어낸 필연적인 결과로 읽힌다.

어머니 여정은 이 비극의 또 다른 축이다. 그녀는 지완을 노골적으로 편애하고 수완을 끊임없이 배제한다. 그러나 심리학적 시선으로 보자면, 여정을 단순히 '차별적인 엄마'로만 치부할 수 없다. 그녀 역시 사회적, 문화적 압력 속에서 '모성은 본능'이라는 신화를 강요받으며 살아온 인물이다. 우리 사회는 오랫동안 모든 여성이 태어날 때부터 무조건적 사랑과 헌신의 본능을 장착하고 있는 것처럼 이야기해왔다. 그러나 실제 임상에서 우리는, 모성이 결코 본능이 아니라는 사실을 자주 확인한다. 모성은 관계와 경험을 통해 형성되는 능력이며, 때로는 개인적 상처와 사회적 압력이 그것을 왜곡시키기도 한다. 여정의 편애와 왜곡된 모성은 바로 그 사회적 압력과 개인적 결핍의 산물이다. 그녀는 피해자이면서 동시에 또 다른 가해자가 된다.

『검은 해바라기』의 탁월함은, 바로 이처럼 인물들을 선과 악의 이분법으로 단순하게 규정하지 않는 데 있다. 지완은 괴물이지만 동시에 상처받은 아이이고, 수완은 희생자이지만 동시에 무력화된 존재이며, 여정은 가해자이면서도 사회적 압력에 짓눌린 피해자다. 이 복잡한 얽힘이야말로 실제 인간관계에서 우리가 자주 마주하는 모습이다. 이러한 이유로 나는, 이 작품이 단순히 문학적 상상력이 아니라 실제 인간의 내면과 관계의 역학을 놀라울 정도로 정확히 포착하고 있다고 느꼈다.

무엇보다 이 소설은 가스라이팅의 메커니즘을 생생하게 드러낸다. 가해자의 권력 욕망만으로는 가스라이팅이 완성되지 않는다. 피해자의 취약한 심리, 관계의 불균형, 그리고 주변인의 방관과 침묵이 맞물릴 때 비로소 가스라이팅은 지속된다. 수완은 형의 지배에 무력하게 굴복할 수밖에 없는 구조 속에서 점점 자존감을 잃어갔고, 어머니는 그 상황을 외면하거나 오히려 강화했다. 가족이라는 가장 밀접한 관계 안에서, 피해자가 고립되고 가해자가 강화되는 전형적 구조가 작품 속에서 치밀하게 묘사된다.

이 작품은 독자로 하여금 단순한 감상이 아니라 자기 성찰을 요구한다. 우리는 과연 지완과 다를까? 누군가를 지배하거나, 무심한 방관을 통해 또 다른 수완을 만들어내고 있지는 않은가? 혹은 여정처럼 왜곡된 모성, 책임감의 이름으로 누군가를 억압하지는 않는가? 이 질문은 불편하다. 그러나 통찰은 늘 불편한 질문에서 출발한다. 불편함을 회피하지 않고 직면할 때, 비로소 변화가 가능하기 때문이다.

해바라기는 빛을 향해 고개를 돌리지만, 그 뒤에는 언제나 짙은 그림자가 드리운다. 이 작품은 우리에게 그 그림자를 외면하지 말라고 말한다. 인간은 누구나 관계 속에서 상처를 주고받는다. 그러나 그 상처를 직시하지 않고 피해자의 목소리를 외면한 채 가해자의 불안과 욕망을 방치한다면 또 다른 비극은 반복될 것이다.『검은 해바라기』는 바로 그 경고를, 한 가족의 이야기를 통해 압도적으로 전달한다.

상담자로서 나는 이 작품을 단순한 소설이 아니라, 우리 사회의 무의식적 상처를 드러내는 임상 기록으로 읽었다. 그리고 그 기록은 독자 개개인에게 질문을 던진다. 우리는 어떤 관계를 맺고 있으며, 그 관계 속에서 누구를 상처 입히고 누구를 외면하고 있는가. 이 질문 앞에서 잠시 멈추어 서는 것만으로도 우리는 이미 변화의 출발선에 선 셈이다.

『검은 해바라기』는 독자를 불편하게 하고, 때로는 절망스럽게 만든다. 그러나 바로 그 불편함이야말로 이 작품의 힘이다. 불편함을 직시할 때 비로소 우리는 자신과 타인을, 그리고 사회를 새롭게 바라볼 수 있기 때문이다. 이 작품은 단순히 읽히는 소설이 아니라, 살아 있는 심리학의 교재이며, 우리 모두의 내면을 비추는 어두운 거울이다.

오지영(한국상담심리학회 상담심리사)

검 은 해 바 라 기

초판 1쇄 발행 · 2025년 9월 19일

지은이 · 오윤희
펴낸이 · 김요안
편집 · 강희진
디자인 · 김이삭

펴낸곳 · 북레시피
주소 · 서울시 마포구 신수로 59-1
전화 · 02-716-1228
팩스 · 02-6442-9684
이메일 · bookrecipe2015@naver.com | esop98@hanmail.net
홈페이지 · bookrecipe.co.kr
등록 · 2015년 4월 24일(제2015-000141호)
창립 · 2015년 9월 9일

ISBN 979-11-93551-49-3 03810

종이 · 화인페이퍼   인쇄 · 삼신문화사   후가공 · 금성LSM   제본 · 대흥제책